KB046583

「겐지이야기源氏物語 병풍도」

도쿠가와 이에야스

德川家康

3부 천하통일

29 격랑의 파도

德川家康

도쿠가와 이에야스

3부 천하통일

29 격랑의 파도

야마오카 소하치 대하소설
이길진 옮김

솔

『도쿠가와 이에야스』를 바로 읽기 위해

1. 본문 중°표시가 된 용어는 용어 사전에서 풀이하였다.
2. 본문 중•표시가 된 용어는 용어 사전 외에 부록 및 지도 등에서 설명하였다(다른 권 포함).
3. 인명과 지명은 원음 표기를 원칙으로 하며, 된소리를 피하고 거센소리로 표기하였다. 단 도쿠가와와 도요토미만은 원음과 차이가 있지만 일반인에게 익숙한 이름이기에 외래어 표기법에 따랐다. 장음은 생략하였다.
4. 인명, 지명 및 고유명사는 처음 나올 때 원어를 병기함을 원칙으로 하였으며, 강과 산, 고개, 골짜기 등과 같은 지명 역시 현지 음대로 강=카와(가와), 산=야마(잔, 산), 고개=사카(자카), 골짜기=타니(다니) 등으로 표기하였다.
5. 성과 이름 중간에 나오는 것은 대부분 관직명과 서열을 나타내는 것인데, 그 당시의 관습에 따라 이름과 혼용하여 쓰이는 경우도 있다. 각 관청 및 관직에 대해서는 부록에서 설명하였다.
   ex) 히라테 나카츠카사노타유 마사히데 → 히라테 마사히데(이름) + 나카츠카사노타유(나카츠카사의 장관), 아마노 아키노카미 카게츠라 → 아마노 카게츠라(이름) + 아키노카미(아키 지방의 장관)
6. 시간과 도량형은 에도 시대에 쓰던 것을 그대로 따랐으며, 역시 부록에서 설명하였다.

차례

《 오사카 겨울 전투 대진도 》

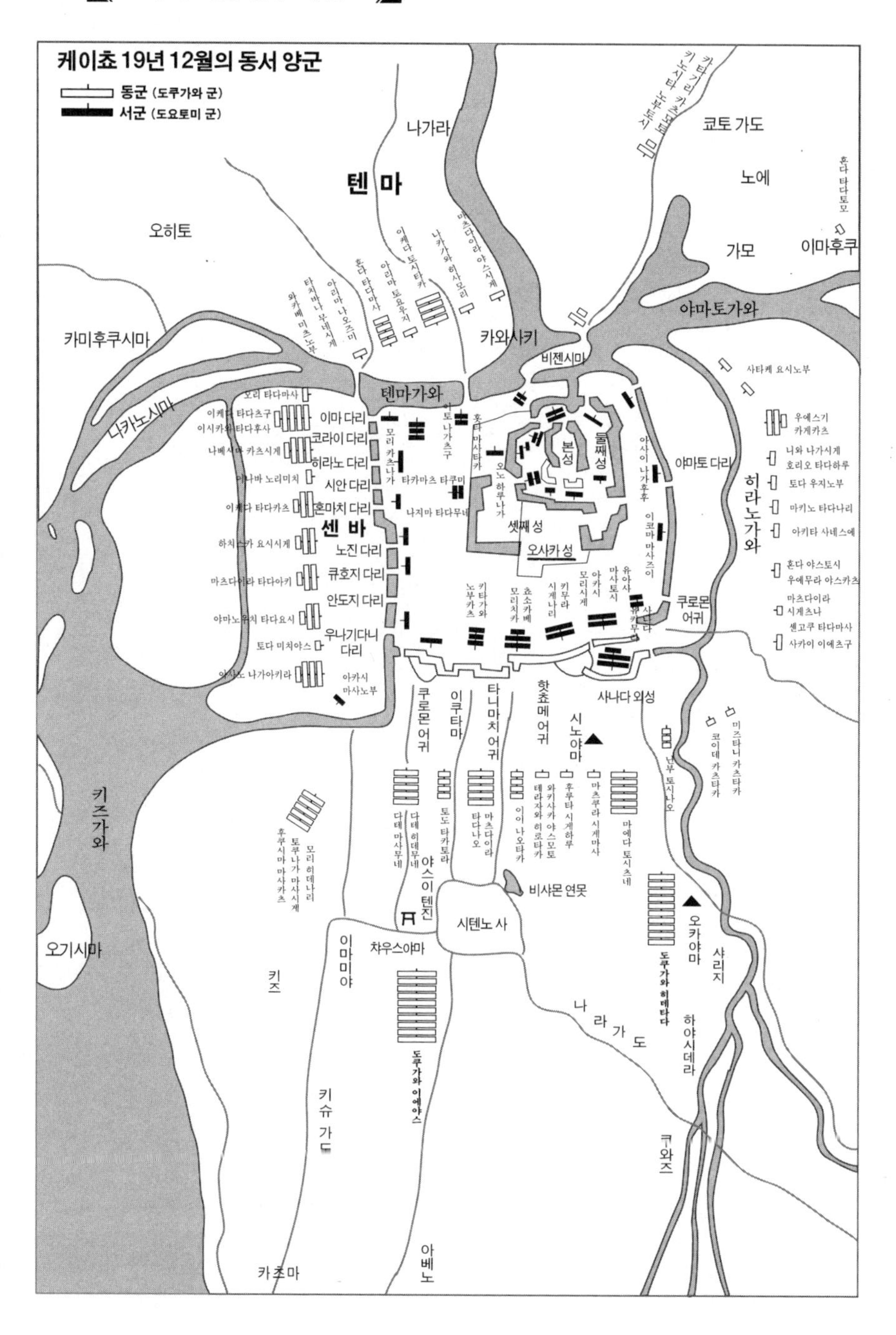

케이쵸 19년 12월의 동서 양군
동군 (도쿠가와 군)
서군 (도요토미 군)
나가라
텐 마
코토 가도
노에
오히토
가모
이마후쿠
야마토가와
카와사키
카미후쿠시마
비젠시마
텐마가와
나카노시마
이마 다리
코라이 다리
히라노 다리
시안 다리
혼마치 다리
센 바
노진 다리
큐호지 다리
안도지 다리
우나기다니 다리
본성
둘째 성
셋째 성
오사카 성
야마토 다리
히라노가와
쿠로몬 어귀
사나다 외성
쿠로몬 어귀
이쿠타마
타니마치 어귀
핫쵸메 어귀
시노야마
키즈가와
야스이텐진
비샤몬 연못
시텐노 사
오카야마
오기시마
이마미야
챠우스야마
키즈
나라 가도
샤리지
하야시데라
키슈 가도
쿠와즈
카츠마
아베노
도쿠가와 이에야스
도쿠가와 히데타다

유랑의 별

1

10월 25일 저녁, 오사카 성大坂城에 입성한 사나다 유키무라眞田幸村•에게 보고가 들어왔다. 토도 타카토라藤堂高虎와 카타기리 카츠모토片桐且元가 포위군 선봉을 명령받고, 타카토라 군사가 카와치河內로 들어와 코우國府로부터 코야마小山에 걸쳐 진을 쳤다는 내용이었다.

이에야스家康•가 있는 니죠 성二條城에 공경과 여러 다이묘大名°들이 꼬리를 물고 들이닥치듯이 이곳 오사카 성에도 전국에서 떠돌이무사들이 속속 입성하고 있었다. 그런 사람들 중에는 진심으로 도요토미豊臣 가문에 대한 은혜를 잊지 못하는 자도 있었고, 생활고 때문에 무작정 몰려든 자도 있었다.

이렇듯 잡다한 인간의 집단일지라도 그 투지는 이상하게도 규모가 크게 늘어남에 따라 솟아나게 마련이었다.

"안 그런가. 이대로 말라죽을 수는 없어…… 무의미하게 죽는 것보다 싸우다 전사하고 싶다! 이런 마음을 젊은이들이 어떻게 알겠나."

이렇게 말하는 노병이 있는가 하면, 그와는 반대로 약삭빠르게 계산하는 젊은이도 있었다.

"칸토關東 군에 가담하면 앞날이 뻔해. 가령 장수의 목을 벤다고 해도 오십 석이나 백 석 녹봉으로 고용되는 것이 고작이야. 그러나 도요토미 가문의 천하가 되면 적어도 삼천 석…… 잘만 하면 다이묘가 될 수도 있어."

사나다 유키무라는 일부러 부하들을 그런 자들 틈에 끼게 하여 엿듣도록 했다.

"그야말로 오합지졸烏合之卒입니다."

아라카와 쿠마조荒川熊藏가 무슨 소리를 듣고 왔는지 유키무라에게 내뱉듯이 말했다.

"그런 자들을 정병精兵으로 바꾸는 것이 바로 병법이다."

엄하게 꾸짖고 나서 다시 물었다.

"그런데, 무슨 말이 너를 화나게 했느냐?"

"참으로 해괴망측합니다. 아군의 패배가 결정적일 때는 우리 대장의 목을 베어 가져가는 거야, 이런 데서 죽다니 억울한 일이지…… 그러니까 도요토미 쪽에서는 출세할 가망이 없다……고 보이면 백 석이나 오십 석이라도 참고 아군의 목을 적에게 팔아야 한다고 수군거리고 있었습니다."

아라카와 쿠마조는 자기 이름처럼 곰 같은 손바닥으로—

"정말 엉뚱한 녀석들이 끼여들었습니다."

자기 이마를 두드려 보였다.

그 말에 유키무라는 웃지도 놀라지도 않았다.

'요즘 젊은 자들은 정말 솔직하군……'

그 솔직함도 실은 평화의 산물이라고 생각했다. 생명의 위험이 없는 세상에서 살다 보면 인간은 생각하는 것을 그대로 입에 올리게 된다. 그러나 평화는 그리 오래 계속되는 것이 아니다. 그렇다면 그 솔직함이 결국은 자신에게 칼날을 들이댈 위험한 방심이 될 수도 있다. 아라카와 쿠마조가 유키무라의 부하가 아니라 오노大野 형제가 보낸 감시자였다면 그들은 당장 목이 달아났을 것이다.

결국 요즘 젊은이들은 노병들이 동경하는 '전쟁터' 라는 실체를 모르고 자랐다……고박에 할 수 없다.

이달 10일, 사나다 유키무라는 예정대로 오사카 성에 입성했다. 입성한 그는 우선 오노 하루나가大野治長•를 만나 성에서 나가 적을 공격하자……고 진언했다. 그러나 지금은 그 생각을 버렸다. 어느 부대도 야전野戰을 할 수 있는 훈련이 되어 있지 않았다.

'전쟁' 이란 무엇인가?

먼저 전쟁에 임하는 군율부터 다시 가르쳐야 할 자가 많았다.

2

전쟁이란 언제나 집단의 생명과 운명을 모두 걸고 하는 냉혹하기 짝이 없는 도박이다. 따라서 집단훈련을 충분히 해두는 준비가 무엇보다 급한 선결문제였다.

유키무라는 우선 일곱 장수를 중심으로 한 주력부대 제1진을 우지가와宇治川에서 세타瀨田로 나가 싸우게 하고, 그동안에 다른 부대로 후시미 성伏見城과 니죠 성을 습격하게 한 뒤 질서정연하게 철수하여 농성으로 들어갈 작정이었다.

세타에서 결전을 벌이라거나 어떤 일이 있어도 후시미 성을 점령하라는 판에 박힌 전략이 아니었다. 성밖에서 충분히 연습시킨 후 이 전쟁과 각자의 운명의 관련을 분명히 자각시켜놓고 농성에 들어가야 한다고 유키무라는 생각했다.

오노 하루나가는 유키무라가 제안한 이 작전을 정면으로 반대했다. 야전은 칸토 군이 가장 자랑하는 것, 만약 제1선에서 퇴각한다면—

'패했다!'

이러한 인상이 짙어 그 후의 사기에 영향을 미치게 된다고. 그보다는 처음부터 난공불락의 성에서 먼저 '불패不敗의 신념'을 길러야 한다고 주장했다.

물론 이 말에도 1리理는 있었다. 아니, 1리뿐 아니라, 2리, 3리도 있을지 모른다.

'오노 하루나가는 떠돌이무사들을 믿지 않는다. 믿지 않으니 성에서 내보내는 것이 불안하다. 고전하게 되면 배신할 우려가 있고, 또 군자금만 받아들고 도망칠 우려도 있다……'

유키무라는 이러한 불안을 안은 채 전쟁을 시작하려는 오노 하루나가를 앞으로 자세히 관찰하지 않으면 안 되겠다고 생각했다.

'혹시 하루나가는 대군을 집결시킨 후 그 대군을 방패로 하여 이에야스와 화의를 협상하려는 속셈이 아닐까……?'

그렇다면 문제는 완전히 달라진다.

유키무라는 성에서 나가 싸우느냐 아니면 처음부터 농성하느냐는 일단 별문제로 삼았다. 우선 자신은 진지를 바깥쪽 해자垓字° 가까운 외성外城에 친 뒤 데리고 온 부하 100명 남짓과 배당된 군사 5,000명 전원에게 붉은 호로母衣°를 입혀 만약의 경우에는 즉시 공격해나갈 수 있는 위치에 자리잡기로 했다.

이 붉은 호로는 앞서 세키가하라關ヶ原에서 용맹을 떨친 '이이井伊 군사의 붉은 갑옷'을 모방한 것이었다. 깃발에서부터 갑옷, 무기에 이르기까지 모두 붉은 색으로 통일하고, 우마지루시馬標°는 중국식 우산에 네 개의 날개가 달린 것과 타이코太閤°를 상징하는 황금빛 호리병박이라는 눈에 잘 띄는 것으로 정했다.

유키무라의 이러한 준비도 전쟁이 얼마나 일상적인 이해타산과 다른 것인가를 나타내기 위해 생각해낸 착상이고 시위였다.

유키무라가 겨우 자기 주장을 버리고 외성에 진지를 막 구축했을 때 이에야스가 도착했다.

이때 유키무라에게는 또 하나 마음에 걸리는 그림자가 나타났다. 다름이 아니라, 요도淀 부인•의 동생이기도 한 쿄고쿠京極 집안의 미망인 죠코인常高院이었다.

죠코인은 언니 요도 부인뿐만 아니라, 때로는 오노 하루나가의 진중에도 출입하고 오다 우라쿠사이織田有樂齋•와 밀담을 나누기도 했다. 물론 그 신분으로 보아 특별히 의심할 것까지는 없었다. 그러나 히데요리秀賴•의 부인 센히메千姬•에게도 자주 출입하고, 또 최근에 내전수비를 명령받은 오쿠하라 신쥬로奧原信十郞•를 찾아가는 데 이르러서는 유키무라의 육감이 큰 의혹에 부딪쳤다.

3

성안에서는 매일같이 위세 있게 군사회의가 계속되고 있었다.

입성할 예정이던 자는 거의 모두 입성을 완료했다. 쵸소카베 모리치카長曾我部盛親도, 센고쿠 부젠뉴도 무네나리仙石豊前入道宗也도, 아카시 카몬노스케 모리시게明石掃部助守重도, 모리 부젠노카미 카츠나가毛利豊前守勝永도…… 아니, 그 밖에 오쿠보 나가야스大久保長安 사건으로 시나노信濃 영지에서 추방되었던 이시카와 야스나가石川康長, 야스카츠康勝 형제까지 입성했다.

모두 이번 일전에 운명을 걸 결심인 노장들이었다. 그 중에서도 특히 열렬한 천주교 신자인 아카시 카몬노스케는 같은 천주교 신자인 이시카와 형제와 함께 입성한 포를로와 토를레스 두 신부에게 청하여 매일 같이 전승의 기도를 올리고 있었다.

물론 그들은 이 성을 사수하는 동안 자기들이 전혀 본 일도 없는 펠리페 3세의 대함대가 구원하러 올 것임을 확신하고 있었다. 이 대함대가 나타나면 공격하던 도쿠가와德川 쪽 세력의 반 이상이 반기를 들리라 믿고 있었다. 말할 나위도 없이 반기를 들 세력은 다테 마사무네伊達政宗•가 거느린 다테 군과 그의 휘하에 있는 마츠다이라 타다테루松平忠輝 군이었다.

이 큰 세력의 배반이 실현되면 우에스기上杉 군도 당연히 세키가하라 때의 원한을 상기할 것이며, 그때부터 성스러운 종교전쟁은 시작된다고 확신하고 있었다.

이들은 모두 필사적이었다…… 그런데 이런 상황에서 만약 요도 부인의 동생 죠코인이 언니를 움직여 총대장 오노 하루나가의 투지를 둔화시키고, 또 오다 우라쿠사이를 포섭하여 적과 내통하게 한다면 어떻게 될 것인가……?

가장 경계하지 않으면 안 될 일은 농성 중에 갑자기 적병을 성안에 끌어들이는 것. 그렇게 되면 전략도 전술도 있을 수 없다. 이 거대한 성도 피바다 속에서 타오르게 될 것이다.

'아무래도 오쿠하라 신쥬로를 만나야겠다.'

유키무라는 오쿠하라 신쥬로 토요마사奧原信十郎豊政가 키슈紀州 쿠마노熊野의 유지들을 설득하여 데려온 것은 타이코보다 그 동생 히데나가秀長에 대한 은혜 때문이라는 말을 들었다.

오쿠하라 신쥬로는 내전의 수비와 히데요리 모자간의 연락 책임을 맡고 있었다. 따라서 죠코인이 무슨 생각으로 움직이고 있는지에 대해 상당한 정보를 가지고 있을 터였다.

26일 유키무라는 히데요리를 만나 적의 배치상황을 보고했다. 그런 다음 100간이나 되는 복도 바깥에 마련되어 있는 토요마사의 임시막사를 방문했다.

"오쿠하라 님을 뵙고 싶다고 전해라. 나는 사나다 사에몬노스케眞田左衛門佐다."

임시막사의 감시병은—

"지금 안 계십니다."

한마디로 대답했다.

"어디 가셨느냐?"

"작은 마님께서……"

말하다 말고 얼른 말끝을 흐렸다.

"어디로 가셨는지 모릅니다."

"알겠다. 어떻든지 성안에 계시겠지. 여기서 잠시 기다릴 테니 걸상을 빌려다오."

유키무라는 감시병이 내주는 걸상에 걸터앉아 눈을 가늘게 뜨고 늦가을의 하늘을 쳐다보았다.

푸르다! 마치 닦이고 닦인 듯한 말갛고 짙은 감청색 하늘에 무한한 눈부심이 녹아들어 있었다.

유키무라는 조용히 눈을 감고 그 짙은 푸름을 음미했다.

4

오쿠하라 토요마사가 돌아온 것은 그로부터 4반각(30분) 가량 지나서였다. 손에 국화꽃 한 다발을 들고 있는 그는—

"오오, 사나다 님."

가까이 다가오면서 그 꽃을 유키무라에게 높이 쳐들어 보였다.

"작은 마님께서 부르셔서 갔다가 정원에 핀 국화꽃을 얻어왔습니다. 원하신다면 막사에 장식하도록 나누어드리겠습니다."

"감사합니다. 그럼 한 송이만 얻겠습니다."

유키무라는 이렇게 말한 후—

"작은 마님은 여전하시겠지요?"

받아든 국화꽃에 코를 갖다대면서 자연스럽게 물었다.

"예, 과연 쇼군將軍°의 따님. 조금도 변하신 기색이 없었습니다."

"부르신 용건은?"

"오고쇼大御所°가 니죠 성에 도착하셨다는 말을 듣고 성안에 무슨 동요가 없느냐고 물으셨습니다."

"허어, 동요가 없느냐……고 말입니까?"

"예. 그뿐만 아니라, 칸토에서 따라온 시녀들에게, 오고쇼가 도착했으니 앞으로는 일절 외출을 하지 말아라, 물론 에도江戶에 소식을 보내는 것도 금한다고 아주 엄한 분부를 내리셨답니다."

"으음, 오고쇼의 도착으로 분명히 적이 되었다…… 이 점을 주지시키신 것이군요."

"그렇습니다. 역시 그분은 오고쇼의 손녀인 동시에 아사이 나가마사淺井長政 님의 손녀…… 감탄할 뿐입니다."

"그런데 오쿠하라 님, 귀하는 죠코인 님을 종종 만나신다지요?"

"예. 죠코인 님도 가끔 이 진지로 나오십니다."

토요마사는 웃음을 띠면서 선뜻 대답했다.

"지금 가장 마음 아파하시는 분은 바로 죠코인 님입니다. 무리도 아니지요. 세 분 자매 중에서 두 분이 적대관계니까요…… 어느 쪽이 이기든 가슴 아픈 일 아니겠습니까?"

유키무라는 고개를 끄덕이고 말을 이었다.

"그럼, 죠코인 님은 아직도 화해할 여지가 있지 않을까 하고 고심하시는 것이군요?"

토요마사는 웃음을 거두고 고개를 저었다.

"그런 희망은 이미 단념하신 것 같습니다."

"허어…… 그런 심경을 피력하시던가요?"

"예. 실은 제가, 사태가 이렇게 되었으므로 이미 폭포 밑으로 떨어지기 시작한 물과 같아 일전을 벌이지 않으면 안 되리라 말씀 드리고, 우라쿠 님도 그렇게 설득하여…… 아마도 단념하신 것 같습니다."

유키무라의 눈이 번쩍 빛났다.

아주 자연스러운 신쥬로의 대답이었다. 그렇지만 그것은 유키무라가 무엇을 생각하고 무슨 뜻이 있어서 묻는지 잘 알고 미리 준비한 대답 같았다.

"오쿠하라 님."

"예."

"귀하는 검성劍聖 야규 세키슈사이柳生石舟齋 선생의 고족제자高足弟子라고 듣고 있습니다마는, 이번 전쟁의 승패가 결정될 시기는 언제쯤이라고 생각하십니까?"

이번에는 상대방의 인물됨을 시험하려고 했다.

5

오쿠하라 신쥬로 토요마사는 뜻밖에도 부드러운 눈으로 고개를 갸웃했다. 유키무라의 질문에 솔직하게 대답할 생각인 것 같았다.

"글쎄요, 반 년 후쯤이 되지 않을까요?"

토요마사의 이 대답은 유키무라에게는 조금도 의외가 아니었다. 그러나 지금 이 성 안에서 그런 대답을 하려면 용기가 필요했다.

다행히 두 사람이 마주앉은 걸상 주위에는 아무도 없었다. 발 밑의 조약돌이 햇볕을 받아 따뜻해질 만큼, 서리가 내리는 계절로는 볼 수 없는 포근한 날씨였다.

"허어 반 년 후면 승패가 결정된다는 말씀이오? 모두 이 년은 버티자고 하는 모양입니다마는……"

"이 년…… 불가능한 일은 아니겠지요. 버틸 수 있게 하기만 한다면 말입니다."

"버틸 수 있게 하기만 한다면?"

"적이 공격해오면 싸우는 대신 화의를 청하여 교섭으로 연결시키는 것입니다."

"으음…… 칼을 뽑는 대신 교섭을 한다는 말이군요?"

앵무새처럼 되풀이하면서—

'보통 인물이 아니다.'

유키무라는 생각했다. 두 사람 사이에 아무런 장벽도 느끼게 하지 않고 자기의 가슴에 파고든다…… 여간한 달인이 아니면 도달할 수 없는 경지다.

"그럼, 오쿠하라 님은 그런 뜻을 우라쿠사이 님에게까지 말씀 드렸습니까?"

"아니, 누구에게도 말하지 않았습니다."

신쥬로 토요마사는 딱 잘라 대답했다.

"말씀 드려도 이해하지 못하실 것입니다. 이해하실 수 없는 말씀을 드리면 도리어 결속을 와해하는 결과가 될 것 같아서."

유키무라는 서슴없이 말하는 그 대답에 적잖이 당황했다.

'패할 게 분명한 이 성에 무슨 목적이 있어서 들어왔을까?'

"오쿠하라 님……"

"예, 말씀하십시오."

"실은 나도 이 전쟁의 앞날을 귀하와 비슷하게 예측하고 있습니다. 이 년만 견디면 의외의 곳에서 원군이 온다…… 천주교 신자의 희망일 뿐 실은 성사되지 않습니다. 민심의 긴장은 고작해야 반 년 정도 계속될 뿐…… 반 년이 지나도 승산이 보이지 않으면 모두들 빠져나가게 될 것입니다."

"동감입니다."

"그래서 여쭈어봅니다만, 결국 승산이 없다고 판명되었을 때 귀하는 어떤 태도를 취할지 생각하고 계시겠지요? 괜찮으시다면 말씀해주실 수 없을까요?"

이번에는 오쿠하라 신쥬로가 깜짝 놀란 듯이 유키무라를 바라보았다. 분명히 그 질문은 신쥬로 토요마사의 의표를 찌르고 있었다. 군사軍師로 이 성에 들어온 유키무라는 전군의 희망이 걸린 기둥 아닌가.

'그러한 유키무라가 무엇 때문에 이렇듯 약한 소리를……?'

갑자기 신쥬로 토요마사는 꽃다발을 든 채 걸상에서 일어났다.

"사나다 님, 차를 한잔 대접하고 싶습니다. 안으로 들어가십시다."

"허어…… 그럼, 폐를 끼치기로 할까요."

유키무라 역시 일어나면서 새삼스럽게 가슴이 찔려옴을 깨달았다.

'그렇다! 이 사람은 한낱 생쥐가 아니었다……'

6

통나무로 울타리를 엮어 휘장을 두른 막사 안에는 마루가 놓이고, 곰 가죽이 한 장 깔려 있었다. 칼걸이 곁에는 코이가古伊賀 화병에 꽃이 꽂혀 있고, 그 옆 다듬잇돌 같은 향로에서는 향이 피어오르고 있었다. 조그만 탁자에 얹혀 있는 사본寫本은 병서兵書인 것 같았다.

"자, 이리 오십시오."

신쥬로 토요마사는 유키무라에게 자리를 권하고 중앙의 화로 위에 얹어놓은 차솥 앞에 앉아 차를 끓이기 시작했다. 그러는 그의 태도는 유키무라를 환대하기 위해서라기보다…… 자기 마음을 진정시키기 위한 동작 같아 보였다.

유키무라는 실내를 한번 돌아보고 나서 조용히 상대의 동작을 지켜보았다.

'이 사나이는 차를 대접한 뒤 무슨 말을 하려는 것일까……?'

그 의문은 사나이의 관심을 끌어당기기에 충분했다.

"아까 하신 말씀의 대답입니다마는……"

신쥬로 토요마사는 찻잔을 유키무라 앞에 놓고 다시 전과 같은 부드러운 목소리로 말했다.

"저의 스승 야규 세키슈사이는 제게는 이모부가 되십니다."

"허어……"

"아시는지 모릅니다만, 지금 쇼군의 검술사범 야규 무네노리柳生宗矩•는 제 이종사촌 동생입니다."

유키무라는 자기도 모르게 가만히 무릎을 쳤다.

야규 무네노리는 도쿠가와 가문과는 끊을 수 없는 사이. 병법가인 동시에 다이묘의 감시자라 할 수 있는 기량을 가진 존재였다.

"그 무네노리가 지난봄에 집으로 찾아와서 저더러 이 성에 들어가라고 명령처럼 말했다는 사실을 아시기 바랍니다."

유키무라는 깜짝 놀랐다. 이 얼마나 대담하고 남을 안중에 두지 않는 고백인가……

"그럼, 귀하는 야규 님의 지시로 입성했다는 말이오?"

오쿠하라 토요마사는 천천히 고개를 저었다.

"제가 들어온 것은 사촌동생의 말 때문이 아니라, 은사 세키슈사이의 가르침 때문입니다."

"허어……"

"세키슈사이는 인간에게는 유일하게 꽁꽁 묶인 부자유가 있다……고 제자들에게 가르쳤습니다. 그 부자유란 삶과 죽음이라고."

"생과 사……라고 말인가요?"

"예. 삶과 죽음만은 아무리 고심하고 아무리 단련해도 자기의 힘이나 의지로는 절대로 자유롭게 할 수 없다고."

"으음……"

"태어나고 싶은 곳에서 태어날 수도 없고 죽을 때를 넘기고 살 수도 없다, 인간은 우주에 의해 생과 사라는 한 점에 꽁꽁 묶여 있다…… 이를테면 우주의 부하이다, 이런 사실을 깨달아야 한다고……"

"우주의 부하라…… 재미있는 말씀을 하셨군요."

"그러므로 새로 주군을 바꾸지 마라, 상대방 주군도 우리와 같은 우주의 부하…… 그 부하가 부하의 본분을 잊고 이중으로 주군을 섬김은 우주에 대한 무서운 불충…… 주군은 우주 하나로 족하다, 일부러 두 주군을 섬겨 부자유스러운 인간으로 전락하지 말라고."

유키무라는 자기도 모르게 무릎걸음으로 한발 다가앉았다. 세키슈사이의 말도 가슴을 찔렀으나, 그 이상으로 오쿠하라 토요마사라는 인물에 대해 눈이 휘둥그레졌다.

7

"그러니까 오쿠하라 님은 생사로써 우주에 이어져 있기 때문에 이승에서는 주군을 섬기지 않겠다는 말이오?"

유키무라가 조급하게 물었다. 오쿠하라 토요마사는 고개를 저었다.

"저는 이 가르침을 야규 세키슈사이의 엄한 훈계로 받아들이고 있습니다. 아니, 세키슈사이의 훈계는 다름 아닌 야규 일족의 가훈이고, 그 제자 모두가 이어받아야 할 정신의 초석이라 생각하여 어기지 않겠다고 마음 깊이 맹세했습니다."

"으음, 그렇다면 귀하는 녹봉을 받고 도요토미 가문을 섬기는 것이 아니란 말이군요?"

"그렇습니다. 하늘은 사람 위에 사람을 만들지 않고, 사람 아래 사람을 만들지 않습니다…… 모두가 생과 사라는 큰 사슬로 직접 우주와 이어진 일시동인一視同人°의 자식입니다. 그런 자각을 굳게 지니고 사는 삶이 세키슈사이의 혈맥을 잇는 길이라 생각합니다."

유키무라는 무릎을 탁 치고 당황하며 얼른 차를 마셨다.

"과연, 이제 비로소 야규 신카게류新陰流°의 깊은 뜻을 엿본 듯한 느낌이 듭니다…… 감사합니다."

소리내어 마루에 찻잔을 내려놓았다.

"그러니까 귀하는 도요토미 가문을 섬길 뜻은 없으나 내버려둘 수도 없다…… 그래서 입성하셨군요."

"그렇습니다."

비로소 토요마사는 크게 고개를 끄덕이고 미소지었다.

"제가 볼 때 이번 전쟁은 도요토미 가문과 도쿠가와 가문의 전쟁이 아닙니다."

"으음."

"천주교 신자와 평화에 싫증이 난 떠돌이무사들이 시대에 도전하는 전쟁…… 여기에 어이없게 말려들어 꼼짝없이 이용당하려 하고 있는 것이 타이코 전하의 가엾은 유족…… 제 동생 야규 무네노리도 확실하게 꿰뚫어보고 있었습니다."

사나다 유키무라는 바늘에 가슴이 찔린 듯한 느낌이었다. 정녕코 토요마사의 말이 옳다…… 유키무라 자신도 도요토미 가문의 유족을 사건의 소용돌이로 끌어들이려는 자 중의 하나인지도 몰랐다……

"저는 사촌동생의 생각에 따라 입성을 결심한 게 아닙니다. 사촌동생은 뭐라고 해도 쇼군의 병법사범, 그런 만큼 도쿠가와 가문과 가까운 위치에 있습니다. 이 오쿠하라 신쥬로 토요마사는 새삼스럽게 저 나름대로의 생각을 정리하고 있습니다."

"알고 싶군요, 겨우 반 년 정도로 운명이 결정될 성에 어째서 입성했는지를……"

"한마디로 말씀 드리면……"

토요마사는 우선 미소를 떠올렸다.

"전쟁과 관계없는 분들을 이 소용돌이에서 구하고 싶기 때문입니다. 사나다 님도 아실 것입니다. 히데요리 님은 물론이고 생모님도 그 어디에 전쟁을 즐기는 면이 있습니까? 그 기품 있는 작은 마님이나 철없는 따님의 어디에 전의戰意가 있겠습니까? 전의가 없는 사람을 전쟁의 소용돌이에서 구해내는 것…… 그 누구의 가신도 아니라는 긍지를 가진 병법자가 제일 먼저 해야 할 의무……라는 스승의 소리를 허공에서 듣고 감히 일족과 함께 입성했습니다."

유키무라는 또다시 아연하여 오쿠하라 토요마사를 바라보았다.

8

사나다 유키무라는 세상에서 이처럼 긍지를 가진 병법자는 처음이었다. 그 고고한 심경이 당장 유키무라를 압도할 것 같았다.

상대도 유키무라의 인물됨을 꿰뚫어보았을 테지만, 그 말 한마디 한마디에서는 조금도 허위를 찾아볼 수 없었다. 그야말로 '하늘의 아들'

임을 자부하는 사람답게 겸허한 성실감으로 가득 차 있었다. 그의 말대로 오사카 성이 앞두고 있는 전쟁은 확실히 히데요리 모자와 이에야스의 전쟁이라고는 할 수 없는 점이 있었다.

'그렇다면 누구와 누구가 싸우려는 것일까?'

오쿠하라 신쥬로 토요마사는 천주교 신자의 불안과 떠돌이무사들의 불평이 시대의 흐름에 도전하는 것이라고 단언했다.

'그러나 과연 그뿐일까?'

그뿐이라면 전쟁은 영원히 사라지지 않는다. 인간의 생활에서 불안과 불평을 모조리 추방한다는 것은 그야말로 꿈속의 꿈이기 때문이다. 그러나 이러한 간결한 단언이 유키무라에게는 무척 부러웠다. 여기서 확고한 행동의 기준이 생겨나기 때문이다.

"그럼, 오쿠하라 님은 전투 도중 세 분을 구출할 생각으로……?"

신쥬로 토요마사는 다시 빙긋이 웃을 뿐 그 질문에는 대답하려 하지 않았다.

"그렇다면 우리는 히데요리 님 모자도, 작은 마님도 안 계시는 빈 성에서 혈안이 되어 싸우게 될지……도 모르겠군요."

유키무라는 자조적인 어조로 말하고 이번에는 농담을 했다.

"빈 성에서 싸우는 것도 괴이한 일, 농성하는 자들이 모두 오쿠하라 님을 제거하자……고 하면 어떻게 하시겠소?"

"그때는……"

토요마사는 자기의 목을 살짝 두드리며 말했다.

"하늘의 아들은 그 생명을 하늘에 맡길 뿐입니다."

"자신이 있군요."

"예."

토요마사 역시 장난스럽게 눈을 치떴다.

"자, 한 잔 더 드십시오. 맛은 없지만 작은 마님에게서 얻어온 아름다운 국화꽃을 보시며 맛있게 드십시오…… 저는 줄곧 야마토大和 산골에서 꽃을 지키며 살아온 사람이라서 말입니다. 꽃이 곁에 있으면 쓸쓸하지 않습니다."

그 말을 듣고 유키무라는 어느 틈에 화병에 싸리와 함께 꽂혀 있는 국화로 시선을 보냈다.

유키무라는 문득 묘한 착각에 사로잡혔다.

이미 성밖에서는 칸토 군의 포위망이 좁혀들고, 머지않아 이 부근은 치열한 전쟁에 휘말리게 될 텐데, 여기서는 '야마토의 꽃 지킴이……'라는 불가사의한 사나이가 성의 주인 세 사람을 구해낼 수 있으리라 자신하고 조용히 차를 끓이고 있다.

"과연 꽃 지킴이라 꽃을 지게 할 수는 없다고 하시는군…… 그렇다면 우리에게도 꽃 지킴이를 벨 칼은 없다는 말인가요?"

한없이 푸르고 넓은 창공에 갑자기 내던져진 듯한 유키무라의 무척이나 당황스러운 술회였다.

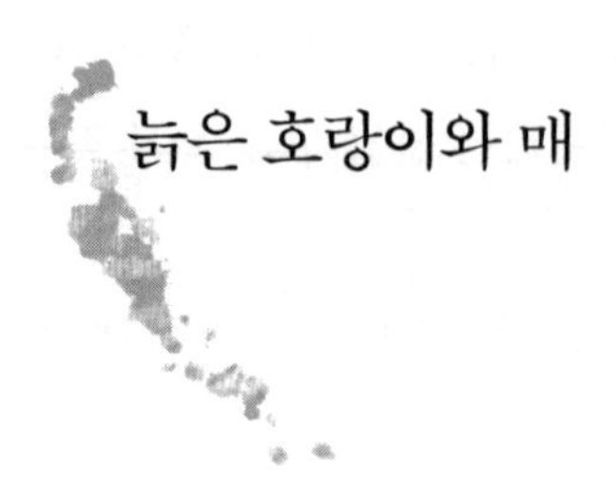

늙은 호랑이와 매

1

오사카 쪽에서는 드디어 이에야스가 텐노 사天王寺 근처로 진군하여 속전속결의 기세로 성을 공격하리라 내다보고 있었다. 10월 말 카와치에 있는 데구치出口 마을의 둑을 무너뜨리게 해 히라카타枚方 부근의 통로차단을 꾀했다. 아무리 농성하기로 결정했다고는 하나 상대방을 너무 자유롭게 행동하도록 내버려둔다면 오사카 시민들이 어떻게 생각할지 몰라 건재함을 나타내기 위한 최초의 출격이었다.

그런데 웬일인지 이에야스는 이를 상대하지 않았다.

둑도 도로도 부수는 대로 내버려두고 오사카 군이 철수하기를 기다렸다. 그리고 철수하자마자 마츠다이라 노리히사松平乘壽의 미노美濃 군과 급히 히로시마廣島에서 상경한 후쿠시마 마사노리福島正則의 아들 타다카츠忠勝에게 —

"원래대로 보수하라."

이렇게 명했을 뿐, 아직 선봉인 토도 타카토라에게 전투를 허락하지 않았다고……

그 무렵부터 히데요리는 이에야스가 무엇을 생각하는지 크게 의심하지 않을 수 없었다. 그가 오노 형제나 주전파들에게서 들은 전쟁은 이처럼 미온적인 것이 아니었다.

이에야스는 세키가하라 전투 이후 어떻게 하면 도요토미 가문을 멸망시킬 수 있을까 계속 발톱을 갈고 있었다. 그리고 드디어 이번 대불전 공양으로 그 절호의 기회를 만났다. 따라서 이에야스가 니죠 성에 도착하기 전에 맹렬한 공격전이 시작되어, 이에야스가 도착했을 때는 이미 혁혁한 공을 세워 기세를 올리고 있어야 할 것이었다.

그런데 니죠 성에 도착한 이에야스는 일부러 전투를 지연시키려는 기색이 보였다. 이에 대해 이모인 죠코인은 이렇게 말했다.

"오고쇼는 주군이 여간 귀엽지 않은 거예요. 그래서 쇼군의 군사에게도 서두르지 마라, 서두르면 안 된다고 자주 사자를 보낸다고 해요. 쇼군의 대군이 도착하면 싫어도 전쟁을 해야 한다…… 그런 현실이 슬프실 거예요."

처음에는 히데요리가 이를 나무랐다.

"사기에 영향이 미칠 테니 쓸데없는 말은 하지 마시오."

물론 당시 히데요리의 솔직한 감회였다. 이미 화살은 시위를 떠났다. 죠코인이 이에야스를 두둔하는 언동을 한다는 사실이 알려지면 그야말로 혈기왕성한 자들이 가만 내버려두지 않는다.

"죠코인은 칸토의 끄나풀이다. 출진의 제물로 삼아야 한다!"

이런 험악한 분위기는 요도 부인 측근에까지 침투하기 시작했다.

"전투가 시작되면 상황이 다르다. 모두의 생명이 걸려 있으므로 배반자는 용서할 수 없다."

그러나 히데요리가 죠코인의 말을 잊을 수 없게 하는 일이 그 뒤에도 있었다. 그것은 히데요리가 내보낸 첩자 타나카 로쿠자에몬田中六左衛門 일파로부터 보내온 정보였다.

로쿠자에몬은 원래 쿄고쿠 집안의 가신이었다. 그의 아내는 죠코인의 주선으로 히데요리의 소실 태생인 쿠니마츠國松를 은밀히 맡아 기르고 있었다.

그 로쿠자에몬이 후시미에 있는 카가加賀의 숙박업자이자 목재상인 타헤에太兵衛, 대장장이 야자에몬彌左衛門 등과 연락을 취하여 계속 쿄토京都에 있는 이에야스의 동태를 염탐하고 있었다. 그들의 보고에 따르면 이에야스의 행동은 모두 히데요리에게는 납득이 가지 않는 기괴한 일들뿐이었다.

'과연 이에야스에게 싸울 마음이 있는 것일까……?'

2

이에야스는 오사카 쪽에서 파괴한 데구치 마을의 둑을 수리케 하고 나서 다시 얼마 동안 아무 일도 없었다는 듯이 니죠 성에서 궁정 사자와 공경들의 방문을 받고 있었다.

물론 그렇게 하면서 쇼군 히데타다秀忠•의 대군이 도착할 때를 기다리고 있다……고 생각할 수도 있었다. 그러나 그렇다면 몇 번이나 도중에 사자를 보내—

"행군을 서두르지 마라. 군사들이 지치지 않도록 서서히……"

거듭 히데타다에게 주의를 주는 사실은 납득되지 않았다.

'무슨 까닭이 있어 시일을 벌려고 하는 것이 분명해……'

이렇게 생각하는 히데요리에게 이에야스의 밀령을 받고 움직이고 있을 이타쿠라 카츠시게板倉勝重의 행동도 납득이 가지 않았다. 인접한 영지에 잇따라 내리는 잦은 '금지령' 도 그의 예상과는 달랐다. 그것을 하지 마라, 이것을 금한다……는 새로운 금지령이 야마시로山城, 야마토, 카와치, 오미近江에 3, 40회 이상이나 시달되고 있었다.

생각하기에 따라서는 오사카 쪽 반란 같은 것은 처음부터 안중에도 없었다. 이에야스가 일부러 상경한 것은 이번 기회에 내정개혁과 서정쇄신을 도모하기 위해서…… 이렇게 볼 수도 있었다.

사실 혼다 타다마사本多忠政와 토도 타카토라 등 칸토 군 진출지역에는 군사들의 난폭한 행동을 엄금한다는 팻말이 세워지고, 또 그러한 명은 엄격하게 지켜지고 있었다.

이렇게 되면 그 반대현상이 눈에 띄게 된다. 곧 오사카 쪽에 가담하겠다고 자진하여 모여든 떠돌이무사들이 군자금 조달을 구실로 난폭한 짓을 저지르는 현상이 묘하게 돋보이게 된다.

히데요리가 이에야스의 뜻을 알 길 없어 결국 오쿠하라 신쥬로 토요마사를 몰래 센히메의 내전에 부른 것은 11월 5일이었다.

이때는 유유히 행군을 계속하던 쇼군 히데타다도 이미 오미의 카시와바라柏原에 도착했다. 그리고는 무슨 생각을 했는지 행군을 멈추고 이틀을 묵고 있었다. 그곳에도 이에야스의 사자가 달려갔으나 히데요리는 아직 그 정보를 받지 못했다.

"건강하신 모습을 뵈오니…… 이 신쥬로 토요마사는 기쁘기 짝이 없습니다."

오쿠하라 토요마사는 그때 이미 성안에 발판을 마련해놓고 있었다. 아무도 그를 도쿠가와 가문과 연관시켜 생각하는 자는 없었다. 오히려 초연한 입장에서 내전의 수호에 임하는 특이한 병법가로 모든 사람들에게 여겨지고 있었다.

성안의 무사들은 모두 무장을 하고 있었다. 그러나 히데요리는 아직 평복 차림이었다. 내전 정원에 만발했던 국화도 이제 지고, 처마 끝에서부터 조약돌이 깔린 연못에 이르기까지 서리가 내려 있었다. 그러나 부름을 받고 정원에 들어선 토요마사의 등에는 햇볕이 따스하게 내리

쬐고 있어 전혀 춥지 않았다.

"토요마사, 나는 그대에게 물어볼 일이 있어."

요즘의 히데요리는 센히메가 곁에 있을 때는 유난히 위풍을 갖추려는 버릇이 있었다. 역시 전쟁을 결의한 후부터 자연히 몸에 배게 된 남자의 위세였다.

"예. 무엇이든 하문하십시오."

"그대는 야마토의 야규 일족과 관계가 있다고?"

"예. 쇼군의 사범인 야규 무네노리와는 이종사촌입니다."

대답하는 토요마사의 표정도 그만 굳어지는 것처럼 보였다.

3

히데요리는 그의 아버지 도요토미 타이코와는 달리 6척 장신의 체구였다. 더구나 요즘에는 보기 좋게 살이 오르고, 또 전쟁을 앞둔 긴장이 위풍을 더했으며, 목소리까지 쩌렁쩌렁 울렸다.

아에바饗庭 부인은 그 모습을, 외조부 아사이 나가마사와 똑같다고 그리운 듯이 술회하고는 했다.

"그대는 그 야규 무네노리와 다투고 고향을 버렸다고 했지?"

"그렇습니다. 무네노리는 저더러 도쿠가와 편을 들어 싸우라고 권했습니다. 그러나 저의 가문은 타이코 전하의 아우이신 야마토노카미 히데나가大和守秀長 님에게 각별한 은혜를 입었습니다. 그러므로 만약의 경우에는 도움을 드리기 위해 여기 온 자입니다."

"토요마사!"

"예."

"그대가 야규와 다투어 고향을 버리지 않을 수 없게 되었다……고

하면 설마 그 뒤에도 야규에게서 시선을 떼지는 않았겠지?"
토요마사는 상대의 마음을 이해하지 못해 약간 고개를 갸웃했다.
"시선을 떼지 않고 있다면 여러 가지를 생각하고 있을 거야. 야규는 이번에 쇼군을 따라 상경 중이라고 하더군. 어째서 쇼군은 일부러 전투를 서두르지 않는 것일까? 세상에서는 오고쇼가 서두르지 말라, 서두르지 말라고 사자를 보내기 때문에 쇼군은 초조하게 기다리고 있다고 하는데, 그대는 어떻게 생각하나?"
"아, 그 일이라면 보시는 그대로라고 생각합니다."
"보는 그대로라니, 그게 무슨 뜻인가?"
"쇼군은 아직 젊기 때문에 성미가 급합니다. 그것을 오고쇼가 견제하고 있다고 생각합니다."
"토요마사!"
"예."
"오고쇼는 어째서 전투를 서두르지 않을까? 그대는 병법가이니 생각하는 대로 말해보게."
곁에 있는 센히메를 의식한 젊고 예리한 질문이었다.
"죄송합니다마는, 그 전에 드릴 말씀이 있습니다."
"좋아, 어려워하지 말고 무엇이든 말하게."
오쿠하라 토요마사는 상체를 꼿꼿이 세웠다.
"야마구치 시게마사山口重政가 주군의 목숨을 노리기 위해 오사카에 잠입하려 했던 사실이 주군의 정보망에 포착되었는지 우선 그 일부터 여쭙고 싶습니다."
"뭐, 야마구치 시게마사가 내 목숨을……?"
"예. 이를 생각한 자가 시게마사인지 또는 쇼군의 측근인 도이 토시카츠土井利勝인지……는 잘 모르겠습니다. 그러나 도이 토시카츠가 그 일을 어느 숙소에서 쇼군에게 말한 것만은 틀림없습니다."

"뭣이, 그럼 쇼군이 허락했다는 말인가?"

토요마사는 천천히 고개를 저었다.

"쇼군은 이번 사건을 마무리하는 가장 가까운 길이라면서 도이 토시카츠를 오고쇼에게 보내 허락 여부를 물었습니다."

"으음, 그래서 오고쇼는?"

"도이 토시카츠를 꾸짖었습니다. 절대로 안 된다! 그리고는 하타모토旗本°들의 피로와 난폭한 행동을 염려하여 상경을 서두르지 말라, 서두르지 말라……고 몇 번이나 주의를 주었습니다."

그때 히데요리는 큰 소리를 지르며 몸을 앞으로 내밀었다.

4

"오쿠하라 토요마사! 그대는 이 오사카 성에 있으면서 어떻게 그런 비밀을 알았는가? 그 까닭을 설명하라!"

히데요리가 따져물었다.

오쿠하라 토요마사는 안타까운 듯이 시선을 돌렸다. 어떤 경우에라도 자신을 속이지 못하는 토요마사였다.

하지만 그가 진실을 말할 상대로는 히데요리가 아직 너무 어렸다. 무슨 일이 있어서 히데요리 모자와 센히메의 생명만은 지키겠다는 의지는 인간에 대해 좀더 깊이 아는 상대가 아니면 이해할 수 없다고 토요마사는 생각했다.

"토요마사, 어째서 망설이느냐? 설마 그대가 내 눈을 속이고 적과 내통하고 있는 것은 아닐 텐데…… 그런데도 그 비밀이 어떻게 그대의 귀에 들어왔느냐?"

"황송합니다마는, 그 일을 제가 말씀 드리면 앞으로 알고 싶은 일도 모르게 되시는데, 그래도 말씀 드려야겠습니까?"

"뭐……뭣이? 그러면 역시 통보해주는 자가 있단 말이지?"

"그렇습니다. 이 신쥬로 토요마사는 귀신이 아닙니다. 통보해주는 자가 없이 어떻게 알겠습니까?"

"말하라!"

히데요리는 갑자기 마루를 탕탕 차면서 소리쳤다.

"말하지 않고 무사할 일이 아니다! 오고쇼가 하는 일을 나는 하나도 납득할 수 없어. 공격을 하는가 싶으면 애를 태우게 하고, 애를 태우나 싶으면 짓궂게 금지령이나 포고하고 있어. 대관절 나를 어떻게 생각하고 있는 거야?"

"아닙니다…… 주군은 아직 오고쇼의 마음을 모르십니까?"

"모르니까 묻고 있는 거야, 그대에게……"

"그렇다면 말씀 드리겠습니다. 오고쇼는 주군과 싸우기 싫은 것입니다. 그러므로 이번에 카타기리 형제를 선봉으로 내세웠습니다. 카타기리 형제를 통해 화의를 강구하라는 수수께끼라고 생각합니다."

"뭐, 카타기리를 통해서……?"

"예. 이번 전쟁이 오고쇼에게는 아무런 이익도 되지 않습니다. 그러므로 포고를 내리고 팻말을 세우고, 단숨에 일을 해결하려는 야마구치 시게마사와 도이 토시카츠를 꾸짖기도 하고, 또 사카이堺에서 은을 거둬들이는가 하면 사누키讃岐와 쇼도시마小豆島까지 손길을 뻗어 소금과 장작, 생선 등을 사들이고 계십니다…… 이 모두 주군에게 전쟁을 단념케 하려는 무언의 충고…… 이 오쿠하라 토요마사의 눈에는 그렇게 보입니다."

그리고는 토요마사는 생각난 듯 덧붙였다.

"참, 아까 누가 비밀을 알려왔느냐고 물으셨지요? 말씀 드리겠습니다. 항상 쇼군의 측근에 있는 야규 무네노리로부터입니다."

"뭣이, 야규가……? 그렇다면, 그대와 싸우고 헤어졌다는 건 거짓말이었느냐?"

토요마사는 조용히 고개를 저었다.

"사실입니다. 싸우고 헤어진 사이이기 때문에…… 무네노리에게도 오기가 있습니다. 오고쇼는 전혀 싸울 뜻이 없는데 토요마사는 아직껏 도요토미 쪽 편이 되어 싸울 생각이냐고, 저의 좁은 소견을 비웃을 생각에서 알려온 것…… 앞으로도 가만히 있으면 여러 가지 비밀을 알게 될 것입니다. 그러므로 이 일은 은밀히 하셨으면 합니다……"

히데요리는 갑자기 학질이 떨어져나간 듯한 표정이 되었다. 아마도 상대가 한 말의 뜻을 이해하게 된 듯……

5

"그럼, 그대는 오고쇼에게 정말 싸울 뜻이 없다고 생각하는가?"

히데요리의 목소리에는 이미 전과 같이 위압적인 느낌은 전혀 없었다. 어딘가에 —

'그러면 그렇지……'

이러한 동감의 분위기를 내보이고 있었다.

"예. 오고쇼에게 싸울 뜻이 없다……는 것은, 그러나 이번 전쟁은 전쟁이 되지 않는다……는 의미는 결코 아닙니다. 그 점을 혼동하지 마시기를……"

오쿠하라 신쥬로 토요마사는 결코 우다이진右大臣° 히데요리의 사부도 아니고 사범도 아니었다. 따라서 강경하게 충고하는 언동은 크게 조심할 필요가 있었다.

그러나 일단 토요마사가 자기의 의혹에 대답할 수 있는 무언가를 가지고 있는 듯하다……고 알아차린 히데요리가 여기서 고삐를 늦출 리가 없었다.

"으음, 그럼 죠코인의 말도 전혀 근거가 없는 것은 아니었군……"

옆에 있는 센히메를 흘끗 바라보며 중얼거리고 다시 토요마사에게로 향했다.

"그대의 말대로 오고쇼에게 싸울 의사가 없더라도 이쪽에 그럴 뜻이 있다면 전쟁이 된다, 이것은 자명한 일이야. 그런데, 오고쇼가 나의 암살은 안 되는 일이라고 도이 토시카츠를 꾸짖었단 말이지?"

"야규 무네노리가 그렇게 알려왔습니다."

"바로 그거야! 야규가 어떻게 해서 그대에게 알려왔는가, 나는 아직 그 경로를 듣지 못했어. 누가 어떤 연줄로 야규의 연락을 이 성 안에 가져왔나? 이 사실을 숨기면 그대는 이 히데요리를 배신하는 것이 된다. 경우에 따라서는 나도 그 일에 대해서는 입을 다물 것이니 숨기지 말고 사정을 이야기해보라."

"그럼, 말씀 드리겠으니 비밀로 해주시기 바랍니다."

"염려할 것 없이 어서 말하라."

"실은 주군의 측근에 요네무라 곤에몬米村權右衛門이라는 자가 있습니다."

"오, 곤에몬 말인가……"

히데요리는 다시 당황하며 센히메 쪽을 바라보았다. 요네무라 곤에몬은 보통 측근이 아니었다. 히데요리의 츠카이반使番°이라 할 수 있는 닌자忍者°로 첩자였다. 그는 때로는 센히메에게도 태연히 출입했고, 오노 하루나가에게도, 오노의 어머니 앞에도 나타나 성안의 공기를 샅샅이 살피는 날카로운 사나이였다.

"그 요네무라 곤에몬은 때때로 주군의 밀령으로 사카이 시장까지 생선을 구입하러 갑니다. 야규 무네노리는 그 사실을 잘 알고 있었는지 지금까지 대여섯 번 서신을 맡겨 보내온 일이 있습니다."

히데요리는 대답하는 대신 문득 불안한 낯이 되어 물었다.

"그럼, 곤에몬도 야규의 제자……였다고 그대는 보고 있나?"

신쥬로 토요마사는 얼른 머리를 가로저었다. 여기서 공연한 의혹을 사서 히데요리의 의심을 부채질하면 앞으로의 일에 금이 가리라 생각했기 때문이다.

"곤에몬은 단지 이름도 모르는 상인에게서 넘겨받은 것, 저도 또한 야규에게 답서를 부탁한 일이 없습니다. 그 일은 주군께서 곤에몬에게 하문하시기 바랍니다."

"알겠어. 그러니까 곤에몬은 서신을 부탁받기만 했다. 그러니까 한쪽만의 서신이란 말이군."

스무 살이 지났으나 역시 히데요리는 아직 소년다운 순진함을 잃지 않고 있었다.

6

"좋아! 의심은 풀렸어, 토요마사."

히데요리는 얼른 말하고 다시 목소리를 낮추었다.

"의심은 풀렸으나 다시 묻지 않을 수 없어. 나와는 싸우기를 원하지 않는 오고쇼…… 그 오고쇼와 전쟁을 하게 될 때는 언제쯤이라고 그대는 생각하나?"

오쿠하라 토요마사는 큰 몸집을 앞으로 내미는 히데요리의 얼굴에서 역력히 어린 티를 느끼면서 말했다.

"그 일에 대해서는 사나다 사에몬노스케나 오노 슈리大野修理 님에게 하문하시기 바랍니다. 저는 주군과 생모님의 신변경호가 임무일 뿐입니다. 그 밖에는"

히데요리는 거리낌없이 웃었다.

"하하하 그건 말하지 않아도 알고 있어. 사에몬노스케의 의견은 사에몬노스케의 의견, 그대의 의견은 그대의 의견으로 들으려는 거야. 내가 직접 묻는데 어찌 사양할 필요가 있겠는가? 생각한 대로 말해보게. 안 그렇소, 부인?"

그 물음에 지금까지 인형처럼 앉아 있던 센히메가 비로소 작은 소리로 입을 열었다.

"그래요, 질문에는 대답하는 것이 예의일 거예요."

"그러면 말씀 드리겠습니다. 이미 쇼군은 오미에 들어왔다는 소식을 들었습니다. 그러므로 진을 치게 되면 육 일 안에 전투가 벌어지리라 생각합니다."

"으음, 그럼 앞으로 길어야 열흘도 안 남았군."

"그렇습니다……"

"어떤가, 적은 카타기리, 토도, 혼다 중에서 누가 제일 먼저 공격해 올 것으로 생각하나?"

"아마도 그 세 사람은 선봉은 되지 않을 것입니다."

"아니, 어째서?"

"공을 다투어 선봉에 나설 자는 사이고쿠西國의 도요토미 가문 은혜를 입은 다이묘이리라 생각합니다."

"뜻밖이로군! 어째서 그렇게 생각하는가?"

"우선 맨 먼저 공격하지 않으면 나중에 쇼군에게 혐의를 받을지도 모른다는 경계심이 있습니다. 둘째, 이 사람들은 주군과의 전쟁을 기피하는 오고쇼의 마음을 알지 못합니다."

순간 히데요리는 마치 남의 일인 듯이 가볍게 무릎을 쳤다.

"그렇군! 과연 이것으로 오고쇼의 속셈을 알 수 있겠어. 그러면 전쟁은 서쪽에서부터 시작되겠군."

"그렇게 단언하지 마시고, 다른 여러 장수들의 의견도……"

"토요마사! 나는 다른 장수들은 별로 믿을 수 없어."

"쉿, 주군이 그런 말씀을 하시면……"

"괜찮아. 여기서만 하는 말이니 듣고 나서 흘려버리게. 솔직히 말해서 나도 오고쇼나 쇼군에게는 별로 적의가 없어. 오고쇼는 내가 에도의 할아범, 에도의 할아범이라고 어릴 때부터 무릎에 올라 응석을 부리던 사람, 쇼군은 장인이야. 전쟁이란 참으로 이상한 것이야……"

"예. 일단 승부가 결정되면 자자손손에 이르기까지 원수가 되거나 아니면 패배자로서 예속을 강요당하지 않으면 안 됩니다. 그러므로 제가 추구하는 야규 신카게류는 싸우지 않는 것을 최선의 병법으로 여기고 있습니다."

"하하하…… 싸우지 않는 것이 최선이다…… 그렇게는 되지 않아. 이제 와서 그럴 수는 없지. 나는 싸우겠어, 용감하게 싸워 보이겠어."

이렇게 말하는 히데요리, 마치 전쟁을 유람하는 것쯤으로 생각하는 자의 어조였고 태도였다……

7

솔직히 말해서 토요마사가 보는 우다이진 히데요리는 우매하지는 않았다. 두뇌의 움직임은 때때로 비상하게 예리함을 보이는 경우가 있었고, 사태의 본질도 잘 꿰뚫어보았다. 그러나 무어라 해도 그 지식의 폭이 좁고 세속과 민심에는 어두웠다.

히데요리의 생활은 남들과는 완전히 달랐으며, 특히 가까이할 수 있는 사람이 제한되어 있었다. 아무리 뛰어난 소질을 가진 인간이라도 배우지 않은 것은 알지 못하고 접촉이 없는 것에 대해서는 이해를 기대할 수 없다.

히데요리는 글을 잘 썼고 와카和歌°도 잘 지었다. 무예에서는 활을 잘 쏘고 칼 솜씨도 서투르지 않았다. 체격이 뛰어나 힘은 좋았으나, 승마는 그리 좋아하지 않았다.

'승마에 능했더라면……'

토요마사는 그 점을 아쉽고 애석하게 생각했다. 들판을 잘 달릴 수 있었다면 틀림없이 그는 젊음의 발산 장소를 산야에서 찾으려고 자주 사냥을 나갔을 터. 사냥에서 배우는 것은 결코 짐승과 새의 생태만이 아니었다. 수행하는 자의 고생과 가는 곳의 민심에 흥미를 느끼고 스스로 지식을 넓혀나갔을 터였다……

카타기리 카츠모토나 코이데 히데마사小出秀政가 히데요리에게 승마를 권하지 않았던 것은 앞서 칸파쿠 히데츠구關白秀次°의 난폭한 행동에 질렸기 때문……이라고 토요마사는 생각했다.

도요토미 타이코의 조카였던 히데츠구는 사냥을 좋아하다 몸을 망쳤다. 나중에는 히에이잔比叡山 수렵 금지구역에서 살상을 하거나 도중에 만난 여자를 살해하기까지 했다……

그처럼 살벌해져도 안 되지만 성밖을 나가보지도 않은 생활 역시 곤란하다. 이 성에서 만일의 일이 발생했을 경우 어떻게 히데요리를 구출할 수 있단 말인가……? 말〔馬〕로는 안 되고, 그렇다고 작은 배에 태웠다가 강물에 빠지는 일이 있다면 수영도 하지 못한다. 더구나 가까이 있는 사람들은 언제나 그 앞에서 굽실거리기만 한다.

어려서부터 나이다이진內大臣°이니 우다이진이니 하는 무장武將에게는 잘 내리지 않는 관직과 도요토미 타이코의 외아들이라는 평민으로서는 손이 닿지 않는 환경에서 자란 히데요리, 어딘가 불구자적인 특이한 인간으로 성장할 수밖에 없었다.

히데요리는 센히메와는 사이가 아주 좋았다. 그러나 그 역시 금실 좋은 여느 남편과 아내와는 좀 다른 점이 느껴졌다. 이는 어려서부터 부부가 될 것을 전제로 같이 자란 탓인지도 모른다. 히데요리는 묘하게도 아내인 센히메를 어려워했다. 아내로서보다 체면을 세워주어야 하는 여동생…… 같은 묘한 애정으로 대하고 있음을 알 수 있었다.

그날 토요마사가 물러나려 할 때 히데요리는 이상한 말을 했다.

"토요마사, 앞으로도 나는 종종 그대를 만날 생각이야. 그대도 혹시 무슨 일이 있으면 센히메에게 미리 그 뜻을 말해주게. 그대와 만날 때는 센히메도 같이 있게 하고 싶어."

토요마사에게는 아주 마음에 걸리는 말이었다.

'혹시 히데요리는 나를 칸토의 첩자로 여기는 것은……?'

8

오쿠하라 토요마사는 히데요리가 자신에게 한 점 의혹이라도 품게 되면 그 목적을 이룰 수 없는 미묘한 입장이었다. 그래서 그는 일부러 히데요리에게—

"무슨 까닭에 작은 마님에게 두 사람의 말을 듣게 해야 합니까?"

이렇게 반문은 하지 않았다. 반문이 도리어 상대를 경계하게 만들면 돌이킬 수 없는 실수가 되기 때문이다.

토요마사는 분명히 야규 무네노리의 간청에 따라 오사카에 들어올 결심을 했다. 그러나 칸토 쪽에 가담하거나 첩자가 되는 비뚤어진 생각에서 출발한 것은 아니었다. 자기 눈으로 이번 전쟁의 본질을 정확하게 간파한 후에 내린 결단이었다.

"이는 도요토미 가문과 도쿠가와 가문의 증오를 폭발시키는 전쟁이 아니다. 따라서 그 소용돌이에 휘말리려는 자는 야규 신카게류의 긍지를 걸고 구출하지 않으면 안 된다."

그 사이에 만약 한 점 티라도 있다면 그것은 야규 무네노리의 신카게류가 정당한가, 아니면 오쿠하라 토요마사의 그것이 옳은가 하는 한결같은 고집다툼일 뿐이었다.

히데요리에게 그러한 점을 모두 이해시키기에는 아직 큰 무리가 있었다. 그리고 이에 대해서는 분명히 사나다 유키무라에게도 공언했고, 히데요리에게도 넌지시 고했다.

토요마사는 순순히 히데요리의 말에 따르겠다는 대답을 하고 센히메의 거처에서 물러났다.

'기이한 애정의 얽힘……'

토요마사는 정원으로 통하는 문을 나오면서 생각했다.

상대는 세상의 안팎을 훤히 꿰뚫어보고 있고, 더구나 작전과 용병에서는 고금을 통해 비할 자가 없는 도쿠가와 이에야스라는 늙은 호랑이. 이 늙은 호랑이는 오사카 성이라는 화려한 우리 안에서 길러지고 있는 어린 매 한 마리를 더없이 사랑하고 있었다. 그런데 세상의 바람은 그 애정을 통하지 않게 만들고 있었다.

'두 사람 사이를 가로막는 우리는 도대체 무엇일까……'

우리를 사이에 두고 한 마리의 늙은 호랑이와 한 마리의 매가 사랑하면서도 서로 물어뜯어야 하는 운명에 놓여 비탄에 빠져 있다. 그 우리를 부수고 양자간에 정이 통하도록 하기 위해 선택된 것이 공교롭게도 야규 신카게류의 정신이었다.

한쪽의 야규 무네노리는 야규 신카게류의 정신을 늙은 호랑이의 입장에서…… 곧 늙은 호랑이의 생애에 흠이 가지 않도록 도우려 한다. 다른 한쪽 오쿠하라 토요마사는 매의 입장을 전란의 희생물로 삼을 수 없다고 생각해 일어섰다.

생각해볼 때 이는 한 유파流派에서 감당하기에는 참으로 큰 시련이라 할 수 있었다.

야규 무네노리는 쇼군 히데타다 곁에서 줄곧 그의 말고삐를 쥐고 있을 터. 그렇게 되면 오쿠하라 토요마사도 지고 있을 수만은 없다.

'전쟁은 이미 피할 수 없다……'

그렇다면 어떻게 해서든 히데요리에게 승마와 수영을 배우도록 해야 하지 않았을까……?

칸토 군에게는 전쟁이 벌어져도 무사로서 반드시 지켜야 할 하나의 도의가 존재하고 있었다. 어떠한 난전이 되더라도 부녀자를 죽이지는 않는다. 우선 그 점에서는 안도감을 느낄 수 있다.

'요도 부인과 센히메의 구출에는 공격자들도 반드시 협력한다. 그러나…… 우다이진의 경우에는……?'

이런 생각을 하면서 토요마사가 막사로 돌아왔을 때 조금 전 히데요리와 이야기를 나누었던 첩자 요네무라 곤에몬이 기다리고 있었다.

9

요네무라 곤에몬은 그날도 도미 한 마리를 짚에 싸들고 와 있었다. 히데요리가 하사한 것을 전하러 왔다……는 형식으로 또 무슨 정보를 가지고 왔음이 틀림없다.

그는 이미 오쿠하라 토요마사의 병법가로서의 '의지'를 이해하고 있는 것 같았다. 아니, 어쩌면 이에야스의 본심이 전쟁에 있지 않고, 싸우지 않고 해결할 수 있는 '화의'에 있음을 첩보수집이란 자기 임무를 통해 알아차리고 있는지도 모른다.

"오쿠하라 님, 전쟁은 이삼 일 앞으로 박두한 것 같습니다."

짚으로 싼 도미를 말없이 토요마사의 무릎 곁에 놓고 나서 —

"이요伊豫 마츠야마松山의 이십만 석 성주 카토 요시아키加藤嘉明 님의 아들 시키부노쇼유 아키나리式部少輔明成 님이, 뱃길로 아마가사키尼崎에서 칸자키가와神崎川를 거슬러올라와 진을 쳤습니다. 군사는 대략 육백 명 가량입니다."

빠른 말로 보고했다.

"허어, 그래? 하지만 거기서 작은 충돌이 있다고 해도 이 성 안에는 당장 영향이 미치지는 않을 거야."

곤에몬은 그 말에는 대답하지 않았다.

"드디어 도미도 사기가 어렵게 됐습니다. 그리고 오늘 묘한 말을 들었습니다."

"묘한 말……?"

"예. 이타쿠라 카츠시게가 야마토의 도편수 나카이 야마토노카미中井大和守에게 밀사를 보냈는데, 아무래도 높은 망루…… 그 위에 큰 대포를 설치하여 이 오사카 성 텐슈카쿠天守閣°를 노리는…… 그런 망루를 세우는 데 대해 무슨 상의가 있었던 것 같습니다."

"허어, 이 성의 텐슈카쿠에 대포를?"

"……오고쇼의 명령인지 아니면 쇼군의 명령인지, 거기까지는 모르겠습니다."

이렇게 말하고 곤에몬은 상인이 사용하는 담배쌈지를 꺼냈다. 그리고 담뱃대를 뽑아 한 대 피워물었다.

"이에 대한 판단은 어르신에게 일임하고, 주군의 보호가 중요한 임무이시니 말씀 드리겠습니다. 또 한 가지는 카토 집안과 경쟁하고 있는 반슈播州 히메지姫路의 삼십이만 석 영주 이케다 무사시노카미 토시타카池田武藏守利隆 님의 칸자키가와 진영, 그리고 비젠備前 오카야마岡山의 삼십팔만 석 영주 이케다 사에몬노카미 타다츠구池田左衛門督忠

繼 님의 진영 등, 니죠 성의 츠카이반인 죠 이즈미노카미 노부시게城和泉守信茂가 사자가 되어 세 군데 진영을 찾아다니고 있습니다. 경솔하게 행동해선 안 된다, 명령이 있을 때까지 앞지르는 것을 엄금한다…… 고. 머지않아 전쟁이 시작되리라 생각됩니다만."

"으음, 앞지르지 말라고……"

"도무지 오고쇼의 속셈을 알 수 없습니다. 아니, 모른다고만 말씀 드리면 판단은 어르신이 하실 일, 그럼 저는 이만 실례하겠습니다."

요네무라 곤에몬은 화로에 탁탁 담뱃재를 털고 그대로 일어나 나갔다. 토요마사는 그를 부르려다가 그만두었다.

이요 마츠야마의 카토 요시아키는 말할 나위도 없이 도요토미 가문에서 자란 무장이다. 요시아키는 수비를 이유로 에도에 잔류하게 되었고, 그 아들 아키나리가 진지에 도착했다고 한다. 그렇게 되면 이케다 형제와 공을 다투어 결국 칸자키가와 부근에서 공격이 시작된다고 곤에몬은 보고 있다

'그렇구나, 드디어 불이 붙는단 말이지……'

토요마사는 아직 뇌리에 남아 있는 히데요리의 밝게 웃는 얼굴을 지우지 못하고 가만히 고개를 흔들면서 자기 자신에게 말했다.

'그러나저러나 텐슈카쿠를 포격하다니, 칸토 쪽에서는 무엇을 생각하고 있는 것일까……?'

센히메 지옥

1

센히메는 오쿠하라 토요마사가 물러갈 때까지 거의 입을 열지 않았다. 단 한마디 히데요리가 동의를 구했을 때—

"그래요, 질문에는 대답하는 것이 예의일 거예요."

이렇게 말했을 뿐 별로 의견도 말하지 않았고 묻지도 않았다.

열여덟이면 이미 여자로서는 한창 나이…… 히데요리에게서 특이하게 자란 젊은이다운 패기가 눈에 띄듯이 센히메 또한 완전히 변해 있었다. 이전의 순진하기만 하던 태도 대신 조용한 아름다움에, 요즘 와서는 불가사의한 야릇한 기품이 더해졌다.

센히메의 이 기품은 세상의 보통 명랑함과는 어울리지 않았다. 그 누구도 근접할 수 없는 싸늘한 무심無心이 감돌고 있는 그 눈동자는 항상 허공을 향하고 있는 듯이 보였다.

이 근접하기 어려운 차가움과 조용함이 어딘지 모르게 히데요리의 감정을 압박해오는지도 몰랐다. 그래서인지 요즘 히데요리는 단둘이 있을 때면 늘 센히메의 비위를 맞추려는 기색이 보이고는 했다.

"그대는 토요마사를 어떻게 생각하지? 나는 믿을 수 있다……고 생각하는데."

센히메는 그 말을 들어도 시선을 남편에게 돌리지 않았다. 그러나 결코 반발하고 있는 것은 아니었다. 아니, 동서간의 험악한 공기가 그대로 이 성에 옮겨지고부터는 오히려 남편을 잃지 않으려 애쓰는 모습이 느껴지기조차 했다.

"왜 대답이 없어? 토요마사는 오고쇼가 언제나 이 히데요리를 사랑하고 있다고 했는데, 나 역시 그런 생각이 들어."

"……"

"그대 느낌은 어떤가, 토요마사가?"

세 번이나 질문했을 때에야 비로소 센히메는 시선을 남편에게 돌리고 조용히 고개를 흔들어 보였다.

"저는 모르겠어요."

"뭐, 모르겠다면…… 믿을 수 없는 사나이라는 말인가?"

센히메는 다시 머리를 저었다.

정직한 그녀의 고백…… 그녀 주위에는 언제나 여자들뿐이어서 세상의 여느 남자들이 무엇을 생각하고 무엇을 목표로 살아가는지 심각하게 생각하면 할수록 더욱 알 수 없을 뿐이었다.

히데요리는 그렇게 받아들이지 않았다.

"그대는 무언가에 화를 내고 있는 것 같아. 아니, 무리가 아니야. 이 성에서는 지금 입만 열면 칸토를 헐뜯고만 있으니까. 그대로서는 듣기 거북하겠지. 할아버지를 욕하는데 좋아할 사람이 어디 있겠나."

센히메는 비로소 슬픈 듯이 눈을 내리깔고 한숨을 쉬었다. 내리깐 눈썹 가득히 이슬이 맺혀 있었다.

"아니…… 울고 있군, 그대는."

센히메는 다시 천천히 고개를 저었다.

"저는 이미 오고쇼 님도 쇼군 님도 잘 기억 못해요."

"그, 그게 무슨 말인가?"

"에도의 일은 꿈만 같고…… 하지만, 저는 이 성 사람도 아닌 것 같은……"

이 역시 조금도 거짓 없는 센히메의 느낌이었다.

히데요리는 답답하다는 듯 혀를 찼다. 그 또한 두 사람 사이는 아무리 끊으려 해도 끊을 수 없는 남매와 부부라는 이중의 애정으로 맺어져 있다고 생각하고 있었다.

"또 시작이군…… 그대의 나쁜 버릇이야."

2

애정이란 여러 가지 형태로 나타나게 마련이다. 질투도 애정이라면 답답함도 애정, 때로는 증오나 적의도, 저주와 살의도 애정의 변형이 될 수 있다.

히데요리는 센히메를 사랑하기 때문에 애써 달래려 했다. 자신의 애정이 순수하게 상대를 움직이지 못하면 더욱 안타까워지고는 했다. 아니, 그 안타까움이 애정이라는 것쯤은 히데요리도 알고 있었다.

"좋아, 그럼 오늘은 내가 양보하겠어. 그러나 센히메, 내 마음을 오해하면 안 돼…… 나는 그대가 괴로워한다는 것도 불쾌해한다는 것도 잘 알고 있어. 그대는 할아버지도 아버지도 잘 기억하지 못한다고 하는데, 사실일지도 몰라. 이 성에 온 지도 벌써 십일 년…… 어렸을 때는 후시미에 있었고, 에도에 있었던 것은 잠시 동안일 뿐…… 그러므로 이 성의 사람이라고 말하고 싶겠지."

"정말이에요."

센히메는 시선을 돌리고 조용히 말했다. 그것은 어떻게든 진실만을 말하려고 진지하게 생각하는 사람의 눈동자였다.

그 눈동자를 오쿠하라 신쥬로 토요마사는, '더할 나위 없이 기품이 서린 눈'으로 보았다. 그러나 히데요리는 그렇게 받아들이지 않았다. 그는 아직 자신의 의사와 감정이 사물을 비뚤어지게 보았다는 경험도 없거니와 반성도 없었기 때문이다.

히데요리는 또 혀를 찼다.

"설령 그렇다 해도 또 이 성 사람도 아니다…… 해서는 안 돼. 그대는 지금 이 성 사람이고, 히데요리의 아내가 아닌가."

"예."

"예가 아니야. 이 히데요리는 그대에게 그런 고독을 느끼게 하지 않으려고 무척 마음을 쓰고 있어. 어머니도 마찬가지야. 그대 앞에서 칸토 이야기는 하지 말라고 늘 주의를 주고 계셔."

"예."

"그럼, 알고 있다는 말인가?"

"물론 잘 알고……"

"그렇다면 울거나 불평 비슷한 말을 하면 안 돼. 그리고 내 질문에 솔직히 대답해야 하는 거야."

"예."

히데요리는 낯을 찌푸리고 고개를 저었다.

"그 예……라는 대답을 들으면 나는 체온이 없는 인형과 이야기하고 있는 것 같은 안타까움을 느껴…… 아니, 그런 말은 하지 않겠어. 어때, 기분을 돌리고 오쿠하라 토요마사를 어떻게 생각하는지 대답해봐. 믿을 수 있는 사나이라고 생각하는지, 아니면 믿을 수 없는 점이 있다고 생각하나?"

"모르겠어요."

센히메는 조금 전과 같은 어조로 대답하고 머리를 흔들다가 당황하여 다시 말했다.

"모르는 것을 아는 듯이 말했다가 혹시 주군의 판단을 그르치게 해서는 안 됩니다."

센히메가 이렇게 말하는 것과 히데요리의 오른손이 센히메의 뺨으로 날아간 것은 동시의 일이었다.

"그대는, 그대는 이 히데요리의 마음을 받아들이려는 생각이 전혀 없어! 그렇다면 나는 이렇게 그대를 사랑하고 있다고 알리는 수밖에 달리 도리가 없어."

다시 한 번 뺨을 때리고 그대로 난폭하게 끌어안았다. 센히메는 이때도 전혀 저항이 없었다……

3

아직 해는 높이 떠 있었다.

전쟁을 눈앞에 둔 살기등등한 성안에는 여기저기 갑옷을 입은 사람들이 우왕좌왕하고 있었다.

그러한 본성 내전 한 모퉁이에서 초조해진 성주와 그 아내는 정원을 향한 창을 열어제친 채 사랑의 영위로 들어갔다…… 정상적인 일이 아니었으나, 지금 그들의 행위가 비정상이라는 사실을 히데요리나 센히메는 과연 알고 있을지……?

이 심상치 않은 기색을 알아차리고 안절부절못하는 것은 옆방에 대기하고 있는 교부쿄刑部卿 부인이었다.

현재 교부쿄 부인은 나이토 신쥬로內藤新十郎의 어머니가 아니었다. 에도에서 센히메를 따라온 오쵸보阿ちょぼ°라고 불리던 시녀가 신쥬로

의 어머니가 병으로 물러난 뒤 그 이름을 이어받았다. 아직 센히메보다 한 살 아래인 열일곱 살이었으나, 이런 이상한 부부 행위에 대해서는 알고 있었다. 그녀는 정원을 향한 문을 밖에서 닫은 다음 이리가와入側° 가장자리에 웅크리고 앉아 가만히 눈을 감았다.

누가 거실 가까이 와도 말을 하지 않겠다는 몸가짐인지도 모른다. 그녀는 이런 때 히데요리의 아이를 낳은 사카에榮 부인, 즉 오미츠於みつ가 있어주었으면 하고 새삼스럽게 생각했다.

사카에라면 아마 히데요리에게 이런 난폭한 행위는 정상적인 궤도를 벗어난 일이라고 간언했을 것이 틀림없다. 지금 내전에는 아무도 이러한 일로 히데요리에게나 센히메에게 엄하게 말해줄 사람이 없었다. 더구나 성주와 그 마님 사이의 일.

처음 교부쿄 부인은 놀라움과 수치심으로 가슴을 누르고 그 자리에 주저앉고 말았다. 아니, 그 이전에—

'마님이 살해당한다……'

이렇게 생각하고 단검 자루에 손을 대고 달려간 일조차 있었다.

그런데 별로 두려운 일이 아니었다…… 그런 일이 있은 후 거친 발걸음으로 내전에서 나가는 주군을 센히메는 언제나 매무새를 고치고 아무 일도 없었던 것처럼 배웅하고는 했다.

'나쁜 버릇이 생기셨구나……'

지금은 교부쿄 부인도 이렇게 생각했다.

서로 사랑하면서도 순순히 말로 하지 못하고 다툰 뒤의 격정에 의지하여 그 속으로 끌어들인다……

그렇게 생각한 순간 열일곱 살 된 그녀의 눈에는 센히메가 먼저 유혹하는 것으로만 보였다. 일부러 히데요리를 애태우게 하고는 노하기를 기다린다…… 이 얼마나 가련한 여인의 수법이란 말인가?

'역시 주군이 나쁜 거야……'

히데요리는 사카에에게 손을 댄 이후 네 명의 다른 여자를 사랑하고 있다. 아들을 낳은 이세伊勢 태생의 시녀는 센히메를 꺼려 멀리했지만 그 외에도 셋이나 소실을 두고 있었다. 그런데도 센히메는 질투 비슷한 말을 입에 담은 적이 없었다.

'그런 감정이 안으로 쌓여 저런 버릇이 생기셨다……'

오쵸보라 불리던 때부터 센히메의 충실한 시녀여야 한다고 다짐했던 그녀는 역시 히데요리가 나쁘다는 생각을 하지 않고는 견딜 수 없었다……

오늘도 그녀는 눈을 감은 채 꼼짝도 않고 태풍이 지나가기를 기다리고 있었다.

그때 뜻하지 않게 많은 사람들의 발소리가 들렸다……

4

한 사람의 발소리였다면 그녀는 눈을 뜨지 않았을 터. 눈을 감은 채 지금은 아무도 만나시려 하지 않는다고 물리쳤을 터였다.

그런데 오늘은 그 발소리가 세 명, 다섯 명…… 아니, 여섯이나 일곱 사람의 것으로 들렸다.

깜짝 놀라 눈을 떴을 때—

"오쵸보, 왜 그렇게 놀라? 나야, 생모. 센히메 님에게 안내하도록."

크게 울리는 요도 부인의 들뜬 웃음소리였다.

"예…… 예. 지금…… 곧……"

그녀는 당장은 일어날 수 없었다. 너무나 뜻밖인 요도 부인의 내방에 당황했기 때문만은 아니었다. 그녀도 이미 나이 찬 여자가 되었다는 증거였다.

"호호호…… 발이 저린 모양이구나. 이거 생각지도 못한 광경이군. 괜찮아, 그럴 땐 이마에 침을 바르고 일어서야 해. 센히메, 센히메, 나야. 바로 들어가겠어."

요도 부인은 이렇게 말하고 뒤따르는 쇼에이니正榮尼 등을 돌아보며 말했다.

"그대들은 문 앞에서 기다리도록."

그대로 성큼성큼 교부쿄 부인 옆을 지나 단숨에 문을 열고 말았다.

"아……"

요도 부인은 얼른 문을 닫았다. 그리고 크게 어깨로 숨을 쉬며 빨갛게 되어 움츠리고 있는 교부쿄 부인을 돌아보았다.

"이게 무슨 짓이야 오쵸보……? 주군이 건너오셨다고 왜 말을 하지 않았어? 너는 주군에게……"

여기까지 말하고 소리를 높여 웃으면서—

"센히메!"

다시 한 번 날카로운 목소리로 방안을 향해 불렀다.

교부쿄 부인은 마치 자기가 수치스러운 모습을 보인 듯 당황했다.

'어서 안에서 문을 열었으면 좋겠는데……'

발소리나 부르는 어조로 미루어 오늘의 요도 부인은 결코 기분이 언짢지 않았다. 교부쿄 부인은 그 기분이 몹시 변하기 쉽다는 사실도 잘 알고 있었다.

방안의 두 사람은 그녀의 이러한 불안이란 테두리 밖에 사는 사람들이었다. 물론 일부러 시간을 끌고 있지는 않겠지만. 그러나 옷매무새를 고치는 일까지 타인의 손길이 가야 하는 사람들이었다.

"오쵸보!"

드디어 요도 부인은 그 사실을 깨달은 듯.

"주군에게 내가 왔다고 여쭈어라. 그리고 향을 피우도록."

목소리는 아직 조용했다. 그러나 이런 묘한 상태에서 들어가지도 물러가지도 못하다 보면 누구든지 결코 기분이 좋을 리 없었다.

"예…… 예…… 그럼 실례하겠습니다."

교부쿄 부인이 허둥지둥 거실 안으로 사라졌을 때 요도 부인의 이마에는 힘줄이 불끈 솟아올라 있었다.

이윽고 문이 열렸다. 그리고 입구에 앉은 센히메가—

"어서 오십시오."

인사를 했을 때 요도 부인의 시선은 상좌에 있는 히데요리를 무섭게 쏘아보고 있었다.

5

요도 부인과 센히메 사이는 시녀들이 늘 신경을 쓰는, 세상의 여느 시어머니와 며느리 같은 갈등은 없었다. 여기에도 11년이란 세월이 가져온 끊을 수 없는 애정의 줄이 연결되어 있었다.

자기 자식이라고는 히데요리 하나뿐…… 아무런 사심도 없이 여동생의 분신을 맞이한 지 11년이나 지났다. 지금은 어느 아이가 내 자식인지 분간하기 어려웠다. 갓 데려왔을 무렵의 오에요阿江與 딸과는 전혀 다른 모습의 센히메로 성장해 있었다.

이러한 요도 부인의 평소 감정에 오늘의 센히메와 히데요리는 찬물을 끼얹었다.

'역시 센히메는 며느리였다……'

어째서 그런 김징이 느는 것일까. 남자와 여자의 노골적인 모습을 보면 모든 동성同性은 적으로 보인다……는 여자의 투기심이 아직 요도 부인의 어딘가에 남아 있기 때문일까……?

"주군!"

요도 부인은 발 밑에 두 손을 짚고 있는 센히메를 무시하고 곧장 히데요리 앞에 섰다.

"나는 주군이 촌각을 아끼며 밖에서 전쟁준비를 지시하고 있는 줄 알았어요."

히데요리는 그 말을 어떻게 받아들였는지 —

"어머님은 또 어째서 여기를?"

이상한 일이 아니냐는 듯한 반문이었다.

"주군은 여기를 내가 오면 안 되는 곳……이라고 생각하나요?"

"그렇지는 않습니다. 다만 무슨 일로……"

"주군이야말로 이런 시각에 무엇 때문에 여기 왔지요? 언제 전쟁이 벌어질지 몰라 말단인 아시가루足輕°에 이르기까지 모두 마음은 전투 준비, 그런데 성의 주인인 사람이……"

점점 언성이 높아졌다. 그래도 요도 부인은 이리가와에 나란히 부복하고 있는 로죠老女°들이 마음에 걸렸다.

"전쟁이 벌어지면 여자에게는 여자로서의 각오가 있어야 한다고 생각하지 않나요?"

"물론…… 있어야겠지요."

"그렇다면, 주군은 이 성 분위기도 총대장으로서 알고 있겠지요?"

"총대장으로서……?"

"그래요, 이번 전투에서 적은 누구라고 생각하나요? 쇼군은 벌써 후시미 성에 입성했고, 오고쇼도 니죠 성을 나온다고 하는데…… 주군이 전쟁을 잊고 이런 곳에 틀어박힐 정도라면 센히메가 누구 딸인가 하는 정도는 생각해보았어야 할 거예요."

"어머님! 그건 지금 말씀하실 일이……"

"주군! 지금 주군은 잘못 생각하고 있어요…… 센히메는 적의 총대장인 오고쇼의 손녀인 동시에 나에게는 조카딸이에요."

"그러기에 이런 장소에서는……"

"아니, 그렇지 않아요! 그러기에…… 센히메 신변이 걱정되어 내가 일부러 찾아온 거예요. 주군도 성안 풍문은 듣고 있을 터. 만약 성안 동향이 적에게 알려지면 우리에게 불리하다고…… 지금 성안 사람들은 경계의 눈을 이 내전에 집중시키고 있어요. 그대로 있다가 센히메에게 만일의 경우라도 생기면 어떻게 할 생각인가요?"

그 말은 요도 부인의 진심인 것 같았다. 그녀는 힐문하듯 말하면서 히데요리 앞에 앉았다.

6

"주군에게도 센히메는 사랑스런 아내…… 그러나 사랑한다면 사랑하는 만큼 보호해주어야 하는 거예요. 이런 곳에 대낮에 건너오면 성안 무사들이 어떻게 여길지 생각해보았나요……? 역시 센히메는 수상쩍다, 주군을 자기 곁에 불러들여 그 입에서 비밀을 알아내고, 칸토에 통보할 마음임이 틀림없다…… 그렇지 않다면 이 판국에, 그것도 대낮부터……"

요도 부인의 눈은 이미 빨갛게 되어 있었다. 자기 말에 스스로 감정이 격화되는 것이 이 연령층 여자에게 공통되는 속성이었다.

요도 부인이 여기 온 것은 이런 때 이렇게 언성을 높여 다투기 위해서는 물론 아니었다. 성안에서는 지금 센히메가 도쿠가와 쪽의 첩자이므로 방심하지 말라는 소리가 여기저기서 높아지고 있었다.

전쟁이 벌어지면 반드시 이긴다고는 할 수 없다. 때로는 어떤 실수로 아군이 불리해졌을 경우 센히메로부터 전략이 누설되었기 때문이라는 말이 나온다면 그녀의 몸에 위해가 미칠 우려가 있다. 그래서 전쟁이 시작되기 전에 센히메를 요도 부인의 거처로 옮겨 보호하기 쉽게 하려는 것이 그녀의 생각이었다. 그래도 여전히 그녀의 신변을 의심하는 자가 있다면——

"내가 엄히 감시하고 있다. 의심되는 행동은 없다."

이모로서 당연한 일이지만 두둔해줄 구실이 되리라 싶어, 어디까지나 육친의 애정으로 찾아왔다……

그러나 뜻밖의 시각에 내전에서 히데요리를 발견하고, 그 히데요리에게 왜 왔느냐고 힐문을 당했다. 순간 요도 부인의 생각에 커다란 감정의 파도가 더해졌다.

'나의 깊은 마음도 모르고……'

이런 생각과 함께 눈물이 나왔고, 눈물은 다시 감정의 물결을 부채질했다.

"센히메도 잘 들어. 이번 전쟁은 타이코 전하의 법요식까지 중단하게 만든 칸토의 무례에 대한 보복이야. 전쟁에 대해 그대들은 아무것도 모를 것이야…… 그러나 나나 그대의 어머니는 지나칠 정도로 잘 알고 있어. 전쟁에서는 시비가 통하지 않아. 고집과 고집이 얽히고 의심과 의심의 소용돌이가 적도 우리도 모두 피의 지옥으로 삼켜버리게 되는 거야…… 오다니 성小谷城도 그랬고…… 에치젠越前의 키타노쇼 성北の庄城이 함락될 때도 그랬어…… 그런 비참한 전쟁을 알고도 남음이 있기 때문에 나는 그대를 맞으러 온 거야. 이 어미 곁에 있지 않으면 어떤 불행이 그대 몸에 닥칠지 몰라…… 그대를 내 곁에 두고 위로해야 되겠다 싶어 찾아왔더니…… 그런데도 일부러 대낮부터 주군을 불러들여…… 그대는 무슨 생각에서 일부러 의심의 표적을 만들고 있다는 말인가?"

"어머님."

센히메로서는 이보다 더 뜻밖의 일은 없었다. 그녀는 요도 부인과는 반대로 조용하게—

"주군을 제가 오시도록 하지는 않았습니다."

"무, 무엇이? 그럼 그대의 매력에 이끌려…… 주군이 중대한 전쟁도 잊고 건너왔다는 말이냐?"

"그것은…… 그것은 저도 모르겠습니다."

"어머님!"

참다못해 히데요리가 어머니를 제지했다.

7

"말씀이 지나치십니다. 로쬬들에 대한 체면도 있고 하니 말씀을 삼가십시오."

히데요리는 어머니가 찾아온 뜻을 알 수 있었다. 그래서 우선 어머니를 타일러놓고 이 자리를 빠져나갈 기회를 잡을 작정이었다.

"그처럼 심하게 말씀하시면 모처럼의 호의가 이 사람에게 통하지 않습니다. 좀더 부드럽게 말씀하십시오."

이 경우 어머니를 먼저 나무란 것은 히데요리의 잘못이었다.

남자는 언제나 더 가까운 사람부터 꾸짖는다…… 그런 습성이 있다는 사실조차 요도 부인은 이미 오래 전에 잊어버린 여자였다. 그녀는 자기 자신이 눈물겨울 만큼 애틋한 애정으로 센히메를 위해 일부러 찾아왔는데, 단 하나밖에 없는 자기 자식은 그 마음도 모르고 자신을 책망한다고 받아들였다.

그렇게 되면 요도 부인은 의지할 데 없는 고독한 입장이 된다.

"아니, 이런……"

요도 부인의 두 눈에서 샘솟듯이 눈물이 쏟아지기 시작했다.

"주군은 이 어미가 잘못이란 말인가요?"

"당치도 않습니다. 누가 좋고 나쁘다는 것이 아닙니다."

"아니, 그렇게 말했어. 분명히 말했어…… 이 어미는 센히메도 주군도 나에게는 무엇하고도 바꿀 수 없는 소중한 사람이라 생각했기에 일부러 노신들과 상의하여 센히메를 내 곁에 두려고…… 여기저기 머리를 숙여가며 마음을 써왔는데도……"

"어머님!"

"불쌍한 어미의 마음이 전혀 통하지 않는군. 통하지 않는다면 그것으로 됐어요. 무슨 일이 일어나도 이 어미는 모르겠어요."

"어머님!"

히데요리는 다시 한 번 세게 혀를 찼다. 화를 내는 어머니는 다루기 어렵다는 사실을 지나칠 정도로 잘 알고 있었기 때문에 혀를 차면서 거칠게 자리를 차며 일어나고 말았다.

"이 히데요리인들 어찌 전쟁을 잊고 있겠습니까? 잊지 않았기에 중요한 일이 있어 왔습니다. 그런데 일일이 어린아이처럼 간섭하시니 이제는 지겹습니다."

이러한 히데요리의 태도는 자신의 불평만을 앞세운 그야말로 자기 멋대로의 도피에 지나지 않았다. 그는 어머니의 감정을 감당할 수 없다고 미리 포기하고, 중요하기 짝이 없는 설득은 하지 않은 채 그대로 도망쳐버렸다.

"키쿠마루菊丸, 따라와!"

유일하게 대동했던 칼을 든 시동을 불러세우고 마룻바닥을 걷어차며 사라졌다.

교부쿄 부인이 당황하며 그 뒤를 네댓 걸음 쫓아갔다.

'무섭다! 이 뒤에 꼬일 일들이……'

열일곱에 불과한 그녀로서는 갑자기 무슨 말로 히데요리를 붙잡아야 할지 분별이 가지 않았다. 그녀가 조심스럽게 돌아온 것과 요도 부인이 신경질적인 목소리로 엎드려 우는 것은 동시의 일이었다.

교부쿄 부인은 깜짝 놀랐다. 요도 부인의 시녀들은 이 울음소리에 익숙해 있었다. 두 손을 짚고 있긴 하지만 그리 두려워하는 기색도 없이 약속이나 한 듯 그 눈길을 센히메 쪽으로 보내고 있었다. 센히메는 그 시선을 온몸에 받으면서 조용히 허공을 쳐다보고 있었다. 이 자리의 분위기를 완전히 무시한 새하얀 꽃으로 보였다.

8

센히메는 결코 히데요리를 탓하려는 것도 요도 부인을 증오하려는 것도 아니다…… 어째서 모두의 선의가 묘하게 엇갈리는 것일까, 그 정체를 알아내려 하고 있는지 모른다……고 교부쿄 부인은 생각했다.

온몸을 내던지고 경련하듯 울고 있는 요도 부인은 무서웠다. 울음을 그치고 나면 전보다 더 무서운 폭풍이 불 것이다…… 아니, 그 이상으로 기분 나쁜 것은 입구 쪽에 앉아 꼼짝 않고 센히메를 바라보는 쇼에이니, 오쿠라大藏 부인, 우쿄노타유右京太夫 부인, 아에바 부인, 오기노荻野, 오타마阿玉 등의 눈이었다.

이 여자들 중에서 과연 누가 센히메에게 호의를 보이고 있을까?

모두가 요즘 성안 분위기에 동요하여—

'작은 마님은 에도의 첩자……'

심술궂은 눈으로 보는 사람들인 것만 같았다.

'언제나 이런 사람들이 있지도 않은 소문을 퍼뜨린다……'

그들의 눈에는 센히메가 몸부림치며 우는 시어머니의 울음소리를 통쾌하다는 듯이 들어넘기고 있는 것으로 보일지도 모른다.

울음소리가 뚝 그쳤다.

지금까지 센히메에게 쏠렸던 눈길이 대번에 요도 부인에게로 집중되었다. 아마도—

'이제부터 무슨 일이 일어날까……'

그런 짓궂은 호기심과 기대에서가 아니었을까?

"센히메."

울음을 그치고 나서 잠시 동안은 무언의 침묵. 그리고 요도 부인이 얼굴을 들었을 때 뜻밖에도 그 목소리는 부드러웠다.

"아까 주군은 네가 불러서 온 것이 아니라고 했지?"

"예. 그렇다고 말씀 드렸습니다."

"그리고 주군은 전쟁을 잊고 있는 것은 아니다, 중요한 일이 있어서 왔었다고 했지?"

"예…… 그러합니다."

"주군의 그 중요한 용무……가 무엇이었는지 말해주겠니?"

"예. 오쿠하라 토요마사라는 자와 만나시기 위해서였습니다."

"허어, 오쿠하라를……? 왜 오쿠하라를 밖에서 부르지 않았을까? 어째서 주군은 자기 부하를 일부러 몰래 만나려는 것일까?"

"글쎄…… 그것은……"

"지금은 전쟁 중이나 다름없는 때, 성안에서 남의 눈을 피해 특별한 자와 몰래 만난다는 것은 좋지 않다고 주군에게 간언했나?"

"아닙니다. 저는 깨닫지 못했습니다."

"깨닫지 못했다…… 그렇다면 다시 묻겠어. 그 오쿠하라 토요마사와 주군은 무슨 이야기를 나누었지? 토요마사가 한 말부터 이 어미에게 말해보도록."

"예…… 예."

센히메는 약간 고개를 기울였다.

"오고쇼 님은 주군을 공격할 뜻이 없지 않은가…… 그런 말씀을 드렸습니다."

"뭐, 오고쇼에게 싸울 뜻이 없다고……?"

"예. 주군도 같은 생각이시라면서 에도 할아범이 그립다고……"

센히메가 여기까지 말했을 때 요도 부인은 당황하여 자기 입술에 손을 갖다대고 말을 막았다. 낯빛이 창백했다.

9

요도 부인은 자기 입에 손을 댄 채 빠른 말소리로 센히메의 말을 지워 없애려고 했다.

"주군이 그런 말을 했다면 무슨 생각이 있어서가 분명해. 틀림없어! 오쿠하라 토요마사의 마음을 탐지하기 위해서야. 안 그래, 그렇게 생각하지 않나?"

다그치듯이 하는 말에 센히메는 천천히 고개를 저었다.

"아닙니다. 그렇지 않습니다."

"뭐! 아니라고…… 아니긴 어째서 아니란 말이야! 이 성의 운명을 걸고 전군을 지휘하는 주군이 진심으로 그렇게 생각할 리 없어!"

요도 부인은 다시 전처럼 높은 목소리로 돌아갔다.

"주군의 본심이 아니야, 본심일 수 없어."

센히메는 저항하지 않고 싸늘하고 맑은 목소리로 동의했다

"저도 그렇게 생각합니다."

"뭐…… 뭐라고 했어?"

"저도 그렇게 생각합니다. 저를 위로하려고 하신 말씀…… 그런 말

씀은 하지 않으시는 편이 좋겠다고 생각했습니다."

요도 부인은 눈이 휘둥그레져 숨을 죽였다.

센히메는 별로 요도 부인에게 반항하려는 생각은 아닌 것 같았다. 그렇다면 무엇을 생각하고 어떤 마음을 가지고 있을까?

"센히메!"

"예."

"이 어미는 네가 무슨 생각을 하고 있는지 모르겠어. 주군은 너를 위로하려고 일부러 오쿠하라 토요마사를 이리 불렀다고 생각하나?"

"예."

"……무엇 때문이지? 무엇 때문에 주군은 센히메 너를 그처럼 위로해야만 할까?"

"오고쇼의 손녀……이기 때문일 것입니다."

"원, 이런! 무서운 말을 입에 올리는군. 오고쇼의 손녀라면 적의 딸, 미워할망정 위로할 이유는 없을 텐데."

센히메는 다시 천천히 머리를 저었다.

"그러나 저는 이미 칸토의 일 같은 건 모릅니다."

"그래서 가엾기 때문에 위로한다……"

"아닙니다."

"그러면 무엇이란 말이야?"

다시 언성이 높아졌다. 이번에는 센히메가 천천히 이리가와 쪽에 늘어앉은 요도 부인의 시녀들에게 시선을 옮겼다.

"어머님에게 드릴 말씀이 있으니 모두 옆방에 물러가 있도록."

"아……"

요도 부인이 눈을 부릅떴다.

센히메가 시어머니의 시녀들에게 이처럼 태연하고 침착하게 명할 수 있는 어른이 되어 있을 줄은……

"알겠습니다."

로죠들도 놀란 모양이었다. 그러나 이곳 주인은 이 성의 안주인이기도 했다. 명령을 받은 이상 물러가는 수밖에 없었다.

센히메는 모두 물러간 뒤 조용히 시어머니 쪽을 향해 앉았다.

"주군은 어머님 일을 걱정하고 계시다……고 이 센히메는 받아들였습니다."

"뭐, 내 일을……?"

"예. 토요마사를 부른 것도 그 일 때문임이 틀림없습니다."

10

요도 부인은 자기 귀를 의심했다.

로죠들을 물러가게 했을 뿐만 아니라, 센히메의 말 가운데는 요도 부인마저 압도하려는 듯한 자신감의 뒷받침이 느껴졌다. 흥분하고 있을 때가 아니라고 끓는 피를 필사적으로 억누르고 있는 요도 부인으로서는 믿음직하기도 하고 기특하기도 했으며 놀랍기도 한 태도였다.

"그럼, 주군은 이 어미를 걱정하여…… 오쿠하라란 자를 이리 불렀단 말이지?"

"주군은……"

센히메는 또다시 시선을 허공에 보냈다.

"이번 전쟁은 여간 고전하게 되지 않을 것이라고 차차 각오를 굳히고 계십니다."

"네가 [illegible] 센히메가…… 어떻게 알 수 있지?"

"처음에는 오직 용감하게 싸우실 각오…… 그러나 전쟁에는 승패가 있습니다."

"물론이야…… 그래서 주군은 요즘 두려워하고 있다는 건가?"

"아닙니다. 더욱 진지하게 생각하시게 되어 만일의 경우까지 걱정하시게 되었습니다…… 그리고 가장 걱정되는 것은 전쟁이 불리해질 경우 어머님에 대한 일……임을 저는 잘 알고 있습니다."

"어머!"

순간 요도 부인은 좀전에 분노에 못 이겨 센히메의 머리채를 잡지 않아 다행이라 생각했다.

"그래서…… 그래서…… 주군은 어떤 생각을 했나?"

"일부러 토요마사를 제 앞에 부르시고, 오고쇼를 증오하지는 않으나 부득이한 고집으로 전쟁을 한다, 그러므로 만일의 경우에는 어머님을 부탁한다고……"

"잠깐! 잠깐, 센히메…… 너는 아까 너를 위로하는 것이라고 말했지 않아? 그럼 그것은 거짓말이었나?"

"아닙니다."

센히메는 무엇인가 깊이 탐색하는 듯한 눈으로 고개를 저었다.

"저를 위로하려는 마음이 사 부라면, 어머님을 부탁한다는 효심이 육 부라고……"

"어머나……"

"그래서 저는 언짢은 생각이 들었습니다. 반반씩이라면 좋을 것을 하고…… 질투만이 아니었습니다. 일부러 저에게 두 분의 말씀을 듣도록 하신 마음속에는…… 센히메, 만약의 경우에는 어머님을 부탁한다…… 이런 마음이 역력히 보였습니다…… 아니, 그 일이 서운하지는 않습니다. 다만, 그 말씀 깊숙한 곳에는 제가 적의 핏줄이라는 차가운 거리감이 있다는 생각…… 에도의 일 같은 것에 대해서는 이미 아무런 기억조차 없는 저를……"

요도 부인은 그만 말문이 막히고 말았다.

'그렇구나. 그런 서운함 때문에 토라졌다. 그래서 주군은……'

비로소 이 젊은 부부에게도 그런 다툼이 있었구나 하고 생각했다.

"어머님, 제 몸에는 아버지의 피도 흐르고 있지만 어머니의 피도 섞여 있습니다. 더구나 이 오사카밖에 모르는 몸을 어째서 주군은 거리를 두시는가? 저는 그것이…… 그것이 알고 싶습니다."

센히메는 갑자기 몸을 꺾고 울음을 터뜨렸다.

11

요도 부인은 어느 틈에 센히메를 끌어안았는지 의식이 없었다.

'우는 게 좋아. 실컷 우는 게 좋아……'

깨닫고 보니 같은 말을 되풀이하면서 힘껏 두 팔을 어깨에서 가슴으로 돌리고…… 요도 부인 자신도 울고 있었다.

새삼스럽게 센히메의 말을 들을 것도 없이 두 사람에게는 같은 피가 흐르고 있다. 요도 부인의 뇌리에서 사라지지 않는 어린 시절의 아사이 나가마사…… 잊으려 해도 잊을 수 없는, 키타노쇼에서 헤어진 어머니 오이치お市 부인……

센히메도 히데요리도 그 불행했던 두 사람의 슬픈 분신이 아니었던가…… 온갖 시대의 풍파에 씻기면서 이 오사카 성의 주인이 되고 그 아내가 되어 서로 얼싸안게 되었다……

히데요리가 어머니를 걱정하는 심정도 잘 안다. 에치젠의 키타노쇼 성이 함락된다는 사실을 알았을 때 요도 부인 자신도 어머니만은 구출하려고 얼마나 작은 가슴을 애태웠던가……

히데요리가 전쟁에 돌입하려는 마당에서, 지난 시절 챠챠히메茶茶姬(요도 부인의 아명)가 걱정했던 것처럼 그 어머니를 걱정하지 않을 리 없었다. 그런데 이 어머니를 센히메나 토요마사에게 넌지시 부탁했다고 하면 센히메와의 정은 상처를 입을 것이 틀림없다.

키타노쇼 성이 함락될 무렵, 딸인 챠챠가 아무리 권해도 어머니 오이치 부인이 성을 떠나지 않았던 것은 남편을 따르려는 아내의 애정에서였다. 그때 할머니가 지녔던 슬픔이 지금 손녀인 센히메에게 같은 형태로 찾아들고 있었다.

"그럼 센히메는, 이 어미는 오쿠하라에게 부탁해서 구출해도 좋다, 그러나 자신은 주군과 같이 죽고 싶다…… 만일의 경우에는 말이야, 만일의 경우에는 그렇게 하고 싶다는 말인가?"

센히메의 울음이 그치기를 기다렸다가 조용히 귓전에 속삭였다.

"예."

센히메는 또렷하게 대답하고 얼굴을 들었다.

"저는 계속 함께 자란 주군과 헤어져 산다는 것은 꿈에도 생각지 않습니다. 헤어지게 되면 죽고 말겠습니다."

"알았다! 잘 알았어. 이 어미 역시 어려운 고비를 여러 차례 견디며 살아왔어. 그때는 말이야, 이 어미도 혼자 살 생각을 않겠어. 히데요리도 센히메 너도 모두 사랑스러운 내 자식, 셋이서 꼭 껴안고…… 이렇게…… 황천에 데려가겠어."

말하고 나서 요도 부인은 정신을 차렸다.

"내가 무슨 소리를 했는지 모르겠군! 아직 싸움도 시작하기 전인데 불길한 눈물을…… 자, 이렇게 된 이상 마음을 합해 주군을 도와 전쟁에 이기도록 하자. 이기면, 이기면 그것으로 다 좋은 일."

"예."

"자, 눈물을 거두어라. 고운 얼굴이 보기 흉하게 되겠어."

"예."

센히메에게 그 말은 조금도 거짓이 아니었다. 아마 그녀가 히데요리의 아내가 아니고 누이동생이었다 해도 이런 전쟁에서 오빠를 버리고 살 마음은 조금도 없었을 것이다.

'오빠의 불행은 바로 나의 불행……'

서슴없이 함께 싸울 터. 이런 감정 위에 더군다나 부부애가……

오쿠하라 신쥬로 토요마사의 어떤 일이 있어도 구해야 한다……는 사명은 더욱 어려워지기만 한다.

칸자키가와의 선봉

1

양군의 전투가 시작된 것은 11월 6일 밤…… 오사카 성에서 센히메가 요도 부인의 내전으로 거처를 옮긴 날 새벽녘이었다. 이때 오사카 쪽 배치가 이미 끝나 있었던 것은 말할 나위도 없었다.

본성에서는 총대장인 히데요리가 기치旗幟 부교奉行° 코리 슈메노스케郡主馬亮, 우마지루시 부교 츠가와 사콘津川左近, 코쇼小姓° 대장 호소카와 사누키노카미 요리노리細川讚岐守賴範와 모리 카와치노카미 모토타카森河內守元隆를 거느리고서 총병력 3,000명으로 포진했다. 물론 이들이 직접 전투에 참가하리라고는 아무도 생각하지 않았다.

점점 추워지는 계절이라 수영연습은 할 수 없었다. 그래서 히데요리는 오쿠하라 토요마사의 권고로 열심히 승마연습을 하고 있었다.

본성 야마사토山里 성곽에 대한 수비는 측근인 스즈키 겐에몬鈴木源右衛門과 히라이 키치에몬平井吉右衛門, 히라이 츠기에몬平井次右衛門 형제가 맡고 츠치바시土橋는 요리키與力° 30명과 도신同心° 50명이 수비를 담당했다.

그 본성을 둘러싸고 있는 둘째 성, 본성과 둘째 성 사이에는 해자가 있었다. 그리고 그 해자 밖이 셋째 성, 이 셋째 성 주위에 훨씬 더 넓고 깊은 해자가 둘러쳐져 있고, 물이 가득 채워져 있었다.

둘째 성 동쪽은 아사이 스오노카미 나가후사淺井周防守長房, 미우라 히다노카미 요시요三浦飛騨守義世 이하 3,000명이 타마츠쿠리玉造 어귀에서 아오야青屋 어귀 사이를 담당하고, 다시 아오야 어귀는 이나키 우에몬노죠 노리카즈稲木右衛門尉教量 이하 2,000명이 배치되었다.

이 근처에서부터 적의 내습에 대비하는 마음가짐은 한결 긴박감을 주었다. 타마츠쿠리 어귀나 아오야 어귀에도 적의 침입은 절대 불가능……이라고 할 수는 없었기 때문이다. 그래서 유격대로 뽑힌 것이 키무라 나가토노카미 시게나리木村長門守重成 이하의, 말하자면 히데요리 친위대라고 할 젊은 정예무사 5,000명이었다.

그 반대편인 서쪽, 곧 정문 어귀의 마스가타桝形°에는 아오키 민부노쇼 카즈시게青木民部少輔一重 이하 1,000명. 정문 어귀의 북쪽은 마키시마 겐바노죠 시게토시槇島玄蕃允重利의 1,500명. 다시 그 서쪽에는 나시마 민부노쇼 타다즈미名島民部少輔忠純의 1,300명, 모리 부젠노카미 카츠나가毛利豊前守勝永의 5,000명, 하야미 카이노카미 모리히사速水甲斐守守久의 4,000명 순으로 배치되어 있었다.

남쪽에는 센고쿠 부젠뉴도 무네나리, 쵸소카베 쿠나이노쇼 모리치카長曾我部宮内少輔盛親, 아카시 카몬노스케 모리시게, 유아사 우콘 마사히사湯淺右近正壽, 이시카와 히고노카미 야스카츠石川肥後守康勝 등이 1만 3,000명으로 중앙을 지키고, 타마츠쿠리 어귀에는 오다 사몬 나가요리織田左門長頼의 1,300명이 배치되었다. 이 밖에 실질적인 총대장 오노 슈리노스케 하루나가의 5,000명과 고토 마타베에 모토츠구後藤又兵衛基次 이하 3,000명이 유격대로 배치되었다.

그리고 더욱 북쪽인 서북 모퉁이에는 오노 슈메노스케 하루후사大野

主馬亮治房의 5,000명, 쿄바시京橋 어귀에는 후지노 한야藤野半彌 이하 3,000명, 마스가타에는 홋타 즈쇼노스케 카츠요시堀田圖書助勝嘉 이하 3,000명, 수문水門 어귀에는 이토 탄고노카미 나가자네伊東丹後守長實 이하 3,000명…… 이렇게 물샐 틈 없는 수비태세를 갖추었다.

이상으로 히데요리 본진은 이른바 '난공불락難攻不落'인 견고한 배치의 중심을 이루었는데, 다시 그 외곽에 셋째 성 방비가 세워졌다.

셋째 성은 서남쪽이 넓게 트여 있었으며, 각각 시가지로 통하는 출입구가 있었다.

우선 동쪽부터 모리무라森村 어귀, 야마토바시大和橋 어귀, 쿠로몬黑門 어귀, 히라노平野 어귀, 핫쵸메八町目 어귀, 타니마치谷町 어귀, 우나기다니鱣谷 다리, 안도지安堂寺 다리, 큐호지久寶寺 다리, 노진農人 다리, 혼마치本町 다리, 시안思案 다리, 히라노 다리, 코라이高麗 다리, 텐신天神 다리, 텐마天滿 다리, 쿄바시京橋를 거쳐 북동쪽 망루까지 모두 배치한다면 그야말로 도요토미 타이코가 생각한 '난공불락'이 완성되는데, 그러자면 3만이나 5만 인원으로는 어림도 없었다. 그 규모는 천하인이 아니면 메울 수 없는 광대한 것이었다.

2

게는 구멍을 파도 자기 몸에 맞게 판다……는 속담에 진리가 있다면, 오사카 성이라는 거성은 이미 평범한 게에게는 지나치게 큰 구멍이었다. 도요토미 타이코와 같은 불세출의 큰 게라면 모른다. 하지만 보통 기량 정도의 인물로는 출입구 방비에서부터 난관에 부딪칠 터. 더구나 이 성은 외관만은 충분히 '난공불락'의 위용을 갖추고 있어 야심가들의 꿈을 부추긴다……

이때 성안 인원은 거의 10만에 이르고 있었다. 그러나 그들을 통솔할 장수의 수효는 매우 부족했다…… 그래서 셋째 성에 배치된 책임자의 반수 이상은 둘째 성 방비를 겸하지 않을 수 없었다. 오노 형제는 물론 이거니와 아오키 카즈시게도, 모리 카츠나가도, 아카시 카몬도, 유아사 우콘도, 센고쿠 무네나리도, 쵸소카베 모리치카도, 코리 슈메노스케도, 키무라 시게나리도 모두 셋째 성에서 각각 몇 부대씩 지휘하지 않으면 안 되었다.

더구나 셋째 성을 지키려면 당연히 성밖 요소요소에 성채를 만들지 않으면 안 된다. 사나다 사에몬노스케 유키무라가 가장 고심한 것은 바로 이 점이었다.

사에몬노스케는 성 남쪽 가장 중요한 곳에 '사나다 성곽 외성外城'을 만들고, 아들 다이스케 유키츠나大助幸綱와 이키 시치로에몬 토카츠伊木七郎右衛門遠雄 이하 5,000명을 거느리고 진두에 섰다.

성의 동북쪽 가모蒲生 성채에는 이다 사마노스케飯田左馬助 이하 300명, 이마후쿠今福 성채에는 야노 이즈미노카미 마사노리矢野和泉守正倫 이하 300명, 시기노鴫野 성채에는 이노우에 로자에몬 요리츠구井上郎左衛門賴次와 오노 하루나가의 부하를 합해 2,000명. 이 시기노 성채까지 하루나가가 지휘할 수는 없어, 이곳은 척후나 감시초소라는 의미밖에 지니지 못했다.

서남쪽 성채에는 아카시 탄고노카미 마사노부明石丹後守全延 이하 800명, 바쿠로가후치博勞ヶ淵 성채에는 스스키다 하야토노쇼 카네스케薄田隼人正兼相, 요네무라 로쿠베에米村六兵衛, 히라코 슈젠 사다아키平子主膳貞詮 이하 700명. 센바船場 성채에는 오노 하루나가의 부하 400명이 배치되었다.

서북쪽의 후나구라船庫 성채에는 오노 도켄大野道犬 이하 800명. 후쿠시마 성채에는 코쿠라 사쿠자에몬 유키하루小倉作左衛門行春와 미야지마 빗츄노카미 카네오키宮島備中守兼興 이하 2,500명. 텐마 성채에는 오다 우라쿠사이 이하 1만 명…… 이렇게 적어나가면 10만 명 정도의 군사 따위는 모두 어디론가 사라져버릴 것만 같았다. 더구나 성밖 성채 지휘자가 이중진지 안의 둘째 성에 대한 지휘를 겸하지 않으면 안 되었다. 그러므로 실질적으로는 임시로 고용한 무리에게 각자 알아서 싸우라고 맡기는 식의 방비가 된다.

이러한 오사카 성 쪽 방비의 약점이 천군만마千軍萬馬 사이를 질주하며 도요토미 타이코에게조차 한 번도 진 적이 없는 이에야스의 눈엔 어떻게 비쳤을까?

야마구치 시게마사를 오사카 성에 들여보내 히데요리를 암살하자고 진언한 도이 토시카츠를 이에야스가 꾸짖고 이를 중지시킨 의미를 짐작할 수 있다…… 굳이 그런 일을 할 필요가 없을 만큼 '철없는 어린아이의 오기'로 보일 뿐……

11월 5일, 이에야스는 카타기리 카츠모토를 니죠 성으로 불러—

"오사카 공략을 시작하도록."

이렇게 명하고, 즉시 죠 이즈미노카미 노부시게를 불렀다. 그리고 서둘러 공격해서는 안 된다는 전혀 반대되는 밀명을 오사카 성 서남쪽에 진출한 카토, 이케다 양군에 전했다.

3

카타기리 카츠모토에게는 오사카 성 공략을 명하고, 기세를 올리며 칸자키가와까지 진출한 이요 마츠야마의 20만 석 영주 카토 요시아키의 맏아들 시키부노쇼유 아키나리와 히메지의 32만 석 영주 이케다 무사시노카미 토시타카, 비젠 오카야마의 38만 석 영주 이케다 사에몬노카미 타다츠구 형제에게는—

"오고쇼 님의 분부입니다. 이 부근은 오사카 성과 가깝고 지리적인 조건도 좋지 않습니다. 함부로 강을 건너서는 안 됩니다. 철저하게 적의 동정을 살피면서 차후의 명령을 기다리시오."

이러한 명령을 전했다. 한쪽에는 공격하라고 하고 다른 쪽에는 공격하지 말라는 모순된 명령을 내린다…… 여기서 이 전쟁에 대한 이에야스의 책략이 저절로 얼굴을 내밀고 말았다.

이에야스는 아직 싸울 마음이 없었다……

히데타다 대군이 도착하기 전에 오사카 쪽에서 자기에게—

"세상이 납득할 만한 화평의 조건을……"

제시하도록 하고 싶은 마음일 뿐이었다.

이미 양군 모두 준비를 갖추고 대치상태에 들어가 있었다. 사기에 영향을 미치게 되므로 입밖에 내지는 않았다. 그러나 그것이 이번 싸움에 대한 이에야스의 바람이었다.

그리고 일단 오사카 성을 나왔다고는 하나 어제까지만 해도 그 성의 초석이었던 카타기리 카츠모토에게 그 기회를 주려고 북쪽에서 제일 가까운 위치에 그를 진출케 한 것이 아니었을까.

그런데도 불구하고 카타기리 형제는 아무런 수단도 강구하려 하지 않았다. 어쩌면 정말 히데요리를 미워하기 시작했는지도 모른다…… 아니, 실은 그들 형제가 그저 팔짱만 끼고 있었던 것은 아니다. 죠코인 등과 연락은 하고 있었다. 그러나 화의를 위한 그들 형제의 뜻은 좀처럼 열매를 맺을 기미가 보이지 않았다.

"이것이 마지막이다!"

이러한 심정으로 이에야스는 카타기리 형제에게 오사카 공격을 명했다. 그와 동시에 다른 진영의 군사에게는 아직 움직이지 말라고 일부러 사자를 보내 명령을 전했다.

이렇듯 이에야스로부터 직접 죠 이즈미노카미가 파견되어 공격이 금지되고 있던 카토 쪽 진영, 실은 그때 이미 나카노시마中の島 공략을 목포로 도하를 위한 작전회의를 하고 있었다.

나카노시마는 오사카 성 서북쪽에 위치한 강으로 둘러싸인 섬이었다. 카토 군은 시코쿠四國에서 바다를 건너 아마가사키에 밀어닥쳤고, 다시 군사를 몰아 칸자키가와에서 나카노시마 건너편까지 진영을 전진시키고 있었다.

카토 군이 전진한 지점에서는 나카노시마에 있는 오사카 쪽 군사들의 모습이 똑똑히 보였다. 병력은 그럭저럭 1만 명쯤은 될 것 같았다. 오사카 군사들은 감시선 30척을 강에 띄워놓고 공격군을 삼엄하게 감시하고 있었다.

이때 카토 군의 병력은 고작 700 남짓…… 카토 군의 적은 병력에 오사카 군은 일부러 배를 접근시켜왔다.

"용기가 있거든 어서 건너오너라. 한 놈도 남기지 않고 모두 짓밟아 버리겠다."

카토 요시아키는 어렸을 때부터 도요토미 가문이 기른 무장이었다. 그래서 더욱 욕설을 퍼부으며 도발해오는지도 몰랐다. 양군 사이에는 점점 살기가 높아갔다.

주고받는 욕설로 살기등등한 가운데 해가 저물고 서리를 머금은 밤안개가 수면을 덮기 시작했다. 그제야 오사카의 감시선은 하류 쪽으로 모습을 감추어 겨우 건너편이 조용해졌다.

이때 척후로 나갔던 카가야마 코자에몬加賀山小左衛門이 돌아와 시키부노쇼유 아키나리에게 도하를 권했다.

"적은 우리 병력이 소수임을 얕보아 하류의 이케다 군 쪽으로 감시선을 돌렸습니다. 병력도 그쪽으로 보낸 듯합니다. 강을 건너려면 지금이 기회입니다! 지금이야말로 도하하여 강 저편에 진을 칠 절호의 기회라고 생각합니다."

젊은 아키나리도 눈을 부릅뜨고 그럴 생각이 들었다.

4

카토 아키나리는 아버지 요시아키를 에도 저택에 두고 왔다. 명목은 에도를 지키기 위해서지만 그것이 일종의 '인질'임을 아키나리는 잘 알고 있었다. 게다가 나이도 비슷한 이케다 형제가 자기와 공을 다투는 위치에 있었다.

"좋아! 적이 전면에서 이동했다면 그건 하늘의 도우심이다. 즉시 강을 건너도록 하라."

음력 11월 6일은 양력 12월 중순. 벌써 강기슭의 웅덩이에는 살얼음이 얼기 시작하는 계절이었다. 그러므로 기습하기에는 안성맞춤이라 생각했다.

이때 안색이 변하여 달려온 것은 이에야스의 사자 죠 이즈미노카미 노부시게와 응대하고 있던 노신 츠쿠다 지로베에佃治郎兵衛였다.

"죄송하오나 방금 오고쇼 님의 사자가 와서, 당분간은 명령 없이 공격은 안 된다, 적의 동태를 잘 살피면서 다음 지시를 기다리라는 명령을 내렸습니다."

"뭣이, 오고쇼 님이……? 그렇다면 염려할 것 없어. 오고쇼 님은 적의 병력이 우세하기 때문에 무리한 전투를 해서 져선 안 된다고 생각하신 거야. 이기면 될 것 아닌가! 이기기만 하면, 소수병력으로 이 추위에 잘 싸웠다고 오고쇼 님은 오히려 칭찬해주실 거야. 적이 강 건너에서 이동했다…… 이런 좋은 기회는 두 번 다시 오지 않아. 저것을 봐! 차츰 안개가 짙어지고 있어. 오늘밤 안으로 건너가 날이 새면 적을 깜짝 놀라게 해주겠어."

흰머리가 섞이기 시작한 백전노장 츠쿠다 지로베에는 조용히 머리를 저으며 좀처럼 동의하지 않았다.

"주군은 용감하게 말씀하시지만 이 추위에서 강을 건너는 일은 그리 용이하지 않습니다. 제게는 경험이 있습니다. 비록 강을 건넌다 해도 배를 댈 곳이 없으면 전군이 물에 빠진 쥐가 되어 상륙하게 됩니다. 만일 그때 적이 알아차린다면 어떻게 되겠습니까? 손발이 얼어 칼과 창을 마음껏 사용할 수 없습니다."

"그땐 총구를 나란히 하여 원호사격을 하면 돼."

"당치도 않은 말씀입니다! 일부러 총을 쏘며 미리 알리고 공격하는 기습이 어디 있습니까? 게다가 아군은 칠백, 적은 일만…… 총포 수도 비교가 되지 않습니다. 역시 오고쇼의 말씀대로 나중에 이케다 군과 함께 적의 병력을 사방으로 분산시키면서 공격하는 게 효과적, 그때까지 자중하는 것이 좋습니다."

"으음, 그러니까 야습에 반대한다는 말인가?"

"예. 만약의 경우가 생겼을 때 위험이 너무나 큽니다."

말을 듣고 보니 확실히 그러했다.

날이 밝으면 강 건너에 아군의 깃발이 꽂힌다…… 그 광경을 상상하면 통쾌했지만, 물에 빠진 쥐처럼 되어 손발이 언 아군이 서리 위에 쓰러져 있는 광경은 차마 볼 수 없는 일이었다.

"그럼, 이 기회를 놓쳐야 한단 말인가…… 어떤가, 코자에몬, 그대도 납득이 가는가?"

안타까워하는 아키나리의 질문을 받고 기습을 권한 카가야마 코자에몬은 츠쿠다 지로베에 쪽으로 향했다.

"실례지만…… 츠쿠다 어르신께서는 저희 젊은 사람의 의견을 들어주시겠습니까?"

"그렇다면 자네는 아직 단념하지 못하겠다는 것인가?"

"그렇습니다."

카가야마 코자에몬은 반항하듯 대답했다.

5

"어르신은 이번 전쟁을 카토 가문의 전쟁이라 생각하십니까, 아니면 천하의 전쟁이라고 생각하십니까? 우선 그걸 여쭈어보고 싶습니다."

이 질문은 옛 센고쿠戰國 시대에는 없던 무례한 물음이었다.

'요즘 젊은이는 이치만 앞세우고 있다.'

츠쿠다 지로베에는 못마땅해 쓴웃음을 지으면서 카가야마 코자에몬에게 대답했다.

"말할 것도 없이 천하의 전쟁, 도쿠가와 가문의 전쟁이라고 해야겠지. 이것은……"

"그 말씀을 들으니 오늘밤 안으로 강을 건너야겠습니다. 그래도 되겠습니까?"

"코자에몬, 자네는 말하는 순서를 모르는 것 같네. 어째서 그래야 하는지 먼저 말해야 하는 거야."

"알겠습니다."

코자에몬은 별로 상대에게 반감 같은 것은 가지고 있지 않은 모양인지 순순히 고개를 숙이고 입을 열었다.

"어르신의 말씀대로 이것은 천하의 전쟁입니다. 그러므로 아시다시피 이세시, 오카야마의 두 이케다 가문을 비롯하여 츄고쿠中國, 시코쿠의 여러 군사들이 굳게 진을 치고 있습니다."

"그래서……?"

"그 가운데서 어느 한쪽 군사가 먼저 강을 건너면 어떻게 되겠습니까? 건너편 나카노시마에서는 전투가 시작됩니다."

"그럴 테지. 모두들 싸우러 왔으니 그렇게 된다 해도 전혀 이상할 것은 없지."

"바로 그것입니다! 아군은 소수이므로 먼저 건너가 싸움을 벌이면 다음 군사가 뒤질세라 건너와서 우리와 적을 나누어 맡게 됩니다마는, 만일에 뒤에 처지면 어떻게 되겠습니까?"

"뭐, 뭣이?"

"이케다 형제 군사만 합해도 팔천팔백…… 그들이 먼저 건너가면 우리 카토 집안의 상대는 이미 남아 있지 않습니다. 따라서 우리는 이쪽 기슭에서 전투를 구경만 하고 있어야 합니다. 천하의 전쟁에 나와 전공을 다투는 사람들 틈에서 구경만 하고 있어도 될까요?"

"으음."

기묘한 논리의 발전에 츠쿠다는 자기도 모르게 신음했다.

"어르신, 그리고 우리 집안에는 또 하나 특별한 사정이 있습니다."

"허어, 어떤 사정인가?"

"카토 집안은 도요토미 가문의 은혜를 입었습니다. 만일 싸움 구경만 하다가 전쟁이 끝났다…… 그렇게 되면 반드시 우리 집안은 위태로워질 것입니다."

"으음."

"천하의 전쟁은 도중에 비록 기복은 있겠으나 결국에는 반드시 이기는 전쟁…… 이기는 전쟁에서 주저하며 구경을 하느니보다 맨 먼저 건너가 츄고쿠, 시코쿠의 군사에게 후원하도록 한다…… 그러기 위해서는 먼저 건너는 방법밖에 없다……고 생각합니다만 어떻습니까?"

카가야마 코자에몬은 일단 말을 끊었다.

"이것 정말 놀랍군. 요즘 젊은이들과는 함부로 말을 하는 게 아니었어. 으음, 모두에게 싸움을 돕도록 하자는 말인가?"

맨 먼저 무릎을 치고 감탄한 것은—

"츠쿠다佃인가 카와무라河村인가."

이렇듯 츠쿠다와 함께 카토 집안의 쌍벽으로 일컬어지는 노신 카와무라 곤시치로河村權七郎였다……

6

전쟁이 일어나면 인간은 언제나 상식의 테두리를 벗어나 생각하지 않을 수 없다. 아무 원한도 없는 사람인데도 어떻게 죽이느냐 하는 일에 몰두하지 않으면 안 된다. 그렇기 때문에 이러한 주장도 결코 무리가 아니다. 그러나 이런 살육에도 인간에게 기괴한 살의를 갖게 하기에 앞서 반드시 지나야 하는 하나의 통로가 있다. 그 살육이 스스로의 더 나은 '삶'을 목표로 하고 있다는 점이다.

카가야마 코자에몬의 논리는 단적으로 이 계산에 입각해 있었다. 바쿠후幕府°의 눈총을 받아 카토 가문이 궤멸되면 모두의 생계까지도 위태롭다. 그런 현실을 알고 있는 만큼 주군 요시아키를 에도에 인질과 다름없이 남겨두면서까지 이처럼 출전해 있다…… 그런데도 '싸움구경' 하듯 뒷전에 처졌다가 엉뚱한 의심을 받는다면 출전한 의미가 전혀 없어진다. 이 점을 정확하게 코에자몬에게 지적당했다……

구경꾼이 되겠는가, 아니면 맨 먼저 건너가 다른 세력들의 도움을 받아 승리할 것인가……?

패할 우려는 전혀 없는 싸움이었다.

츠쿠다 지로베에도 그 계산을 모를 리 없는 인물. 카와무라 곤시치로가 무릎을 치며 코자에몬을 칭찬하자마자, 그 역시 감탄하는 태도로 코자에몬의 의견에 찬성했다.

"오오, 그렇게 깊은 생각이 있었던가? 훌륭해, 놀라운 일이야! 그런 줄도 모르고 쉽게 반대한 것은 부끄럽기 짝이 없는 일. 주군! 즉시 도하 명령을 내리심이 가할 줄로 압니다."

지금 그들이 이에야스의 명령을, 병력이 적은 카토 군을 생각하고 취한 조치라고 받아들여도 전혀 이상하지 않았다.

"좋아! 그럼 안개가 짙어진 때를 기다렸다 건넌다. 손발이 얼지 않도록 주의하라. 적이 나타나지 않는 한 함부로 몸을 젖게 하지 마라."

이렇게 하여 카토 아키나리 군의 도하작전은 이에야스의 의사를 무시하고 결행되기에 이르렀다.

한편 이케다 형제의 진지에는——

이에야스의 사자 쵸 이즈미노카미 노부시게가 비젠 오카야마의 38만 석 영주 이케다 타다츠구의 진지를 찾아왔다. 이 이케다 타다츠구와 히메지의 32만 석 영주 이케다 토시타카는 산자에몬 테루마사三左衛門輝政의 아들이었다. 토시타카가 형, 타다츠구가 동생인데, 이들 형제는 이곳으로 진지를 옮기기 전부터 선봉이 되려고 다투고 있었다.

"오사카 공격 때는 절대로 상대를 앞지르지 말 것. 형제가 서로 연락하여 힘을 모아 싸우도록 한다."

굳게 약속하고 출전했음에도 불구하고 아마가사키에서 강가에 이르렀을 때 형 토시타카는 동생 타다츠구보다 먼저 사에몬도노가와左衛門殿川를 건너 칸자키가와까지 진출해나갔다. 동생 타다츠구는 노발대발, 그 역시 급히 사에몬도노가와를 건너 형과 나란히 진을 쳤다.

"형님이 먼저 약속을 어겼습니다. 이제부터는 먼저 한 약속은 없었던 것으로 알고 행동하겠으니 그리 아시도록."

나란히 진을 치고 형에게 사자를 보내 이렇게 알렸을 때 이에야스로부터 사자가 도착했다. 여기서도 쵸 이즈미노카미는 단호한 어조로 이에야스의 명령을 전했다.

"오고쇼 님의 분부입니다. 경솔하게 나가서는 안 됩니다. 군사를 강기슭에 머무르게 하고, 충분히 적정을 살피면서 다음 명령을 기다리도록 하라시는 분부요."

7

오카야마에 있는 이케다 진지에는 주군 타다츠구와 노신 아라오 타지마荒尾但馬가 동석한 자리에서 이에야스의 명령이 시달되었다.

이케다 진지에서도 그날 밤 안개가 짙어지기를 기다렸다가 진격할 생각이었다. 타다츠구는 씁쓸한 표정으로 입을 다물고 있었고, 노신 아라오 타지마가 태연하게 이를 승낙하면서 말했다.

"알겠습니다. 분부대로 하겠습니다. 여기서부터는 지리적인 조건도 나쁘고 적의 수가 많아 함부로 전진할 수 없습니다. 강을 건너려 해도 수심이 깊고, 건너편에는 보시다시피 적이 창으로 병풍을 치고 기다리고 있습니다. 도저히 도하할 수 없습니다."

건너편 나카노시마를 지키는 것은 오다 우라쿠사이의 군사 1만여 명이었다. 아라오 타지마의 말이 그럴듯했으므로 이에야스의 사자 죠 이즈미노카미는 그대로 돌아갔다. 그 길로 타다츠구의 형 이케다 토시타카의 진지에 들러야 했기 때문이다.

이즈미노카미가 사라진 뒤 타다츠구는 아라오 타지마를 꾸짖었다.

"타지마, 그대는 어째서 내가 말하기도 전에 독단적으로 승낙했나? 무례하지 않은가!"

"그렇기는 하나 주군은 말씀하실 입장이 아닙니다. 주군은 거절하실 생각이지 않았습니까?"

"물론이야. 전투에는 기회라는 것이 있어. 그걸 놓치면 선봉의 공을 형에게 빼앗기게 돼."

"하하하……"

"무엇이 우습다는 말이냐, 웃지 마라!"

"하하하…… 주군은 참으로 고지식한 분이군요."

"뭣이!"

"전쟁터에 나와 일일이 사자의 말을 귀담아 듣는다면 어떻게 선봉에 나설 수 있으며 맨 먼저 쳐들어갈 수 있겠습니까? 그런 말은 그저 예, 예 하고 들어두기만 하면 됩니다."

"그럼, 그대는 듣기만 하고 흘려버릴 생각이었나?"

"그렇지 않으면 사자가 돌아가지 않습니다. 지금쯤 형님의 진영에서는 주군이 직접 참견하시어 사자와 입씨름을 벌이고 있을 것입니다. 우리는 그 틈을 타서 건널 준비를 하자는 것입니다."

"그래, 그럴 셈이었나?"

"적을 속이려면 먼저 아군부터…… 전투는 저희들에게 맡기시고, 주군께서는 배를 타신 기분으로 계십시오."

카토 가문의 노신도, 이케다 가문의 노신도 모두 전쟁터에 익숙한 자들이다. 그래서 그들 모두는 전공제일戰功第一이라는 생각에 사로잡혀 있었다.

아라오 타지마는 아시가루들에게 명해 부근 민가에서 문짝을 모아 오게 했다. 그 문짝으로 뗏목을 만들게 하여 자신이 직접 총포대를 이끌고 맨 먼저 안개 낀 강으로 나갔다.

이미 한밤중인 축시丑時(오전 2시)가 지나 있었다. 아라오 타지마는 군이 은밀하게 행동하려고도 하지 않았다.

뗏목이 강 중간쯤에 이르렀을 때 —

"사격!"

건너편 언덕을 향해 사격을 명했다.

안개 속에서 적이 허둥대는 기척이 들렸다.

"이때다, 돌격하라!"

건너편 기슭에 거의 이르렀을 때 제1진의 아라오 타지마는 맨 먼저 강물에 뛰어들었다.

"보라! 깊이는 가슴께밖에 안 된다. 모두 뛰어들어 뗏목을 돌려보내라. 서너 번 건너면 끝난다."

아라오 타지마는 두 손을 들어 수심을 알리고, 그대로 칼을 휘두르면서 적진에 뛰어들었다.

8

나카노시마에 있던 오다 우라쿠사이의 군사는 깜짝 놀랐다.

이 추운 밤에 기습해올 줄은 꿈에도 생각지 못했다. 아니, 그보다 누가 퍼뜨린 소문도 아니었으나, 여기서는 양군이 대치한 채로 대기하고, 니죠 성의 이에야스와 무슨 교섭이 있을 것이라고 모두들 믿고 있었다. 공교롭게도 공격하는 쪽에서는 이에야스에게 칭찬을 받으려고 공을 다투고, 전투를 피하려는 이에야스의 의사는 도리어 적군인 우라쿠 군 내부에 슬며시 침투해 있었다……

안개 속에서 총포의 일제사격을 받고 기가 꺾였을 때 적군이 잇따라 뗏목으로 건너오는 바람에 우라쿠 군은 맞설 틈이 없었다.

"적은 대군이다. 방심하지 마라."

"퇴각하지 말고 격퇴하라."

소리소리 지르며 후퇴하는데, 이번에는 배후에서 함성이 올랐다. 카토 군 역시 그때는 이케다 군에게 넋을 잃고 있는 우라쿠 군의 배후에서 은밀히 나카노시마의 땅을 밟고 있었다.

새벽의 나카노시마는 그대로 눈뜨고는 볼 수 없는 격전장으로 바뀌고 말았다…… 아니, 그보다 더욱 크게 술렁거리기 시작한 것은 나란히 진을 치고 발이 묶여 있는 강 건너의 츄고쿠, 시코쿠 군사였다.

"어떻게 된 일이냐?"

"누군가 앞질러 갔구나."

"좋아, 뒤쳐지면 안 된다. 즉시 건널 준비를 하라."

그 중에서도 특히 이케다 토시타카는 발을 구르며 격분했다.

"타다츠구 녀석이 틀림없다. 하타지루시旗印°가 보이지 않느냐, 하타지루시가?"

하타지루시는 보이지 않았다. 급히 사자를 보냈더니 동생 타다츠구의 진영은 이미 텅텅 비어 있었다. 4,200명 군사 모두 강을 건너고 아무도 없었다.

"으음, 죠 이즈미노카미에게 속았다!"

이케다 토시타카는 동생 타다츠구의 노신 아라오 타지마의 예측대로 이에야스의 사자 죠 이즈미노카미를 직접 응대하고 말았다.

"이제 와서 명령이 있을 때까지 진격하지 말라시니, 전쟁에 능한 오고쇼의 말씀이라 생각할 수 없소. 그렇다면 차라리 출전을 명하시지 않았어야 하오. 여기까지 와서 적의 모습을 보고 사기가 충천한 군사들을 어떻게 달래겠소? 도하에 대해서는 기회를 보아 실행하겠소. 이에 대해서는 나에게 맡기시오."

토시타카는 이렇게 주장했다. 그 말에 드디어 죠 이즈미노카미가 언성을 높였다.

"아니, 명령을 어떻게 알고 계시오? 나는 오고쇼의 사자. 그렇다면 내 말은 바로 오고쇼의 명령. 그 명에 거역하겠다는 것이오?"

이즈미노카미는 위압적으로 말했다. 토시타카도 할말이 없었다.

토시타카는 분을 못 이겨 한잔 들이켜고 푹 잠이 들었다. 그런데 자다 말고 뜻하지 않은 총성…… 벌떡 일어나 보니 그가 점찍어두었던 민가의 문짝이란 문짝은 모두 동생에게 징발되고 말았다. 이런 형편이므로 그가 분개하는 것도 무리가 아니었다.

"일어나라! 모두 일어나 도하준비를 하라. 늦으면 용서치 않겠다."

그 무렵에는 이미 강에 끼였던 안개가 뿌옇게 아침을 향해 강물처럼 흐르고 있었다.

9

전쟁에는 전략의 우열이 있고 또한 전술의 잘잘못이 있다. 이보다 더 직접적으로 큰 영향을 주는 것은 사기, 승패에 대한 자신감 여부이며, 또 '상황' 이기도 했다. 때로는 우연인 것 같은 이 '상황' 에 따라 전쟁 자체가 한 마리의 살아 있는 짐승처럼 움직이고 미쳐날뛴다.

그러한 예가 이번 선봉다툼이었다.

이날 안개가 짙지 않고 특히 추위가 심하지 않았다면 카토 아키나리 군은 강을 건널 생각을 안 했을지도 모른다. 아니, 그런 날씨에 죠 이즈미노카미가 오지 않았다면, 그들은 노신 츠쿠다 지로베에의 말을 순순히 받아들여 전투를 미루었을지 모른다. 그런데 이에야스가 개전연기를 위해 보낸 사자를 위로하기 위해 보낸 사자로 알고 그대로 강을 건너기로 결심했다.

카토 군이 공격을 시작하고, 다른 군사에 대한 제지란 엄두도 낼 수 없는 일. 설쳐대고 있는 경주마는 한 마리가 뛰면 나머지도 정신 없이 뛰기 시작하는 법이다. 더구나 이케다 형제는 그 전부터 벌써 경주를 시작하고 있었다.

이럴 때 죠 이즈미노카미가 왔다. 그가 옴으로써 그들을 오히려 사나운 말로 만들어놓은 셈이었다.

"그 사자는 형의 진지에 가서도 똑같은 말을 한다. 형을 앞지를 때는 지금이다."

이렇게 하여 두 진영에서 거의 동시에 나카노시마로 건너갔으며, 새벽이 되기 전에 섬 전체에 격전의 불을 당기고 말았다.

7일 아침.

바라보니 이케다 타다츠구 군은 하류 쪽에서, 카토 아키나리 군은 상류 쪽에서 하타지루시를 아침 바람에 휘날리며, 오다 우라쿠 군에게 맹렬히 공격을 가하고 있었다. 이케다 토시타카 군이 아닌 다른 군사도 가만히 있을 리 없었다.

"속았다. 뒤지지 마라."

맨 먼저 배를 저어 나간 것은 이케다 토시타카와 진지를 나란히 하고 있던 빗츄 니와세庭瀨의 3만 9,000석 영주 토가와 히고노카미 사토야스戶川肥後守達安였다.

그 뒤를 이어 사쿠슈作州 츠야마津山의 18만 6,000석 영주 모리 미노노카미 타다마사森美濃守忠政가 카토 군과 가까운 곳에서부터 강을 건너기 시작했다.

물론 히메지의 이케다 토시타카 군도 날이 밝은 뒤 곧 강을 건너기 시작했다. 그리고 탄바丹波 후쿠치야마福知山의 8만 석 영주 아리마 겐바노카미 토요우지有馬玄蕃守豊氏 군은, 이미 나카노시마는 선봉인 아군에게 점령되었다고 판단하고 한 걸음 더 나아가 텐마가와 기슭을 향해 상륙작전을 개시했다.

카토 가문의 카가야마 코자에몬의 예상은 보기 좋게 적중했다.

날이 밝자 나카노시마의 오다 군은 크게 당황했다. 적을 각각 따로 떼어놓고 보면 오다 군 쪽이 압도적으로 많았다. 그렇지만 이처럼 뒤를 이어 여러 다이묘의 군사가 움직이기 시작하면 그야말로 구름 같은 후속부대라고 할 수밖에 없다.

상류에서 필사적으로 공격해오는 카토 군과 아라오 타지마를 선두로 하는 이케다 군 사이에 끼여 순식간에 패색이 짙어졌다. 카토, 이케다 양군만 격퇴하면 된다……는 것이 아니었다. 강을 메우며 공격해오는 도하부대가 모두 적이었으니 무리가 아니었다.

엷은 햇살이 비치기 시작하고 서리 내린 대지가 검게 젖을 무렵, 오다 군은 이미 앞을 다투어 텐마 쪽으로 후퇴하기 시작했다.

10

오다 우라쿠사이는 급히 텐마로 후퇴하면서 또다시 교묘하게 이에야스에게 속았다고 생각했다.

그에게 이에야스로부터 직접 연락이 있지는 않았다. 그러나 이에야스는 자못 싸우기를 귀찮아하는 것처럼 보였다. 귀찮아하는 것은 싸울 의사가 없다는 증거, 카타기리 형제를 북쪽 제1진으로 내보낸 걸 보면 아직도 교섭에 의한 해결을 바라고 있음이 틀림없다. 아니, 그렇게 생각한 우라쿠사이의 판단은 결코 어긋난 것은 아니었지만……

이렇게 야습을, 더구나 뜻하지 않은 협공을 당하고 보니 무어라 말할 수 없이 울화가 치밀었다.

"그 늙은 너구리가 일흔이 넘어서도 아직 난폭한 코쇼 같은 기습을 생각하다니. 무척이나 전쟁을 즐기는 늙은이야."

이렇게 말하는 우라쿠사이도 68세였던 만큼 패군을 집합시켜 텐마로 진을 철수시켰을 때는 지칠 대로 지쳐 있었다.

그런데다 뒤를 쫓는다……기보다, 거의 배를 잇대어놓은 듯 아리마 겐바의 군사 800명이 밀어닥쳤다. 이에 대한 대비로, 살기등등한 아군을 성채에 들여놓는 것이 그가 할 수 있었던 마지막 노력이었다.

뒤를 돌아다보니 벌써 나카노시마는 완전히 이케다 타다츠구와 카토 아키나리의 깃발로 뒤덮여 있었다.

"거기 누구 없느냐? 우라쿠 뉴도는 속았다. 속히 성안에 이 상황을 보고하라."

일단 침착성을 잃은 우라쿠사이에게는 말 옆에 대기시켜놓았던 연락병의 모습도 보이지 않았다. 그래서 그는 얼굴도 잘 기억하지 못하는 요시노 산시로芳野三四郎라는 젊은 무사에게 이름을 묻고 그대로 보고하러 가도록 명했다.

"쇼군이 후시미를 출발할 때까지는 전투가 시작되지 않는다……고 한 우라쿠의 주장은 잘못이었다. 늙은 너구리가 세키가하라 때와 마찬가지로 츄고쿠, 시코쿠의 다이묘들을 충동하여 싸우게 했다. 그들을 먼저 성벽에 육박시키고 나서 늙은 너구리가 서서히 나올 작정이었던 거야. 잘못 판단해서 미안하다고 오노 슈리에게 전해라. 이미 성밖 싸움은 앞이 보인다. 이 성채에 불을 지르거든 그것을 신호로 성문을 열어주도록…… 이제부터는 농성이라고 해라."

인간의 지식이나 생각은 어째서 이렇듯 위태위태한 것일까.

우라쿠사이의 처음 판단은 옳았다. 그러나 기습을 당한 뒤 완전히 빗나가고 말았다. 그가 냉정했더라면 상대에게 사자를 보내 카타기리 형제 대신 이에야스에게 최후의 교섭을 시도할 기회가 아직은 있었다. 원래 그는 이 전투를 강행하면 도요토미 가문의 멸망……이라고 처음부터 내다보고 굶주린 호랑이 같은 떠돌이무사들의 전의戰意를 어떻게 하면 잠재울 수 있을까 하고 노력해왔지 않는가.

지금 우라쿠사이는 과연 그런 능력이 있는지 없는지도 모를 젊은이를 중요한 전령으로 보내고 나서 땀을 뻘뻘 흘리면서 잇따라 상륙하는 아리마 군과 맞서고 있다. 물론 처음부터 이길 생각은 하지 않은 전투, 승세를 몰고 밀려오는 공격군을 이길 수는 없었다.

오노 하루나가의 얼굴도 모르는 젊은 무사가 성안에서 여기저기 진지를 헤매고 있는 사이 —

"성채에 불을 질러라!"

후쿠시마와 이케다의 성채에서 미야지마 빗츄의 군사가 무너져 도망쳐왔다. 우라쿠사이는 급히 성채에 불을 지르고 패군의 앞장을 서서 성안으로 도망쳐 들어갔다.

11

"전쟁은 이기지 않으면 안 된다!"

자나깨나 전쟁 속에서 세월을 보내다 겨우 평화시대를 열어 일흔셋이 된 노장 이에야스에게 이 말은 결코 움직일 수 없는 철칙은 아니었다.

"지나치게 이겨선 안 된다."

이 말은 최근에 이에야스가 자주 입에 올리는 말이었다. 이번에도 그는 츄고쿠, 시코쿠 군이 순식간에 텐마가와 기슭까지 밀고 올라가 오사카 성과 강을 사이에 둔 곳에 진을 쳤다는 보고를 듣고는 씁쓸한 표정으로 혀를 찼다.

"너무 이겼어, 마사즈미."

이긴 쪽에서는 의기양양하여 —

"총공격은 언제쯤이 되겠습니까?"

속속 그 전공을 보고해왔다.

혼다 마사즈미本多正純는 다만 빙긋이 웃고만 있었다. 그러나 이에야스의 계산은 사실 이것으로 모두 어긋나고 말았다.

대치한 채로 설득하면 적도 아군도 극단적인 증오는 불태우지 않고 해결의 길을 찾을 수 있다. 그런데 이제는 이성理性이나 계산이 통하지 않는 세계가 뒤를 이을 뿐. 그렇게 하지 않으려고 죠 이즈미노카미를 보냈는데, 어쩌면 그 인선이 잘못되었는지도 모른다……

다이묘들이 그의 제지를 듣지 않았으므로 꾸짖을 수는 있다. 그러나 이제 와서 꾸짖어본들 무슨 소용이 있겠는가?

사실 앞지르기 위한 경쟁은 전공 여하에 따라서는 군율에 위배되지 않는다는 불문율이 있다.

"오고쇼 님, 역시 감사장을 주어야 한다……고 생각합니다마는."

이렇게 말하는 마사즈미에게 이에야스는 잠시 동안 대답하려 하지 않았다. 감사장을 나카노시마를 단숨에 점령한 주력인 이케다 타다츠구에게 주자는 것.

"마사즈미, 자네는 내 속마음을 모르는 것 같아."

이에야스가 '코즈케上野 님'이라 부를 때와 마사즈미라고 부를 때는 의미가 다르다.

마사즈미는 흠칫하여 물었다.

"무슨 잘못이라도 있습니까?"

"아냐, 잘못은 아니야…… 잘못은."

이에야스는 새삼스럽게 고개를 가로저었다.

"배도 팔 부쯤 불러야 건강에 좋듯 승리도 팔 부쯤이면 충분해."

"승리도 팔 부……?"

"너무 이기면 과식한 것과 마찬가지로 몸에 해는 될지언정 약은 되지 않아. 자네도 이를 잊지 말게."

이렇게 말하고 나서 ―

"타다츠구에게 감사장을 내리도록."

덧붙이듯 말했다. 그러나 마사즈미는 이때 이에야스가 자기 성격을 꾸짖으려고 하는 말인 줄은 눈치채지 못했다. 이에야스가 죽은 후 그가 정적政敵에 의해 오슈奧州의 시골로 쫓겨가서야 비로소 이를 깨달았다고 그는 술회하고 있다……

이에야스는 자신을 뒤쫓듯이 상경한 키타인 텐카이喜多院天海 대사와 8일 니죠 성에서 만났다. 그때까지는 아주 쓸쓸해했다. 이에야스가 다시 명랑해져 이것저것 지시에 몰두한 것은 텐카이를 만난 다음날인 11월 9일부터였다.

그 이튿날인 10일, 히데타다가 대군을 거느리고 후시미 성에 도착했다. 이로써 양군은 불가피하게 다음 행동으로 옮겨야만 할 최후의 선까지 몰린 형국이 되었다……

부자父子 매

1

11월 8일 상경한 키타인 텐카이와 이에야스 사이에 어떤 말이 오갔는지는 알 도리가 없다. 다만 이에야스는 그 이튿날부터 아주 명랑해졌다. 그의 의사와는 달리 전쟁을 하게 된 나카노시마 선봉다툼에 대한 우울증을 날려버리기에 충분한 계획이 마련되었기 때문인 듯.

10일 후시미 성으로 들어온 히데타다와 11일 니죠 성에서 만났을 때는 두 사람 사이에 몇 번인가 밝은 웃음소리가 났다.

"쇼군이 도착한 이상 전투는 연기할 수 없어. 그렇다면 모레 십삼일부터 오사카를 공격하기로 할까?"

이에야스의 말에 그 고충을 반쯤은 짐작하고 있는 히데타다는—

"시일을 끌면 칸토의 위신이 손상됩니다. 하루라도 빨리 공격하여 함락시키는 편이 좋겠습니다."

여전히 고지식한 대답이었다.

이에야스 역시 자기가 최근까지 어떻게 하든 오사카를 교섭의 자리로 끌어내려고 노력했다는 사실은 조금도 입밖에 내지 않았다.

“내가 쇼군에게 서두르지 마라, 서둘러서는 안 된다고 한 것은 도착과 동시에 전투를 할 수 있도록 군사를 충분히 쉬게 하면서 오라는 말이었는데, 어떤가 모두 피로해하지는 않던가?”

“예. 때때로 주의를 주신 탓에 도중에 투구뿐 아니라, 갑옷도 벗기고 행군해왔습니다.”

“좋아, 갑옷을 입고는 절대로 긴 행군을 못하는 거야.”

말하다 말고 이에야스는 무엇을 생각했는지 소리를 내어 웃었다.

“무슨 우스운 일이라도 있었습니까?”

“아, 있었지. 앞서 세키가하라 때의 일인데, 쇼군에게는 말하지 않았어. 그때 우리 군사 중에 에도 상인으로 킨로쿠金六란 자가 있었어. 파발마와 일꾼의 감독을 맡겼지. 그때 병졸들에게는 모두 가벼운 차림으로 행군하도록 명해두었는데, 킨로쿠만은 갑옷을 절대로 벗으려 하지 않는단 말이야. 이상한 자라고 호소하는 사람이 있었어. 그래서 나는 그냥 내버려두면 곧 알게 된다……고 웃고 말았어.”

“예……”

“요시다吉田를 지나 오카자키岡崎에 이르렀을 무렵이었어. 길가 소나무 가지에다 훌륭한 갑옷을 벗어버리고 간 자가 있었어. 하하하…… 그게 바로 킨로쿠였지. 고집스러운 그 에도 사람도 길을 걸을 때마다 갑옷자락이 부딪혀서 점점 무릎이 아파오고 어깨가 굳어 몸이 피로해졌던 거야. 이제는 한 걸음도 갑옷을 입고는 가지 못하겠습니다, 참으로 아까운 일이지만 벗어버리고 가겠습니다…… 하고 거의 우는 얼굴로 술회하는 것이었어.”

고지식한 히데타다는 이에야스가 웃는 만큼 우습지는 않았다.

‘도대체 왜 이런 말씀을……?’

이런 생각을 하다가 이윽고 그 뜻을 알게 되었다.

“십삼일에 전군에게 출동명령을 내리고, 나는 십오일에 니죠 성을 나가기로 하겠다. 나도 킨로쿠처럼 되면 안 되니까 소매가 넓은 하오리羽織°를 입을 생각이야. 군졸에게도 갑옷은 입히지 않고 가벼운 차림을 하도록 하겠어. 키즈木津에서 나라奈良를 거쳐 호류 사法隆寺를 돌아 셋츠攝津에 가려 해. 거기서 스미요시住吉에 참배하고 나서 전쟁터로 향하겠어. 쇼군도 되도록 가벼운 차림을 하는 게 좋아."

아무래도 이에야스는 속전속결을 원하는 쇼군 히데타다와는 다른 계획을 세우고 있는 모양이었다.

"알겠습니다. 저도 가벼운 차림으로 가겠습니다."

이렇게 대답하기는 했으나 아버지의 생각을 알 수 없어 히데타다는 안타깝기만 했다……

2

이에야스는 예정대로 11월 15일 다섯 점(오전 8시)에 니죠 성을 출발했다.

넓은 소매가 달린 진바오리陣羽織° 차림으로 말은 타지 않고 가마에 올랐다. 이에야스의 체구가 비대했기 때문에 가마는 되도록 그물 모양의 가벼운 것을 택했다. 그러므로 출진이라기보다 홀가분한 유람여행……이라는 느낌이 들었다.

"혹시 총포가 노리기라도 한다면 이런 가마로는 위험합니다."

가마 곁에 있던 오쿠보 헤이스케大久保平助가 걱정했다. 그러나 이에야스는 별로 신경을 쓰지 않았다.

"걱정할 것 없어. 적의 주력은 성안에 있지, 내가 가는 길에는 있지 않으니까."

벌써 오사카 성문 가까이 츄고쿠, 시코쿠 군이 바싹 접근해 있다는 소식이었다. 그런데 일부러 나라를 돌아 스미요시로 나가는 이에야스의 행동은 아무래도 이해할 수 없었다.

그날 여덟 점(오후 2시) 이에야스 일행은 키즈에 도착하여 그곳 유지의 집에서 점심을 먹은 후 일곱 점 반(오후 5시)에는 나라에 도착했다. 나라에서는 부교 나카노보 사콘 히데마사中坊左近秀政 저택에서 그날 밤 행군의 노고를 위로하는 노能° 공연을 구경했다.

칸제 소세츠觀世宗說가 노래를 부르고 엔메이 시로뉴도延命四郎入道가 춤을 추었다.

"도대체 오고쇼 님은 무엇을 생각하고 계실까?"

쇼군 히데타다는 이에야스와 같은 시각에 후시미 성을 나와 이미 히라노 진지에 도착했을지도 모른다. 그런데 이에야스는 유유히 나라로 돌며 노를 관람하다니……?

"히데마사, 아마 이 근처에 도편수 나카이 야마토가 살고 있을 것이야. 불러주지 않겠나?"

이에야스의 말이었다.

나카노보 히데마사는 고개를 갸웃했다.

"새로 공사라도 시작하시렵니까?"

"그래, 공사를 해야겠어. 그 일로 나카이의 의견을 듣고 싶어."

나카이 야마토가 불려왔을 때 이에야스는 웃는 얼굴로 술잔을 건네면서 물었다.

"그대는 대략 어느 정도 높이까지 탑을 쌓을 자신이 있나?"

"얼마 정도의 높이……라고 하시지만, 탑에는 각각 오 층, 칠 층으로 나무를 짜맞추는 데 비결이 있습니다마는……"

"그런가, 대불전 건립도 할 수 있는 그대에게 내가 어리석은 질문을 했군 그래……"

이에야스는 가볍게 웃고 나서 사람들을 물러가게 했다. 실은 그가 일부러 전쟁터와는 거리가 먼 키즈에서 나라로 돌아온 것은 여기서 나카이 야마토노카미 마사키요中井大和守正淸를 만나기 위해서였다. 나카이 야마토노카미는 쇼토쿠 태자聖德太子° 이후 4대 목공의 한 사람으로 꼽히는 목수였다. 그는 조정으로부터 종4품 야마토노카미라는 벼슬을 받았으며, 도요토미 가문에 중용되어 오사카 사정에도 밝았다. 이에야스가 그를 생각한 것은 전혀 다른 목적에서였다.

이에야스는 야마토와 단둘이 되었을 때 —

"야마토, 그대는 도요토미 가문을 위해 법도에 좀 어긋나는 살생을 할 생각이 없나?"

이렇게 묘한 말을 꺼냈다.

"저어, 도요토미 가문을 위해 살생을……?"

나카이 야마토는 고개를 갸웃거리며 반문했다.

"그래. 법도와는 조금 어긋나는 탑을 세워주었으면 좋겠어."

3

나카이 야마토는 잠시 이에야스를 바라보기만 할 뿐 입을 다물고 있었다. 그는 이에야스가 무슨 말을 하려는지 잘 알고 있었다. 벌써 니죠성으로부터 그에게 사자가 와 있었다.

"참고 삼아 여쭙겠습니다마는, 이 야마토가 협력하면 피를 흘리지 않고 끝난다……는 오고쇼 님의 생각은 지금도 변함이 없습니까?"

"그걸 대답하지 않으면 맡지 못하겠단 말인가?"

부드러운 어조였으나 표정은 엄했다.

"이 일은 쇼군에게도 비밀일세. 전쟁에서는 무엇보다 사기가 중요한 것. 나에게 싸울 의사가 없다……고 알면 그야말로 모든 치수가 맞지 않게 되네. 따라서 그대 질문에 그렇다……고는 대답할 수 없네."

나카이 야마토는 다시 얼마 동안 침묵을 지켰다.

이에야스가 그에게 원하는 것은 칸토 군이 오사카 성 포위를 끝내고 진을 쳤을 때 텐슈카쿠에 대포를 쏠 수 있는 위치에 높은 포대를 만들라는 것이었다.

이에야스는 대포의 무게를 아직 나카이 야마토에게는 말하지 않았다. 그러나 홍모인의 나라에서 건너온 상당한 무게를 가진 것. 몇 관이나 되는 포탄을 쏘면 그 반동은 결코 적을 리가 없고, 그 때문에 포대가 무너질지도 모른다. 물론 한 번만으로 포격이 끝난다고 할 수도 없다. 나카이 야마토로서는 섣불리 받아들일 수 없는 일이었다.

"공양을 위한 탑이라면 물론 받아들이겠습니다마는, 큰 은혜를 입은 도요토미 가문의 살생을 위한 포대가 된다면……"

"그 점은 잘 알고 있네."

이에야스가 나직한 소리로 가로막았다.

"표면적으로는 살생을 위한 건조물이지만, 세워지는 것만으로도 어쩌면 한 발도 쏘지 않고 끝날지도 몰라."

"그 점을 보장해주시겠습니까?"

이에야스는 고개를 저었다.

"절대로 쏘지 않는다……는 전제 아래 쌓는다면 포대가 포대의 구실을 못할 것 아닌가. 그러므로 어쩌면 쏘게 될지도 모른다, 쏘게 되면 텐슈카쿠에 있는 몇몇 사람은 죽게 되겠지…… 그렇더라도 쌓아야 한다고 나는 생각하네."

"으음."

나카이 야마토는 다시 뜨거운 한숨을 토해냈다.

"야마토."

"예……"

"지금은 말일세, 도요토미 가문을 구하는 길은 하나밖에 없어."

"……"

"쇼군으로는 안 되고, 우다이진도 어쩔 도리가 없을 거야. 역시 화의를 청하여 성안을 통솔할 수 있는 사람은 생모님밖에 없네."

"그 점은…… 저도 알고 있습니다."

"생모님…… 요도 부인이, 이런 대포가 발사되면 도저히 이길 수 없다……는 생각을 갖게 되면 화의가 이루어질 것이야. 그런 포대이므로 반드시 살생을 위한 것……이라고는 할 수 없어. 어떤가, 맡아줄 수 있겠나?"

이에야스는 한 번 더 조용히 말하고—

"이것은 쇼군도 모르는 일이야."

이렇게 다짐을 했다.

나카이 야마토노카미가 아무 말도 없이 머리를 조아린 것은 그로부터 얼마 후의 일이었다……

4

나카이 야마토로서는 가능한 한 거절하고 싶었을 터. 그러나 이에야스의 부드러운 말 뒤에는 이를 거절할 수 없는 무게가 있었다.

포대를 높이 쌓더라도 쏘는 것이 목적이 아니다. 여기에 큰 대포를 설치하여 위엄을 보임으로써 요도 부인의 전의를 상실시키는 것이 목적이라고 설득하고 있었다.

'과연 대포를 설치하는 것만으로 요도 부인이 싸움을 포기할까?'

만일 요도 부인의 전의를 부채질하는 결과가 된다면, 이 포대에서 발사되는 포탄으로 도요토미 타이코가 자랑하던 텐슈카쿠는 무참하게 날아가버릴 터…… 아니, 건물만 파괴되는 것이 아니라 거기에 비축되었던 화약이나 무기와 함께 수많은 인명도 잃게 될 터였다……

'그렇게 해서 잃게 될 인명 중 도련님과 생모님이 들어 있다면 어떻게 될 것인가……'

나카이 야마토는 진심으로 이에야스가 두려웠다. 그는 대포가 '나라를 무너뜨리는 물건' 이라는 말은 들었으나 아직 그 위력을 직접 본 일은 없었다.

"그 대포란 것을 쏘면 아무리 견고한 성채도 대번에 허물어진다고 합니다마는……"

마지못해 맡겠다는 뜻으로 절을 한 다음 나카이 야마토는 겁에 질린 듯이 덧붙였다.

"가능하면 쏘지 않고 전쟁이 끝나기를 빌 뿐입니다."

이에야스도 안도의 숨을 내쉬면서 고개를 끄덕였다.

"염려하지 말게. 십중팔구는 쏘지 않고 끝날 것이야…… 이에야스는 이 대포만을 믿고 있지는 않네. 그 밖에도 두서너 가지 손을 쓸 작정이니까. 생모님이 모두를 설득시키기 쉬운 방법을 말일세."

"그 일이…… 뜻대로 되시기 바랍니다."

"야마토."

"예."

"이번 전쟁은 말일세, 오사카 성은 결코 난공불락도 아무것도 아니다…… 인간이 만든 성은 인간의 생각과 마음가짐에 따라 무너지게 마련이다…… 이렇게 생각하도록 하면 끝나…… 거기서 평화의 길이 열리네. 이에야스는 어서 전쟁이 끝나기를 누구보다 더 간절하게 빌고 있어. 나를 믿고 준비를 해주게."

"알겠습니다."

"그럼 부디…… 부탁하네."

나카이 야마토가 물러가고, 이에야스는 다시 나라의 부교 나카노보 히데마사를 불렀다. 그리고는 자기를 수행해온 콘치인 스덴金地院崇傳, 하야시 도슌林道春, 코안興庵 세 사람과 함께 세상 얘기를 나눈 뒤 잠자리에 들었다.

그 이튿날인 16일에는 아침부터 비가 내렸다. 이미 11월도 중순이 지났다. 늙은 몸으로는 몹시도 추운 진눈깨비였다.

"굳이 서두를 것 없다. 비가 그치면 떠나도록 하자."

이에야스는 설쳐대는 하타모토들을 제지해 출발을 여덟 점(오후 2시)까지 늦추었다. 일행은 비가 그치고 나서 나라를 출발하여 그날 밤은 호류 사 아미다인阿彌陀院에서 묵었다.

어떻게 해서든지 결전 시기를 늦추고, 그동안에 오사카 쪽의 냉정한 반성이 싹트기를 고대하는, 답답할 정도로 이상한 '서두르지 않는 여행' 이었다. 사실 스덴이나 도슌은 이에야스가 혹시 병이라도 나지 않았을까 하고 염려하고 있었다……

5

쇼군 히데타다는 칸토의 위신을 보일 때는 지금이라 생각하고 후시미 성을 떠나 그날 중에 히라노에 진을 치고 이에야스의 도착을 기다리고 있었다. 이들 부자간에는 큰 생각의 차이가 있었다.

17일에는 깨끗이 비가 개어 젖은 길도 마르기 시작했다.

이에야스는 아침 일찍 호류 사를 출발한다고 했다. 그래서인지 사람들은 전쟁터가 가까워졌다고 여겨 일어나자마자 갑옷을 입었다. 아직 투구는 쓰지 않았으나 스덴이나 도슌, 코안 등 비전투원까지도 무장을 하고 나왔다. 그 모습에 이에야스는 그만 소리내어 웃었다.

“하하하…… 나의 하타모토 중에도 훌륭한 무사 도학자道學者가 셋이나 있었군.”

이에야스는 아직 갑옷을 입지 않았다. 여전히 매의 날개를 수놓은 넓은 소매의 하오리 차림으로 야마토에서 카와치로 나갔다.

맑게 개었던 하늘이 해질 무렵부터 다시 구름이 끼고, 셋츠에 도착했을 때는 폭우로 변했다. 이에야스는 스미요시 신사 신관의 집에 가마를 대어 묵기로 하고, 히라노에 있는 쇼군에게 도착을 알렸다.

쇼군은 곧 도이 토시카츠를 문안한다는 명목으로 보내왔다. 토시카츠는 초조해하고 있었다. 아니, 토시카츠만이 아니었다. 적을 목전에 두고 있는 만큼 누구도 이에야스처럼 침착할 수 없었다.

“도중에 병환이라도 나셨는가 하고 쇼군께서는 크게 염려하고 계셨습니다.”

토시카츠가 앞으로 나왔을 때 이에야스는 신관 츠모리津守를 상대로 한가하게 세상 이야기를 하면서 술잔을 기울이고 있었다.

“염려는 고맙지만, 이처럼 건강하니 안심하라고 전하게.”

이렇게 말하고 이에야스는—

“서두르면 안 돼……”

같은 말을 되풀이했다.

“서두르거나 지나치게 이겨서 좋은 전투와 그렇지 못한 전투가 있어. 그렇다고 너무 늑장을 부려 사기를 떨어뜨려도 안 되는 건 물론이지만…… 참, 쇼군에게 이렇게 전하게. 내일 일찍 텐노 사 챠우스야마茶磨山에 가서 선봉들이 싸우는 모양을 잘 살펴보라고. 나도 내일 묘시卯時(오전 6시)까지는 챠우스야마에 도착할 예정이네.”

“드디어 내일에는 진지에 도착하시겠습니까?”

“그래. 거기서 오사카 성을 바라보며 작전회의를 열 것이야. 모든 일은 그 작전회의 다음에 결정한다.”

"알겠습니다. 속히 돌아가 그 뜻을 쇼군께 전하겠습니다."

도이 토시카츠가 돌아간 뒤 이에야스는 넉 점(오후 10시)도 되기 전에 침소에 들었다. 그리고 이튿날인 18일 새벽에 예정대로 스미요시를 출발하여 챠우스야마로 향했다.

그날도 이에야스는 가마 옆에서 수행하는 100명의 기병에게는 갑옷을 입히지 않았다. 모두 화려한 옷차림이었고 이에야스 자신 또한 넓은 소매의 하오리 차림이었다.

말할 것도 없이 시중에는 적의 첩자들이 적잖이 깔려 있을 터. 그들의 눈에 이에야스는 도대체 어떤 인상을 주려는 것일까……?

고작 매사냥이나 하는 차림이었다. 그러나 챠우스야마에 도착하여 쇼군 히데타다와 그 측근들의 마중을 받고는 그길로 엄한 표정으로 작전회의에 참석했다.

6

살기가 감도는 챠우스야마 진중에서 히데타다와 함께 작전회의에 참석한 이에야스는 감개가 무량했다.

'내 생애에 이처럼 이상한 전쟁이 있을 줄은……'

그가 어릴 때부터 보아온 전쟁은 언제나 죽음과 이웃한 피투성이의 격투였다.

'죽이지 않으면 죽음을 당한다.'

이런 절대절명의 각오보다 생사조차 도외시하고 맹렬히 싸우지 않을 수 없는 험악한 분위기의 전쟁이었다. 이번 전쟁은 전혀 양상을 달리하고 있다. 아무리 생각해도 질 것으로는 여겨지지 않고, 가능하면 이를 피하고 싶은 전쟁. 아니, 실은 피하기 위해 여러 가지 생각을 거듭

해야 하는 묘한 전쟁으로 변해 있었다.

'모처럼의 평화를 고맙게 여기지 않고……'

헛된 불평을 억제하고 전쟁은 해서는 안 되는 일……임을 알면서도 눈앞의 계산조차 못하는 어린아이를 상대로 하는 전쟁. 그러나 이런 전쟁에 히데타다도 그의 하타모토들도 이미 감정을 불태우고 있다.

"보시는 바와 같이 오사카 성 외곽으로부터 이십칠, 팔 정밖에 안 되는 거리입니다. 그러나 사방을 무쇠방패로 겹겹이 에워싸고 있으니 안심하십시오."

히데타다가 이렇게 말하고 걸상을 권했을 때 이에야스는 울고 싶은 심정이었다. 이처럼 신중하게 경계망을 편 조치는 토도 타카토라의 제안에 따른 것인 듯. 히데타다 옆에 대령하고 있는 타카토라의 눈까지도 이미 무섭게 이글거리고 있었다.

"저 방패 너머에서 대기하는 자들은 누군가?"

이에야스가 자리에 앉으며 물었다.

"총포대 서른 명이 만일의 사태에 대비하고 있습니다."

히데타다를 대신하여 타카토라가 대답했다.

"으음, 총포대란 말이지…… 참으로 조심스러운 경계태세로군."

이에야스는 우선 히데타다에게도 앉도록 권하고 눈앞에 솟아 있는 오사카 성의 텐슈카쿠를 새삼스럽게 바라보았다.

텐슈카쿠는 여전히 당당하게 푸른 하늘 높이 솟아 있었다. 그 안에서 이미 죽은 타이코의 카랑카랑한 목소리가 들려오는 듯한 착각을 일으키게 했다.

"여기서 보니 오사카도 대수롭지 않은 작은 성으로 보입니다."

히데타다가 의기양양하게 말했다.

"저런 작은 성 하나도 쉽게 함락시키지 못한다면 칸토의 위신에 관계됩니다. 아군의 사기는 이미 적을 압도하고 있습니다. 성밖 성채를 모조리 함락시키고 나서 하루라도 빨리 총공격을 개시하여 대군을 몰아 단숨에 짓밟아버리고자 합니다."

이에야스는 이 말에 대답하는 대신 히데타다 곁에 있는 토시카츠에게 말했다.

"생각했던 것보다 아군이 너무 많이 앞으로 나갔군."

"그럴까요? 어쨌든 모두가 오랜만에 하는 전투라 사기가 충천해 있으니까요."

"그건 좋으나…… 적의 방비는 상상 이상으로 튼튼한 것 같아. 내 생각은 쇼군과는 좀 달라."

"그러시면?"

상기된 목소리로 히데타다가 되물었다.

"쇼군의 말에도 일리가 있으나, 이 성은 타이코가 있는 지혜를 다 짜내 세운 성이야. 외곽을 돌파하더라도 해자가 넓은데다 물이 깊고 석축도 높아. 내부구조 또한 견고하고. 아무래도 장기전이 될 것 같아."

7

"아니, 장기전이라니요……?"

히데타다는 뜻밖이란 듯이 기세를 올리며 가로막았다.

"아버님답지 않으신 말씀입니다. 이런 엄동설한에 장기전이 되면 상대에게 자신감을 줄 뿐 아니라, 모처럼 드높아진 아군의 사기가 꺾입니다. 쇠는 달아 있을 때 두들겨야 한다고 생각합니다."

"잠깐. 내가 말하는 장기전과 쇼군이 생각하는 장기전은 좀 다른 것 같군."

"말씀하십시오. 어떻게 다릅니까?"

"물론 장기전이 되면 추위가 부담스럽겠지. 그러나 이쪽도 느긋하게 자리잡고 그들에게 맞서는 성채를 쌓아 농성을 하면 계절 같은 것은 문제가 되지 않아."

"그렇다면…… 이대로 팔짱만 끼고?"

"팔짱만 끼고 있겠다는 게 아니야. 장기전을 각오하고 적의 성채에 맞설 성채를 쌓는다……면 무척 바빠지게 될 것이야."

히데타다는 눈을 무섭게 깜박이고 다시 무언가 말하려다 얼른 입을 다물었다.

'달리 계획이 있으신 것 같다……'

비로소 무언가가 있음을 깨달았다.

"쇼군."

"예."

"세상이 평화로워지면 좀처럼 전쟁을 경험하기 어려운 것은 당연한 일이야."

"그렇습니다."

"그렇다면 모처럼 모인 여러 영지 군사들에게 전법에도 여러 가지가 있다는 것을 이 기회에 가르쳐주어야 해."

"예……?"

"어떤 일이 있어도 속히 함락해야 하는 전투도 있으나, 무리한 일은 삼가고 한 사람이라도 손실을 적게 내야 하는 전투도 있어."

"예."

"적은 손해로 끝날 전투에 무리한 명령을 강요하여 사람을 죽인다면 하늘의 뜻에도 어긋난다. 과연 훌륭한 지휘……라고 만인이 인정하게 되어야 비로소 대장군의 그릇이 될 수 있는 것. 나는 이번 전투에는 무리한 공격이 불필요하다고 보고 있어."

"……"

"그보다 요소요소에 적에게 맞설 수 있는 성채를 쌓고 그곳에서 성안과 외부 교통을 차단하면 그것으로 끝날 전쟁이야. 그러므로 굳게 성을 포위해놓고 쇼군도 일단 후시미에 돌아가 휴양하는 게 좋아. 나도 카와치나 야마토 근처에서 매사냥이나 할 생각이니까."

이에야스는 이렇게 말하고 눈을 가늘게 뜨고, 다시 한 번 수많은 해자와 강줄기로 둘러싸인 오사카 성을 바라보았다.

"아무리 길어야 여름까지도 버티지 못해. 지금은 우선 포위해두고 정월을 맞이한다…… 그게 좋아, 암 좋다마다."

중얼거리듯이 말하고 히데타다를 돌아보았다.

히데타다는 눈이 휘둥그레진 채 입을 다물고 말았다. 아직 아버지가 무엇을 생각하고 있는지 잘 몰랐으며, 마음속으로 크게 불만스러웠다. 아버지 말처럼 일일이 성채를 쌓지 않으면 함락시킬 수 없는 강력한 적으로는 생각되지 않았다. 오히려 지금 총공격 명령을 내리면 올해 안으로 결말이 날 적으로 보였다.

'그런데도 아버지는 이를 허락할 기색을 보이지 않는다……'

문득 성안에서 누군가가 항복을 제의해오는 자가 있을지 모른다……고 히데타다는 생각했다.

8

노골적으로 불만을 나타내며 입을 다무는 히데타다의 모습에 이에야스가 혼다 마사노부本多正信에게 말했다.

"사도佐渡, 쇼군은 단숨에 함락시키는 것이 칸토의 위세를 보이는 일이라 생각하는 듯한데, 자네는 어떻게 생각하나?"

"예……?"

"나는 그렇게 생각하지 않아. 지금 격전을 벌이면 많은 난민이 거리에 넘치게 돼. 파괴는 쉽지만 건설에는 막대한 경비가 들게 마련이지. 전쟁에 이기고도 백성을 도탄에 빠뜨린다면 위에 선 자의 마음가짐으로는 상책이 아니야. 대등한 전쟁이라면 모를까…… 때가 지나면 반드시 이길 전쟁일세. 어떤가, 자네가 쇼군에게 장기전의 각오를 권해주지 않겠나?"

혼다 마사노부는 깜짝 놀랐다. 언제나 이에야스의 말을 거역하는 히데타다라면 또 모르지만, 이는 듣기에 따라서는 실로 따끔한 야유였다. 과연 히데타다는 잔뜩 굳어진 얼굴을 들었다.

"아버님이 그렇게 생각하신다면 장기전에 대해 이 히데타다로서 무슨 이의가 있겠습니까. 다만 모두 사기가 충천해 있으므로……"

"쇼군, 잠깐만."

"예."

"작전회의 중에 일단 결정되면 그것으로 끝이야. 마사노부."

"예."

"들은 바와 같이 쇼군도 내 의견에 동의했어."

"예."

"이제 장기전으로 결정되었으니 준비된 지도를 펴놓게. 참, 그 다다미疊° 위가 좋겠군. 요즘 이 이에야스는 눈이 점점 어두워져서 말일세."

두말 못하게 결정되었음을 말하고, 무쇠방패 옆에 깔린 6장짜리 다다미 위로 올라갔다.

이렇게 되어 다른 사람들은 감히 반대할 수 없었다. 히데타다도 일단 굳은 표정을 풀고 다다미 쪽으로 다가갔다.

"아, 이 지도는 커서 좋군. 그래, 여기가 아군의 제일진인가?"

이에야스는 성 주위를 겹겹이 에워싼 아군의 배치를 안경 너머로 자세히 살피고 나서 하야시 도슌이 건네는 붓통을 받아들었다. 붓통에는 미리 준비된 주필朱筆이 들어 있었다.

"으음. 꽤나 견고하군, 오사카 성은."

이에야스는 혼잣말을 하며, 그 도면에 붉은 점을 찍어나갔다. 물론 거기에 성채를 쌓고 대치하라는 뜻일 터. 그 표시가 셋, 다섯, 일곱으로 늘어갔다. 이를 견디다못해 히데타다는 다다미 곁에서 떠났다.

'무엇 때문에 그런 헛수고를……'

이런 생각과 함께 문득 한 가지 의혹이 마음에 떠올랐다……

'아버지는 혹시 나의 기량을 믿지 못해 일부러 반대를 위한 반대로 화풀이를 하는 것은 아닐까……?'

고지식한 히데타다로서는 일찍이 생각지도 못한…… 아니, 생각해선 안 될 것으로 여기고 있는 소름끼치는 불신이고 의혹이었다……

9

아닌 게 아니라 이번 오사카 공격에서는 처음부터 아버지의 태도가 이상했다. 물론 어렸을 때처럼 정면으로 꾸짖지는 않았다. 말투는 어디까지나 정중했고, 여러 사람 앞에서는 쇼군이라 부르면서 가문의 주군으로 극진히 대했다. 그러나 전략에 대해서는 거의 히데타다의 의견을 받아들이지 않았다.

히데타다는 쇼군의 위력을 엄히 천하 다이묘들에게 과시해야 한다고 생각하는데도 이에야스는 그 반대였다. 출진해오는 도중 사자를 보냈다 하면 모두——

"서두르지 마라."

이러한 지시를 전해왔고, 서두르면 반드시 찬물을 끼얹었다.

아버지 말대로 절대로 질 전쟁이 아니었다. 그렇다고 장기전을 벌이면 어디서건 틈이나 혼란이 생기지 말라는 법은 없고, 그곳을 찔리면 그만큼 어려움은 가중된다. 그뿐 아니라 제후들 중에는 연내에 전쟁을 끝내고 정월에는 영지에 돌아갔으면 하는 자가 적지 않았다.

'길어지면 겁쟁이라 생각하는 자들도 나올 텐데……'

이에야스에게 전혀 다른 뜻이 있어 그렇다면 문제는 달라진다.

다름이 아니었다. 아버지가 혹시 자신의 기량에 한계를 느끼고 쇼군 직을 동생 중 누군가에게 물려주려는 게 아닌가…… 하는 의혹.

'아니, 그렇지 않다……'

그런 생각을 하는 것 자체가 아버지를 모독하는 일……이라고 엄히 자신을 꾸짖으면서도 가볍게 부인할 수 없는 불안이 있었다.

아버지는 엄격하다! 자기 자식이라고 해서 결코 실력 없는 자를 쇼군 직에 앉혀둘 분이 아니다…… 이런 생각과 함께 이번 오사카 사건이 히데타다의 큰 실정이 될지도 모른다는 의구심이 일었다.

오고쇼가 늘 정치에 참견하기는 하나 도쿠가와 가문의 주인은 이미 자기이고 이에야스는 세이이타이쇼군征夷大將軍°이 아니다……

그렇다면 당연히 이런 사건을 일으킨 것은 쇼군 히데타다의 정치나 위신에 결함이 있었다는 책임론이 성립된다. 이쯤에서 타다테루나 요시토시義利(요시나오義直)를 세우고 히데타다에게는 엄히 이 실정의 책임을 지게 한다……는 것은 당연한 일이라는 느낌.

"쇼군, 어디를 보고 있나?"

막사 주위를 거닐다가 히데타다는 깜짝 놀라 돌아보았다.

이에야스는 이미 안경을 벗고 있었다. 배치도에 붉은 점을 다 적어넣은 모양이었다.

"쇼군이 찬성했기 때문에 내가 성채를 쌓을 장소에 붉은 표시를 했어. 보고 나서 의견을 말하도록."

말끝에 힘을 주었다.

"아니, 지금 곧 의견을 말한다는 것은 무리일 테지. 여기 붉게 표시한 부분이 적에 대항하기 위해 쌓을 성채. 점선은 흙을 쌓아올릴 곳이고 짧은 선에는 해자를 판다…… 이렇게 하여 대진하고 있으면 정월에는 조용히 지낼 수 있겠지. 나는 이제부터 다시 스미요시로 돌아가 휴식할 테니 쇼군의 생각을 덧붙여 결정이 되거든 보여주기 바라겠어. 사도, 자네도 쇼군과 잘 협의하도록."

이에야스는 이렇게 말하고 얼른 지도 곁을 떠났다. 대강 훑어보아도 적의 맞은편에 쌓을 성채의 붉은 표시는 열 군데가 넘었다. 히데타다는 다시 가슴이 뜨끔했다.

10

이에야스를 배웅하고 나서 히데타다는 지도에 눈길을 떨구었다. 토도 타카토라와 혼다 마사노부도 이마를 맞대고 이에야스가 적어넣은 붉은 표시를 보고 있었다. 텐노 사, 챠우스야마의 본진은 당연했으나, 이마미야今宮, 덴포傳法 어귀, 야마토 가도, 모리구치守口, 텐마…… 등에 면밀하게 붉은 점이 찍혀 있었다.

"용의주도하신 분이야."

타카토라가 말했다.

"이렇게 하면 과연 안심하고 정월을 맞이할 수 있겠군."

"그렇습니다."

마사노부가 맞장구를 쳤다.

"이렇게 하여 성안과의 출입을 단절하면 항복해온다……는 생각이신지도 모릅니다."

히데타다는 일부러 말을 않고 두 사람의 대화를 듣고 있었다.

"철저히 봉쇄해놓으면 과연 항복할까요?"

타카토라가 다시 부채 끝으로 붉은 표시를 가리키며 반문했다.

"봉쇄……만으로는 항복하지 않겠지요."

"그렇다면 달리 무슨 생각이 계시다고…… 사도 님은 보십니까?"

"글쎄요. 듣기로는…… 오고쇼는 나라에서 나카이 야마토를 부르셨다고 합니다마는."

"나카이 야마토를……?"

"예. 아마 나카이 야마토에게 명하여 성채 안에 높은 망루를 세우시려는 것이 아닐까요?"

"높은 망루를……?"

"예. 그렇습니다. 그 위에 대포를 장치하고 오사카 성 텐슈카쿠를 쏜다…… 그렇게 하면 성안은 어떻게 될까요?"

"으음……"

"요도 부인은 여자, 히데요리 님은 전쟁을 모르는 분. 간담이 서늘해져 화의를 청해온다…… 이렇게 되지 않을까요?"

여기까지 듣고 토도 타카토라는 무릎을 탁 쳤다.

"바로 그것이오!"

"아시겠습니까?"

"나카이 야마토만이 아니라, 코슈甲州에도 광부를 보내라는 은밀한 명령이 있었소."

"허어, 금시초문이오. 그렇다면 하늘에는 대포, 해자 밑으로는 땅굴을 파는 것일까요?"

"효과는 어느 정도일지 모르나, 그 파고 들어간 땅굴에 화약을 장치하여 성을 송두리째 날려버린다……고 하면 틀림없이 놀랄 거요. 바로 그것이오, 틀림없소!"

히데타다는 가만히 주위를 둘러보았다. 그도 역시 틀림없이 그렇다고 생각했기 때문이다.

'그렇구나, 그런 생각을 하셨구나……'

성안에 그 사실을 알리는 방법은 얼마든지 있다. 첩자를 통해도 되고 쿄고쿠의 미망인을 보내 화의를 청해도 된다.

히데타다는 어리석게도 아버지를 의심했던 자기가 부끄러워 새삼스럽게 붉은 표시가 있는 곳과 텐슈카쿠의 위치를 목측해 보았다. 그리고 텐마와 모리구치 사이의 두 군데에 붉은 점을 더 찍고는 그 지도를 가지고 도이 토시카츠와 함께 스미요시로 이에야스를 찾아간 것은 이튿날인 19일이었다.

이에야스는 평복 차림 그대로 신관 저택 한쪽 방에서 히데타다를 맞이하였다.

"어떤가, 내 포진이 납득되었나?"

토시카츠가 펼치는 지도를 들여다보고 싱글벙글 웃었다.

"허어, 성채가 두 군데 늘었군."

11

"쇼군께서는……"

도이 토시카츠가 히데타다 대신 입을 열었다.

"오고쇼 님이 포진하신 의미를 잘 납득했다고 말씀하셨습니다. 이 성채 중 제일 가까운 이 부근에 대포를 장치하고 적의 텐슈카쿠를 겨냥한다. 그리고 광부들을 데려다 해자 밑에서 성안으로 땅굴을 판다…… 아군의 인명을 조금도 손상시키지 않고 단숨에 성을 무너뜨릴 듯이 위협하며 유유히 때를 기다린다…… 이렇게 되면 봄이 될 때까지는 저절로 결말이 날 것이라고."

이에야스는 흘끗 히데타다의 옆얼굴을 바라보고 다시 웃었다.

"그래, 참 좋은 계획이야. 대포의 포구를 텐슈카쿠 쪽으로 향하게 하고 밑에서는 땅속으로 들어간다는 말이군."

"예. 허락하시면 즉각 그 준비를 하려고 합니다."

"어떤가, 쇼군의 생각은? 지금 도이가 한 말…… 그것이 쇼군 자신의 생각에서 나온 계획인지도 모르기는 하지만."

이에야스는 진지한 표정으로 히데타다에게 동의를 구했다.

히데타다는 약간 얼굴이 붉어져 있었다. 모든 것을 꿰뚫어보고 있으면서도 자기 자식을 추켜세우려는 늙은 아버지의 마음에 부끄러움을 느꼈다.

"예. 허락하신다면 곧 나카이 야마토에게 준비시키려고 합니다."

"그게 좋겠어. 다만 그 대포를 쏘지 않고 끝낼 수 있다면 좋으련만. 아무튼 타이코가 전력을 기울여 쌓은 성이니까."

"그 점은 히데타다도 충분히 생각하고 있습니다. 준비가 끝나면 저쪽도 겁을 먹고 생각을 달리할 테니까요."

"그래. 한 발 정도는 좋을지…… 몰라. 한 발로 위력은 보이지만 두 발은 쏘지 않는다…… 그런 마음가짐을 잊어서는 안 돼. 도이도 여기에 이의가 없겠지?"

"이의는커녕 바로 그것이 천하인이 하시는 일이라 생각합니다."

"그래. 그럼 이것으로 결정됐어. 쇼군, 사도와 상의하여 곧 준비에 착수하도록."

이에야스는 아무렇지도 않은 듯이 말하고, 히데타다에게 담배를 권했다. 히데타다는 가슴이 뭉클하여 담배합을 황급히 아버지 앞으로 되밀었다.

'이런 아버지를 나는 어쩌자고 의심했단 말인가……?'

아버지는 이미 자신의 위신이나 공로 같은 것에 구애되는 심경과는 먼 곳에 서 있었다. 아마도 그 한마디, 한 행동을 모두 유언으로 여기는 것이 분명했다.

"그럼, 곧 돌아가서 성채 쌓기에 힘쓰겠습니다."

"아니, 담배도 피우시지 않고?"

"예. 허락이 내리신 이상 준비는 빠를수록 좋다고 생각합니다."

"으음. 그렇다면 나도 그 일과 병행하여 되도록 대포를 쏘지 않고 끝낼 수 있도록 돕겠어."

"쏘지 않고 끝내도록……?"

"그래. 우선 금속 세공사인 고토 쇼자부로後藤庄三郎를 이용해야겠어. 쇼자부로는 성안에서도 절대적인 신뢰를 받고 있지. 쇼자부로를 은밀히 내게 보내라고 사도에게 연락해주지 않겠나. 혼다 사도가 그의 거처는 확실히 알아놓았을 거야."

"예."

히데타다는 목이 메어 말이 나오지 않았다. 아버지는 전투준비만이 아니라, 이미 화의 사자에 대한 인선까지 끝내놓은 모양이었다……

동요動搖

1

사나다 유키무라가 말할 수 없는 후회에 빠져들기 시작한 것은 텐마에 진을 쳤던 오다 우라쿠사이가 성안으로 철수해온 후부터였다. 농성은 처음부터 각오하고 있었다.

'전쟁은 이제부터!'

유키무라도 그렇게 생각하고 있었고 떠돌이무사들의 사기도 별로 염려할 것 없다……고 보았다. 그런데 우라쿠사이가 성으로 철수하고부터 마음에 걸리는 일이 잇따라 일어났다. 성안에서 밖으로 적정을 살피러 나간 자들이 도리어 카타기리 군이나 토도 군 속으로 사라져가는 일이 종종 일어났다.

적의 선봉을 정탐하러 간다……고 하면 별로 의심이 가지 않는다. 그러나 그와 반대로 적의 입김이 닿은 자가 자유로이 아군에 출입하고 있다……고 해석할 수도 있는 일.

'아무래도 분위기가 이상하게 되어간다……'

이렇게 생각하고 심복에게 다시 탐지해보도록 했다. 우라쿠사이는 이미 그때 고토 쇼자부로 미츠츠구後藤庄三郎光次와 자주 연락을 취하고 있다는 사실을 알게 되었다.

고토 쇼자부로는 카타기리 카츠모토와 각별히 친한 사이. 따라서 지금까지도 카츠모토의 진중에 마음대로 왕래하고 있었을 터였다. 그런데 이번에 성안과 연락하게 되었다면 그들 사이에 무엇이 문제가 되고 있는지는 생각해볼 필요조차 없었다.

오다 우라쿠사이에게는 처음부터 싸울 뜻이 없었는지도 모른다. 그는 카타기리 카츠모토 이상으로 시국을 잘 내다보는 실리주의자. 따라서 도저히 승부가 되지 않는다……고 꿰뚫어보면서도 성안 분위기를 억제하기 어렵다고 생각해 전쟁에 동의해놓고 강화할 시기를 노리고 있었는지도 모른다.

"백문이 불여일견, 어쨌든 싸워보기는 한다. 그리고 이기지 못한다는 사실이 확실해지면 깨끗이 항복하고 새로 출발해야……"

이런 계산으로 카츠모토가 없는 성의 원로로서 카츠모토와 가장 가까운 곳에 진을 쳤던 것이 아닐까……

유키무라가 그런 생각을 하며 다시 살펴보았을 때, 오사카 성 분위기는 그가 입성했을 때에 비해 크게 달라져 있었다. 계속 밀려드는 도쿠가와 쪽 군사는 20만에 이르렀다. 이에 비해 도요토미 쪽에서 활동하던 다이묘들로서 보여오는 반응은 거의 찾아볼 수 없었다.

예로부터 연관 있는 전국 다이묘들에게 히데요리와 요도 부인, 오노 하루나가와 오다 우라쿠사이의 이름으로 오사카를 구원하라는 의뢰장을 보냈다. 반응을 보여온 곳은 겨우 후쿠시마 마사노리와 모리 테루모토, 카토 키요마사의 아들 타다히로忠廣 정도에 지나지 않았다.

후쿠시마 마사노리는 군량미를 빌려달라는 요청에 오사카에서 자유롭게 매매……하는 형식을 취하여 약간 협력하기는 했다. 그러나 그 자신은 에도에서—

"요도 부인을 인질로 내놓고 화의를 청하는 것이 마땅하다."

이렇게 연락해왔다.

모리 테루모토도 그 가신인 사노 미치요시佐野道可를 떠돌이무사로 위장해 입성시키고 쌀 1만 석과 황금 500장을 보냈을 뿐 서약서는 에도 쪽에 제출해놓았다. 카토 타다히로는 노신 카토 미마사카加藤美作에게 큰 배 두 척을 주어 협력하겠다고 했으나 도착하지 않았다.

이상이 전부이고, 다테와 우에스기는 모두 적의 편이 되어 공격해오고 있었다.

처음에 용기 있게 전쟁을 주장하던 사람들도 모두 침묵하고, 현재 노기가 등등한 것은 히데요리 혼자, 실로 묘한 분위기였다……

2

원래 히데요리에게는 거의 전의戰意가 없는 것처럼 보였다. 전의가 있는 것은 생모인 요도 부인, 요도 부인을 부추기는 자는 오노 하루나가와 로죠들이라고 유키무라는 판단하고 있었다.

'히데요리에게 싸울 의사가 없다면 이야기가 되지 않는다……'

유키무라는 11월 말에 일부러 아들 다이스케를 측근에 들여보내 그를 통해 측근 키무라 시게나리, 호소카와 요리노리, 모리 모토타카 등에게 히데요리를 설득케 했다.

그 결과 젊은 히데요리가 차차 그럴 마음을 갖게 된 것은 12월 중순이었다…… 그런데 이번에는 도리어 요도 부인과 로죠들의 전의가 무너지기 시작했다. 그녀들의 전의가 무너지기 시작한 것은 물론 오노 하루나가의 전의 상실이 영향을 주었기 때문. 오다 우라쿠사이가 적과 내통한다는 혐의가 짙고 주모자인 오노 하루나가가 표변해버렸다면 싸움은 아예 되지 않는다.

'참으로 곤란하게 됐다……'

적어도 유키무라는 승패를 도외시하고, 사람이 사는 세상에서 전쟁은 영원히 없어지지 않는다는 신념을 관철하기 위해 입성했다. 그런데 그것이 실로 우스꽝스럽게 엇나가게 되었다.

유키무라는 성 남쪽에 일부러 쌓은 외성(사나다 성) 한 모퉁이에서 눈앞에 축성되어가는 적의 성채를 바라보며 안절부절못했다. 공격해나가 한번 부딪쳐보려고 해도 이에야스나 히데타다는 전쟁터에 직접 모습을 나타내지 않았고, 적의 장기전 준비만이 착착 진행되었다.

유키무라는 참다못해 12월 20일 해질 무렵, 외성 수비를 이키 시치로에몬에게 맡기고 은밀히 성안 타마츠쿠리 부근에 있는 오노 하루나가의 본진을 찾았다.

하루나가는 그때 방문객이 있어 잠시 기다리게 한 뒤 자신의 가건물에서 막사로 나와 그를 만났다. 놀랍게도 그는 이때 평복차림이었다. 얼굴은 파랗게 질려 있었으며, 엷은 입술이 떨리고 있었다.

'무슨 일이 있었구나!'

유키무라는 직감했다. 혹시 누군가 여자 손님이 있지 않았는가 의심해보기도 했다.

'만일 여자 손님……이었다면 누구였을까?'

설마 이런 마당에 색정色情 때문일 리는 없고, 그렇다면 요도 부인의 로죠이거나 아니면 죠코인이……?

"사에몬노스케 님, 기다리시게 해서 죄송합니다. 실은……"

그는 우선 걸상을 권하고 두려운 듯이 사방을 둘러보았다.

"생각지도 않았던 손님이어서……

"누구시기에?"

유키무라는 묻지 않을 수 없었다. 아무튼 하루나가의 안색을 변하게 만들 만한 내용을 지닌 중요한 이야기를 하기 위해 누군가가 왔던 것만큼은 틀림없었다.

"실은…… 주군이었습니다."

"아니, 주군이……?"

"주군은 농성을 답답하게 여기시고 오늘밤에 적의 성채에 총공격을 가하라고 하셨습니다."

"뭐, 오늘밤에……?"

"예. 눈앞에서 적이 대담하게 성채를 쌓는데, 그대로 묵과할 수 없다고 하십니다."

"그래서…… 승낙하셨습니까?"

유키무라의 목소리가 저도 모르게 높아졌다. 무리가 아니라고 생각은 하면서도, 그러나 그 무모한 용기에 깜짝 놀랐다……

3

"물론 거절…… 아니, 중지하시도록 말씀 드렸지만, 주군이 과연 받아들이실지……"

대꾸하는 대신 유키무라는 하루나가를 윽박지르듯 물었다.

"그런데, 주군의 사자로는 대체 어떤 사람이 오셨던가요?"

"키무라 시게나리였습니다."

"허어, 나가토노카미가…… 그럼, 나가토노카미도 그 출격에 동의한 모양이군요."

하루나가는 몹시 난처한 표정으로 한숨을 쉬면서 모닥불에 장작을 넣었다.

"유키무라 님, 이번 전쟁 말씀인데, 실은 올해 안으로 화의를 맺기로 내정됐습니다."

유키무라는 이상하게도 별로 놀라지 않았다. 이미 온몸으로 그렇게 되리라 직감하고 있었기 때문인지도 모른다. 그러나 당장에는 대답할 수 없었다.

"오늘은 벌써 선달 스무날, 이대로는 설을 이 성에서 맞을 수 있을 것 같지 않다……고 하는 자가 나타나서 말씀입니다."

유키무라는 아직 잠자코 있었다. 그런 말을 한 자가 누구누구라는 것도 이미 짐작이 가는 일이었다.

"그러나 주군은 모르십니다. 전멸도 부득이하다, 즉시 공격해나가 결전을 벌이라고 젊은 혈기로 말씀하십니다."

"슈리노스케 님, 말씀 중에 죄송합니다마는 귀하는 올해 안으로 화의가 성립……된다고 말씀하셨지요?"

"그렇습니다."

"이상하지 않습니까? 주군이 결전을 명하셨는데 누가 화의를 결정했다는 것입니까?"

하루나가는 섬뜩한 듯. 그러나 얼른 시선을 모닥불로 옮겼다.

"생모님이 말씀하시고 우라쿠 님을 비롯하여 노신들과 로쥬들이 모두 찬성하고 있습니다."

유키무라는 조용히 반문했다.

"그러면 이번 전쟁의 총대장은 생모님이었다는 뜻이군요?"

"사에몬노스케 님, 비꼬는 말씀은 삼가주십시오. 생모님은 주군을 제일로…… 결코 주군의 불이익을 도모하는 분이 아닙니다. 더구나 화의를 하려고 하면 은밀히 적의 의향도 살펴야 하므로 일일이 모두에게 의견을 물을 수는 없는 일이지요."

"그렇기는…… 하겠지요."

"귀하처럼 충성스러운 분은 몰라도 여기 모인 떠돌이무사들의 대부분은 입신출세가 목적입니다. 화의 사실을 알게 되면, 우리는 어떻게 될까 하고 그야말로 성안은 대혼란에 빠집니다. 그러므로 부득이 비밀리에 일을 진행해야 합니다."

"……"

"이해하시리라 믿습니다. 적은 보다시피 우리의 눈앞에서 이것 보라는 듯이 망루를 높이 쌓고 그 위에 대포까지 설치하고 있습니다. 아니, 그뿐이 아니지요. 정보에 따르면 카이, 이와미石見, 사도에서 이즈伊豆에 걸쳐 광부에게 동원령이 내려졌다고 합니다. 대포로 성을 함락시키지 못하면 땅속에서 성 밑까지 굴을 파고 화약을 장치하여 단번에 폭파할 계획이라고 합니다. 사에몬노스케 님, 역시 이길 수 있는 전쟁이 아니었습니다."

유키무라는 별로 어이없게 여기지도 않았다. 그렇다고 웃거나 나무라고 싶은 생각도 없었다.

'잘못은 내 전략에 있는 게 아니라, 사람에게 있었다……'

이런 생각에 온몸에서 힘이 빠지고 말하기조차 귀찮아졌다.

4

"실은 나도 화의에는 극력 반대했습니다. 그러나 고토 미츠츠구가 죠코인에게 작용하고 죠코인이 다시 생모님을 움직인 그 연줄은 결국 우리 힘으로는 어찌할 수 없는 것이 되고 말았습니다."

오노 하루나가는 가만히 있는 유키무라에게 신들린 사람처럼 자신이 처한 고충을 털어놓기 시작했다.

"우리는 도요토미 가문을 위해 궐기할 수밖에 없었지요…… 그런데 주군 모자가 성과 함께 날아가게 된다…… 이런 말씀을 하시니 대답할 말이 없음은 당연한 일…… 생모님은 이런 말씀을 하셨습니다…… 그대들은 고집이나 체면에 구애되어 우리 모자를 죽게 할 셈이냐…… 아니, 주군만 무사할 수 있다면, 나는 에도에 볼모로 가도 좋다…… 이렇게까지 말씀하셨습니다."

유키무라는 애써 자신의 감정을 억제하고—

"그럼, 우라쿠 님의 의견은?"

자기 상상이 들어맞았는지 그 여부를 알려고 조용히 물었다.

"물론 화의에 찬성……이라기보다 처음부터 이렇게 될 줄 알고 있었다, 그래서 전투를 보류하라고 주의를 주었는데…… 나도 이제는 모르겠다고 합니다."

"카타기리 님으로부터의 연락은?"

"있었습니다. 화의하게 되면 내부에서 오고쇼에게 주선하겠소, 오고쇼는 그다지 가혹한 처리는 생각지 않고 있을 것이라고."

"참고 삼아 한 가지 더 여쭈어보겠소. 화의가 성립되면 이번 여름부터 모여든 떠돌이무사들은 무용지물, 그들은 어떻게 하실 생각이오?"

아무렇지도 않은 듯한 질문이었으나 문제의 핵심을 찌른 것. 60여만 석으로는 10만이 넘는 가신과 그 가족들을 부양할 수 없다. 이 점에 대해 하루나가는 어떻게 생각하느냐는 야유 섞인 반문이었다.

하루나가의 표정이 일그러졌다.

세키가하라 전투 이래의 옛 신하들만으로도 타이코의 유산을 축내고 있는 도요토미 가문. 그런데 200만 석 이상에 달하는 가짜 증서로 마구 아군으로 끌어들였다.

"내 생각에는……"

유키무라는 중얼거리듯이 말했다.

"약속대로 싸워서 졌다면 모르되 싸우지도 않고 화의를 맺는다……고 하면 순순히 물러가지 않으리라 생각하는데요……"

"그 일은 나도 가장 우려하고 있는 점입니다."

"그렇겠지요."

"그래서 맨 먼저 그 문제를 거론했습니다. 모두 도요토미 가문을 위해 목숨을 던지려고 모인 사람들, 이 사람들은 자유롭게…… 돌아가기를 원하는 자는 돌아가도록, 남기를 원하는 자 또한 그들의 뜻대로…… 칸토에서는 이에 일체 간섭하지 말라고……"

"으음, 그렇다면 도요토미 가문은 전에 비해 몇 배나 되는 큰 인원으로 늘어나겠군요."

"아니, 그렇지는 않을 것입니다. 겨우 옛 영지의 보존…… 그러므로 모두가 허심탄회하게 나누어 가지고 살아간다…… 그 밖에는 달리 방법이 없습니다."

하루나가는 이렇게 말하고 갑자기 생각난 듯이 말했다.

"이 문제에 관해 귀하께 부탁 드릴 게 있는데 들어주시겠습니까, 사에몬노스케 님?"

유키무라는 어이없다는 표정이면서도 정중하게 고개를 숙였다.

"무슨 일입니까? 이 유키무라가 할 수 있는 일이라면 도움이 되고 싶습니다만……"

5

유키무라는 자기의 말도 야유도 하루나가에게는 통하지 않는다는 사실을 깨달았다.

입신출세를 꿈꾸고 모여든 떠돌이무사 대군이 싸움도 하지 않고 화의를 맺었을 때, 애초에 생각했던 것의 백의 하나도 되지 않는 보상으로 잠잠해지리라 생각하고 있다…… 그런 단순한 생각을 가진 상대라면 더 이상 논의를 할 필요가 어디 있겠는가.

'역시 내 생각은 잘못되지 않았다……'

비록 지금 화의가 성립된다 해도 뾰족한 수가 없다.

이에야스가 너그럽게 영지를 그대로 인정하거나 그 정도의 영지를 교체해준다고 해도 도요토미 가문이 지탱될 수 없지 않은가?

화의를 맺는다면, 우선 지나치게 많이 고용한 떠돌이무사들의 처리를 제일 먼저 생각하여 실행 가능한 방법을 확립해두지 않으면 그 의미가 없다. 그런데 그 최대의 현안인 떠돌이무사 문제를 깊이 생각하는 기색이 총대장 격인 하루나가에게 전혀 보이지 않는다. 요도 부인이나 그 주위 사람들은 대포에 대한 공포와 땅속으로 굴을 판다는 소문을 믿고 화의를 진행시키려 하고 있을 뿐……

"부탁이란 다른 일이 아닙니다. 주군에 대한 설득을 맡아주실 수 없을까…… 하는 것입니다."

"으음, 반대는 주군 혼자뿐이란 말이군요."

"주군을 위해 성립시키려는 화의…… 그런데 주군 측근에는 혈기왕성한 젊은이들이 많아 좀처럼 우리의 우려가 통하지 않습니다. 슈리가 적을 두려워한다는 매도는 고사하고라도, 내가 겁에 질려 생모님까지 움직였다……고, 그래서 선불리 입을 열 수도 없습니다."

"그렇군요."

"……그러기는커녕 이 하루나가는, 만약 칸토 쪽에서 주모자를 처벌하라는 조건을 내걸 때는 나 혼자 책임지고 할복할 각오로 있는데도 말씀입니다……"

유키무라는 깜짝 놀라 하루나가를 새삼스럽게 바라보았다. 하루나가의 목소리가 묘하게 떨리는가 싶더니 그의 눈 가장자리가 빨갛게 되어 있었다.

'울고 있구나……'

그렇다면 하루나가로서는 이것이 최대한의 계산이고 성의.

'과연 인생은 여러 가지……'

"슈리 님."

"예…… 아니, 이거 부끄러운 모습을 보이고 말았군요."

"주군을 생각하시는 심정을 저도 잘 알았습니다."

"그럼 맡아주시겠소? 귀하의 말씀이라면 주군도 나가토노카미도 틀림없이 납득하실 것입니다."

"죄송합니다마는 그 일만은."

"아니, 그럼 맡아주시지 않겠다는……?"

"양해하십시오…… 나는 원래 거짓말을 못하는 성격, 만약 주군이 이번 전쟁의 전망을 물으실 경우 화의하는 것이 좋겠다는 말씀은 드릴 수 없습니다."

"그러니까 화의에 반대한다는 말씀이오?"

"슈리 님, 이미 그럴 시기는 지났습니다. 싸워도 멸망하고 화의해도 멸망한다…… 이렇게 말씀 드리면 주군은 더욱더 결전을 주장하시겠지요. 그러므로 나는 그 적임자가 되지 못합니다."

이렇게 말하는 유키무라도 눈시울이 뜨거워졌다.

6

유키무라에게 오산이 있었다고 하면 그것은 성안의 전의가 이처럼 허망한 각오 위에 불타고 있는 감정……이라는 사실을 몰랐다는 점이었다. 세키가하라 때는 일관된 의지가 분명하게 있었다. 이시다 미츠나리石田三成도 그를 돕다가 죽은 장인 오타니 요시츠구大谷吉繼도 어떤 경우에나 모든 상황에 대해 용의주도했고, 그 위에 철저한 반골정신을 가지고 있었다.

"이에야스가 생각하는 치국治國의 방책만이 진리는 아니다……"

이러한 생각 역시 감정에서 나왔는지는 모르지만, 잘 다듬어진, 목숨을 아끼지 않는 의지가 빛나고 있었다. 지금 오사카에서는 그러한 의지를 찾아볼 수 없다. 단지 애매한 반항심에 제법 그럴듯한 타산만을 쌓아올리고 그 주변에 우글우글 모여들었다는 느낌.

사나다 부자의 운명은 완전히 궁지에 몰린 셈. 사나다 유키무라 정도나 되는 사람이 형 노부유키의 충고를 무시하고 숙부를 내쫓는가 하면 친구 마츠쿠라 분고松倉豊後를 따돌리면서까지 입성했다……

"그럼, 귀하는 이 화의도 실은 오고쇼의 책략이라고 보십니까?"

"슈리 님."

유키무라는 모닥불에서 고개를 돌린 채 말했다.

"오사카의 운명이 결정되었다고 한 것은 오고쇼의 탓이 아닙니다."

"아니, 이런! 그렇다면 귀하도 나를 비난하십니까?"

유키무라는 천천히 고개를 저었다.

"물론 귀하의 탓이라고도 생각지 않습니다. 굳이 말한다면 이 성의 운명이었다……고나 할까요. 이 유키무라는 주군에게 화의를 권하지도 않겠지만 그렇다고 결코 도망치지도 않습니다."

"그러시면……"

"아버지 마사유키의 유지에 따라 주군과 운명을 같이하겠습니다. 이 점만은 이해해주십시오."

순간 하루나가는 얼빠진 표정으로 고개를 갸웃했다.

유키무라가 한 말의 뜻을 이해하지 못한 모양이었다. 아니, 몰라도 좋다고 유키무라는 생각했다.

"그러면…… 그러면 주군에게 화의를 권유할 사람은 누가 적임인지…… 이에 대한 의견은 가지고 계시겠지요, 사에몬노스케 님?"

"그야 새삼스럽게 말씀 드릴 필요도 없는 일, 슈리 님 자신이나 아니면 생모님…… 그 외에는 없겠지요."

바로 이때였다. 급히 갑옷자락 스치는 소리를 내며 막사 안으로 뛰어든 자가 있었다. 하루나가의 바로 밑 동생 하루후사였다.

"형님! 큰일났습니다."

"뭣이, 큰일……?"

"동생 도켄이 선창에서 배를 저어 사카이로 달려가 민가에 불을 질렀습니다."

"뭐, 민가에……?"

"형님의 결단에 불만을 품고, 주군의 뜻을 받들어 결전의 기치를 올리겠다고 큰소리를 치면서 부하들을 이끌고 나갔다고 합니다."

"뭣이, 도켄이……?"

하루나가의 얼굴은 파랗게 질려갔다. 몹시 당황한 나머지 몸이 그대로 모닥불 쪽으로 쓰러질 듯 기울었다.

7

유키무라는 냉정하게 오노 형제를 번갈아 바라보면서 왠지 꿈을 꾸고 있는 듯한 느낌이었다.

'어째서 인생은 이렇듯 짓궂은 것일까……'

처음 불에 부채질한 하루나가에게서는 이미 전의의 흔적도 찾아볼 수 없었다. 그런데 처음에는 무엇 때문에 싸우는가 하는 태도로 연신 고개를 갸웃거리던 젊은 도켄이 앞질러 공을 세우려고 조급해진 모양이었다. 이 불길은 어른들의 야심에서 비롯된 불장난이었다. 그러나 그들이 모르는 사이에 히데요리나 시게나리, 도켄 같은 젊은 나무에 옮겨

붙어 지금은 이미 끌 수 없는 기세를 올리고 있었다.

'이 불길이 아들 다이스케에게도 번질지 모른다.'

문득 이런 생각이 들었을 때 ―

"그것은 말려야 한다!"

신경질적인 하루나가의 목소리가 귓전을 때렸다.

"이제 와서 사카이를 불태우다니…… 도대체 어떻게 하겠다는 말이냐. 사카이의 반감을 사게 되면…… 농성은커녕…… 식량 공급원이…… 식량 공급원이 끊겨 굶어죽게 되는 거야."

"그렇지만…… 이미 사카이에 불길이 올라 바닷바람을 타고 번지고 있는데요."

"뭐, 번지고 있어? 그건…… 그건…… 하루후사, 너도 즉시 달려가라. 그렇다, 나도…… 실례하오!"

유키무라가 있다는 사실을 비로소 깨달은 것처럼 하루나가는 이 한마디를 던지고 그대로 막사 밖으로 달려나갔다.

유키무라는 아직 걸상에서 일어나려 하지 않았다.

'어른들의 야심에서 비롯된 불놀이가 젊은이들을 미치도록 만들고 당황하게 하고 있다……'

결코 빈정대는 말이 아니라 극히 당연한 귀결이었다.

'그렇다, 내 집에도 다이스케라는 불씨가 있다. 다이스케는 어떤 식으로 불타기 시작했을까……?'

이런 생각을 했을 때 갑자기 ―

"와아!"

사람들의 떠드는 소리가 울렸다. 아마도 양쪽 모두 새로운 도화선이 된 뜻하지 않은 불길을 깨달은 모양이었다.

유키무라는 천천히 일어나 불이 붙은 장작을 한쪽으로 모아놓고 나서 막사 밖으로 나갔다.

밖에서는 검은 그림자가 우왕좌왕하고, 그 너머에서는 때때로 총소리 같은 것이 터지고 있었다. 성급한 자들이 혹시 공격군을 향해 쏘기 시작했는지도 모른다.

남쪽 하늘이 훤하게 밝아왔다.

유키무라는 조용히 손을 내밀어 바람의 방향을 살폈다. 바람은 동북풍…… 그렇다면 불이 오사카 시내를 삼켜버리는 일은 없을 듯.

유키무라 자신은 진지로 돌아갈 것인가 아니면 본진으로 히데요리를 찾아가야 할 것인가……?

문득 이런 생각을 떠올렸을 때 바로 남쪽 눈앞의 어둠이 번쩍 빨간 불을 토했다. 그리고 다음 순간—

"평!"

천지를 진동시키는 굉음이 들렸다.

'쏘았구나! 대포를 쏘았어……'

본성 텐슈카쿠 부근에서 무언가 와르르 무너지는 소리가 나고 딛고 선 대지가 크게 흔들렸다.

유키무라는 다시 망연히 그 자리에 못 박혀 섰다.

8

한 달 이상 미루던 전쟁이 드디어 폭발점에 돌입했다는 말인가…… 잇따라 다시 오른쪽 어둠이 불을 뿜으며 천지를 진동시키는 제2탄!

사카이의 불길을 화의의 결렬로 보고 도쿠가와 쪽에서 즉시 포격을 개시한 듯. 묘한 탄도음彈道音이 고막을 스치고 다시 와르르 본성의 망루 부근에 명중했다.

이렇게 되면 이미 하찮은 인간들의 계산 따위로는 어떻게도 할 수 없다……고 유키무라는 생각했다. 기세가 오른 공격군은 해자 너머에서 일제히 공격을 개시할 것이며, 성안 떠돌이무사 부대도 때가 왔다고 응전할 것이 틀림없다.

유키무라는 빠른 걸음으로 대여섯 걸음 자기 진지가 있는 곳으로 옮기다가 멈추어섰다.

귀를 찢는 포격의 명중소리 뒤에 응당 일어나야 할 성안의 함성은 들리지 않고, 그 대신 고막이 얼어붙을 듯한 정적이 묘한 냉기로 사방의 공간을 채워나갔다. 너무도 무서운 대포의 굉음이 순식간에 사람들의 얼을 빼앗아 모든 소음을 봉쇄해버린 것일까……

'그렇다…… 있을 수 있는 일이다!'

유키무라도 이제는 머뭇거리지 않았다.

입성한 떠돌이무사 부대가 아직 들어보지 못한 대포의 굉음에 그 투지가 송두리째 달아나버렸다면 어떻게 될 것인가……?

유키무라가 걷기 시작했는데도 성안은 조용했다.

마스가타 입구에도, 그 앞에도 탁탁 튀는 모닥불소리뿐 사람들의 움직임은 거의 없었다. 모두가 그대로 대지에 얼어붙은 검고 큰 서리처럼 보였다.

"실례! 사나다 사에몬노스케가 주군을 뵈러 지나가겠다."

여느 때 같으면 반드시 창을 겨누며 확인하는 자를 몇 번이나 만났을 텐데 오늘밤에는 그런 자조차 없었다.

'모두 정신이 나갔어, 저 소리에……'

때때로 발 밑에서 서리가 부서지고 자갈이 울었다. 아니, 그 소리를 분명히 알 수 있을 만큼 무서운 정적이 사방에 깔려 있었다. 유키무라가 예상하고 기다리던 제3탄은 좀처럼 발사되지 않았다.

"사나다 사에몬노스케가 주군을 뵈러……"

마스가타를 돌아갔을 때 사방이 갑자기 밝아졌다.

모닥불이 한결 많아지고 본성 큰 뜰에 즐비하게 꽂힌 깃발이 희미한 밤바람에 흔들리고 있었다. 그 앞 막사 안은 더욱 밝았다. 시선을 보내는 순간 유키무라는 묘한 신음소리를 내며 우뚝 걸음을 멈추었다. 그 광경은 누구의 발이라도 멈추게 하지 않을 수 없는 기괴한 한 폭의 그림이었다.

히데요리가 그 그림 중앙에 우뚝 서 있었다. 화려한 푸른색 조개껍질이 번쩍이는 의자에서 조금 떨어진 선명한 빛깔의 붉은 양탄자 위에 버티고 선 6척 장신의 히데요리가 빨간 갑옷을 입은 채 어깨, 허리, 무릎, 팔을 모두 와들와들 떨고 있었다. 분노 때문인지 공포 때문인지 그 얼굴은 파랗게 질려 있고, 흩어진 한쪽 머리카락이 땀으로 달라붙어 왼쪽 얼굴에 긴 그림자를 그리고 있었다.

그보다 더욱 기괴한 것은 그 앞을 가로막고 서서 두 소매를 오쿠라 부인과 쇼에이니에게 붙들린 요도 부인의 모습이었다. 요도 부인은 인간이라기보다 화려하면서도 처절하고 흥분할 대로 흥분한 야차夜叉의 모습 그대로였다……

9

등에 걸친 겉옷에 수놓은 황금빛 잉어의 눈과 새하얀 턱에 모닥불이 역광逆光을 비치고, 옷깃을 잡은 두 손이 은빛 비늘로 휘감은 뱀처럼 두드러져 보였다.

그 요도 부인의 발 밑에는 요즘 함께 기거하고 있는 센히메가 끌려와 있었다. 아니, 끌려왔다기보다 실려왔다고 하는 편이 정확할지 모른다. 센히메는 살아 있는 사람으로는 보이지 않고, 어느 사원 난간에서 끌어내린 아름답게 채색한 조각상으로밖에 보이지 않았다.

그러한 사람들과 조금 떨어져서 의자에 앉은 오다 우라쿠사이가 씁쓸한 표정으로 이쪽을 바라보고 있었다. 그만은 분명히 본연의 기질대로 살아가고 있었다.

대포소리에 혼이 나서 달려온 요도 부인과 히데요리 사이에 격렬한 말다툼이 있었던 듯. 그 다툼을 오다 우라쿠사이가 그 특유의 야유조로 나무랐는지도 모른다. 그는 아직도 혀를 차고 있었다.

"사나다 사에몬노스케 유키무라, 주군의 안부를 여쭈러 왔습니다."

"오오, 사나다 님이군."

대답한 것은 히데요리가 아니라 우라쿠사이였다.

"보다시피 본진은 키무라 나가토가 근시들을 지휘하고 있고, 주군은 무사하시니 안심하기 바라네. 대포는 위협일 뿐, 피해는 아주 미미하고…… 못된 녀석이 성밖으로 빠져나가 지금 불을 질렀어. 그 불길 때문에 공격군이 몹시 당황하여 화의를 맺을 뜻이 있는가 없는가 대포를 쏘아 물어본 것. 떠돌이무사들이 난동을 부리지 않도록 충분히 조심해 주기 바라네."

유키무라는 무언가 말하려다 생각을 바꾸었다.

화의에 대해 그는 아직 히데요리로부터 한마디도 듣지 못하고 있었다. 그러나 지금 따져본들 무슨 소용이 있겠는가. 그렇지 않아도 모자가 심하게 다툰 직후임이 틀림없는데……

"어리석은 소리지."

다시 우라쿠사이는 혀를 찼다.

"적과 내통하여 대포를 쏘게 한 것이 이 우라쿠라고 여자들은 말하고 있어. 그 말을 믿고 나를 죽이겠다고 하는 얼빠진 자가 나타났다고 하는군. 죽이려면 죽여도 좋아. 이 우라쿠는 너무 오래 살아 스스로도 주체할 수 없을 정도니까. 죽여준다면 오죽이나 좋을까."

그때였다. 또다시 굴러오듯 맹렬한 기세로 모닥불을 향해 달려오는 자가 있었다.

"아룁니다."

아직 히데요리는 와들와들 떨고 서 있기만 했다.

"후지노 한야로군. 응전은 안 된다고 하신 주군의 명을 떠돌이무사들에게 전했느냐?"

다시 우라쿠사이가 입을 열었을 때였다.

"누가, 누가 응전하지 말라고 했다는 말이오?"

느닷없이 히데요리가 소리질렀다.

"나는…… 나는…… 도켄을 죽이지 마라, 도켄을 뒤따르라고 했어. 그건 안 돼…… 그 말을 한 것은 어머니였어."

아직 젊은 후지노 한야는 얼굴을 일그러뜨리고 웃었다.

"주군, 그 명령이라면 거두십시오. 비록 주군의 명을 전했다 해도 떠돌이무사들은 움직이지 않았을 것입니다. 대포소리를 듣고 모두 주저앉고 말았습니다."

"뭐…… 뭣이!"

10

"죄송합니다마는, 우라쿠 님이 보신 바와 같이 떠돌이무사들은 입신출세가 목적, 입신하려면 이겨야만 합니다. 그런데 이기는 것은 생각지도 못할 일. 텐슈카쿠를 향해 발사한 포탄이 기둥을 부러뜨리고 처마를 무너지게 했으며 일고여덟 명의 여자가 다쳤다……는 말을 듣고는 얼이 빠져 아무도 공격해나가려는 자가 없습니다. 모두가 물을 끼얹은 듯이 조용해져 꼼짝도 않고 있습니다."

근시 후지노 한야는 성안의 사기 저하에 무척 화가 난 모양인지 하지 않아도 될 말까지 하며 이를 갈았다.

"그것 봐."

요도 부인이 입을 열었다. 신경질적인 날카로운 목소리였다.

"죠코인의 말이 맞아. 오고쇼는 어떻게 해서든지 화의를 이루겠다는 의견이지만, 쇼군은 강력하게 반대하고 있다는 거야. 센히메 따위는 자식으로 생각하지 않는다, 이미 버린 자식이니 예정대로 대포로 쳐부숴라, 그리고 지하로부터의 공격도 감행하라고 엄명을 내리고 있다는 거야. 그렇게 하도록 구실을 준 거야."

"가만히 계십시오!"

히데요리는 6척이 넘는 거구를 흔들며 발을 굴렀다.

"이 성의 총대장인가요, 어머니는? 전투는 이 히데요리가 지휘합니다. 한야!"

"예."

"다시 한 번 일곱 장수와 하타모토에게 전하도록 하라. 보아라! 하늘이 점점 더 붉어지고 있다. 그 불이 꺼지기 전에 일제히 성문을 열고 공격해나가라고. 총대장인 히데요리의 명령이다!"

"안 돼!"

요도 부인이 또다시 어깨를 들먹이며 절규했다.

"적은 삼십만이야. 모두 입구에서 총을 겨누고 기다리고 있어. 이만, 삼만의 하타모토가 쳐나간들 무슨 소용이 있겠어? 그야말로 하룻밤 사이에 전멸이야."

"전멸을 두려워해서야 어찌 전쟁을 할 수 있겠습니까?"

히데요리는 성큼성큼 어머니에게 다가갔다. 그러더니 갑자기 주먹을 쳐들었다.

"나는 처음부터 아버님이 쌓은 이 성을 내 무덤으로 삼을 생각이었어요. 여자가 입을 놀리는 것은 가당치 않은 일입니다. 더 이상 입을 열면 어머니라 해도 용서치 않아요."

"아아, 재미있군. 주군이 주먹을 쳐들었어. 모두 보아라. 주군이 흥분하여 어미를 때리려 하고 있어. 좋아, 어서 때려라. 이 어미를 때리란 말이야."

그야말로 차마 눈을 뜨고는 볼 수 없을 정도로 흥분하여 갑자기 몸을 히데요리에게 부딪치고 그대로—

"와악……"

소리내어 울음을 터뜨렸다.

히데요리도 그만 주먹을 쳐든 채 아연해졌다.

두 로죠도 약속이라도 한 것처럼 울부짖는 요도 부인을 좌우에서 붙들고 오열하기 시작했다.

이때 조용히 유키무라의 갑옷을 잡아당기는 자가 있었다. 오쿠하라 신쥬로 토요마사였다. 요도 부인과 센히메를 따라왔던 모양이다.

"사나다 님, 이 자리엔 우리가 있을 테니, 어서 진지로 가십시오."

유키무라는 정신을 차리고 고개를 끄덕였다.

센히메는 아직도 무표정하게 허공을 바라보고, 우라쿠사이는 찌푸린 얼굴로 코털을 뽑고 있었다.

"실례하겠습니다."

유키무라는 아직도 뻣뻣이 서 있는 히데요리에게 절하고 서둘러 그 자리를 떠났다.

11

본성을 나온 유키무라는 토요마사가 말한 대로 사나다 성이라 불리는 핫쵸메 어귀와 쿠로몬 어귀 사이에 있는 자기 막사를 향해 서둘러

걸음을 옮겼다. 본성에 있는 히데요리의 진지를 찾아갈 때와는 달리 이번에는 발걸음이 빨랐다.

홧김에 내뱉은 조심성 없는 발언이기는 하겠으나, 바로 조금 전에 히데요리가 한 말이 묘하게도 생생하게 되살아났다.

"……나는 처음부터 아버님이 쌓은 이 성을 내 무덤으로 삼을 생각이었다!"

유키무라는 눈물이 나올 것만 같았다. 그렇게 만든 책임의 반이 자기에게도 있음을 통감했다.

지난 한 달 동안에 오사카 성 주변에는 여러 가지 소규모 전투는 있었다. 아니, 보기에 따라 그것은 일본 전국의 다이묘들이 그 왕성한 사기를 이에야스 부자에게 과시하려고 격렬한 싸움의 솜씨를 보였다고 해도 좋았다.

성안의 떠돌이무사들도 잘 싸웠다. 언젠가는 농성……이라고 예정했던 전쟁이므로 전멸을 각오한 결전에는 이르지 않았으나 모두 훌륭한 솜씨를 발휘했다.

공격군은 30만이라고 자칭하는 대군이었다. 유키무라가 냉정하게 계산해도 20만 가까이 되었다. 그런 대군이 첩첩이 성벽을 둘러싸는 바람에 농성을 하기 위해 예정대로 모두 성곽 안에 틀어박힌 뒤로 사기가 현저히 떨어졌다.

어느 곳을 보아도 그 격렬했던 난세에도 살아남은 유명한 다이묘들의 하타지루시 물결이었으니 무리가 아니었다.

유키무라 자신도 동쪽 모리무라로부터 나카하마中濱 방면으로 포진한 조카 사나다 카와치노카미 노부요시眞田河內守信吉와 나이키 노부마사內記信政의 하타지루시, 우에스기 츄나곤 카게카츠上杉中納言景勝의 진지를 바라보았을 때는 가슴이 아팠다.

마츠야松屋 어귀에서는 다테 마사무네와 그의 아들 히데무네秀宗의 하타지루시가 물결치고, 남서쪽에서는 모리 나가토노카미 히데나리毛利長門守秀就의 군사가 후쿠시마 마사카츠福島正勝의 군사와 나란히 포진해 있었다.

시마즈 군 3만은 아직 도착하지 않았다. 그러나 세키가하라 전투 때 같은 편에서 싸웠던 천하의 용장들이 지금은 적이 되어 쇼군 히데타다의 명령에 따라 움직이고 있다. 아무리 용감무쌍한 무장이라 해도 매일같이 이런 광경을 보고 있으면 자기도 모르는 사이에 기가 죽을 수밖에 없었다.

한쪽은 이미 농성에 들어갔으므로 병력을 증가시킬 방법이 없고 매일매일 막대한 군량미가 소모되어가는 것을 보고만 있을 뿐…… 이와 반대로 공격군은 전국 어디서라도 얼마든지 병력을 동원할 수 있는 자유로운 입장에서 대치하고 있다.

"계산 착오였어."

유키무라의 진중에서조차 이런 말이 나돌기 시작했다.

"엄동설한이므로 적은 추위에 견디지 못한다…… 이렇게 생각했더니 그 반대가 되었어. 이런 상태라면 봄이 오기 전에 성안의 장작은 바닥이 날 거야."

오사카 쪽 총 병력은 2,500의 옛 신하들과 새로 입성한 떠돌이무사들을 합쳐 12만이라고 하나, 실제로는 9만 6,000명 가량이었다…… 그렇다고는 하지만 10만 가까운 인원이 먹어 없애는 군량미만 해도 대단한 것이었다.

유키무라는 서둘러 본성 외곽 밖으로 나가 대기시켜놓았던 말을 타고 해자 밖으로 나갔다.

'히데요리 님이 정말 전사할 결심이라면……'

그 사실이 지금의 유키무라에게는 유일한 아군인 듯한 마음이었다. 그는 무섭게 말에 채찍을 가했다.

12

유키무라가 사나다 성으로 돌아왔을 때, 그곳의 긴장은 해자 안쪽과는 비교도 되지 않았다.

바로 눈앞의 코바시小橋 마을에는 마에다 토시츠네前田利常의 군사 1만 2,000명이 모닥불을 피우고 대치하고 있었다. 그리고 그 왼쪽 미즈노水野 마을에는 약간 뒤쳐진 형태로 도쿠가와 히데타다의 본진이 자리잡고 있었다.

마에다 군 옆에 진을 친 후루타 시게하루古田重治 군은 사실상 사나다 군과 은밀히 내통하고 있었다. 만일 사나다 군이 공격해나올 경우에는 슬쩍 길을 열어 이에야스 본진으로 통과시켜주겠다는 묵시적인 양해가 있었다.

그 오른쪽에는 이이 나오타카井伊直孝, 마츠다이라 타다나오松平忠直, 토도 타카토라, 다테 마사무네, 다테 히데무네가 나란히 포진하여 챠우스야마에 있는 이에야스의 본진 전위를 이루고 있었다. 함부로 공격한다는 것은 생각지도 못할 일이었다. 내통하고 있는 후루타 시게하루가 오히려 감시를 받고 있는 형편이었다.

사나다 성 망루에서는 이에야스의 본진을 살필 수 있었다. 오늘밤에는 모닥불이 늘어난 듯했다. 사카이의 방화에 놀라 사자와 전령이 사방으로 달려갔고, 사방에서 군사들이 모여들었을지도 모른다. 다만 그 모닥불은 별로 살기를 느끼게 하지는 않았다. 아마 그 너머의 불길이 계속 하늘을 불태울 듯 맹렬하여 처절할 정도로 귀기鬼氣를 더해왔기 때문일 것이다.

'이렇게 거센 불길이라면, 자칫 사카이 시가는 흔적도 없이 사라질지도 모른다……'

도켄은 무슨 생각으로 사카이에 불을 질렀을까. 이제 사카이 시민들은 순식간에 도요토미 가문으로부터 등을 돌릴 것이다.

집이 불타고 가산을 잃게 된 상인들의 깊은 원한을 무사로서는 상상할 수도 없다.

이번 전투에서 도요토미 가문이 이기려고 한다면, 오사카에서 사카이에 걸친 상인들과 이해를 같이하고, 성 안팎에서 마음을 합쳐 싸우는 길밖에는 없다. 그런데 흥분하기 쉬운 젊음의 탈선이 그 가능성을 자기 손으로 단절해버렸다.

'사카이가 잿더미로 화하면 이를 좋아할 것은 공격군뿐…… 그 정도의 판단도 할 수 없었다는 말인가……'

그런데 대포가 두 발만으로 포격을 중단한 것은? 오다 우라쿠사이의 말대로 강화할 각오를 결정케 하기 위한 협박으로서, 이미 그 목적을 충분히 달성했다고 판단한 것일까……?

유키무라가 다시 히데요리와 맞섰던 요도 부인의 야차 같은 모습을 떠올리고 있을 때—

"아룁니다."

등뒤에서 이키 시치로에몬의 목소리가 들렸다.

"오, 또 무슨 일이 벌어졌나?"

유키무라는 천천히 뒤돌아보았다. 그곳에 이키 시치로에몬이 데려온 듯한 상인 한 사람이 머리를 조아리고 있었다. 그는 낯선 상인 쪽으로 시선을 옮겼다. 말할 나위도 없이 상인으로 변장한 첩자임이 틀림없다.

"저는 사카이의 상인으로 코베에幸兵衛라고 합니다. 수상한 자가 아닙니다."

"그렇게 말하니 믿겠다. 그런데 용무는?"

유키무라는 조심스럽게 한 걸음 물러나면서 물었다. 상대의 모습에서 이가伊賀°, 코카甲賀°의 닌자를 연상케 하는 동물적인 투지와 체취를 느낄 수 있었기 때문이다.

"그대가 얻은 정보를 그대로 말씀 드리도록."

이키 시치로에몬이 나직한 목소리로 재촉했다.

13

코베에라는 사나이는 약간 말을 더듬는 모양이었다. 내던지듯 첫마디에 힘을 주어—

"화의하기로 결정되었습니다!"

우선 이렇게 말했다.

"그, 그래서 마음을 놓고 있던 참에 불이 났습니다."

그 뒤를 시치로에몬이 가볍게 받았다.

"사카이 상인들은 전쟁이 파급될까 두려워 진작부터 정세의 추이를 자세히 탐지하고 있었다고 합니다. 그렇지?"

"예…… 예, 그렇습니다."

"성안에서는 오다 우라쿠사이 님의 제의로 화의에 대한 논의가 시작되었다, 이렇게 말했지?"

"예. 그러나 히데요리 님은 믿지 않으시고, 오고쇼 쪽에서 나온 것이라고 반대…… 그래서 우라쿠 님은 생모님을 움직였다…… 그 과정을 자세히 알아놓았습니다."

상대가 말을 더듬으며 여기까지 말했을 때 이키 시치로에몬이 그 뒤를 이으며 그 이상 코베에에게 말을 시키지 않았다.

"우라쿠사이 님은 이 전쟁이 더 계속되면 도요토미 가문뿐 아니라 이 지역의 번영까지 뿌리뽑히게 된다, 그보다 지금은 화의를 맺고 잠시 형편을 살피는 것이 현명하다…… 오고쇼는 사람들 앞에서는 건강한 듯이 행동하고 있으나 실은 몹시 지쳐 있다. 나이도 벌써 일흔네 살이 되려고 하니, 일단 슨푸駿府로 돌아가면 재기하기 어렵다. 오고쇼가 세상을 떠나면 제후들의 생각도 완전히 바뀐다. 그때까지 기다리는 게 현명하다…… 이렇게 말했다는 말이지?"

"예…… 예. 우다이진 님은 그 말을 듣지 않으셨습니다. 그렇지만 요도 부인은……"

"그래. 요도 부인은 몰래 고토 쇼자부로를 오고쇼에게 보내 자신의 뜻을 전했다…… 우다이진 님의 안전만 보장된다면 화의를 맺어도 좋다고……"

"그, 그, 그렇습니다."

"이 말을 듣고 오고쇼도 움직이기 시작했다. 그래서 즉시 혼다 마사즈미에게 명하여 니죠 성에 있는 아챠阿茶 님과 같이 두 사람이 쿄고쿠 타다타카京極忠高의 진지에 가서 타다타카로 하여금 오사카 성에서 어머니인 죠코인을 불러내게 했다……"

시치로에몬은 거기서 눈을 감듯이 하고 말을 이었다.

"그 뒤로 죠코인과 아챠 부인 사이에 이야기가 진행되었고 이어서 오노 하루나가가 가담했다. 말하자면 우리가 모르는 곳에서 화의가 진행되고 있어서…… 하루 이틀 사이에는 결정될 것이라고 사카이 사람들은 안심하고 경계를 늦추고 있었다. 그러고 있을 때 이 괴상한 화재…… 그래서 우다이진과 젊은 무사들을 선동하여 화의에 반대하도록 한 장본인은 사나다 유키무라…… 이렇게 생각하고 그대가 이곳에 왔단 말이지?"

"말씀 그대로입니다."

상대는 다시 달려들 듯한 시선이 되었다.

유키무라는 눈앞이 캄캄해지는 것 같았다.

히데요리에게 항전을 권한 것은 유키무라가 아니었다. 그러나 만약 유키무라와 상의했더라면 분명히 항전을 권유했을 터.

이키 시치로에몬이 다시 조용히 입을 열었다.

"저는 허락도 없이 이자와 의논했습니다. 이자의 생명을 살려주시기 바랍니다."

유키무라는 묵묵히 다시 한 번 하늘을 쳐다보았다. 안개가 깔린 탓인지 불빛의 그림자가 크게 머리 위를 뒤덮었다. 그것이 말할 수 없이 아름다운 분홍빛 여명을 연상시키며 퍼져가고 있었다.

여성진女性陣

1

결국 유키무라는 현재 오사카 성에서 이단자로 몰려 있었다.

"화의문제로 사나다와 상의해도 별수 없다……"

그가 얼마나 심각하게 생각을 거듭한 끝에 입성했는가……까지는 깊이 알지 못할 터. 그러면서도 그가 화의에 동의하지 않는다는 사실만은 무언중에 느끼고 있었던 모양이다.

사실 상의를 받았다면 유키무라는 분명히 반대했다고 보아도 좋았다. 이에야스가 늙었기 때문에 머지않아 죽으리라는 계산은 어리석은 생각이다. 젊은 히데요리도 언제 대포의 먹이가 될지 모르고, 언제 유탄에 맞을지 알 수 없는 것. 전쟁이란 그러한 상식이나 일상적인 계산을 초월한 데서 살고 있다.

그렇다고 해서 지금에 이르러 유키무라 자신은 도대체 무엇을 할 수 있다는 말인가?

이 사나다 성에서 마에다 군 1만 2,000의 측면을 빠져나가 히데타다의 본진을 향해 공격할 것인가…… 아니면 묵묵히 화의가 이루어지는 대로 내버려둘 것인가……

전자를 택한다면 히데타다의 본진에 도달할 무렵에는 자신의 군사는 전멸한다. 그리고 후자를 택한다면 그가 입성한 의미는 영원히 안개 속으로 사라지고 만다……

유키무라는 사카이의 자객 코베에를 웃으면서 용서해주고 밤이 새도록 망설였다.

새벽녘이 되어 사카이의 불길은 가라앉았다. 날이 밝았을 때 그 불길은 이미 몇 줄기의 엷은 연기로 변해 있었다. 다만 멀리 바라다보이는 챠우스야마로부터 텐노 사에 이르는 적진의 깃발은 어제와 다름없이 물결치고 있었다.

어젯밤의 대포는 아마도 마에다 진지에서 쏜 것인 듯, 에치젠의 마츠다이라 타다나오의 진지와 마에다 토시츠네의 진지가 가장 활기를 띠고 있었다.

"어떠냐, 총공격을 감행할 기색은 보이지 않더냐?"

총공격이라면 화의가 깨어진 것, 그 기색이 없다면 지난밤 다툼에서 결국 히데요리가 어머니에게 양보했다는 말. 아니, 이미 유키무라는 화의가 이루어지리라 직감하고 있었다. 그러므로 아들 다이스케가 들어오자 그대로 임시숙소로 돌아가 잠을 잤다.

새벽에 잠을 자는 버릇이 일상화되어 사방의 소음은 아무렇지도 않았다. 1각 반(3시간) 가량 푹 자고 일어났을 때 다시 정보를 수집해온 이키 시치로에몬이 그가 깨기를 기다리고 있었다.

"곧 우다이진 님으로부터 출두하라는 사자가 올 것입니다. 화의하기로 결정이 난 모양입니다."

이키 시치로에몬은 일부러 유키무라를 보지 않으려고 고개를 돌린 채 자기도 병졸이 가져온 도시락 뚜껑을 열었다. 유키무라는 묵묵히 걸상에 앉아 먼저 보리차를 한 모금 마시고 나서 젓가락을 들었다.

"오늘 회의가 끝난 후 우라쿠 님과 오노 님의 아들 두 사람이 인질로 챠우스야마에 가기로 했습니다."

"벌써 그런 것까지 결정했나?"

"예. 어젯밤 쿄고쿠 타다타카 님의 막사에서 죠코인 님과 아챠 부인이 교섭 중일 때 그 소동…… 그래서 생모님이 격노하셨습니다."

"화의의 조건을 죠코인과 아챠 부인이……"

"세월이 변하기는 변했습니다. 요즘엔 여자들이 더 강해졌습니다."

유키무라는 잠시 젓가락을 놓고 먼 곳을 바라보다가 곧 시선을 도시락으로 떨구었다.

"으음, 여자들이 말이지……"

2

유키무라는 이번 전쟁을 '사나이의 고집'에 걸고 있었다. 그런데 이것이 평화를 바라는 여자들의 움직임으로 완전히 꺾이고 말았다.

'이에야스는 정말 놀라워……'

그 정도의 대군을 뜻대로 동원해놓고도 그 뒤에서 남자를 움직이는 여자의 존재를 잊지 않고 있었다.

'여자와 전쟁은 인연이 없는 것……'

이런 생각을 하고 있던 유키무라 자신의 큰 실책이었다.

아닌 게 아니라 와타나베 쿠라노스케渡邊內藏助에게는 쇼에이니라는 어머니가 있고, 오노 하루나가에게는 오쿠라 부인이라는 어머니가 있다. 그 두 로죠가 요도 부인을 움직이고, 또 죠코인이나 아챠 부인 같은 재녀才女들도 무엇보다 평화……를 바란다고 한다면 그것은 결코 작은 힘이 아니다.

이에야스는 알고 있었는데 유키무라 자신은 간과하고 있었다.

유키무라의 어머니는 다이나곤大納言° 이마데가와 하루스에今出川晴季의 딸이었다. 만약 아직 살아 있었다면 자기 아들이나 손자를 살리기 위해 결코 팔짱을 끼고 있지는 않았을 터이다.

그러한 어머니의 애정을 이용하여 아챠 부인에게 교섭하게 하는 이에야스의 상식을 초월한 착안은 도대체 간교한 계략이라 할 것인가 슬기로운 지혜라고 할 것인가……?

아챠 부인이란 타다테루의 생모 챠아茶阿 부인을 말하는 게 아니다. 코슈의 무사 이다 큐자에몬飯田久左衛門의 딸로 아명이 스와すわ인 재녀이다. 덴가쿠하자마田樂狹間에서 전사한 이마가와 요시모토今川義元의 가신 카미오 마고베에 히사무네神尾孫兵衛久宗의 아내로 과부가 되어 있던 것을 코슈 공격 때 이에야스가 발견하여 소실로 삼은 여자였다. 뒷날 히데타다의 딸 토후쿠몬인東福門院이 입궐할 때 어머니 대신 궁전에 들어가 종1품을 제수받았을 정도의 여자, 이에야스의 인선에는 틀림이 없었다고 해도 좋을 터.

"아챠 부인은 쵸코인과 함께 은밀히 성안에 들어와 생모님을 만났다고 합니다."

태연한 척 도시락을 먹으면서 이키 시치로에몬은 말을 이었다.

"그때 생모님이 스스로 인질이 되려 했지만, 우다이진 님이 이를 허락하시지 않았습니다. 우다이진 님의 의견으로, 일부러 오고쇼가 출진했으므로 그 체면을 세워주려고 둘째 성, 셋째 성을 헐겠다고 자청하셨다는 것입니다."

"뭐! 둘째 성과 셋째 성을……?"

"예. 그 대신 생모님은 인질로 보내지 않고, 오노 슈리와 오다 우라쿠의 아들을 인질로 내놓겠다고."

"으음."

"성안 장졸들은 아무도 처벌하지 않을 것…… 이것만은 받아들이라고 청했습니다. 물론 오고쇼는 좋다는 대답을 했습니다. 그리고 이삼 일 안에 중신들에게 발표한 후 다시 서약서를 교환한다…… 그렇게 결정되었는데 또다시 주군의 마음이 변하신 모양입니다."

이렇게 말하고 시치로에몬은 불쑥 덧붙였다.

"둘째 성, 셋째 성을 허문다…… 그러면 이 외성과 바깥쪽 해자도 모두 없어지게 됩니다."

유키무라는 깜짝 놀라 고개를 들었다. 그리고 시치로에몬을 뚫어지게 노려보았다.

"그대는 싸우려면 지금이 절호의 기회다…… 그런 말이군?"

"아니, 화의 뒤에는 싸움을 못한다……고 말씀 드리는 것입니다."

"으음, 그래 둘째 성, 셋째 성을 허물겠다고 주군 쪽에서 제의했다는 말인가……"

3

다시 유키무라의 가슴을 절망의 바람이 싸늘하게 훑어내렸다.

히데요리나 요도 부인이 둘째 성, 셋째 성을 헐겠다고 자청한 의미는 알 수 있다.

히데요리의 안전을 보장하고 영지도 그대로 인정하며 어느 가신도 처벌하지 않는다……는 조건을 그대로 받아들인다면 도요토미 가문 쪽에서도 앞으로 결코 도쿠가와 가문에 반기를 들지 않겠다……는 증거를 보여야 한다고 여겨 자진하여 청했을 터.

궁지에 몰린 불리한 입장에서 히데요리를 구하고 도요토미 가문의 존속을 도모하기 위한 극히 당연한 제안처럼 생각된다. 그러나 그 조건에는 절대로 그대로는 되지 않을 큰 오산이 내포되어 있다.

'역시 여자들의 생각에는 한계가 있다……'

둘째 성, 셋째 성을 허물어 영원히 항전의 수단을 포기한 오사카 쪽이, 옛 영지 60만 석을 그대로 인정해준다고 해도 10만이나 되는 신구新舊 가신들의 가족을 어떻게 부양할 수 있을 것인가……?

한 가족마다 6석…… 아니, 본성만 남는다 해도 이 거대한 성의 경비는 40만 석을 밑돌지 않을 터. 나머지 20만 석을 고스란히 나누어준다고 해도 식량의 반도 되지 못한다……

"어처구니없는 상의를 하시는군."

유키무라는 다시 젓가락을 움직이기 시작했다.

"이미 화의는 결정된 것과 마찬가지인 모양입니다."

"물론 칸토에서는 두말 않고 그 조건을 받아들였을 테지."

"저는 칸토 내부에도 두 가지 엇갈린 생각이 있을 것으로 보고 있습니다."

"두 가지 생각……?"

"예. 한쪽에서는 말할 나위도 없이 손뼉을 치며 기뻐할 것입니다. 이로써 오사카는 자멸의 길을 걷게 되었다고."

"그럼, 다른 쪽의 생각은……?"

"모여든 떠돌이무사 가운데서 과연 어느 정도나 자진하여 물러갈지, 그것을 보고 나서 새로운 영지로의 이전을 명하여 도요토미 가문의 이름만은 남도록 해야 한다고."

"으음, 그건 아마 오고쇼의 생각이겠지."

시치로에몬은 그 말에는 대답을 하지 않았다.

"충분한 각오를 하고 오늘 회의에 임하시기 바랍니다…… 깨끗이 물러서거나 아니면……"

"아니면 달리 방법이 있다고 생각하나?"

"아니, 말이 지나쳤습니다. 공연한 참견을 용서하시기 바랍니다."

유키무라는 그 이상 아무 말도 하지 않았다. 그대로 도시락을 다 먹고 나서 막사 밖으로 나갔다. 서리가 가득 내린 밖에서는 아침 햇살이 눈부시게 빛나고 있었다.

'겨우 이 정도의 전쟁이었다는 말인가……'

이런 생각에 문득 그리움이 치솟아 손을 이마에 대고 네코마猫間 강 건너에 있는 사나다 형제의 진지 쪽을 바라보았다. 형의 두 아들이 거기서 사타케 요시노부佐竹義宣와 함께 굳게 진을 치고 있다.

"눈이 부셔 잘 보이지 않는군."

불쑥 중얼거리고 씁쓸히 웃었다. 처음부터 형과 자기를 두 편으로 갈라 어느 쪽이 이기고 어느 쪽이 지건 내 손자만은 남긴다…… 이런 구상을 하고 죽은 아버지 마사유키의 얼굴이 떠올랐다.

이때 아들 다이스케가 얼굴에 홍조를 띠고 나타났다. 성내에서 호출이 있었던 모양이다.

4

"아버님, 모시러 왔습니다."

다이스케는 무엇을 생각하고 있는지 평소 이상으로 동작에 활기가 있었다.

"주군은 제게도 말석에 앉으라는 말씀이 계셨습니다. 아마 칸토 쪽에서 화의하자는 제의가 있었던 모양입니다."

"그래, 그럼 가자."

"함께 수행하겠습니다."

다이스케는 탄력 있는 목소리로 대답하고 말을 끌어오게 하여 올라 타고는 아버지의 곁으로 다가왔다.

"저는 아버님이 지난 사일 전투 때 저와 마찬가지로 열다섯 살인 에치젠의 동생 나오마사直政를 훌륭하다고 칭찬하시며 죽이지 않으신 뜻을 이제야 알았습니다."

유키무라는 조용히 웃었을 뿐 아무 말도 않고 그냥 말을 몰았다.

몇 번이나 되풀이된 적의 공격에 응전했을 때의 일로, 15세인 마츠다이라 나오마사가 고전하면서도 전혀 물러나지 않고—

"부끄러운 줄을 알아라!"

선두에 서서 소리지르며 지휘하는 용감한 모습을 보고—

"과연 오고쇼의 손자, 훌륭한 무사로다. 이 유키무라가 이것을 선사하겠다."

창으로 찌르려는 아군을 제지하고 해가 그려진 군센軍扇°을 던져주고 물러났을 때의 일을 말한다.

"전쟁에는 화의도 있다…… 아니, 그보다 난전亂戰 중에도 상대를 아끼는 여유를 가진다…… 이것이 참된 무사라고 생각합니다."

유키무라는 그 말에도 대답하려 하지 않았다.

그때 유키무라가 나오마사를 죽이지 않았던 것은 마음 어딘가에 다이스케와 형의 아들들을 떠올리고 전쟁의 비참함이 문득 가슴에 스며들었기 때문이다.

"아버님은 이번 강화를 조건에 따라서는 찬성하시겠습니까?"

"다이스케."

"예."

"모두 주군이 결정하실 일이야. 주군이 결정하신 일에 이의를 제기해서는 안 된다. 이것도 무사의 마음가짐이다."

"물론입니다. 주군은 생각했던 것보다 훨씬 용감하신 분. 그분의 결정이라면 기꺼이……"

유키무라가 본성에 도착했을 때 이미 장수들은 다다미를 깐 넓은 방에 거의 모두 모여 있었다.

유키무라는 다이스케를 데리고 멍석 위를 지나 신발을 신은 채 복도를 걸으면서 마음속으로 한 가지 일을 빌고 있었다. 오늘의 자리에 요도 부인을 비롯한 여자들이 모습을 나타내지 않았으면…… 하는 것이었다.

남자끼리라면 비통한 말 한마디로도 끝날 일이 여자들이 섞이면 감정적으로 된다. 더군다나 여인들의 계산에는—

'어떤 가신도 처벌하지 않을 것.'

정도의 생각밖에 들어 있지 않다. 거기다 모여든 떠돌이무사들의 불안이나 의문이 표면화되면 어떤 분규가 일어날지 알 수 없다.

'아아……'

방에 발을 들여놓자마자 유키무라는 저도 모르게 탄식했다.

아직 정면에 히데요리의 모습은 보이지 않았다. 그러나 센히메와 로쥬들을 거느린 요도 부인이 상단 왼쪽에 파랗게 질린 표정으로 얼어붙은 듯이 앉아 있지 않은가……

5

소집된 무장들의 면모는 본성, 둘째 성, 셋째 성의 수비장수 외에 성 밖의 방책을 친 11명의 사무라이다이쇼侍大將°, 그리고 하타지루시와 우마지루시를 담당하는 자, 코쇼의 우두머리, 근시 순으로 오른쪽에 줄지어 앉아 있었다. 왼쪽에는 고토 마타베에 모토츠구가 관리하는 효쟈評定° 우두머리들 10명이 앉아 있었다.

얼마 후 히데요리가 모습을 나타낼 상단의 정면에는 오노 하루나가와 오다 우라쿠사이가 앉아 있었고, 그 옆에는 일부러 빈자리를 만들어 놓고 있었다.

"사나다 님, 이쪽으로."

하루나가가 말했다.

우라쿠사이는 오늘도 여전히 모인 장수들의 얼굴은 보려고도 하지 않았다. 무언가 신기한 것이라도 보는 눈으로 천장에 그려진 꽃 그림을 하나하나 쳐다보고 있었다.

다이스케와 떨어져 지정된 자리에 앉은 유키무라는 우선 좌중을 한 번 둘러보았다. 센고쿠 부젠뉴도 무네나리, 아카시 카몬노스케 모리시게, 유아사 우콘 마사히사, 쵸소카베 모리치카, 모리 부젠노카미 카츠나가, 하야미 카이노카미 모리히사…… 등 모두 약속이라도 한 듯이 얼굴빛이 좋지 않았다.

'수면 부족 때문이겠지……'

그러나 어느 얼굴에도 별로 분노의 기색을 찾아볼 수 없다는 점이 이상하다면 이상했다. 어쩌면 이 자리에 참석하기까지 저마다 사태를 검토하고 반쯤 체념하고 나왔는지도 모른다.

'그랬으면 좋으련만……'

이미 요도 부인이 히데요리를 움직여 일은 결정되어 있다. 그렇게 된 이상 적들 앞에서 추하게 다툰다고 해서 좋은 일이 있을 리 없다. 일단은 화해를 하여 상대를 철수하게 하고 나서 생각한다…… 이것 말고는 방법이 없다……

이렇게 생각하고 유키무라가 다시 한 번 시선을 상단의 요도 부인과 센히메에게 옮겼을 때였다. 히데요리의 참석을 알리는 소리가 들려왔다.

요도 부인은 그 소리에 깜짝 놀란 사람처럼 자세를 고쳤다. 그러나 센히메는 허탈상태에 빠진 모습 그대로 무릎 위에 놓인 자기 손에 시선을 떨구고 있었다.

히데요리는 키무라 나가토노카미 시게나리와 근시인 스즈키 마사요시鈴木正祥, 히라이 야스요시平井保能, 히라이 야스노부平井保延 등 네 사람을 거느리고 무장한 모습 그대로 정해진 자리에 책상다리를 하고 앉았다. 이 다섯 사람의 낯빛도 역시 긴장되어 모두 연지를 칠한 듯 붉어져 있었다.

"모두 수고가 많소."

자리에 앉아 히데요리는 이렇게 말했다. 아니, 이렇게 말한 뒤 말문이 막혀 눈을 감았다. 감은 눈에서 주르르 눈물이 흘러 얼굴에 반짝이는 줄을 그었다.

좌중이 물을 끼얹은 듯 조용해졌다. 히데요리의 입에서 나올 다음 말을 빠뜨리지 않으려고…… 하지만 그들이 들은 것은 말이 아니라 격렬한 오열뿐이었다.

"주군을 대신하여 말씀 드리겠소."

키무라 시게나리가 히데요리 뒤에서 한발 앞으로 나왔다.

"모두 잘 싸워주셨소. 잊지 않을 것이오. 그러나 생각한 바가 있어 우선은 일단 화의하기로 결정했소. 모두 그렇게 아시오."

아마도 회의의 형식을 피하고 두말 못하게 하는 명령으로 삼을 모양이었다.

"원통한 일이오!"

갑자기 히데요리의 입이 움직였다.

"그러나…… 오고쇼는 고령…… 따라서 지금은 일단 진지를 해산시켜 뒷날을 도모함이 상책이라고 생각하오. 모두들 이 히데요리를 저버리지 않도록……"

유키무라는 자기도 모르게 신음했다.

결코 용장의 말은 아니었다. 그러나 히데요리의 말은 아무 가식이나 꾸밈도 없는 묘한 박력으로 그 자리에 있는 모든 사람들의 가슴속으로 파고들었다……

6

'진실은 강하다……'

그렇다면 여기 모여 있는 장수들도 일단은 납득할 터…… 유키무라가 이런 생각을 했을 때…… 그러나 사태는 뜻밖의 방향으로 빗나가기 시작했다.

"원통한 일이오!"

자기 감정을 억누를 수 없게 된 듯 다시 한 번 상기된 목소리로 울부짖은 히데요리, 굳어버린 듯 앉아 있는 요도 부인 쪽을 향해 느닷없이 몸을 돌렸다.

요도 부인은 흠칫 놀라 한쪽 무릎을 세웠다.

"어머님! 이젠 됐습니까? 이것이…… 어머님이 바라는 평화…… 어머님이 원하는 강화입니까…… 이 원통함…… 이 굴욕이……?"

유키무라도 당황했으나, 오노 하루나가는 더 놀란 모양이었다.

"주군!"

허우적거리듯 두 손을 들어 제지하려 했다. 그러나 그 행동은 오히려 히데요리의 감정을 격화시키는 결과가 되었다.

"슈리는 잠자코 있어!"

히데요리는 몸을 비틀며 하루나가를 꾸짖었다.

"나는…… 나는…… 모두와 같이 죽으려 했어! 그러나…… 이것은 허용되지 않았어. 나는 약해…… 어머니에게…… 어머니에게는 이길 수 없었다. 이해하기 바라겠어."

그것은 이미 완전히 이성의 줄이 끊긴 벌거벗은 히데요리의 모습 그대로였다…… 히데요리는 목놓아 울기 시작했다.

'이 얼마나 솔직한……'

진실의 피력에도 한계가 있는데…… 유키무라가 이렇게 걱정스러운 마음으로 생각하고 있을 때.

"주군이 할말은 그뿐인가?"

갑작스럽게 유키무라가 가장 신경을 쓰고 있던 여자의 발언이 터져 나오고 말았다.

"모두 잘 들었겠지요?"

요도 부인의 목소리는 이상할 정도로 끈적끈적하게 모든 사람들의 머리 위로 흘렀다.

"주군의 말처럼 이 화의를 진행시킨 것은 바로 나예요."

아마도 이성을 잃은 아들을 변호해주고 싶은 어머니의 마음인 듯. 그렇더라도 당시 여성으로서는 너무 지나친 발언이었다.

"주군은 정에 약한 분이에요. 그래서 여러분을 위해 죽겠다고 했어요. 그러나 그것은 도리어 사랑하는 여러분을 배신하는 거예요. 여러분이 이 성에 들어와 싸운 것은 주군을 타이코 전하의 아들로서 훌륭하게 키우기 위해서였어요…… 그렇지요?"

말하는 동안에 요도 부인의 눈에는 핏발이 서고 쨍한 목소리는 더욱 높아졌다.

"그러한 여러분의 뜻을 잊고 죽음을 서두르는 것은 당치도 않은 일, 그래서 이 어미가 화의를 도모했어요…… 모두 잘 기억해두세요…… 주군은 칸토에 대해서는 전혀 정情이 없다고 주장하고 있어요. 그러나 나는 그렇게 생각하지 않아요. 만약 내 생각이 잘못되었다면…… 그때는 이 어미가 맨 먼저 싸우다 죽겠으니 지금은 화의를 맺도록 하세요."

히데요리 이상으로 솔직한 어머니의 계산, 어머니의 감정이 그대로 드러나고 있었다.

"알겠나요? 칸토에서는 영지이전은 시키지 않겠다, 나를 인질로 요구하지도 않겠다고 해요. 영지도 삭감하지 않고 가신은 모두 그대로 두겠다고 해요. 그리고 이처럼 센히메도 이 성에 있으니 여러분은 이의를 말하지 마세요…… 아니, 내 눈이 잘못되어 이 화의가 우리의 손해……라는 것이 밝혀졌을 때는 나를 먼저 베도록 하세요. 나도 고집이 있고 긍지도 있는 여자예요……"

7

유키무라는 그 말을 듣고 있기가 괴로웠다.

요도 부인의 말에는 전혀 거짓이 없었다. 어머니로서 자기 자식의 생명을 구하겠다는 일념으로 암사자처럼 흥분하고 있었다. 그러나 그것은 어디까지나 암사자 자신의 계산이지 그 자리에 모인 사람들의 계산은 아니었다.

지금 여기 모인 사람들이 생각하는 것은 과연 '히데요리 한 사람만의 안전' 뿐일까.

그렇지 않다는 사실을 히데요리는 직감하고 있다. 그리고 여기에 부응할 수 없는 자신에게 스스로 죽음을 과하려는 것이리라.

'도대체 어느 쪽이 옳은 것일까……'

이런 생각을 하고 있을 때 흥분한 암사자는 더욱더 엇나갔다.

"나도 오고쇼의 마음을 잘 알고 있어요. 내가 살아 있는 한 결코 오사카를 소홀히 대하지 않겠다는 태도를 견지하고 있어요. 그러니 나를 믿어주세요, 알겠지요? 쇼군의 부인은 내 동생, 센히메도 있고 그 동생도 있으므로……"

유키무라가 조용히 우라쿠사이의 옷소매를 잡아당겼다. 지금의 경우 이처럼 어지러워진 무대의 막을 내리게 할 수 있는 사람은 우라쿠사이밖에는 없었다. 오노 하루나가는 요도 부인에게 맞설 수 있는 사나이가 되지 못했다.

우라쿠사이는 그때까지 눈을 감고 듣고 있었으나, 유키무라의 의도를 깨닫고 입을 열었다.

"생모님, 이제 그만."

"아니, 뭐라고요?"

"명령은 모두에게 전달되었습니다. 주군도 그만 물러가시지요. 오쿠라 부인, 생모님을 모시고 나가시오."

그리고는 한층 언성을 높여—

"여러분, 화의에 대해서는 잘 알았을 줄 압니다. 따라서 지금부터는 조인을 한 뒤 각각 진지철수를 어떻게 할 것인가, 적에게 허점을 보이지 않기 위해서도 충분히 조심하여 착수해야 하니 그 일을 상의하기로 합시다. 주군은 우선……"

그 눈짓에 따라 키무라 시게나리 등의 근시들이 먼저 일어나 히데요리를 재촉했다.

히데요리도 그때는 더 이상 울고 있지 않았다. 태풍이 지나간 뒤의 고요 속에서 망연한 모습으로 천천히 일어났다. 이어서 오쿠라 부인이 요도 부인과 센히메를 재촉했다.

"그럼, 잘 부탁하겠어요."

요도 부인만은 아직도 흥분이 가시지 않은 눈으로 일동을 바라보며 다짐을 하고 나갔다……

"흥."

갑자기 우라쿠사이가 유키무라 옆에서 콧방귀를 뀌었다.

"묘한 연극이 되고 말았어."

그러나 유키무라는 그렇지 않다고 생각했다.

연극이기는커녕 이것이 진정한 인생의 모습이었다…… 이 인생에서 무엇을 파악하고 어디를 고쳐나갈 것인가…… 언제나 변함 없는 인간의 무한한 투쟁.

갑자기 좌중에서 와글와글 사담이 벌어졌다.

과연 여기에는 대장 격인 자들만이 모였기 때문에 꼴사나운 말다툼은 벌어지지 않았다. 그러나 억제하고 있던 감정의 둑은 무너져버렸다. 화의문제가 논쟁이 되지 않는 것은 저마다 각자의 주판을 아직 자세히는 놓아볼 틈이 없었기 때문이기도 했다.

'시끄러워지는 것은 앞으로 이틀쯤 지나서일까……'

그때는 누가 어떻게 모든 사람을 납득시킬 것인가.

"여러분께 상의할 일이 있습니다."

오노 하루나가가 정신을 차린 듯 상단을 배경으로 일동을 향해 자세를 가다듬었다.

8

하루나가의 이야기는 화의가 성립되기까지의 간단한 경과보고와 그 동안에 나온 갖가지 조건에 대해서였다.

처음에 히데요리는 영지의 이전도 상관없다고 자청했다고 했다. 가능하면 난카이도南海道의 두 지방이었으면 좋겠다는 말을 했다고도. 그러나 이에야스는 난카이도는 너무 멀다, 소중한 친척이므로 아와安房와 카즈사上總 두 곳을 주겠으니 어떤가? 하는 대답이었다고.

그러나 그것은 하루나가도 히데요리도 찬성할 수 없었다고 한다. 에도에 가까운 아와, 카즈사라면 만약의 경우 대책이 없다……고 필요치도 않은 말을 했다.

에도 가까이는 싫다고 한 말은 상대방에 대한 불신감을 저절로 드러낸 결과가 된다. 그러한 사실을 과연 하루나가는 깨닫고나 있을까?

그 결과 이대로 오사카에 머무르기로 하고, 서약서에는 쓰지 않았으나 노령인 이에야스가 일부러 출진한 체면을 세워주기 위해 오사카 성의 해자를 메우고 성의 구조를 축소시키는 선에서 화의교섭은 무난하게 성립되었다고.

1. 이번에 농성한 여러 떠돌이무사들에 대해서는 아무런 이의도 제기하지 않을 것.

1. 히데요리의 영지는 종전대로 할 것.

1. 요도 부인은 에도에 가지 않도록 할 것.

1. 오사카 성을 인도하면 원하는 영지로 교체해줄 것.

1. 히데요리의 신상에 대해서는 결코 표리가 없을 것.

그런 결정을 하고 오는 22일, 23일 사이에 서약서에 혈판血判°을 찍는 과정을 밟는다고 말했다. 그때까지 아무 의견도 말할 수 없었던 고토 마타베에가 참지 못하겠다는 듯이 입을 열었다.

"슈리 님의 말씀을 듣고 보니 그 교섭이 대단한 난항이었음을 잘 알 수 있습니다마는, 그 교섭은 누가 하셨습니까?"

"그것은……"

하루나가는 자못 자랑스럽다는 듯이 말했다.

"쿄고쿠 타다타카 님의 모친 죠코인 님이 여간 수고를 하시지 않았습니다."

"허어, 이렇게 대장부들이 즐비한데도 남자들은 전혀 도움이 되지 않은 모양이군요."

"그렇습니다. 다행히도 죠코인 님이 성안에 계셨기 때문에 그분에게 청을 드려 적진에서 아챠 부인을 초대했습니다. 그리고 그 자리에서 마지막 절충이 이루어졌습니다."

"그럼, 그 여자들 곁에는 남자가 한 사람도 없었나요……?"

"아닙니다. 생모님과 죠코인 외에 주군과 우라쿠 님, 그리고 제가 입회했습니다."

"으음. 그럼, 칸토 쪽에서는 아챠 부인 한 분만이……?"

"아니, 혼다 코즈케노스케 한 사람이 동행했습니다."

하루나가의 말을 듣고 마타베에는 씁쓸히 웃으면서 천천히 좌중을 둘러보았다.

"그렇다면, 슈리 님과 우라쿠 님이 주군에게 권하여 혼다 코즈케노스케를 일부러 성으로 불러 절충했다…… 이렇게 해석해도 되겠군요. 그 자리에 여자들도 있었다…… 아니, 그렇다면 더 할말이 없소. 도마 위의 잉어는 움직이지 못하니까요."

유키무라는 섬뜩했다. 이 야유 속에는 이번 거사에 가담한 떠돌이무사들의 불평이 그대로 표현되어 있었다.

유키무라는 갑자기 등골이 싸늘해졌다.

9

하루나가에게는 떠돌이무사 모두를 설득할 힘이 없었다. 아니, 그렇게 기대하는 것이 도리어 무리.

'히데요리 한 사람도 설득하지 못해 사람들이 지켜보는 가운데 어머니에게 대들게 만든 사람이다……'

그런 생각을 하는 순간 이번 화의진행에 대한 유키무라의 불안은 점점 더 크게 부풀었다.

'이 화의가 과연 잘 이루어질까?'

우선 화의를 맺고, 떠나는 자는 떠나게 내버려두고 다시 군사를 일으킨다……고 한다면 일단은 화의의 의미도 살아난다. 그러나 결국 그들의 호구지책에 대한 보장이 없다는 사실을 알게 된 떠돌이무사들이 소란을 일으키게 되면 이런 책략도 수포로 돌아간다.

'아니, 잠깐……'

유키무라는 처음부터 교섭에 관계하고 있는 혼다 코즈케노스케의 존재가 마음에 걸리기 시작했다.

혹시 떠돌이무사들의 폭동을 계산한 끝에 나온 화의성립이 아닐까? 만일 그런 생각이라면 도요토미 가문의 제의 같은 것은 덮어놓고 승낙해도 좋다.

머지않아 떠돌이무사들이 옛 영지만의 존속으로는 먹고 살 수 없다고 떠들어대기 시작한다…… 그 기회를 노려 일거에 오사카 성을 짓밟는다…… 설령 이에야스에게는 그런 생각이 없다고 해도 혼다 코즈케노스케에게도 과연 그런 계산이 없다고 할 수 있겠는가.

"내일 이십이일, 칸토에서는 주군과 생모님의 서약을 확인하기 위해 오고쇼의 사자로 아챠 부인과 이타쿠라 시게마사飯倉重昌(카츠시게의 아들)를, 또 쇼군의 사자로는 아베 마사츠구阿部正次를 보낼 것입니다. 이것은 우리가 제출할 서약서인데, 주군의 특별한 배려로 여러분들에게 보여드립니다."

그러면서 하루나가는 큰 소리로 서약서를 읽어내려갔다.

1. 앞으로 히데요리는 오고쇼에게 반역의 마음을 품지 않을 것.

1. 전후의 처리문제에 대해 여러 가지 의견이 나왔을 경우에는 즉시 오고쇼에게 문의할 것.

1. 그 밖의 일은 종전대로 할 것.

"그것뿐이오?"

이번에는 유키무라가 성급하게 물었다.

"그렇습니다…… 원래 자기 아들처럼 생각하고 있는 주군, 의논할 일이 생긴다면 결코 나쁘게는 하지 않고 돕겠다고 하셨어요. 이 서약서도 말하자면 많은 가신들 앞에서 형식을 갖추자는 정도의 것……이라고 나는 보고 있습니다."

유키무라는 하루나가의 말꼬리를 잡아 나무랄 생각은 없었다. 그의 말을 듣는 순간 떠오르는 대로—

'그 정도로 믿을 수 있는 이에야스라면 어째서 주군에게 권하여 군사를 일으키게 했는가……'

이런 말로……

유키무라는 일동이 아직 망연한 채 물러가려고 했을 때 일부러 그들을 불러세웠다.

"여러분에게 한마디 주의 드릴 말씀이 있습니다."

"어떤 말씀입니까?"

"화의가 이루어졌다고는 하나 적은 대군이오…… 만일 통보가 어느 진영에 누락되거나 하면 적이 공격해올 가능성은 충분히 있습니다. 따라서 오늘내일 사이에는 여느 때보다도 한층 더 경계를 엄중히 해주시기 바라오."

"알겠습니다."

"물론입니다."

사람들을 배웅하러 정번의 현관까지 나갔다가 유키무라는 자기도 모르게 멈춰섰다. 무언가 한 가지 중요한 일을 잊고 있는 것 같아 불안하기만 했다.

'사나다 유키무라 정도나 되는 사나이가 이런 사태에 이대로 팔짱을 끼고 있어도 되는 것인가……?'

10

적어도 유키무라만은 '출세'를 노리고 쿠도야마九度山에서 내려온 것이 아니었다. 출세나 영달을 위해서라면 형 노부유키나 마츠쿠라 분고의 권유대로 이에야스를 위해 활동했어야 한다.

형의 말도 숙부의 체면도 친구의 호의도 짓밟듯이 하고 입성한 것은 대체 무엇 때문이었을까……?

유키무라는 그날 진지로 돌아온 뒤 전보다 더 엄한 감시를 하도록 명하고 혼자 남았다.

아들 다이스케는 회의석상에서 아버지가 거의 발언다운 발언을 하지 않은 것이 불만이었던 모양인지 감시를 명령받고는—

"아직 전쟁은 끝나지 않았어."

들으라는 듯이 큰 소리로 부하를 꾸짖으며 나갔다.

혼자 남은 유키무라는 다시 한 번 처음부터 이번 전쟁이 지닌 의미와 화의에 이르기까지의 과정에 대해 조용히 검토해나갔다.

'절대로 히데요리의 의사가 아니다. 그런데도 불구하고 장차 이대로 끝날 수 없는 화의가 맺어지려 한다……'

적어도 바쿠후에 대해 반기를 들고 대군을 출동시켜 싸운 히데요리다. 아무리 이에야스가 관대하고 히데요리를 사랑한다고 해도 수많은 떠돌이무사를 포섭하여 다시 일어설 수 있도록 영지를 가봉해줄 리는 없는 일이었다.

그렇다면 비록 이에야스에게 도와줄 뜻이 있다고 해도 도요토미 가문은 내부의 경제적 모순으로 붕괴된다. 센고쿠 시대라면 인접한 영지를 약탈하여 살아남을 수도 있겠으나, 이에야스가 튼튼한 질서의 울타리를 친 지금은 한 치의 땅도 침범할 수 없다.

'도요토미 가문은 이로써 끝장이다……'

이러한 결론을 내린다면 남은 문제는 두 가지로 압축된다.

모든 의지와 명예를 버리고 타이코의 핏줄만을 존속시킬 것인가, 아니면 벽에 부딪칠 때를 기다려 전멸할 것인가?

계속 생각을 거듭하고 있는 유키무라에게 서약서 교환 소식이 온 것은 그날 해질 무렵이었다.

전하는 바에 따르면 이날 키무라 나가토노카미 시게나리가 챠우스야마에 있는 이에야스의 본진에 서약서를 확인하기 위해 갔다가 이에야스의 혈판을 다시 찍게 한 것처럼 되어 있다. 그러나 키무라 시게나리가 간 곳은 히데타다의 본진이고 이에야스에게는 우라쿠사이와 하루나가의 사자가 갔다.

"보십시오, 오늘은 공격이 잠잠해졌습니다."

서약서 교환이 끝났다고 전해온 이키 시치로에몬은 유키무라와 같이 망루에 올라 차분한 어조로 말했다.

"모두들 입으로는 용감한 말을 하지만 전쟁에는 지쳐 있었습니다. 어느 진지에서나 오늘은 마음놓고 밥을 짓고 있습니다."

유키무라는 말없이 고개를 끄덕이고 석양에 반짝이는 강물에서 거리 쪽으로 천천히 시선을 옮겼다.

"아닌 게 아니라 강에 떠 있던 그 많던 군선軍船들이 지금은 훨씬 줄어들어 있군."

"예, 오고쇼는 어제 화의조건이 갖추어지자 서약서 교환을 기다리지 않고, 도착한 채 배에 머물러 있는 사츠마薩摩, 부젠豊前, 치쿠젠筑前, 히고肥後 등의 군사에게 상륙하여 포진할 필요가 없다, 속히 철수하라고 명을 내려 물러가게 했습니다."

그 말을 들은 유키무라의 눈이 갑자기 빛나기 시작했다.

11

"정말 우습게 여긴 것입니다…… 우리는 아직 이렇게 경계를 풀지 않고 있는데, 오고쇼는 일부러 먼 곳에서 온 사츠마의 강병强兵들까지 돌려보냈습니다…… 물론 개중에는 악담을 하는 자들도 있었습니다. 상륙시키면 군사비를 지출해야 하고 상도 내려야 한다, 그것이 아까워서 그렇다고."

이키 시치로에몬은 아직 유키무라의 표정이 변했다는 사실을 깨닫지 못했다. 유키무라의 눈빛은 이때부터 더욱 무섭게 인광燐光을 발하고 있었다.

"으음."

"이제 경계를 푸는 것이 어떻겠습니까? 어젯밤부터 군사들은 거의 잠을 자지 못했습니다."

시치로에몬이 넌지시 제안해왔다. 그러나 유키무라는 이 말에는 대답하지 않고—

"다이스케! 다이스케는 없느냐?"

큰 소리로 부르면서 망루 끝으로 갔다.

"예, 여기 있습니다."

"급히 본진에 가서 키무라 시게나리에게 이렇게 말해라. 아버지가 은밀히 상의할 일이 있다, 주군 옆에서가 아니라 귀하의 진중에서 만나겠다고 한다…… 이렇게 정중하게 말하여라. 아버지가 곧 시게나리 님의 진지에 올 것이라고."

이렇게 말한 뒤 비로소 시치로에몬을 돌아보았다.

"경계를 풀어서는 안 돼. 그러면 피로가 한꺼번에 닥친다. 교대로 쉬게 하면서 오늘밤에 대비하라. 오늘밤이 중요해."

시치로에몬은 깜짝 놀라 되물었다.

"그러면, 그렇다면 저쪽에서 군선을 철수시킨 건 뭔가 계략이 있기 때문이라고……?"

유키무라는 대답 대신 크게 고개를 끄덕이고 그대로 망루에서 달려 내려갔다. 무언가 새로운 각오가 생긴 모양이다. 막사 안으로 달려들어가 그가 자랑으로 여기는 운룡雲龍 무늬의 진바오리를 갑옷 위에 입고 얼른 밖으로 나가 말을 준비시켰다.

이키 시치로에몬은 유키무라에게서 근접하기 어려울 정도의 긴박한 투지를 느꼈다. 뒤따라 망루를 내려오면서도 감히 그에게 말조차 걸 수 없었다.

"뒤를 부탁한다."

유키무라는 그대로 말을 몰아 본진으로 달려갔다.

본성에 있는 키무라 시게나리의 막사에서는 이미 다이스케의 연락을 받았기 때문에 모닥불 곁에 걸상을 준비해놓고 있었다. 그리고 시게나리는 사자로 히데타다의 본진에 다녀온 복장 그대로 유키무라를 기다리고 있었다.

이미 사방은 어두워지고 있었다. 그래서 불빛이 점점 더 짙게 붉은색을 떠올리고 있었다.

"급한 용건이 있다고 하시기에…… 살며시 주군 곁에서 빠져나왔습니다만……"

유키무라는 진에 없이 흥분한 모양인지 여느 때와 같은 근엄한 인사도 하지 않았다.

"나가토 님, 귀하에게만 상의할 일이 있소."

"무슨 일입니까, 새삼스럽게……?"

"귀하는 이 사에몬노스케가 죽어달라! 청하면…… 그 청을 받아들여…… 그렇게 해주겠소?"

키무라 나가토노카미 시게나리는 아래턱이 둥그스름한 단정한 얼굴을 순식간에 긴장시켰다.

"다름 아닌 사나다 님의 말씀…… 그것이 도요토미 가문을 위해…… 주군을 위해서……라고 납득만 된다면 마다하지 않겠습니다."

"그 말을 듣고 안심했소. 나가토 님, 오늘밤이오! 오늘밤이 도요토미 가문의 운명을 결정할 마지막 날이오."

12

유키무라는 몹시 흥분한 탓인지 수수께끼 같은 한마디를 던지고 나서 잠시 거칠게 숨을 쉬고 있었다. 그런 유키무라를 본 적이 없었던 만큼 젊은 시게나리 또한 잔뜩 긴장하여 다음 말을 기다렸다.

"지금까지는……"

유키무라의 목소리는 차분했다.

"지금까지는 말이오, 여자들의 인정 작전에 못 이겨 사나이의 본분을 잊고 있었소."

"허어."

"사나이의 세계는 잔인한 것이오, 나가토 님."

"예, 잔인하고 가혹한 것입니다."

"여자들은 낳고 키우기 위해 살아왔으나, 사나이들은 서로 죽이면서 살아왔소. 앞으로도 계속 변하지 않을 것이오…… 우리는 아직 싸워야 하오! 그걸 잊고 있었소."

시게나리의 눈이 찢어질 듯이 크게 벌어졌다.

"그러니까 사나다 님은…… 제가 오늘 사자로 가서 성립시킨 화의나 서약은 여자들의 뜻에서 나온 것이어서…… 사나이로서는 인정할 수 없다는 말씀이십니까?"

"그렇소! 우리가 이길 수 있는 기회는 오늘밤뿐이오."

유키무라는 겨우 목소리를 가다듬었다.

"나가토 님도 깨달았을 것이오. 오고쇼는 오늘의 서약서 교환이 무사히 끝날 것으로 보고 어젯밤부터 사츠마, 부젠, 치쿠젠, 히고 등의 군선에 철수를 명했소……"

"예…… 주군도 그 보고를 받으시고, 이제는 오고쇼에게 전의가 없구나 하고 마음놓고 계십니다."

"그 주군 말씀은 일단 하지 맙시다."

유키무라는 말을 끊듯 하며, 시게나리를 똑바로 쳐다보았다.

"그뿐이 아니오. 적의 진중에서도 화의를 기뻐하여 어디를 보나 방심하고 밥짓기에 여념이 없소."

"……"

"아마 오늘 저녁에는 술도 나올 것이오, 어느 진중에서나."

"그러면…… 그러면 사나다 님은?"

"우선 내 말부터 들으시오. 인간의 육체에는 한계가 있소. 적도 이삼일 전부터는 거의 잠을 자지 못했을 것이오. 그러다가 오래간만에 배를 두드려가며 배를 채우고…… 게다가 술까지 마신다…… 이렇게 해서 잠이 들면 송장이나 다름없소."

키무라 시게나리는 불을 뿜듯 말하는 유키무라로부터 괴로운 듯 시선을 다른 데로 돌렸다. 그도 이제는 유키무라가 무엇을 생각하고 있는지 충분히 짐작할 수 있었다.

'야습을 단행하라는 것이 분명하다……'

그러나 지금 얼마 안 되는 동지들을 규합하여 오늘밤 싸움에 이긴다 한들 어떻게 된다는 말인가?

"나는 일만의 병력이 필요하오."

유키무라의 어조가 다시 높아졌다. 거절하지 못하도록 미리 엄포를 놓을 모양이었다.

"나가토 님, 내가 가세하기를 원하는 것은…… 키무라 나가토노카미 시게나리, 와타나베 쿠라노스케 타다스渡邊內藏助糺, 아카시 카몬노스케 모리시게요."

"그러나 일만으로는 마에다 토시츠네의 일만 이천에도……"

"기습이오!"

시게나리의 말을 튀겨내듯 유키무라가 가로막았다.

"군사를 둘로 나누어 잠든 여러 군사 사이를 빠져나가 기습할 단 두 군데! 하나는 챠우스야마, 또 하나는 오카야마. 그래서 오고쇼와 쇼군을 포로로 잡아 돌아온다. 이 방법밖에는 기사회생의 길이 없소. 아니, 그것도 모두 무장을 풀고 죽은 듯이 잠들어 있을 오늘밤을 제외한다면 절대로 불가능한 일이오."

시게나리는 너무나 엄청난 말에 순간 머릿속이 텅 비어버렸다.

13

'무서운 생각을 하는 분이다!'

시게나리는 생각했다. 그 공포의 이면에는—

'그렇다! 불가능한 일은 아니다.'

이러한 공감과 대담무쌍한 착상에 대한 놀라움이 하나가 되어 시게나리의 젊음에 마구 종을 울렸다.

"나가토 님, 귀하는 이 유키무라의 생각을 알 수 있을 것이오. 오늘의 화의에 어떤 의미가 있단 말이오. 도요토미 가문의 멸망을 고작 두세 달 연기시킬 뿐…… 이렇게 될 바에는 처음부터 싸울 필요가 없었던 거요."

유키무라는 열심히 설득하기 시작했다.

"유감스러운 일이지만, 그 화의에 기대하는 우리의 희망은 전부 반대이오…… 우리는 오고쇼가 연로하기 때문에 조만간 죽을 것이라 계산하고 있소. 그러나 천만의 말씀. 오고쇼가 죽으면 쇼군의 측근에 있는 하타모토들은 기회가 왔다고…… 서약서를 찢어버리고 역습해올 것이오. 불을 보듯, 아니, 그보다 더 분명한 일. 그것만이 아니오. 그 전에 이 오사카에서는, 지금은 하나가 되어 있는 아군들끼리지만, 이번에 포섭한 떠돌이무사와 종래의 가신들 사이에 피로써 피를 씻는 싸움이 일어나오…… 다 같이 나누어 가질 녹봉에 여유가 없다……는, 어떻게도 할 수 없는 엄연한 사실은 이미 도요토미 가문에 평화가 없다……는 의미. 이 계산에 틀림은 없소! 귀하 역시 있지도 않은 꿈을 안고 오늘 오카야마에 가서 쇼군의 혈판을 확인하고 돌아왔소…… 그래도 된다는 말이오, 나가토 님?"

시게나리의 몸이 와들와들 떨리기 시작했다.

"그럼…… 사나다 님은 오늘밤 야습을 결행하여 실패하는 경우에는 목숨을 끊으실 각오입니까?"

"두세 달 후의 추잡한 죽음이 싫을 뿐이오."

"으음."

"나가토 님! 오늘밤 야습을 한다면, 내게는 아직 승리할 자신이 팔할까지는 있소. 무장을 풀고 잠들어 있는 마에다 군과 난부南部 군 사이를 몰래 빠져나가 오카야마의 진지를 먼저 습격하여 쇼군을 생포하면 그것만으로도 이번 전투에서 우리는 절대 패하지 않소. 그리고 지체하지 않고 그 후방의 샤리지舍利寺 마을에서 하야시데라林寺 마을을 돌아 오고쇼 본진을 배후에서 습격해 역시 사로잡습니다. 그 무렵에는 이곳저곳에서 눈을 뜰 테니 별동대로 핫쵸메에 있는 이이 군을 공격하게 합니다."

"……"

"이이 군의 시선을 다른 곳으로 돌려놓고 마에다 군 왼쪽에 있는 후루타 시게하루의 진지를 지나 성안으로 철수합니다. 후루타 시게하루는 반드시 우리들을 통과시킬 것이오. 그런 뒤 두 사람을 생포했다는 쪽지를 화살에 매어 쏘면 전쟁은 끝나오."

시게나리는 더욱 크게 몸을 떨었다.

'결코 무모한 일이 아니다……'

무모하기는커녕, 그렇게 된다면 오늘 낮의 서약서 교환도 놀라울 정도로 정확한 모략이 되어 되살아난다.

일부러 혈판까지 확인하러 가고, 새로운 적군을 배에 태운 채 철수하게 하며, 더구나 전쟁이 끝났다고 무장을 해제하게 하여 잠을 재운다…… 원래 전쟁이란 적의 허점을 노리는 일. 이기기만 하면 그것으로 족하지 않은가……

그러나 시게나리에게는 젊음에서 오는 격정 외에 또 하나 젊음에서 오는 결백성이 있었다.

시게나리는 오늘 자기 입으로 분명히 쇼군 히데타다에게 고하고 왔다. 이 화의가 성립된 인사로, 내일 이에야스와 히데타다가 챠우스야마의 본진에서 합류했을 때 오다 우라쿠사이, 오노 하루나가, 요도 부인 등이 예복과 일곱 장수의 칼 닦는 종이를 선사하고 싶으니 접견을 허락해달라고. 그의 말에 히데타다가 기꺼이 허락했다. 그런데 그 모두가 거짓말이 된다.

14

쇼군 히데타다는 사자로 온 키무라 시게나리의 태도에 몹시 감탄하고 있었다. 패전의 사자이면서도 전혀 위축되지 않고 주군의 명령을 더럽히지 않는 태도는 참으로 무사답다…… 말수가 적은 히데타다로서는 보기 드물게 극구 칭찬했다.

이 모든 것이 야습을 위한 모략……이라고 한다면……?

"나가토 님! 이 유키무라의 작전에 혹시 잘못이라도 있나요?"

유키무라는 다그치듯—

"전쟁이란 언제나 삶과 죽음을 가름하는 도박. 승산을 칠 할로 보았을 때는 단호히 이기는 쪽에 거는 것이 상식이오. 부디 결단을 내리고 은밀하게라도 좋으니 우선 주군의 재가를 받아주시오."

"아니, 주군의 재가를?"

"물론이오. 주군의 허락이 없다면, 폭동…… 폭동이 되어서야 오고쇼, 쇼군 두 분을 사로잡는다 해도 당당하게는 교섭할 수 없지요. 부탁이오, 귀하가 우선 주군에게 말씀 드려주시오. 물론 작전에 대해서는 내가 상세히 설명하겠소."

시게나리는 크게 한숨을 쉬었다. 그는 지금까지 유키무라가 히데요리의 재가를 받고 싸우려 한다고는 생각지 않았다.

'그렇구나…… 그랬었구나.'

시게나리의 젊은이다운 결백성은 이로써 하나의 주술에서 풀려났다. 그는 이미 자신의 몸을 히데요리에게 완전히 바쳤다……고 믿는데 삶의 초점을 두고 있었다.

"알겠습니다!"

말에 힘을 주고 시게나리는 대답했다.

"주군의 재가……가 있다면 그것은 곧 주군의 명령, 기꺼이 저도 동의하겠습니다."

"고맙소! 그러나 적에게 누설되면 큰일입니다. 나가토 님이 주군께 직접 말씀 드려야 합니다."

"알겠습니다."

이렇게 중요한 일을 상의한 뒤 두 사람은 나란히 막사를 나와 해자 너머의 적정을 살피러 갔다.

사방은 캄캄하기만 하고 때때로 하늘에서 별이 흐르고 있었다. 벌써 텐마가와 너머의 카토, 나카가와, 이케다 등의 진영에서는 저녁식사가 끝난 듯. 모닥불 주위에 약간의 감시병만 남겨놓고 어젯밤과는 달리 고요하기만 했다.

"과연 대부분이 무장을 풀고 있군요."

적정을 살펴보면서 시게나리는 유키무라의 용의주도한 생각에 새삼스럽게 놀랐다.

"무서운 분이십니다, 사나다 님은."

"아니, 나뿐만이 아니오. 인간이란 때로는 어리석고 때로는 정직하며 때로는 무서운 존재이오."

"그러나 이 모든 것은 도요토미 가문을 위한 일! 그럼, 일단 옆의 해자에서 타니마치 어귀, 핫쵸메 어귀의 적정마저 살핀 후 이 모두를 은밀히 주군에게 말씀 드리기로 하지요. 아마 주군은 무릎을 치며 기뻐하실 것입니다."

두 사람은 어둠 속으로 말을 몰아 바깥쪽 해자 주위를 한 바퀴 돌고 본성에 들어갔다. 본성 서원과 전각에는 이미 다다미가 깔려 있었다. 서약서를 받으러 온 칸토 쪽의 아챠 부인과 이타쿠라 시게마사, 아베 마사츠구 등에게 보이기 위해서였다.

두 사람은 넓은 정원의 울타리에 말을 매고 우선 시게나리 혼자 히데요리의 거실로 향했다. 시게나리가 의사를 타진한 뒤 다시 유키무라를 안내한다는 순서였다.

혼자 정원에 남은 유키무라는 경비하고 있는 군사들의 모닥불 곁으로 다가갔다. 바로 그때였다. 성안에서 오랫동안 듣지 못했던 북소리가 새나온 것은……

15

시게나리가 마중 나올 때에 대비하여 짚신 끈을 풀기 시작하면서부터 비로소 유키무라의 표정이 부드러워졌다. 얼마 동안 듣지 못한 북의 청아한 음색이 메마른 가슴에 촉촉하게 스며드는 것 같았다.

그러나…… 다음 순간 유키무라는 깜짝 놀라 온몸을 긴장시켰다. 그는 곧 모닥불 곁을 떠났다.

'또다시 여자들에게 진 것은 아닐까……'

이런 불안감이 돌풍처럼 가슴을 때렸다. 그는 낮에 모였던 장수들에게나 자기 진영의 장병들에게도 경계를 풀지 말라고 거듭 주의를 주어 왔다. 그러나 요도 부인과 그녀를 둘러싼 여자들에게는 접근할 기회가 없었다.

'그 여자들이 혹시……'

유키무라는 더 이상 시게나리를 기다릴 수 없었다. 성큼성큼 현관으로 들어가다가—

"아뿔싸!"

이번에는 소리를 내어 말하고 갑옷을 탁 두드렸다.

북소리가 흘러나오는 곳은 틀림없이 히데요리의 거실 부근…… 그렇다면 거기서는 벌써 무장을 풀고 최근에 얼마 동안 멀리했던 주연이 다시 벌어지고 있다는 증거 아닌가……

유키무라는 어떻게 복도로 뛰어올라갔는지도 몰랐다. 도중까지는 아마도 짚신을 신은 채였을 것이다. 희미한 등불 속을 달려가면서 두 번에 걸쳐 숙직하는 병사에게 검문을 당했다.

"사나다 사에몬노스케다."

그때마다 자기 이름을 대면서, 상대가 깜짝 놀라 묻는 말도 거의 귀에 들어오지 않았다.

침착한 군사軍師로서 모두의 신뢰를 받고 있는 유키무라였다. 숙직하는 병사들은 무슨 일이 일어났는가 싶어 놀랐을 것이다.

긴 복도를 단숨에 달려가 거기서만 환히 불빛이 흘러나오는 큰 서원 앞에 이르러 유키무라는 쓰러지듯 주저앉고 말았다. 그의 눈에 들어온 실내의 광경은 그가 상상했던 것보다 더 화려하고 더 절망적이었다. 즐비하게 밝혀놓은 커다란 촛불들. 그 사이에 어지럽게 흩어져 있는 남녀와 붉은 술잔……

북을 치고 있는 것은 니이二位 부인이었다. 그 윗자리에 오쿠라 부인, 쇼에이니, 아에바 부인, 죠코인, 요도 부인이 나란히 앉아 있었다. 아니, 그보다 더 유키무라를 절망에 몰아넣은 것은 요도 부인 곁에서 이미 만취가 되어 있는 히데요리의 모습이었다.

양편에 한 사람씩 소실을 껴안고 금세 쓰러질 듯이 상체를 흔들고 있는 히데요리의 눈은 몽롱하게 빛을 잃고 있었다. 얼핏 보기에도 앉아 있는 것이 고작인 위태로운 자세였다. 그 왼쪽에는 여전히 무표정한 센히메가 앉아 있었다.

그 히데요리와 센히메의 앞에는 똑같이 앞머리를 내린 소년을 끌어안듯이 하고 두 여자가 울부짖고 있었다.

유키무라는 그 여자들이 누구인지 알 수 있었다. 한 사람은 오노 하루나가의 아내, 또 한 사람은 오다 우라쿠사이의 소실. 그들은 내일 인질로 칸토에 가게 되어 있는 우라쿠사이의 아들 히사나가尙長와 하루나가의 아들 하루노리治德와의 이별을 슬퍼하고 있었다.

시게나리는 이들 모자 뒤에서 안타까운 얼굴로 앉아 있었다……

16

"그만 울음을 그치지 못할까!"

갑자기 히데요리가 소실의 손을 뿌리치고 사방침을 두드렸다. 이미 그는 무장을 풀고, 지나치게 뚱뚱한 몸이 흰 비단옷에서 비어져나올 것만 같은 어지러운 모습으로 만취되어 있었다.

"칸토에 간다고 죽는 것은 아니야. 모두가 죽기 싫다, 죽기 싫다…… 전쟁이 무섭다…… 그래서 화의를 맺고 살려준 것이야. 울 것 없다, 울기는 왜 울어……"

"예…… 예. 용서해주십시오."

"참으로 추한 모습을 보여드렸습니다."

"북을 치워라!"

다시 히데요리가 소리질렀다.

"잘 들어라, 여자들에게 거듭 말해둔다. 이 히데요리는 앞으로 오고쇼에 대해 반심을 품지 않는다. 그대들이 내 말을 듣지 않으면 곧바로 오고쇼에게 고하겠다. 이 히데요리는 무슨 일이든 에도 할아범과 의논한다. 의논하겠다고…… 신명 앞에 맹세하고 혈판을 찍었어."

"주군!"

요도 부인이 참다못해 입을 열었다.

"모두 주군이 무사하기를 바랐기 때문에 화의를 희망한 거예요."

"그래요…… 그 덕분에 전쟁이 끝났어요. 와하하하…… 마시자! 이렇게 기쁠 수가…… 모두 마시고 또 마셔라…… 진탕 마셔라."

"그 말이 옳아. 자, 두 사람 모두 이제는 웃도록 해. 염려할 것 없어. 히사나가와 하루노리에게는 각각 주군에게 청하여 헌상품을 가져가게 하겠어. 저쪽에 도착한 후에도 무시당하지 않도록."

"황송합니다."

"자아, 어미의 마음을 모르는 것은 아니지만 어서 눈물을 닦고 주군이 내리시는 잔을 받도록 해. 주군, 자식과 헤어지는 어미의 마음은 여자가 아니면 알 수 없는 것…… 꾸짖지는 마세요."

"오오, 꾸짖을 리가 없지. 자, 마셔라!"

잔을 내밀었다. 북을 놓은 니이 부인이 얼른 그것을 두 사람에게 건네주었다.

또다시 의논이라도 한 듯 좌중에 훌쩍이는 소리가 흘렀다……

사실 요도 부인이나 오쿠라 부인도, 또 쇼에이니도 우쿄노타유 부인도 모두 이 화의에 자기 아들의 생명을 걸고 싸운 어머니들이다…… 따라서 그 감회도 보통이 아니었을 터……

"용서해다오. 울지 말라고 하는 내가 먼저 울어버렸으니……"

요도 부인은 말끝을 떨면서 눈시울을 눌렀다.

"그대로 전쟁이 계속되었더라면 오늘밤쯤에는 나라를 뒤엎는다는 대포로 인해 나도 없고 너도 없는 주검의 산…… 그런데 이처럼 주군의 무사한 얼굴을 볼 수 있게 되었어."

"고마운 일입니다. 그렇지요, 쇼에이니 님?"

"정말 꿈만 같은 기분입니다."

이때 키무라 시게나리는 자기 어머니 우쿄노타유 부인의 옆모습을 훔쳐보면서 자리를 떴다.

그 순간 히데요리가 몸을 앞으로 내밀고—

"나가토! 도망가지 말고 그대도 마시도록. 그대의 어머니도 기뻐하고 있어…… 참, 춤을 추어라. 그대의 춤이 보고 싶다. 북을 쳐도 좋아.

나가토는 말이다, 오늘의 큰 공신이야. 쇼군이, 우다이진은 좋은 가신을 두었다고 부러워하더라는 거야."

아직 아무도 장지문 밖에 있는 유키무라는 깨닫지 못하고 있었다.

17

유키무라는 견디다못해 한발 한발 장지문 뒤로 몸을 피했다. 무척 곤혹스러워하는 시게나리의 표정이 자기 일처럼 안타까웠다.

"여자들아, 이 잔을 나가토에게 주어라. 그대들은 모두 나가토에게 연문戀文을 보내려고 했었지 않은가. 와하하하…… 그 나가토가 화의를 축하하는 뜻으로 이제부터 춤을 출 것이다. 모두 소리내어 장단을 맞추도록 하라."

유키무라는 조용히 일어났다.

이번에도 어째서 일어났는지, 어떻게 해서 긴 복도를 건넜는지…… 유키무라가 그런 자신을 깨달은 것은 다시 머리 위에서 별이 빛나는 현관 앞의 광장에 돌아와 망연히 서 있을 때였다.

"모닥불을 끄지 마라."

선 채로 잠들어 있는지도 모르는 경비병에게 말을 걸었을 때 유키무라는 심한 추위로 몸이 얼어붙을 것 같았다.

"어떠냐, 적진은 모두 조용한가?"

경비병은 장작을 마구 불에 던져넣으면서—

"불빛이 거의 보이지 않습니다."

내뱉듯이 내답하고—

"챠우스야마와 오카야마의 본진을 제외하고는 말입니다."

이렇게 덧붙였다.

"그럼, 챠우스야마와 오카야마는 잠들지 않았다는 말이구나."

유키무라는 걸상에 앉았다. 그때부터 전신에 피로를 느끼면서 계속 한숨을 쉬었다.

그로부터 4반각(30분) 가량이 지나고, 키무라 시게나리가 격앙된 모습으로 돌아왔다.

"사나다 님! 살생자 칸파쿠(히데츠구)를 받들다가 묘신 사妙心寺에서 할복한 아버지 히타치노스케 시게코레常陸介重玆의 슬픈 생애를 비로소 분명히 알게 되었습니다."

"해서 안 될 노릇은 무사……란 말이오, 나가토 님은?"

시게나리는 흥분에 못 이겨 언성을 높였다.

"주군의 허락이 없으면 오늘밤의 계획은 그냥 포기하시겠습니까?"

"그렇다면……?"

"하다못해 우리 두 사람만이라도…… 적의 간담을 서늘하게 만들고 깨끗이……"

유키무라는 당황하여 손을 들어 가로막았다.

"나가토 님!"

"예."

"이미 늦었소. 졌다는 말이오……"

"아니, 지지 않았어요! 죽음을 두려워하지 않는 자에게 어찌 패배가 있다는 말이오."

유키무라는 다시 한 번 안타깝다는 듯이 목과 손을 함께 저었다.

"그런 싸움이 아니오. 적에게가 아니라, 여자들이라는 복병에게."

"여자들이라는 복병에게……?"

유키무라는 천천히 고개를 끄덕였다.

지금까지 싸움에 대해서는 어느 정도 안다고 자부하던 유키무라였으나 그것은 겨우 절반에 불과했던 모양이다.

"유키무라 님은 위축되셨군요."

"위축이 아니라 적을 몰랐던 것이오…… 이 세상의 싸움이란 실은 여자와 남자들의 영원한 싸움이었는지 모릅니다. 낳자, 번식시키자, 땅을 메우자……고 하는 여자들과, 죽이자, 사냥하자, 빼앗자고 혈안이 되어 몸부림치는 남자들의 싸움…… 부끄러운 일이지만 그것을 이 유키무라는 몰랐소. 모르고서야 어찌 싸움이 된다는 말이오……"

말끝이 애끊는 흐느낌으로 변했다…… 시게나리는 혀를 찼다. 그리고 거친 걸음으로 모닥불 주위를 빙빙 돌기 시작했다.

다테의 살얼음

1

오사카 쪽의 마지막 반격은 끝내 실현되지 못한 채 끝났다…… 이는 곧 22, 23 양일의 서약서 교환이 양자에 의해 승인되고, 이로써 경사스러운 화의가 성립되었음을 의미한다.

24일에는 오다 우라쿠사이와 오노 하루나가가 각각 평화의 회복을 축하하는 뜻으로 이에야스에게 옷을 바쳤다. 또한 그때 사자를 따라 우라쿠사이의 아들 히사나가, 하루나가의 아들 하루노리 두 사람의 인질도 인도되었다.

이 화평을 누구보다도 기뻐한 요도 부인은 따로 두툼하게 솜을 넣은 침구 한 벌을 이에야스에게 보냈다. 고령인 몸으로 진중에서 몹시 추웠을 것이라는 여자로서의 인정이 깃들인 선물이었다. 이 때문에 로쬬들 사이에서는 약간의 물의가 일어났다.

여자가 침구를 선물한다는 것은 혼례 때 그 침구에서 동침해달라는 무언의 뜻이 담겨 있다. 이런 마당에 그런 선물을 보내다니 재고할 문제가 아니냐는 여자다운 배려에서였다.

요도 부인은 그런 사실은 모르고, 이에야스의 호의에 대해 진심으로 감사하는 데 가장 적당한 선물이라 생각했을 뿐이었다……

화평을 기뻐한 것은 물론 여자들만이 아니었다.

도요토미 가문의 은혜를 입은 다이묘들에게는 모두 궐기를 촉구하는 서신을 보냈으나 이미 소용없는 공염불임을 알았기 때문에, 노장이 된 일곱 장수들 역시 내심으로는 여자들 이상으로 안도했다. 이들 일곱 장수들은 큰 칼과 칼을 닦는 종이를 헌납한다는 명목으로 이에야스의 본진을 방문하여 강화 성립 축하인사를 했다.

"다행스러운 일이오."

이에야스는 축사를 받고 난 뒤 눈을 가늘게 뜨고 말했다.

"강화가 성립되었으니 지금까지의 일은 물에 흘려보내고 계속 우다이진 님을 위해 충성을 다해주시오."

하야미 카이와 마노 분고眞野豊後 같은 장수들은 눈시울을 붉히고 고개도 들지 못했다.

같은 날 오후에는 칸토의 편을 들었던 다이묘들이 속속 찾아와 축하인사를 했다. 그 가운데는 카타기리 카츠모토와 그 동생 사다타카貞隆도 섞여 있었다. 카츠모토는 사다타카의 의사도 포함하여—

"오고쇼 님, 오늘부터는 저희 형제를 도쿠가와 가문의 가신 대열에 넣어주십시오."

새삼스럽게 청했으나 이에야스는 이를 허락지 않았다.

"이치노카미市正, 그것은 인정을 무시하는 일. 도요토미 가문에 대한 그대의 충성은 신불이 잘 알고 계시는 터, 지금 그대로도 좋아. 도요토미 가문과 연고가 깊은 다이묘를…… 새삼스럽게 나의 가신으로…… 우다이진이 외로워할 것일세. 당분간은 지금 그대로……"

그날 중으로 이이 나오타카의 후시미 성 수비임무를 해제시켜 사와야마로 돌아가도록 명하고, 또한 이케다 타다카츠와 하치스카 요시시게蜂須賀至鎭 등의 전공을 포상한 후 드디어 오사카 성 포위를 풀도록 명령을 내렸다.

장수들은 새삼스럽게 이에야스의 실력을 절감하고 저마다 기뻐하며 진지의 철수에 착수했다.

다만 그 중에서 다테 마사무네만이 여전히 애꾸눈을 번뜩이며 묵묵히 무언가를 생각하고 있었다. 사실 이런 식으로 다시 평화가 오면 그의 입장은 무척 위태로워진다……

2

사나다 유키무라의 오사카 입성은 아버지 마사유키와 함께 생각을 거듭한 끝에 이에야스와 세계관, 인생관의 차이를 분명히 하기 위한 고집에서 나온 것이었다.

그러나 다테 마사무네의 생각은 그렇게 순수한 것이 아니었다.

그는 직접 가신들에게까지 천주교 포교를 강요하고, 자신도 진지한 신자처럼 꾸며 하세쿠라 츠네나가支倉常長를 펠리페 3세와 로마 교황에게 사자로 보내 큰 도박을 시도했다……

이에야스나 히데타다의 진영에 혼란이 있었다면 그는 언제든지 표변했을 위험천만한 흉기를 가슴에 품고 있었다. 물론 그는 히데요리의 명을 받들고 궐기할 자가 좀더 있을 것……이라는 계산도 했다. 그러나 그의 꿈은 이에야스의 인정과 히데타다의 견실한 포진에 의해 끝내 파탄을 보이고 말았다.

그뿐만이 아니었다. 이에야스는 마사무네 역시 간과하고 있었던 여자들의 모성애를 이용하여 교묘한 솜씨로 화의를 맺고 말았다.

"참으로 세련된 맹수 조련사!"

언제나 책략의 눈으로 세계를 보는 외눈박이 용에게는 이 또한 이에야스의 교묘하기 짝이 없는 술수로밖에 보이지 않았다. 더구나 이에야스가 그처럼 뛰어난 지략을 숨긴 채 똑바로 자기를 노려보고 있다……고 생각할 때면 자신의 입장은 몹시 위태롭게 여겨졌다.

마사무네는 이번 전쟁을 될 수 있는 대로 오래 끌어서 도쿠가와 쪽 진영에 내분이 일어나기를 은근히 기대하고 있었다. 그렇게 되면 다시 천주교 신도를 봉기시킬 기회도 있을 것이고, 그동안에 하세쿠라 츠네나가나 소텔로부터 펠리페 3세의 대군이 올 것인가에 대한 정보도 입수할 수 있으리라 계산하고 있었다. 물론 쇼군 히데타다에게 실책이 있다면 그때는 자기 사위인 마츠다이라 타다테루를……이라는 포석도 신중히 생각하고 있었고, 이러한 것들이 모두 기대에 어긋났을 경우의 일도 생각하고 있었다.

'어쨌든 마음놓을 수 없는 맹수 조련사야, 이에야스는……'

그는 25일 오후, 잇따라 이에야스의 본진을 찾아왔다가 가축처럼 온순해져서 돌아가는 다이묘들을 보고 있는 동안 속이 뒤집힐 듯한 불쾌감에 사로잡혔다.

"무츠陸奥 님, 안색이 좋지 않은 것 같은데 그만 돌아가시지요."

이에야스에게 이 말을 들었을 때는 온몸이 땀에 젖어 있었다.

'내 마음 역시 꿰뚫어보지 않았을까……?'

이런 생각이 들기도 했으나, 그 정도로 물러날 마사무네가 아니었다. 그는 지금 쉽게 물러갈 수 있는 때가 아니라는 위험한 느낌을 떨칠 수가 없었다.

"아닙니다. 여러 사람의 인사를 듣고 있는 동안 생각나는 점이 있어서 그만……"

마사무네가 이렇게 말하고 이에야스 곁에서 물러날 때는 이미 촛대에 불이 켜져 있었다.

가건물이었지만 본진은 그대로 거주할 수 있을 정도의 구조로 되어 있었다. 이에야스의 거실에서 나온 마사무네는 물러가는 대신 마루를 건너 혼다 코즈케노스케 마사즈미의 대기실로 들어갔다.

"코즈케노스케 님, 귀하하고만 상의할 일이 있소. 중요한 일이오! 잠시 사람들을 물리쳐주시오."

근엄한 표정으로 위엄을 보이면서 마사즈미 앞에 앉았다.

3

마사무네는 이번의 화의 성립에 혼다 마사즈미가 어떤 불만을 가졌으며, 쇼군 히데타다가 무엇을 생각하고 있는지 손바닥 들여다보듯 훤히 알고 있었다.

마사즈미가 사람들을 물러가게 하자 마사무네는 그 애꾸눈으로 똑바로 마사즈미를 바라보고—

"코즈케노스케 님은 이 화의를 어떻게 보시오?"

나무라는 듯한 언성이었다. 마사즈미는 잠깐 주춤하다가 물었다.

"그럼, 무츠노카미陸奧守 님은 화의 조건에 불만이라도 있다는 말씀입니까?"

"그렇소. 이번 화의는 보다 큰 소란을 잠시 후일로 미루었을 뿐……이라 생각하오. 오고쇼와 쇼군에게 이 마사무네가 단언하더라고 말씀드려주시오."

"허어, 무츠노카미 님이 단언하시더라고……?"

마사무네는 이 말에는 대답을 하지 않았다.

"오고쇼는 일부러 문서화할 것까지도 없다고 요도 부인 쪽에서 자청한 외곽의 둘째 성, 셋째 성의 철거를 그냥 흘려버렸소. 물론 이에 대해서는 코즈케 님의 생각이 있겠지요. 그 설명을 듣고 나서 내 생각을 말하리다. 외곽에서 가장 중요한 것은 성을 둘러싼 해자라고 생각되는데 이 점을 코즈케 님은 어떻게 보시오?"

마사즈미는 격한 어조로 질문을 받고는 당황하여 두서너 번 눈을 깜박였다.

"물론 모두 메워버릴 생각입니다."

미처 말도 끝나기 전에 외눈박이 용은 몸을 내밀고 벽에 걸려 있는 배진도配陣圖를 부채 끝으로 가리켰다.

"그렇다면 무슨 까닭으로 다이묘들의 철수를 중지시키지 않았소? 이 광대한 외곽의 해자를 얼마 안 되는 일꾼들이나 하타모토들로 다 메울 수 있을 것 같소? 나는……"

마사무네는 다시 어깨를 들먹이며 자세를 고쳤다.

"오고쇼 측근에는 귀하가 있소. 안도 나오츠구도 있고 나루세 마사나리成瀨正成도 있소. 나는 이 세 사람을 당대의 지혜 주머니라 믿고 있어 오고쇼에게는 아무 말도 하지 않았소. 이번 화의 등은 모여든 떠돌이무사들이 마신 축하주의 취기가 가시는 순간에 깨어질 살얼음 같은 것. 그런 것을 믿었다가 백년대계百年大計가 무너지면 어떻게 하겠소? 이런 마당에 다이묘들의 철수를 허락함은 당치도 않은 일, 어서 귀하의 이름으로 중지시켜야 할 것이오."

마사즈미는 빙긋이 웃었다. 그 역시 마사무네가 말하지 않더라도 지혜 주머니라는 자부심을 가진 사나이였다.

"그럼…… 무츠노카미 님은 어떻게 하라는 말씀입니까?"

"말할 필요조차 없는 일이오. 떠돌이무사들의 축하주가 깨기 전에 이이, 하치스카, 마에다, 이케다와 두 분 마스나이라 님으로부터 각각 일꾼들을 차출하여 즉각 성을 파괴하기 시작해야 합니다."

"하하하……"

혼다 마사즈미는 소리내어 웃었다.

"과연 무츠노카미 님의 착안에는 놀라지 않을 수 없군요. 하지만 그 일이라면 벌써 제가……"

한 순간이었으나 마사무네의 애꾸눈이 묘한 공포감으로 빛났다. 사실 여기까지는 마사무네의 '탐색' 이었다.

'으음, 역시 빈틈없는 사나이로구나……'

"그렇다면 다음 총공격은 언제인지, 물론 오고쇼의 내락은 받았겠지요? 이번 전쟁은 어려워요. 떠돌이무사들은 모두 궁지에 몰린 쥐와도 같으니까."

마사무네의 어조는 어느 틈에 협박으로 변해 있었다.

4

마사무네의 생각은 어떻게 하면 이에야스나 히데타다, 그리고 빈틈없는 측근들의 의혹을 봉쇄하느냐 하는 데 있었다. 그러기 위해서는 필요 이상으로 강경론을 주장하여 다테 군은 결코 희생을 마다하지 않는다는 인상을 심어놓지 않으면 안 된다. 그러나저러나—

"다음 총공격은 언제인가……?"

이 질문은 코즈케노스케를 적잖이 놀라게 만들었다.

"그럼, 무츠노카미 님은 이번 화의가 며칠 되지 않아 깨어지리라고 보십니까?"

"며칠……이고 뭐고 이것은 화의라 할 수가 없소. 결국 바깥쪽 해자에서부터 외성까지 헐어버릴 기회를 잡았다……고 보아야 하오. 이 일을 착수하면 당장 떠돌이무사들이 들고일어나겠지요…… 그때 제후들이 모두 영지로 돌아가고 없다면 다시 출동해야 하지 않겠소? 그러나 그때는 벌써 메웠던 해자를 다시 파고 허물어진 망루를 새로 만들어버릴지도 몰라요. 코즈케노스케 님, 나는 공연한 소리를 하는 게 아니오. 내 의견에 과연 제후들이 찬성을 표할지 어떨지 곧 본진에서 회의를 열어보시오. 그 결과를 오고쇼에게 말씀 드리라는 말이오. 오고쇼도 모두가 찬성한다면 허락할지도 모릅니다."

"으음."

마사즈미는 생각에 잠겼다. 마사무네의 말대로 제후들은 오사카와 가까운 곳에 머물게 하고, 해자를 모두 메웠을 무렵 상대가 소란을 피우면 그대로 쳐부순다…… 확실히 낭비를 줄이는 방법이기는 하다.

"그렇다면…… 본진에 소집할 제후들은?"

"토도 타카토라, 이이 나오타카, 마츠다이라 타다나오, 마에다 토시츠네, 그리고 마츠다이라 타다아키松平忠明, 이케다 타다카츠池田忠雄, 혼다 타다마사, 이시카와 타다아키石川忠昭, 미즈노 카츠나리水野勝成, 나가이 나오키요永井直清…… 등이 좋을 것이오. 그들은 모두 이 화의에 불만을 품고 있는 분들이오."

"알겠습니다. 물론 무츠노카미 님도 참석하셔서 오고쇼 님에게 조언해주시겠지요?"

"당연하지 않겠소. 나는 어떻게 하면 도쿠가와의 천하에 평화를 가져오게 할 수 있을까 하고 주야로 그것만 생각하는 사람, 어찌 그 정도의 수고를 아낀다는 말이오?"

결국 전원이 다시 한 번 챠우스야마의 본진에 모여 협의를 하고 그 결론을 이에야스에게 '의견 상신' 이란 형식으로 청원하기로 했다.

그때 이에야스는 잠자코 모두의 의견을 듣고 있었다. 참석자들은 격론을 벌인 끝에 이번 화의는 가장 중요한 떠돌이무사 문제가 전혀 해결되지 않은 상태에서 이루어진 것이므로 계속될 리가 없다는 결론에 도달했다.

"아무리 오고쇼 님이 관대하시다 해도 그들에게 녹봉을 더 주실 수는 없겠지요. 그렇다면 오늘의 소동을 내일로 연기하는 것밖에 되지 않습니다."

젊은 마츠다이라 타다아키가 얼굴을 붉혀가며 주장했다.

"정말 그렇습니다."

다테 마사무네가 무거운 어조로 결론을 내렸다.

그때까지 마치 찬성할 듯한 표정으로 고개를 끄덕이며 듣고 있던 이에야스가 갑자기 상기된 얼굴로—

"여러분이 하는 말은 잘못되었소!"

외치듯이 말했다.

"불의를 행하는 자는 반드시 천벌을 받을 것이오!"

모두 깜짝 놀라 서로 얼굴을 마주보았다. 이렇게 흥분한 발언을 최근의 이에야스에게서는 찾아볼 수 없었다.

5

이에야스의 단호한 어조에 마사무네는 내심으로—

'아차!'

속으로 혀를 차면서 고개를 숙였다. 그러나 후회는 하지 않았다. 상대의 깊은 생각을 헤아리지 못한 점에 대해 새삼 사과함으로써 마사무네 자신의 충성심만은 나타낼 수 있다고 생각했다.

"참으로 뜻밖의 꾸중을 듣게 되었습니다. 제 생각에 부족한 점도 있으니 설명해주십시오."

이에야스는 마사무네를 보고 있지 않았다.

마사즈미를 노려보고 타다나오를 노려보고 또 타다카츠, 타다아키,

토시츠네 등 젊은 사람들의 얼굴에 날카로운 시선을 던지면서 어깨로 거친 숨을 내쉬고 있었다.

"그대들의 주장은 옳지 못해. 불의를 행하는 자는 반드시 천벌을 받는 법. 이는 움직일 수 없는 진실. 특히 젊은이들은 이 점을 명심하고 앞으로 처세를 그르치지 않도록 해야 한다."

어조가 처음만큼 격렬하지는 않았으나 마음속의 흥분이 호흡을 어지럽히고 있음을 잘 알 수 있었다.

"아시카가 요시아키足利義昭를 몰아낸 노부나가信長가 얼마 후 미츠히데光秀에게 살해된 사실은 그대들도 잘 알고 있겠지. 또 난폭한 아버지라 하여 이마가와 가문으로 쫓아내고 유폐시킨 타케다 신겐武田信玄은 결국 뜻밖의 죽음을 당했어. 또 타이코의 일도 잘 생각해보게. 타이코와 이 이에야스가 유일하게 싸운 코마키小牧 전투의 원인이 무엇이었나? 타이코가 노부나가의 후손을 멸망시키려고 했기 때문이 아닌가. 이시다 미츠나리 역시 마찬가지야. 자신의 분노 때문에 어린 주군을 속여 세키가하라의 모반을 시도하여 그런 최후를 당했던 거야. 모두가 그 마음에 불의가 있었기 때문이 아닌가. 불교의 선인선과善因善果, 악인악과惡因惡果의 이치는 언제나 인간 세계를 관철하는, 움직일 수 없는 이치라는 것을 알아야 해."

말하는 동안 이에야스의 눈 가장자리가 점점 붉어졌다.

젊은이들은 온몸이 굳어진 채 귀를 기울이고 있었다. 아니, 표면적으로는 마사무네도 마찬가지였다. 그러나 마음만은 반드시 그들과 같지는 않았다. 분명히 감탄은 하고 있었으나—

'훌륭하다! 참으로 노회하기 짝이 없는 설교야.'

상대와 자기 사이에 지극히 냉정한 선을 긋고 있었다.

이에야스는 차차 호흡을 가라앉히면서 말을 이었다.

"나는…… 타이코와의 옛정을 생각해서 화의를 맺었어. 신불에 대해의義를 증명해 보인 것이었어. 지금 도요토미 가문을 멸망시키는 것은 극히 쉬운 일…… 하지만, 그렇게 되면 나는 불의를 저지르게 되는 거야. 신불이 허락하지 않는 사사로운 이익은 이에야스의 뜻이 아니야…… 이 점을 잘 이해해주기 바라겠어. 오직 힘만 믿고 이기는 것은 결코 참다운 승리가 아니야. 알아듣겠거든 두 번 다시 이런 말을 하지 않도록."

여기까지 말하고 다시 생각난 듯이 덧붙였다.

"이번 화의는 히데요리에게 한 번 더…… 한 번 더…… 마지막 반성의 기회를 주는 데 의미가 있어. 그래도 아직 히데요리가 이를 깨닫지 못하고 모든 사람의 노고를 잊은 채 불의를 행한다면 결국은 자멸의 길을 걸을 뿐…… 불의란 그와 같은 엄숙한 하늘의 도리야……"

이때 갑자기 누군가가—

"알았습니다!"

외치듯이 말했다. 아마도 마에다 토시츠네인 것 같았다.

6

다테 마사무네는 내심으로 초조해하면서도 크게 감탄했다.

'참으로 불세출의 노회한 영웅이야!'

마사무네는 70여 세가 되어 죽음을 가까이 둔 노인이, 인생의 마지막 단계에서 순수한 상태로 돌아간 모습을 아직 이해하지 못했다. 그 정도로 그의 야망도 생명력도 아직은 현실의 투쟁 속에서 왕성하게 불타고 있었다.

'결코 방심해서는 안 된다……'

마사무네는 곧바로 다음 의견을 말했다.

"말씀하신 뜻을 하나하나 마음에 새겼습니다. 천하의 일은 절대로 힘만으로는 해결되지 않는다, 덕으로 다스려야 한다……는 인자하신 말씀으로 들었습니다. 그러나 한 가지 시급한 일이 있습니다. 약속대로 성의 모든 해자를 메우는 일에 대해서입니다마는, 제가 조사한 바로는, 둘째 성 해자는 깊이가 세 간 내지 네 간 이상이고, 넓이도 보시는 것처럼 오십 간에서 칠십 간이나 됩니다. 이를 평탄하게 만들려면 축대의 흙으로는 부족합니다. 엄청난 인력이 필요한데, 어느 제후에게 명하시겠습니까? 우리 부자는 멀리 무츠에서 여기까지 나왔으니 부디 그 일을 저에게 분부해주시기를……"

이에야스가 가볍게 손을 들어 마사무네의 말을 제지했다.

"그 일은 이미 결정했소. 누구든지 녹봉의 액수에 비례하여 일꾼들을 차출하도록 말이오."

그런 뒤 혼다 마사즈미에게로 시선을 옮기고 딱 잘라 말했다.

"코즈케노스케 님, 제후들에게 설명해주게."

마사무네는 흠칫 놀랐다. 그는 아들 토토우미노카미 히데무네遠江守秀宗와 같이 1만의 군사를 거느리고 마츠야 어귀를 지키고 있었다. 따라서 마음속에는 당연히 뒤에 남아 앞으로 오사카가 어떻게 움직일지 그 동향을 살피겠다는 생각이 있었다. 역시 그는 평범한 인물이 아니었다. 일단 제후들이 각각 영지로 돌아간 뒤 1만의 군사를 거느리고 입성하여, 승산이 있다고 여겨지면 다시 천주교 신도들에게 호소하는 도박을 생각하고 있었는지도 모른다.

이에야스는 이에 대해서도 세심한 계산과 준비를 하고 있었다.

이에야스의 명을 받은 혼다 마사즈미가 미리 준비해두었던 인원 할당표를 들고 왔다.

"실은 내일 아침 오고쇼 님은 이곳 본진을 떠나 니죠 성으로 귀환하십니다. 이 명령은 이십칠일 니죠 성에서 발령할 예정이었으나 분부에 따라 지금 여러 제후들에게 공개하겠습니다."

이렇게 말하고 읽은 것은 다음과 같은 내용이었다.

3만 석 이상 5만 석 이하 30명.
5만 석 이상 7만 석 이하 50명.
7만 석 이상 10만 석 이하 100명.
10만 석 이상 15만 석 이하 200명.
15만 석 이상 20만 석 이하 400명.
20만 석 이상 25만 석 이하 800명.
25만 석 이상 30만 석 이하 1,500명.
30만 석 이상 50만 석 이하 2,000명.
50만 석 이상 100만 석 이하 3,000명.

듣고 있는 동안 마사무네의 투지는 차차 고개를 숙이기 시작했다.

지금은 다만 그가 얼마나 바쿠후를 위해 충성을 바쳐 일할 각오인가를 인상짓고 물러가야 한다고 생각했다. 아니, 그럴 수밖에 없을 만큼 이에야스의 생각에는 전혀 빈틈이 없었다……

7

26일 이에야스는 니죠 성으로 귀환하고, 그 무렵에는 이미 해자를 메우기 위한 공사를 맡을 부교도 결정되었다.

마츠다이라 타다아키, 혼다 타다마사, 혼다 야스노리本多康紀 세 사람이었다. 이 세 사람에게 자기들도 일꾼들을 내놓겠다고 하는 3만 석 이하의 다이묘로부터 속속 탄원서가 제출되었다.

작은 다이묘들은 이번 출진으로 비용이 많이 들어 고통이 심하다 하여 부역을 과하지 않았다. 그런데 그렇게 해서는 '불공평' 하다는 말들이었다. 다시 1만 석 이상 3만 석 이하의 영지에도 각각 20명씩 차출하라는 명령이 추가되었다.

이 해자를 메우는 데 대한 사람들의 생각은 서로 달랐다.

제후들로서는 직접 칼을 들고 싸운 직후. 오직 격렬한 적의만을 품고 이 승리를 다지는 공사에 가담하고 싶다는 자가 많았다. 그러나 도쿠가와 가문의 후다이譜代°들은 그렇게 계산하지 않았다. 그들은 이에야스의 조치가 너무 미온적이라 하여 심한 불만을 품고 있었다.

상대에게 이에야스의 애정이나 도의가 통했다면 세키가하라 때 살려준 은혜를 잊고 이번과 같은 일을 시도했을 리 없다. 세키가하라 전투는 말하자면 종전과 같은 도요토미, 도쿠가와의 관계를 없는 것으로 하고 무력 대 무력, 벌거숭이 대 벌거숭이로 대결하여 약자를 쓰러뜨리고 강자가 천하를 장악하게 만든 것. 이 관계에는 전혀 의심이 개입될 여지가 없었다.

그런데도 이에야스는 히데요리에게 은혜를 베풀어 영원히 존속케 하려는 미지근한 자비심으로 대했다. 이 때문에 천하 사람들이, 역시 도쿠가와 가문은 도요토미 가문에 복종해야 하는 것처럼 착각을 일으키는 상황이 되고 말았다.

도대체 도쿠가와 가문이 전에 얼마나 도요토미 가문의 은혜를 입었단 말인가……? 고통을 당한 기억은 있었으나 사랑을 받았거나 비호를 받은 기억은 조금도 없었다. 이에야스와 히데요시 두 사람이 각각 쌓아올린 실력의 차이가 오늘을 있게 만들었을 뿐. 따라서 지금도 히데요리를 동정하는 이에야스의 자비심은 보기 드문 일로 감탄할 만은 하나, 그 때문에 오사카 성에 대해서나 세상에 대해서도 구애될 것은 추호도 없다고 생각하고 있었다.

"다시는 반역 따위의 터무니없는 꿈을 꾸지 못하도록 철저하게 짓밟아야 한다."

이것이 도쿠가와 가문의 후다이들, 그리고 이에야스와 히데타다 측근의 생각이었다.

마사무네의 생각은 더욱 복잡했다. 내심으로 그는 가능하다면 오사카 성을 그대로 두고 싶었다. 그가 멀리 유럽과 로마에 파견한 밀사에게서 얼마나 놀라운 소식을 듣게 될 것인가? 그때까지는 어떻게 해서든지 여기에 하나의 큰 지뢰를 파묻고 기다리고 싶었다……

물론 여기에는 그다운 꿈이 있었다. 머지않아 눈을 감을 이에야스의 죽음도 포함하여 일본과 에스파냐의 연합군 앞에 쇼군 히데타다가 항복하고 책임을 져야 할 때의 모습이었다.

그때의 새로운 쇼군은 사위 타다테루, 그리고 오고쇼는 말할 것도 없이 외눈박이 용인 마사무네……

이상 마사무네의 세 가지 생각 외에, 이에야스의 생각이 따로 있었다. 곧 네 가지 생각…… 그런 복잡한 상황 속에서 마사무네는 가장 위험한 입장에 몰릴 것 같은 형세였다……

8

이에야스는 니죠 성으로 돌아왔다. 그와 동시에, 당연한 일이지만 살기가 등등한 가운데 해자 매립공사가 시작되었다. 정월을 눈앞에 두고 있었기 때문에 동원된 하급무사나 일꾼들의 빨리 돌아가고 싶은 염원도 곁들여 무서운 속도로 공사가 진행되었다.

순식간에 성문 밖 초소는 파헤쳐지고 흙담이나 망대가 지상에서 자취를 감추었다. 요도가와淀川에서 물을 끌어들이는 어귀에는 찬바람 속에서 훈도시褌° 하나만 걸친 일꾼들이 고함소리에 가까운 소리를 지르면서 둑을 쌓아올리고 있었다. 마사무네는 오랜만에 갑옷을 벗고 진바오리에 하카마袴° 차림으로 그가 담당한 마츠야 어귀의 매립작업을 샅샅 밑으로 바라보고 있었다.

떼지어 몰려들던 물새들도 이미 자취를 감추어버렸다. 그들은 지상의 인간들이 벌이는 변덕스런 술책 따위는 알 리가 없다. 다만, 머무를 곳을 잃고 당황하고 있을 것이다. 아닌 게 아니라 이 매립공사가 자기들을 내쫓는 결과가 될 줄은 깨닫지 못하고 성안에 있는 떠돌이무사의 무장들은 태평하게 술잔치를 계속하고 있었다.

'이건 전혀 쓸데없는 짓이다……'

물새들에게는 아직 태양과 먹이가 남아 있을 테지만, 떠돌이무사들에게 그리 쉽게 쌀통과 태양이 따라다녀줄 것인가……?

'인간이란 참으로 쓸데없는 짓들을 하고 있다……'

마사무네는 언젠가 그를 오다와라의 이치야 성一夜城에 불러놓고 터무니없는 허풍을 떨며 위협하던 히데요시의 얼굴을 떠올리며—

"바보 같은 놈!"

이렇게 고함쳐주고 싶었다. 아니, 이 경우의 바보는 단지 히데요시뿐만이 아니었다.

'실은 나도 그 한 사람이야……'

이 성이 깨끗이 부서지고 떠돌이무사들도 모두 흩어지거나 아니면 전사한 뒤—

"그렇습니다. 여기에 옛날 타이코가 쌓은 큰 성이 있었습니다."

그런 때가 되어서야 겨우 마사무네가 보낸 밀사들이 그 수상한 소텔이나 비스카이노와 같은 에스파냐 인을 싣고 어정어정 사카이로 돌아온다면 어떻게 될 것인가……?

마사무네가 보기에 세키가하라 전투를 일으킨 이시다 미츠나리도 오쿠보 나가야스도, 또 이번의 오노 하루나가도 모두 한심스러운 어릿

광대였다. 그런데 이번에는 아무래도 그런 어릿광대 짓이 남의 일이 되지 않을 것만 같다.

'그 배는 지금 어디를 달리고 있을까……?'

그 생각만 해도 오싹 소름이 끼쳤다. 만일의 경우에는 두 번 다시 일본으로 돌아오지 마라…… 하세쿠라 로쿠에몬支倉六右衛門에게 엄명을 내렸어야 했는데 그렇게 하지 않았다.

로쿠에몬이 의기양양하여 돌아온다. 그러나 원군은 겨우 군함 한 척…… 이럴 경우 마사무네의 손으로 당장 격침시켜야 하겠지만, 막상 그렇게 하려 해도 상대는 처치하기 힘든 배…… 바람 형편에 따라 어디로 들어올는지 전혀 알 수 없다…… 일본 전국의 해변에 감시병을 세워야 할지도 모른다……

'불가능한 일이야……'

마사무네는 점점 메워져가는 해자 가장자리에 서서, 자기가 서 있는 대지도 그대로 함몰될 것 같은 불안을 느끼며 가만히 수면을 바라보고 있었다……

떼지어 날던 들오리 한 마리가 마사무네의 어깨 위를 스치듯 날아 매몰되지 않은 수면 위로 내려앉았다.

9

"무츠노카미 님…… 참, 지금은 센다이코仙臺侯 님이시지요."

마사무네는 흠칫 놀라 돌아보았다.

거기 서 있는 것은 전립戰笠 차림으로 싱글벙글 웃고 있는 야규 마타에몬 무네노리였다.

마사무네는 간담이 서늘해지는 듯한 충격을 받았다.

그 무렵에는 이미 야규 무네노리가 병법사범만이 아니라는 것을 마사무네는 잘 알고 있었다. 명목상으로는 쇼군 히데타다의 병법사범……이었으나 실은 히데타다 이상으로 이에야스와 가까운 위치에 있으면서 여러 다이묘들의 동향에 눈을 빛내는 감시자와도 같은 입장에 있다는 것을……

"오오, 야규 마타에몬 님이군."

"예. 센다이코께서는 무슨 걱정이라도 있으십니까? 안색이 좋지 않으신 것 같습니다마는."

"하하하……"

마사무네는 웃었다.

"역시 나이 탓이겠지. 나도 며칠 안 있으면 마흔아홉일세. 오십이 가까워지면 체력의 한계를 느끼게 되거든. 추위를 견디기가 어려워."

야규 무네노리는 여전히 미소를 띤 채.

"저는 센다이코께서 지금쯤 먼 곳에 생각을 보내고 계실 것이라……는 생각으로 잠시 인사를 삼가고 있었습니다."

"허어, 그럼 나도 고향을 그리워하고 있는 줄 알았던 모양이군."

"아니, 그보다 좀더 먼 곳의 일을……"

여기까지 말하고 두어 걸음 다가오면서 —

"지난해 구월에 츠키우라月浦를 떠난 야심적인 큰 배…… 지금쯤은 에스파냐인가 하는 유럽 나라에 도착했겠지요?"

갑자기 날카로운 칼날 같은 말을 했다.

마사무네는 자칫 상체가 앞으로 기울어질 뻔했다.

"아, 그것 말인가?"

"예. 그때 배 만드는 일을 도왔던 무카이 쇼겐向井將監 님을 조금 아까 강가에서 만났습니다. 쇼겐 님의 의견에 따르면 지금쯤 에스파냐에 도착한 사자들이 펠리페 대왕을 배알하고 그의 대접을 받고 있지 않을까…… 소텔과 비스카이노의 예정은 그랬는데…… 하더군요."

마사무네는 너무나 날카롭게 급소를 찔리는 바람에 당장에는 대답할 수 없었다.

"그……그……그렇게 되었으면 재미있으련만."

겨우 이렇게만 대답하고 헛웃음을 쳤다. 그러면서 이 칼끝을 어떻게 피하면 좋을까 하고 당황해했다.

"야규 님, 인간이란 큰 꿈을 갖고 싶어하는 것일세."

"옳으신 말씀입니다."

"나는 이번 전쟁으로 여간 침울해지지 않았어. 지금이야말로 일본이 상하 한마음으로 세계를 향해 큰 경륜을 펴나갈 때…… 그런데 서로 싸우며 기뻐하고 또 울고 있어. 아닌 게 아니라 하세쿠라 로쿠에몬이 지금쯤 펠리페 삼 세를 만나고 있는지도 모르지."

"무츠노카미 님."

"왜 그러나?"

"그럼, 무츠노카미 님이 천주교로 개종하신 것은 웅도雄圖를 펴기 위한 방편……입니까?"

무네노리는 태연하게 말하고 다시 싱글벙글 웃었다. 순간 마사무네의 가슴에서 투지가 끓어올랐다.

10

"물론일세!"

마사무네는 가슴을 두드렸다.

"소텔과 비스카이노를 이용하여 펠리페 대왕만이 아니라, 로마 교황까지 움직여보라고, 하세쿠라 로쿠에몬에게만은 본심을 털어놓았지.

돌아가신 타이코는 이 성에 있으면서 명나라 정복밖에는 생각하지 못했으나, 나는 이 성을 공격하면서 유럽 대륙까지 모두 손에 넣겠다는 꿈을 꾸고 있다…… 하하하…… 호언장담 같지만, 그런 꿈으로 이 추위를 물리치는 것도 괜찮은 일일세."

"그렇습니다."

야규 무네노리는 조금도 거역하려 하지 않았다. 유연하게 대한다…… 처음부터 그가 마음속에 그리고 있는 오늘의 속셈인 듯.

"정말 그렇기는 합니다만, 센다이코도 죄가 많으신 분이군요."

"어리석은 허풍쟁이라고 나도 머지않아 타이코처럼 웃음거리가 되는 것이 고작이겠지."

"일본에는……"

무네노리는 허리춤에서 담배쌈지를 꺼내 찬바람 속에서 맛있게 피우기 시작했다.

"중을 속이면 칠 대代에 이르도록 저주를 받는다……는 말이 있습니다. 센다이코께서는 천주교의 총대장 로마 교황인가 하는 사람까지 속이려 하시니 얼마나 오래 저주를 받게 될지 모르겠습니다."

"야규 님."

"예."

"귀하를 만나면 부탁하려던 일이 있었네."

"무엇입니까? 할 수 있는 일이라면 힘이 되어드리고 싶습니다."

"일족 가운데서 내게 병법사범을 한 사람 천거해줄 수 없을까?"

"허어, 제 일족 가운데서?"

"암, 그래…… 물론 가신들에게 병법을 가르치는 것이 첫째 목적이지만, 그것이 전부는 아닐세. 실은 우리 영지 안의 사정을 엄히 감시해 주었으면 하네."

이번에는 야규 무네노리의 눈이 빛났다.

'과연 마사무네, 벌써 눈치챘구나……'

무네노리는 조용히 담뱃대를 치웠다.

"영지의 감시라고 하시는데, 무언가 우려되는 점이라도 있습니까?"

"바로 그 일일세."

마사무네는 그제야 자세를 가다듬었다.

"조금 전의 그 저주 이야기 말인데…… 나는 어디까지나 일본을 위해, 도쿠가와 가문의 번영을 위해 가짜 신자가 되었지만…… 가신 중에는 진정인 줄 알고 외곬으로 믿는 신자가 나올지도 몰라."

"으음, 그것을 병법자의 눈으로 분별하라는 말씀이십니까?"

"신앙에 관한 한 보통 사람의 눈으로는 그 진위眞僞를 가리기가 어려워. 그러나 병법을 통한 사제관계라면 예외일 테지. 이 일에 대해 어디 한번 깊이 생각해줄 수 없을까?"

마사무네는 삿갓 가장자리에 손을 대고 머리를 숙였다.

"그럼, 나중에 다시…… 내일의 인원 할당에 대한 지시를 내려야 했는데 그만 깜빡 잊을 뻔했군."

이렇게 내뱉고 적에게 등을 돌리는 기분으로 그대로 성큼성큼 막사를 향해 걸어갔다.

'점점 더 마음을 놓을 수 없게 되었구나……'

11

야규 무네노리까지 마사무네의 신변에 눈을 번뜩이고 있다……

아무렇지도 않은 듯한 대화 속에 포함된 갖가지 야유를 종합해볼 때, 그가 하세쿠라 로쿠에몬 츠네나가에게 어떤 희망을 걸고 에스파냐에 파견했는지 어렴풋이 깨닫고 있는 듯한 말투였다.

'그렇구나…… 그렇다면 좀더 조심해야 한다.'

마사무네는 얼른 야규 일족 가운데서 누군가를 자기 가문의 병법사범으로…… 이렇게 위험한 대목에서 연막을 치기는 했다. 그러나 진지하게 생각해보지 않으면 안 될 문제였다.

이 사실을 이에야스나 히데타다도 벌써 알고 있다…… 알고 있으면서도 가만히 있다면……?

'마사무네 따위가 무엇을 할 수 있단 말인가……?'

이에야스는 이렇게 생각하고 태연하게 있는지도 몰랐다. 그러나 히데타다에게는 그런 배짱이 있을 것 같지 않았다.

그렇다면 히데타다는—

'어디 두고 보자. 꼼짝할 수 없도록 그 꼬리를 잡을 테니.'

그런 생각으로 묵묵히 마사무네의 신변을 감시하고 있다…… 이러한 생각이 드는 순간 마사무네는 발 밑의 살얼음을 밟으며 깜짝 걸음을 멈추었다.

'그렇다. 야규 무네노리는 그러한 히데타다의 뜻에 따라 나를 감시하고 있다……'

그렇지 않아도 히데타다는 호탕한 기질인 동생 타다테루의 장인인 마사무네를 감정상 수상하게 생각하고 있을 터였다. 어느 시점에서 어떤 사건으로 의혹을 느끼기 시작했다면, 그것은 놀라운 방향으로 확대되어갈지도 모른다.

'그렇구나……'

가만히 삿갓에 손을 얹고 뒤돌아보았다. 그런데 무네노리는 버드나무 밑에 선 채로 아직 이쪽을 바라보고 있지 않는가……

다데 마사무네는 빙긋이 얼굴에 웃음을 떠올리며 성큼성큼 조금 전의 그 해자 끝으로 되돌아갔다. 야규 무네노리도 다가왔다. 여전히 싱글벙글 그늘 없는 미소를 머금고 있었다.

"혹시 잊으신 것이라도?"

마사무네는 이 말에는 대답하지 않았다.

"쇼군에게 은밀히 말씀 드려주었으면 하는 일이 있네."

"아니, 그게 무엇입니까?"

"이 소동을 조금이라도 빨리 매듭짓는 것이 도쿠가와 가문의 백년대계를 위하는 길이네."

"조금이라도 빨리……?"

"그래. 이를 위해 나는 우다이진 측근들에게 빨리 영지이전을 자청하도록 연줄을 찾아 여러모로 권하려 한다……고만 전해주게. 그렇게 되면 곪은 데는 짜내겠지. 현명한 쇼군이니까, 그것만으로 충분히 짐작하시겠지…… 그럼, 잘 부탁하네."

그러고는 다시 바람처럼 몸을 돌렸다.

이번에는 무네노리도 깜짝 놀랐다.

소동을 빨리 매듭짓는다…… 말할 것도 없이 도요토미 가문을 정리하라는 말…… 그 최선봉은 다테 마사무네…… 히데타다에게 그렇게 생각하도록 하기 위한 세심한 마사무네의 계략.

이상理想과 타성惰性

1

오사카 성 외곽 파괴와 성 안팎의 해자매립이 성안에서 문제가 되기 시작한 것은 정월에 접어들어서였다.

매립작업의 감독은 마츠다이라 시모우사노카미 타다아키松平下總守忠明를 필두로 한 혼다 타다카츠의 아들 타다마사, 그리고 혼다의 분가인 야스노리 등 순수한 후다이들이었다. 그들이 얼마나 무서운 적의와 반감을 가지고 일에 임하고 있는지 짐작할 수 있다.

여기에 이에야스의 오른팔이라 일컬어지는 실력자 혼다 마사즈미, 나루세 마사나리, 안도 나오츠구 세 사람이 음으로 양으로 그들을 뒤에서 선동하고 있었다. 이들 세 사람은—

'하늘을 상대한다……'

이러한 이에야스의 사고방식을 못마땅하게 여기고 있었다.

"인간이 모두 오고쇼 같은 부처님이라면 모르지만…… 오사카에 모인 자들은 모두 늑대들이다."

그 늑대들이 화의의 성립을 축하하는 술에 취해 있는 동안에 서둘러

메울 곳은 메워버려야 한다…… 그들의 거짓 없는 심정이었다.

도쿠가와 후다이들의 눈에 떠돌이무사들의 사기는 화의가 성립될 무렵부터 이상할 정도로 땅에 떨어져 있었다. 사나다 유키무라, 고토 마타베에 등은 열심히 히데요리를 부추겨 항전하려 하고 있었다. 그러나 대포 공격을 받은 뒤부터 이미 성안의 대세는 완전히 전의를 상실한 것처럼 보였다.

'어차피 화의는 맺어진다……'

이렇게 느꼈기 때문.

더구나 이렇게 상황이 바뀌면서 그들은 익살스러울 정도로 무모하게 어리석은 면을 드러냈다.

화의가 성립되면 당연히 다음에 오는 것은 해고. 그들은 화의가 성립되기 전에 몇 푼인가 수당을 받아 품에 넣고 오랜만에 성밖에 나가 놀고 싶은 모양이었다. 다시 말해서 —

"농성하는 동안에 침울했던 기분을 푼다!"

이러한 태도에는 오합지졸의 처량한 신세가 노골적으로 나타나 있었다. 화의가 성립된다면 굳이 싸워서 하나밖에 없는 목숨을 잃을 필요가 없다. 그보다는 어서 수당을 받아 활개를 펴고 성밖 공기를 마시고 싶다.

원래가 따분하게 주군을 섬겨야 했던 신분에서 해방되어 자유분방한 떠돌이무사 생활에 익숙해진 사람들. 일단 타성이 생기면서 전혀 사려분별이 없어진 자들이었다.

성에서는 이러한 그들에게 술자리를 베풀고 각각 얼마간의 수당을 지급했다. 떠돌이무사들은 앞을 다투어 외출했다. 이 때문에 연말의 오사카는 때아닌 호황을 보였다. 무분별한 인간의 울적함은 당연히 술과 여자를 목표로 할 수밖에 없었다.

매립공사의 감독이나 마사즈미, 마사나리, 나오츠구 등은 그러한 심리를 보기 좋게 이용했다.

"먹고 마시고 하던 떠돌이무사들이 돌아오면 해자도 외성도 이미 없어져 있겠지."

그렇게 되면 그들도 성을 단념할 수밖에 없고, 그것이 인원정리를 권하는 원인도 되며, 실질적으로 오사카를 위하는 길이 된다…… 이런 말을 주고받으면서 덮어놓고 공사를 진행시켰다.

떠돌이무사들의 얼마 안 되는 수당은 유흥비로 금세 바닥이 난다. 돈이 떨어지면 취기도 가시고 계산능력도 되살아난다.

'아니, 이거 이상한데……?'

떠돌이무사들이 고개를 갸웃거리기 시작했을 때 이미 오사카 성은 완전히 벌거벗겨져 있었다……

2

"이게 어떻게 된 일이란 말인가? 강화 때 약속은 바깥 해자만 메우기로 했지 않았는가?"

맨 먼저 이 일을 말한 것은 센고쿠 무네나리의 부하 이노우에井上 아무개였다.

"약속과 다르다. 해자가 모두 메워지면 만일의 경우 전투도 하지 못한다. 전투를 할 수 없다면 우리도 책임을 완수하지 못할 것은 당연한 일이야."

그 말이 이노우에의 입에서 센고쿠 무네나리의 귀에 들어가고, 무네나리가 다시 오노 하루나가에게 보고한 것이 처음.

"오노 님은 바쁘셔서 모르셨겠지요. 칸토 쪽에서는 해자를 모두 메우라고 하며 바깥 해자를 깨끗이 메워버렸어요. 지금 안쪽 해자도 메우려 하고 있는데 알고 계십니까?"

28일 아침의 일이었다.

물론 하루나가가 모를 리 없었다. 하지만 그는 놀라는 체하면서 마츠다이라 타다아키 등 세 부교에게 사자를 보내 문의케 했다.

"화의할 때의 약속은 외곽의 해자만이라고 들었는데, 내곽 해자까지 매립한다는 말입니까?"

타다아키는 같은 부교로서 이세 쿠와나桑名의 10만 석 영주 혼다 타다마사를 찾아가 그의 입을 통해 이렇게 대답하게 했다.

"오고쇼의 명령이오. 오고쇼는 총호總壕라 약속했고, 총호란 말할 것도 없이 모든 해자를 뜻합니다. 그러니 안과 밖을 구별하지 않은 모든 해자입니다."

타다마사와 타다아키는 그동안에 또 한 사람의 부교로 산슈三州 오카자키의 5만 석 영주 혼다 이세노카미 야스노리, 그리고 혼다 코즈케노스케 마사즈미와도 연락한 후에 대답했다.

그 답을 듣고 오노 하루나가는 2, 3일 동안 침묵을 지켰다.

그 사이에도 공사는 계속 진척되었다.

이번에는 아카시 탄고, 고토 마타베에, 모리 부젠, 이코마 마사즈미生駒正純 등으로부터 잇따라 불평이 나오기 시작했다…… 이런 현상은 하루나가가 이 외성의 파괴와 해자매립을 자청한 것은, 실은 요도 부인의 뜻에 따른 오사카의 제안이라는 사실을 떠돌이무사들에게 미리 알려두지 않은 탓이었다.

마침내 하루나가는 제2의 사자를 이번에는 세 명의 부교가 아니라 직접 혼다 마사즈미에게로 보냈다. 떠돌이무사들에게 '떠밀려' 그대로 있을 수 없게 되었음이 분명했다.

그때는 정월도 지났는데, 마사즈미는 시큰둥하게 대답했다.

그는 이 성곽 파괴에 대해 처음부터 강경론자였고, 구두로 이 약속을 한 장본인이었다. 그런데 오노 하루나가가 사자에게 전해받은 답은 그것과는 전혀 달랐다.

하루나가는 그제야 불안으로 동요하기 시작한 떠돌이무사들에게 말했다.

"혼다 코즈케노스케 님은 이런 말을 했소. 부교들이 명령을 잘못 들었겠지, 곧 중지하도록 조치하겠소……라고."

이때 비로소 떠돌이무사들이 동요하고 있다는 사실을 요도 부인에게 보고하고 그녀를 통해 안쪽 해자의 매립을 중지시키려고 했다.

그러나 이러한 일로 기세를 올리고 있는 칸토 쪽 공사가 중지될 리 없었다. 사태는 점점 더 험악해졌다. 해자의 매립과 반비례하여 양자간의 틈은 더욱 벌어져갔다……

3

더구나 그 무렵 성안 떠돌이무사들을 격앙시키는 두 가지 소문이 유포되었다.

그 하나는, 어차피 오사카 편에는 10여만 떠돌이무사들을 유지할 만한 힘이 없기 때문에 이렇게 해자를 메우는 것은 칸토의 자비라는, 떠돌이무사들에게는 실로 가슴 아픈 소문이었다.

처음부터 떠돌이무사들을 포섭한 채로는 유지하기 어렵다……고 알고 있으면서도 맺은 화의. 조금이라도 일찍 떠돌이무사들에게 —

"더 이상 싸움은 할 수 없다."

해자의 매립을 통해 분명히 알려주는 것이 도요토미 가문을 위해서도 좋다……는 의미였다. 이 소문에 떠돌이무사들이 동요하는 것도 무리가 아니었다.

다른 하나는 떠돌이무사들의 동요를 더욱 크게 하는 악의에 찬 소문이었다.

다름이 아니었다. 이번에 화의를 맺게 한 원인은 떠돌이무사들의 전의 상실에 있다는 소문이었다.

그들은 도요토미 가문의 재정이 좀더 넉넉한 줄 알고 모였다. 그러나 거듭된 대불전의 재건과 사찰, 신사 등의 보수공사로 벌써 금고의 황금이 바닥나고 있었다……는 사실을 알고는 완전히 전의를 상실하여, 사나다 유키무라나 고토 마타베에 등이 21일 밤 최후의 기습을 감행하려 했을 때는 아무도 선두에 나서려는 자가 없었다. 그래서 할 수 없이 히데요리 모자가 화의를 맺었다……고.

어느 부분 진실이기도 한, 패전의 책임을 떠돌이무사들에게 전가시키는 이 소문은 분하게 여기고 있는 옛 가신들이나 도요토미 가문을 지지하는 상인들 사이에 순식간에 퍼져나갔다.

좀더 냉정하게 생각했더라면 이 두 가지 소문의 출처도 당연히 의심을 받았을 터였다. 그러나 아무도 그 하나가 다테 가문의 일꾼들 입에서, 그리고 또 하나는 토도 가문의 일꾼들 입에서 유포되었다는 점까지는 조사하려 하지 않았다.

드디어 이 파괴를 자청한 장본인인 요도 부인으로부터 다시 혼다 마사즈미에게 공사중지의 탄원이 있은 것은 정월 초였다.

진실을 알지 못하는 떠돌이무사들이 —

"우다이진 모자는 이에야스에게 속았어."

"정말 그래. 오고쇼와 쇼군이 처음부터 속일 생각이었음이 틀림없다. 그렇다면 앉아서 구차하게 죽음을 기다릴 때가 아니지."

차차 불온한 양상을 띨 위험성이 보였기 때문이다.

이 일을 위해 혼다 마사즈미와도 안면이 있는 오타마阿玉라는 미모의 시녀가 세 부교의 막사로 마사즈미를 찾아가게 되었다. 이 오타마의 파견이 과연 요도 부인이나 오노 하루나가의 진지한 뜻을 전하기 위해서인지, 아니면 떠돌이무사들을 무마하기 위한 미봉책이었는지 지금으로서는 알 수 없다. 다만 오타마는 그 이름과 같이 구슬처럼 아름다워 성안에서 제일가는 미인이었다고. 요도 부인도 그 미모를 인정하고, 자신이 만일 에도에 인질로 가게 될 경우에는 오타마를 동반하여 이에야스가 동침을 요구하면 그녀를 대신 들여보낼 생각이었다는 말이 전해지고 있다.

그 오타마가 매립공사 중지를 교섭하기 위해 부교에게 온다는 말을 듣고 기뻐하기도 하고 놀라기도 한 것은 혼다 마사즈미 등 강경파들이었다……

4

그때 정문 앞 대기실에는 세 부교 외에 당사자인 마사즈미와 나루세 마사나리, 안도 나오츠구 등도 동석해 있었다.

세 부교는 고개를 갸웃거렸을 뿐 아무 말도 하지 않았다. 그러나 나루세 마사나리가 이제부터 오사카 제일의 미인을 맞이하려는 혼다 마사즈미를 대놓고 놀렸다.

"코즈케노스케 님은 오사카 성에 가셨을 때 그 오타마라고 하는 여자에게 추파를 던졌겠지요. 기억이 없습니까?"

나루세 마사나리는 그 무렵 측근이면서도 시모우사下總 쿠리하라栗原에 3만 4,000석의 영지 외에 오와리 요시나오尾張義直와 이누야마성犬山城을 맡고 있는 다이묘이기도 했다.

그런 만큼 아무 거리낌도 없이 마사즈미에게 농담을 했다. 그 농담에 마사즈미는 난처한 표정으로 고개를 저었다.

"여자를 상대하기란 힘든 일이오."

"아니, 사실은 즐거운 일일 텐데요."

"농담은 삼가시오. 아무튼 나는 급한 일도 있고 하니 니죠 성으로 돌아가겠소. 뒷일은 두 분에게 잘 부탁하겠소."

마사즈미는 정말로 진지한 표정이었다.

당시 이처럼 소문난 미녀들은 대부분이 이른바 '선물용'으로 고용되어 있었다. 따라서 요도 부인이 오타마를 아직 젊은 마사즈미에게 탄원하러 보냈다는 것은 청원하는 일에 힘을 써주면 이 여자를 주겠다……는 의미가 된다.

그런 관습을 알고 있었기 때문에 마사나리도 마사즈미를 놀렸던 것, 그러나 마사즈미 쪽은 농담이나 하고 있을 때가 아니었다.

이에야스는 이번 일에 대해 사사건건 진지하게 설교하고 있었다. 게다가 마사즈미는 또 하나의 여자 문제로 이에야스의 눈총을 받고 있었다. 이에야스의 소실 오우메お梅 부인이 은근히 마사즈미에게 눈길을 보낸다는 소문.

"오우메는 내가 죽거든 자네에게 주겠어. 사이좋게 살도록."

그런 말을 들은 후부터 오우메 부인은 이에야스와 멀어졌다. 오우메 부인은 아오키 키이노카미 카즈노리青木紀伊守一矩의 딸로 렌게인蓮華院이라고 하며, 실제로 나중에 혼다 마사즈미에게 재가했다……

이와 같이 '선약'이 되어 있는데도 지금 요도 부인의 '선물'을 뇌물로 받아들였다가는 그야말로 큰일이라고 마사즈미는 겁을 먹은 듯.

"하하하…… 코즈케 님은 정말로 여자 공포증에 걸린 모양이군."

오타마가 도착할 무렵이 되어 마사즈미는 서둘러 니죠 성으로 떠나고 말았다.

"우리 두 사람이 사자를 만나야겠군."

안도 나오츠구가 난처한 표정으로 중얼거렸다. 나루세 마사나리는 내뱉듯이 말했다.

"내가 맞이하겠으니 안심하시오. 결코 요도 부인 한 사람의 지혜가 아니라, 오노 슈리의 인선이었을 게요. 아주 버릇이 됐어! 책임을 진 몸으로 천하대사를 무엇이라 생각하고 있는지."

이런 말을 하고 있을 때 수행원 네 사람을 데리고 당사자인 오타마가 본성 성문을 열고 나온다는 전갈이 있었다.

"좋아, 내가 쫓아버리겠소. 안도 님은 모르는 체하고 계속 일꾼들이나 감독하고 계시오."

마사나리는 내심 화가 났다. 요도 부인에 대해서가 아니었다. 사사건건 미봉책밖에 쓸 줄 모르는 오노 하루나가의 성품에 대한 참을 수 없는 분노였다.

5

이런 마당에 미녀를 사자로 보내다니 무슨 생각에서일까……?

문제는 떠돌이무사들을 어떻게 설득하고 어떻게 납득시켜 물러가게 하는가에 달려 있었다.

이미 오사카 쪽에는 칸토를 상대로 하여 싸울 수 있는 무력도 없었고, 떠돌이무사들을 거느릴 능력도 갖지 못하고 있었다. 따라서 해자가 어떻게 메워지는가는 문제가 아니었다. 어떻게 하면 도요토미 가문을 존속시키는가 하는 큰 기로에 서 있는 게 아닌가…… 그러한 입장과 책임도 생각지 않고 떠돌이무사들을 무마하기 위해 일부러 미녀를 골라 이것 보라는 듯이 이용하려 하고 있다……

'지금 슈리의 눈을 뜨게 하지 않고는 오고쇼가 불쌍해서 그냥 보고 있을 수가 없다!'

이것이 나루세 마사나리의 생각이었다.

"사자 도착이오."

행렬의 선두에 선 코쇼가 이렇게 소리쳤을 때 —

"아니, 무슨 일이냐?"

마사나리는 문밖으로 나가 일꾼들에게 작업할당표를 건네면서 큰 소리로 물었다.

"바쁘기 때문에 막사 안은 텅 비어 있다. 누가 누구에게 볼일이 있다는 것이냐?"

"성안 생모님이 혼다 코즈케노스케 님에게 사자를 보내셨습니다."

"뭐, 혼다 님에게……? 유감스럽게 됐군. 혼다 코즈케노스케 님은 볼일이 있어서 니죠 성에 가시고 여기에는 없어."

그러면서 성큼성큼 오타마 앞으로 다가가 —

"오오, 이분이 성안에서 제일가는 미인이신 오타마 님인가?"

머리에서 발끝까지 쓰다듬듯이 훑어보았다.

과연 보기 드문 미모였다. 나이는 스물하나나 둘쯤 되었을 듯. 도톰한 뺨, 갸름한 눈, 둥근 턱……

"코와 입이 과연 천하 일품이군. 오타마 님, 이 나루세 마사나리는 마침 오늘 이 자리에 있다가 뜻밖에 미인의 모습을 보니 극락정토에라도 온 기분이오. 혼다 님이 계셨더라면 기막힌 봄이 왔다고 아주 기뻐하셨을 텐데."

오타마는 얼굴이 빨개졌다. 칭찬을 받은 입 가장자리가 약간 경련을 일으키고 있었다.

"나루세 하야토노쇼成瀨隼人正 님……이십니까?"

"그렇소, 나루세 마사나리라는 이름으로 알려진 무사요."

"누구라도 좋습니다, 생모님의 전갈을……"

말을 끝내기도 전에 마사나리는 싱글벙글 웃으며 상대의 말을 가로

막았다.

"그렇게는 안 됩니다, 오타마 님. 아무 데나 있는 꽃이라면 모르지만 백화만발한 오사카 성에서도 명성을 떨친 천하에 이름난 모란꽃. 코즈케노스케 님을 지명하여 보내신 꽃을 내가 어찌 손가락 하나라도 건드릴 수 있다는 말이오."

그리고는 큰 소리로 모두를 불렀다.

"오늘은 더없이 좋은 행운을 만났다. 감히 생각지도 못했던 미인을 길에서 만나게 됐다. 모두 이 기쁨을 누리도록 해라. 이분은 오사카 성에서 제일가는 미인인 오타마 님이시다."

미모일 뿐인 젊은 처녀와, 다테 마사무네조차도 인정하는 이에야스의 오른팔은 지혜나 경험에서 크게 차이가 날 수밖에 없었다.

칭찬을 받고 당황하는 오타마의 주위에는 이미 난폭한 일꾼들로 겹겹이 울타리가 쳐졌다.

6

"오오, 이 여자가 오타마 님……"

"겁나게 예쁘군!"

"이런 여자와 어디 한번…… 그렇지 않은가……?"

상대는 멀리 고향을 떠나 있는 사나이들. 칭찬하는 말이 곧바로 듣기 거북한 외설로 이어지는 것은 예나 지금이나 변함이 없다.

"자, 이제 그만하고 일이나 하도록 해."

보다못해 안도 나오츠구가 말했다.

"우리들은 한시라도 빨리 일을 끝내고 고향에 돌아가 설을 맞아야 할 몸이야. 서둘러, 서둘러 일을 해야 한다."

"참, 그렇군!"

마사나리가 뒤를 이었다.

"오타마 님, 이렇게 찾아와주셔서 고맙소. 아까도 말했지만 코즈케노스케 님은 여기 계시지 않으니, 이 사실을 생모님에게 보고하시오. 그리고 오노 슈리 님에게도 전해주오. 모두 오타마 님의 모습을 보고 고향에 돌아가 말할 좋은 이야기가 생겨서 용기백배, 이런 상태라면 작업이 의외로 빨리 진척될 것이라고. 자, 모두 부지런히 일해라…… 처자들이 고향에서 기다리고 있어."

오타마는 자기 주위에서 사방으로 흩어져 달려가는 일꾼들과 무사들의 모습을 잔뜩 굳은 얼굴로 바라보고 있었다.

그러나 찾아온 혼다 마사즈미가 없으므로 어찌 할 도리가 없었다. 더구나 나루세 마사나리도 안도 나오츠구도 말을 걸 수 있는 위치에서 멀어지고, 사방에는 마구 메워 다져놓은 흙더미와 서리의 찬 기운만이 남아 있을 뿐이었다.

"돌아가야겠어요."

"그래도 괜찮을까요?"

"어쩔 도리가 없지 않아요? 코즈케 님이 계시지 않는데."

오타마는 울고 싶었을지도 모른다. 아니, 어쩌면 그 무렵부터 정말 분노가 치밀기 시작했는지도 모른다……

아무튼 이 문제는 그 정도로 끝나지 않았다. 그때 과연 요도 부인이 이 일을 자신에 대한 큰 모욕으로 받아들였을지……?

오노 하루나가가 이 때문에 더욱더 떠돌이무사들의 힐문을 당하게 된 것만은 사실이었다.

떠돌이무사들은 이번 오타마의 일에 대해서도——

"그것 봐라!"

소리치며 격분했다.

"처음부터 칸토에서는 속일 계획…… 나루세와 안도가 그 꼬리를 확실하게 드러내 보인 거야."

"정말 그래. 이 모두 오노 슈리 님의 담판이 미지근했기 때문이야."

오노 하루나가의 입장은 점점 더 미묘하게 되어갔다. 처음에는 사태의 호도糊塗가 목적이었는데, 그 무렵부터 피할 수 없는 책임 문제가 제기되었다.

바깥쪽 해자라는 약속을 모든 해자로 바꿔치기 당해 닥치는 대로 메우게 해서 주군의 가문을 위태롭게 만든 비겁자…… 이런 말을 듣게 된 그는 현지에서 부교나 나루세가 상대해주지 않음을 아는 만큼 결국 쿄토까지 가야 할 처지가 되었다.

오노 하루나가는 다시 한 번 오타마를 동반하고 직접 쿄토로 갔다. 지금까지의 사정을 쇼군 가문의 원로로 파견되어 있는 혼다 마사노부에게 직접 호소하여 해결책을 찾겠다는 궁여지책이었다.

7

이때 혼다 마사노부는 쇼군 히데타다보다 한 걸음 앞서 후시미 성으로 철수해 있었다.

이에야스는 니죠 성에서 신년을 맞이하고, 쇼군 히데타다는 제후들의 철수가 완전히 끝날 때까지 오카야마의 진지를 떠나지 않겠다고 움직이지 않았다. 그래서 70이 넘은 혼다 마사노부만이 먼저 후시미 성으로 돌아갔다.

오노 하루나가는 그 후시미 성으로 오타마를 데리고 갔다. 오타마는 요도 부인의 사자, 오사카의 싯세이執政° 오노 슈리노스케 하루나가가 따라왔다고 하면 혼다 마사노부도 정중히 맞아줄 것이라고 하루나가는 생각하고 있었다.

혼다 마사노부는 그렇게 생각하지 않았다. 그는 마침 후시미에 와 있던 미즈노 타다모토水野忠元가 두 사람의 도착을 알려왔을 때 —

"굳이 만날 이유가 없어."

정월에 돌아갈 사람들의 논공행상 초안을 보면서 가볍게 고개를 저었다.

"슈리 님도 이것저것 뒤처리가 바쁘겠지. 참, 이렇게 전하게. 아들 마사즈미가 어리석어 오고쇼 님의 명령을 잘못 들은 모양, 내가 다시 직접 오고쇼에게 말씀 드리겠다, 그러나 지금 감기로 누워 있으므로 낫거든 니죠 성에 가겠다고 말일세."

아무렇지도 않다는 표정으로 말하고 다시 안경을 이마에서 내렸다.

미즈노 타다모토는 마사노부가 너무나 담담하기 때문에 —

"만나지도 않고 상대방 용건을 아실 수 있습니까?"

웃으면서 반문하지 않을 수 없었다. 마사노부는 다시 안경을 이마 위로 올리고 빙긋이 웃었다.

"슈리 님은 적어도 오사카를 맡고 있는 분 아닌가. 설마 이제 와서 진심으로 해자의 매립을 중지시킬 마음은 없을 것일세. 감기, 감기라고 하면 알아들을 수 있을 거야."

타다모토는 씁쓸히 웃고 기다리게 했던 하루나가와 오타마에게 그 말을 전했다.

이때 하루나가의 얼굴이 무섭게 굳어졌다. 감기가 낫거든 오고쇼에게 고하겠다는 것은 이 자리를 피하기 위한 구실에 지나지 않는다.

'나를 상대하지 않을 모양이다……'

인간의 감정은 미묘한 곳에서 궤도를 벗어나기 쉽다. 그는 처음부터 상대가 매립공사를 중지할 것으로는 생각지 않았다. 그러나 무언가 좋은 방법을 제시해주리라 자부하고 있었다. 그런데 마사노부는 하루나

가가 오사카 성을 맡은 중신이니 만큼 당연히 그에 합당한 계획을 가졌으리라고 생각했다.

사람은 저마다 자신의 입장에 따라 계획을 세웠더라도 실제로 움직여보지 않고는 남을 설득할 수 없는 경우가 있다.

당황하여 떠들어대고 있는 떠돌이무사들에게, 자기도 마지막까지 중지를 탄원해보았으나…… 그런 형식을 갖추기 위해 하루나가는 온 모양이라고 마사노부는 보았다. 그렇지 않다면 인형이나 다름없는 오타마를 일부러 보란듯이 데리고 올 리가 없다. 진심으로 교섭할 생각이었다면 오다 우라쿠사이와 같이 왔을 것이라고……

타다모토가 전하는 말을, 자신을 상대해주지 않으려 한다고 받아들인 하루나가는 순간 언성을 높였다……

"처음에는 감기라고 하시지는 않았소. 분명한 문전박대…… 공사의 중지를 거부하는 의미가 아니겠소?"

8

미즈노 타다모토는 조용히 웃었다. 그 역시 하루나가가 진심으로 화를 낸 것으로는 받아들이지 않았다.

'이 여자 앞에서 연극을 하고 있다……'

하루나가가 얼마나 강경하게 마사노부와 담판했는가를 여자에게 보여주고 떠돌이무사들 앞에서 증언하게 할 모양……이라고 해석했다.

"노여워하시니 황송합니다. 결코 그런 일은 없습니다. 혼다 님은 노령이시고 게다가 감기를 앓고 계시기 때문에 오카야마 진지에서 주군보다 앞서 이 성으로 돌아오신 것…… 안심하십시오. 쾌차하시면 곧바로 니죠 성에 가셔서 뜻을 전할 것입니다."

미즈노 타다모토의 부드러운 태도에 오노 하루나가는 그 이상 할말이 없었다.

'상대하려 하지 않는다……'

이런 불만이 어느 틈에 자기도 속고 있는 것 같은 묘한 감정으로 바뀌어갔다.

"그런가요? 나는 혼다 님이 좀더 진지하게 오사카 일을 생각해주실 줄 알았는데……"

"어찌 생각이 없으시겠습니까. 그러기에 아들이 어리석어……라고까지 말씀하신 것입니다. 아무튼 슈리 님도 수고가 여간 아니십니다."

그 뒤 점심상이 나왔다. 그러나 하루나가도 오타마도 수저를 들지 않았다. 먹을 수 있을 만큼 마음이 편하지 않았다. 더구나 두 번이나 사자로 갔다가 무시당한 오타마는 새파랗게 질려 떨고 있었다.

두 사람은 후시미 성을 나올 때까지 거의 말을 하지 않았다. 참을 수 없는 감정이 차차 분노로 변하고, 이 분노는 그대로 상대에 대한 적의로 바뀌었다.

"정말 교묘하게 기만당했군요."

오타마는 나루터에 이르러 가마를 내리면서 핏발선 눈으로 말했다.

"이 억울함을 낱낱이 생모님에게 말씀 드려야겠어요."

하루나가는 차마 그 말에 맞장구를 치지는 못했으나 표정은 여간 절박하지 않았다.

"오타마 님, 이대로는 돌아갈 수 없소."

"무슨 말씀이십니까. 그럼, 다시 돌아가 담판을 지으시렵니까?"

하늘은 금방이라도 눈을 뿌릴 듯 잔뜩 흐리고, 물새가 두세 마리 배 주위에서 낮게 맴돌고 있었다.

하루나가는 시선을 그쪽으로 보내면서 —

"가마를 다시 한 번!"

소리치듯 말했다.

"혼다 사도가 병중이라면 쇼시다이所司代를 만나야겠어. 이타쿠라 카츠시게를 찾아가 담판합시다. 서둘러 쇼시다이에게로 갑시다."

오타마는 얼어붙은 듯한 표정으로 머리를 끄덕였다. 젊은 그녀는 처음부터 떠돌이무사들과 마찬가지로 도쿠가와 쪽 처사를 몹시 원망하고 있었다.

다시 두 사람 앞에 가마가 놓였다.

'그렇다, 카츠시게 앞에서는 자세를 낮출 필요가 없다. 이대로 두면 떠돌이무사들이 폭동을 일으킨다. 분명하게 그 말을 해야겠다.'

하루나가는 진정한 무장이라 할 수 없었다. 그 폭동을 도쿠가와 쪽 측근들이 간절히 바라고 있다는 사실을 깨닫지 못하고 있었다.

가마는 하늘이 낮게 깔린 거리를 날아갈 듯이 니죠 호리가와堀河에 있는 쇼시다이 저택을 향해 달렸다……

9

쇼시다이 이타쿠라 카츠시게는 하나바타케반花畑番(코쇼들의 조직)의 한 우두머리로 쇼군 히데타다를 따라 출진한 아들 스오노카미 시게무네周防守重宗와 해자매립의 진행상황에 대해 이야기를 나누고 있었다. 이때 오노 하루나가가 요도 부인의 사자 오타마를 동반하고 찾아왔다는 전갈을 받고는 저도 모르게 시게무네와 얼굴을 마주보았다.

"여기까지 찾아왔구나."

마침 오타마가 나루세 마사나리에게 쫓겨난 이야기를 한 뒤였으므로 카츠시게는 이맛살을 찌푸리며 한숨을 쉬었다.

"생모님은 설마 진심으로 해자매립을 중지시킬 생각은 아닐 테지.

그러나저러나 일이 복잡해지는군."

"아버님께선 감기가 들었다는 구실을 대는 것이 좋겠습니다."

"으음."

"제가 대신 만나 무슨 일인지 알아보는 편이……"

카츠시게는 신중하게 고개를 기울이고는 말했다.

"그것은 안 될 말이다. 오타마인가 하는 여자는 그렇다 해도 슈리 님은 오사카 쪽 책임자…… 만나야겠어. 혹시 성안에 예기치 않은 일이 생겼는지도 모르니까."

카츠시게는 옷을 갈아입고 두 사람이 기다리고 있는 객실로 나갔다. 객실에는 오노 하루나가가 내놓은 화로에는 손도 쬐지 않고 잔뜩 어깨를 치켜세우고 앉아 있었다. 어떻게 된 일인지 함께 온 오타마의 모습은 보이지 않았다.

"슈리 님, 뜻밖의 방문이시군요…… 그런데 안내한 자의 말로는 두 분이 오셨다고 들었는데……"

"예. 요도 부인의 시녀 오타마와 동행했습니다만, 생각해보니 장소가 장소인 만큼 별실을 빌려 물러가도록 했습니다."

"허어, 다른 사람이 동석해서는 안 될 밀담이란 말씀이오?"

"그런 게 아니라, 오타마는 이타쿠라 님에게 파견된 사자가 아닙니다. 그녀는 생모님이 혼다 사도 님에게 보낸 사자…… 그래서 자리를 피해달라고 했습니다."

카츠시게는 우습다는 생각이 들었다.

"세심하게 배려하셨군요…… 과연 내게 온 사자가 아닌 분과 이 카츠시게가 만나는 것은 좀 이상합니다. 그런데 슈리 님, 저를 일부러 찾아수신 이유는……?"

"이타쿠라 님, 실은 혼다 사도 님에게 이 슈리가 깨끗이 문전박대를 당했습니다."

아직 그 일로 마음이 편치 않다는 어조였다.

"감기를 앓고 있기 때문에 만날 수 없다고 코쇼 미즈노 타다모토에게 전해왔소만, 그 전에 우리는 안내를 맡은 자에게 듣고 있었소. 감기는 무슨 감기, 열심히 집무하고 있었는데도 말이오."

"으음…… 그래서 저에게 무언가를 사도 님에게 전달해달라는 말씀입니까? 좋습니다, 전하지요. 말씀하십시오."

그러나 하루나가는 아직 용건으로 들어가지 않았다.

"혼다 님은 물론 쇼군 님에게 파견된 이를테면 정치적 고문…… 그러나 나도 우다이진의 신임을 얻어 오사카의 직책을 맡고 있는 몸. 그런데 병을 가장하고 문전박대를 하다니 너무 지나친……"

"알겠습니다."

이타쿠라 카츠시게는 손을 들어 제지했다.

"지나친 무례…… 제가 사도 님에게 그렇게 전하면 되겠군요."

10

카츠시게 역시 하루나가의 이번 처사에 대해서는 안타깝게 여기고 있었다.

오사카 성의 운명을 짊어진 자가 엉뚱한 사자를 동반하고 쇼시다이 앞에 나타나 푸념이나 늘어놓다니…… 지금은 그럴 때가 아니었다. 그래서 한 차례 야유를 퍼부은 셈인데, 하루나가는 그 말을 어떻게 받아들였는지—

"그렇소!"

몸을 앞으로 내밀었다.

"이 슈리의 괴로운 입장을 생각한다면 우선 만나서 사정을 들어본다…… 그 정도의 아량은 가져도 좋을 터…… 그런데도 감기가 낫게 되면 오고쇼께 말씀 드리지요…… 실정은 그렇게 느긋하지가 않소. 내가 이렇게 무시당하고 돌아왔다……고 보고하면 떠돌이무사들이 그날 안으로 폭발할지도 모르는 실정입니다."

"이것 참, 그냥 들어넘길 수 없는 일!"

카츠시게는 눈을 빛내며 자세를 고쳤다.

"그렇다면 곧 이 일을 쇼군 님께 말씀 드려 다시 성을 포위하지 않으면 큰일난다는 말씀이오?"

"아니…… 아니, 그런 것은……"

"그럼, 어떻게 하라는 말입니까? 사도노카미에게 무례한 일이 있었다는 말은 잘 알아들었소. 그러나 떠돌이무사들이 소동을 일으킨다……고 하면 그것은 사도노카미의 책임이 아니라, 오사카 성의 중신인 슈리 님 자신의 책임이오."

단호하게 결론을 내리고 나서 카츠시게는 언성을 부드럽게 했다.

"슈리 님, 그러니까 떠돌이무사들이 명령에 복종하지 않기 때문에 곤란하다, 그냥 두면 소동이 일어날 터이니 무언가 좋은 지혜가 없을까…… 그래서 혼다 님을 찾아가셨군요?"

"사, 사실이오."

"그러면 혼다 님의 무례는 둘째 문제겠군요."

오노 하루나가는 얼굴이 빨개졌다. 자기의 푸념을 나무란다……고 금방 알 수 있었다. 그렇다고는 하지만 날카로워진 감정이 금세 부드러워질 수는 없었다.

'여기서도 또 나만 나무라는구나……'

이런 불만이 수치심과 함께 오노 하루나가의 마음속에 참을 수 없는 소용돌이를 일으켰다.

"이타쿠라 님에게 말씀 드리려는 것은 다름이 아니오. 아무리 화의가 이루어졌다고는 하나 이번 해자매립은 너무나도 성급한 일이어서 그냥 보고 있을 수 없습니다. 성안에는 흥분한 떠돌이무사들이 가득한데…… 조금은 삼가는 편이 좋지 않겠습니까?"

"허어……"

카츠시게는 실망했다는 듯이 탄식했다.

"슈리 님은 해자매립을 연기하라…… 그 말씀을 하러 오셨소?"

"그렇소! 그렇지 않으면 떠돌이무사들이 납득하지 않을 테니 사정을 참작해달라고……"

"슈리 님."

"말씀하십시오."

"그럼, 언제까지 연기하면 성안의 떠돌이무사들이 성에서 떠날지, 이에 대한 예상은 있을 것 아닙니까?"

"당치도 않소!"

하루나가는 다시 어깨를 으쓱거리며 반격으로 돌아섰다.

"그 일에 대해서는 더 이상 말할 필요가 없어요. 이번 서약서 제일조에, 농성한 떠돌이무사들에 대해서는 칸토에서 아무런 이의도 제기하지 않겠다고 분명히 씌어 있다는 점을 잊지는 않았을 텐데요."

11

이타쿠라 카츠시게는 화가 난다기보다 울고 싶어졌다. 처음에는 혼다 마사노부에게 홀대를 당해 화가 났을 것이라고 동정도 했다. 그러나 지금의 한마디로 그러한 마음은 깨끗이 사라지고 말았다.

'이런 인물에게 오사카 성이 그 운명을 맡겼단 말인가?'

세상에 큰 비극이 일어날 때는 반드시 이상한 어릿광대가 실력 이상의 지위에 앉아 허우적거리게 마련이다. 적어도 이에야스와 그를 둘러싼 사람들에게는 평화의 기틀을 굳게 다지겠다는 이상이 있다. 그런데 오노 하루나가 쪽에는 그런 것이 전혀 없다. 묘한 정세에 가속도가 붙어 비극의 방향으로 굴러가고 있는 것처럼 보였다.

카츠시게는 하루나가가 언제까지 연기해주면 그동안에 어떤 방법으로 떠돌이무사들을 납득시킬 것인가……? 그 정도의 계획은 가지고 왔으리라 생각했다. 그래서 그 예상을 물어보았는데, 하루나가는 전혀 엉뚱한 이론으로 역습해왔다.

"슈리 님, 서약서대로 앞서 한 내 말은 취소하겠소…… 그러나 귀하의 입장에서 오사카 일을 생각할 때 우려되는 일이 두 가지 있습니다…… 그 하나는 오사카가 육십오만 칠천사백 석 영지로 현재 성안에 있는 떠돌이무사들을 모두 포섭했을 때, 옛 가신과 떠돌이무사들의 녹봉을 어떻게 배분할 것인가 하는 문제입니다. 아시겠습니까? 그들을 모아들일 때는 승리할 수도 있다……는 꿈이 있었소. 그러니 한 사람이 오십만 석이나 육십만 석을 받겠다는 속셈이 있었는지도 모릅니다. 그들에게 육십만 석을 쪼개어 분배한다면 과연 받아들일지…… 이 사실이 첫째로 우려되는 점이오. 둘째는, 제대로 분배되지 않는다는 것을 알았을 때, 어떻게 그들을 해산시키느냐는 문제요. 이 경우의 방법은 남은 금은을 모두 나누어주고, 우리가 잘못 계산했다고 사과하는 수밖에 없겠지요. 아니, 부처님에게 설법을 하는 격이 되고 말았군요…… 귀하도 그런 생각은 이미 잘하고 있으니까 서약서에 대해서는 입을 다물라고 나무라셨겠지요. 이 카츠시게, 다시 한 번 앞서 한 말은 취소하겠습니다."

카츠시게는 불쾌감을 억제하고 정중히 고개를 숙였다.

"그럼, 해자매립을 연기하는 문제에 대해서 말씀입니다마는……"

꼼꼼한 성격 그대로 하루나가에게 마지막 우정을 보냈다.

"만약 오고쇼 님과 담판할 생각이시라면, 그 전에 감사의 인사를 드리십시오. 오고쇼 님이 이번 전투를 겨우 겨울까지 연기시킨 일에 대해서 말입니다. 아시겠지만…… 쇼군이나 하타모토들의 생각대로 별로 춥지 않은 초가을부터 전투를 시작했더라면 육십오만 칠천사백 석은 한 톨도 건지지 못했습니다. 그렇게 되면 우다이진이 불쌍하고 백성들도 도탄에 빠진다……고 일부러 추수가 끝나기를 기다리신 배려…… 이 점을 모르신다면 교섭은 잘 진행되지 않을 것입니다. 아니, 또 부처님 앞에 설법을 한 격이 되었군요?"

오노 하루나가도 이 말에는 놀라는 것 같았다. 그러나 과연 카츠시게의 성의가 그대로 그의 영혼을 따뜻하게 감싸주었는지는……

하루나가는 입술을 깨물고 똑바로 카츠시게를 응시하고 있었다……

이승의 시련

1

겐나元和 원년(1615)은 7월 13일에 연호가 바뀌었으므로 그해 정월은 아직 케이쵸慶長 20년이라 불리고 있었다.

이에야스는 그 케이쵸 20년 정월을, 니죠 성에서 오랜만에 진바오리를 벗고 맞이했다. 어쨌든 그의 소원 한 가지는 이루어졌다. 따라서 안도해도 좋을 텐데, 가슴속에는 아직 맑고 흐린 두 가지의 형용할 수 없는 응어리가 남아 있었다.

'이럴 리가 없는데……'

지난해 가을 슨푸를 떠날 때—

"이듬해 정월까지는 살게 해주십시오!"

기원하면서 여행한 기억을 이에야스는 잊지 않고 있었다. 정월까지만 살아 있다면, 오사카 문제를 전화위복의 좋은 교재로 삼아, 인간 본연의 사세와 평화의 고마움, 새로운 바쿠후 제도의 완벽한 모습을 확실하게 보여줄 수 있으리라 자부하고 있었다.

그래서 어떻게 해서든지 오사카가 자포자기에 빠지지 않도록 항상 어딘가에 교섭의 '창'을 열어놓고, 정세를 엿보게 하면서 반성을 촉구하는 자세로 일관해왔다. 그 결과 일단은 그의 뜻대로 되었다. 화의가 이루어져 자기도 이처럼 진바오리를 벗을 수 있게 되었다.

그러나 과연 천하의 제후들이, 그리고 히데요리를 비롯하여 떠돌이 무사들이 고맙게 납득했을 것인가…… 하는 데 생각이 미칠 때는 결코 그렇다고 단언할 수가 없었다.

누구보다 이에야스 자신의 처사에 불만을 품은 사람은 쇼군 히데타다. 아니, 히데타다의 불만은 간파할 수 있을 정도지만, 측근 후다이들도 모두 자신의 처사가 미온적이었다고 생각할 것이 틀림없다.

한편 히데요리는 어떠할까…… 생각하면, 이에야스는 더욱 안타깝기만 했다.

이에야스는 히데요리도 전쟁의 무모함을 충분히 깨달았으리라 믿고 기회를 놓칠세라 화의를 맺게 했다. 그런데 그러한 깨달음은 히데요리와는 아무 관련도 없었던 모양이다.

'히데요리는 패전으로 알고 있다……'

승패의 관점에서 볼 때 이에야스의 입장은 무어라 말하기 어려운 쓸쓸한 늙은이의 오기로 돌아설 수밖에 없었다.

'나 정도나 되는 자가 어쩌자고 히데요리 같은 어린아이를 상대로 싸운다는 말인가……'

히데요리를 비롯하여 평화로운 세상밖에는 모르고 자란 젊은이들에게 유품을 분배해주는 심정으로 많은 국비國費를 들여가며 친절하게 교육시켰다고 자부하고 있는데도……

히데요리가 정말 이 '전쟁놀이'에서 배울 것을 배웠다고 하면 무엇보다도 먼저 아버지 타이코가 남기고 간 금고를 모두 털어 자기에게 모여든 떠돌이무사들에게 나누어주고 자기가 똑똑치 못했던 점을 사과한 뒤 해산시켜야만 했다. 그렇게 되면 해자가 모두 메워져서 평범한 성이

된 평화시대에 어울리는 오사카 성은 두 번 다시 야심가들이 꿈을 부풀리는 대상이 될 수 없다. 그렇게 되었을 때 비로소 오사카 성은 새로운 공경 히데요리를 중심으로 한 도요토미 가문의 거처로 안전하게 존속할 수 있다.

그런데 히데요리는 그렇게 하지 않았다. 오히려 마사즈미나 나오츠구, 마사나리 등에게 불만을 토로하여 점점 더 후다이들의 반감을 사고 있는 모양이었다.

'내 마음이 통하지 않는 세상……'

지난 한 해 동안에도 몇 번이나 병으로 쓰러질 뻔한 이에야스에게 더할 수 없는 외로움이고 안타까움이며, 또한 고통이기도 했다……

2

'히데타다도 히데요리도 끝내 나의 진심을 이해하지 못했다……'

물론 그러한 초조와 안타까움으로 인한 부담에 압도되어 자기 자신을 잊을 이에야스는 아니었다.

그토록 노심초사하여 성립시킨 화해가 다테 마사무네나 토도 타카토라가 예감했듯이 단지 휴전이라는 의미밖에 없다면 씁쓸한 웃음만으로 끝낼 수는 없었다.

'신불이 나에게 이승에서의 마지막 시련을 주시려는 뜻……'

이렇게 받아들인 신불의 뜻을 이에야스는 다시 두 가지로 나누어 생각했다. 그 하나는 인간의 생애에 '완벽'이란 없다는 것이었다. 이 완벽은 또한 완전한 '선善'이라 생각해도 좋다.

이에야스가 지나치게 탐하기 때문에——

"그렇게는 안 된다."

높은 곳에서 가르쳐주는 것이라고 받아들였다.

다른 하나는, 이번 일을 자신의 불찰이라 생각하고 한층 더 엄격하고 날카롭게 반성해보라는 뜻으로 받아들였다.

"그 정도의 생각만으론 일이 이루어지지 않는다. 다시 한 번 차분히 생각을 정리해보아라."

그렇다면 이에야스는 앞으로도 한두 해는 더 살아 있게 되고, 그동안 깊이 생각을 거듭하면서 일하라는 명령을 받은 셈이다.

"쿄토가 춥다, 지나치게 춥다……"

니죠 성으로 돌아온 지 얼마 안 되어 이에야스는 이런 말을 하기 시작했다. 이때 이미 그의 마음은 결정되어 있었다.

이에야스는 이번 일을…… 완벽하기를 탐내지 말라는 훈계로 받아들인다 해도, 또 더욱 생각을 거듭하라는 훈계로 받아들인다 해도, 우선 지금의 소용돌이에서 일단 자기 몸을 멀리해야 한다고 생각했다. 그래서 그는 정월을 맞이하기 전부터, 조정에 신년 인사를 드리고 그 답례의 칙사가 다녀가면 사흘날에는 니죠 성을 떠나 슨푸로 돌아갈 계획을 세워놓고 있었다.

앞서도 말했듯이 히데타다에게는—

"쿄토의 겨울은 너무 춥다. 정월 초에 동쪽으로 가겠다."

이렇게 전해두었다. 물론 히데타다가 이에 반대할 리 없었다. 히데타다는 지금 이에야스와는 다른 생각을 가지고 오사카의 둘째 성, 셋째 성의 파괴를 독려하고 있는 중이었다.

자기가 없는 편이 히데타다나 부교들로서는 더 일하기 좋을지 모른다…… 이런 사실을 아는 만큼 이에야스에게는 무어라 말할 수 없는 외로움의 원인이 되기도 하지만……

'어쩌면 히데요리도 내가 있기 때문에 하고 싶은 말도 못한다고 한탄하고 있을지 모른다……'

이에야스의 뜻이 쌍방에 순순히 통하지 않는 것은 사실이고, 그것은 큰 실패라 할 수 있었다. 이럴 때는 우선 그 소용돌이에서 벗어나, 누가 무슨 말을 해올 것인지 조용히 기다리는 편이 좋다.

개인의 지혜와 사고에는 한계가 있다. 진정으로 지혜가 있는 자는 남이 하는 말을 광범위하게 듣고 나서 훌륭한 지혜를 받아들여 이용하는 사람이다.

'그러므로 참으로 지혜로운 자에게는 지혜가 막히지 않는다……'

이에야스는 쓴웃음을 지으면서 이렇게 생각했다. 그리고 드디어 케이쵸 20년(1615), 일흔네 살의 설을 니죠 성에서 맞이했다.

3

'한 해의 계획은 정초에 세워야 한다.'

이에야스는 관습과 가풍을 유난히 존중했다. 물론 쓸데없는 허례허식에 사로잡혀 낭비를 거듭하는 따위의 불합리성은 그의 성격이 용서치 않았다. 그는 무의미한 형식은 싫어하는 합리주의자였다. 일단 그 유서由緖를 인정하고 수용한 가문의 예법은 집요할 정도로 변경을 허락하지 않았다.

그는 섣달 그믐날, 설날에 궁전에 바칠 학을 직접 점검했다. 그리고 쿄토의 여러 사원에서 일제히 울리는 백팔번뇌의 제야 종소리에 조용히 귀를 기울이면서 잠자리에 들었다. 종소리가 울리는 동안 어지러운 소용돌이 속에서 벗어나 순풍으로 출발하려는 자기 자신에 대해 다시 한 번 엄한 비판을 가했을 것이다. 이렇게 되면 당연히 '인간의 수명'에 대해 생각이 미치지 않을 수 없다.

'지난해에도 두 번이나 죽을 뻔했다……'

다시 한 해를 과연 무사히 넘길 수 있을까……?

그러나 생사를 부처의 손에 맡긴 그로서는 두려워할 일이 아니었다. 문제는 죽을 때까지의 하루하루를 어떻게 하면 충실하게 '성의'를 가지고 메워나가는가 하는 데 있었다.

이에야스는 새벽 일곱 점 반(오전 5시)에 일어나 세수를 했다. 그리고는 도쿠가와 가문의 전통인 토끼고기를 넣은 떡국 준비가 잘되어 있는지 물었다.

"우리 조상이 고향인 죠슈上州의 토쿠가와得川 땅을 버리고 부자가 각지를 방황할 때, 신슈信州 어떤 집의 도움으로 목숨을 구하고, 그곳에서 대접을 받아 살아났다는 내력이 있는 음식이야. 가난과 은혜를 잊지 않을 수 있고 또 충분히 체력을 기를 수 있는 맛있는 음식이란 말이다. 앞으로도 이 전통을 소중히 간직하도록 해라."

자기 곁에 열네 살의 아들 나가후쿠마루 요리마사長福丸賴將(뒷날의 키슈 요리노부紀州賴宣)가 따라와 있었기 때문에 새삼스럽게 이런 말을 하고, 네 방향에 배례할 준비를 시작했다. 나가후쿠마루는 어째서 아버지가 조정에는 학을 헌상하면서 자기 집에서는 토끼를 쓰는가…… 하고 의아하게 여기고 있음을 깨달았기 때문이다.

"그러면 그 선조님도 부자 분이 같이 고생을 하셨습니까?"

배례를 끝내고 불전으로 돌아오면서 나가후쿠마루가 물었다.

"그래. 너와 나처럼 말이다. 눈보라가 몰아치는 추운 섣달 그믐날 산속에서였지. 꽁꽁 얼어붙은 몸으로 찾아들어간 집에서 뜨거운 떡국을 대접받았어. 그 조상이 없었다면 우리도 세상에 태어날 수 없었지. 모두 부처님의 은덕이야."

나가후쿠마루 요리마사는 무슨 생각을 했는지 크게 머리를 끄덕였다. 아마 그때도 부자 동반, 그리고 지금 자기들도 역시 부자 동반……이라는 데 소년다운 감회를 느꼈는지도 모른다.

궁정에 대한 무장들의 신년인사는 3일에 드리기 때문에 설날에는 학만 헌상하고…… 3일 다시 오사와 모토이에大澤基宿가 궁정에 들어갈 예정이었다.

이렇게 하여 예년처럼 신년 축하의 상을 받고 있을 때부터 다이묘와 승려들이 하례를 드리기 위해 속속 몰려들었고, 그들의 이름이 일일이 거실로 보고되었다.

그런데 이에야스가 전혀 생각지도 못했던 하례객이 나타났다.

"전 나이다이진 도요토미 히데요리 님의 사자 이토 탄고노카미 나가츠구伊東丹後守長次 님이 하례를 위해 오사카에서 오셨습니다."

이에야스는 자기도 모르게 수저를 놓고—

"뭐, 우다이진으로부터 하례의 사자가?"

순간 환하게 웃는 표정이 되었다.

4

다시는 이 세상에서는 맞이할 수 없을 것 같던 설이었다.

쿄토를 떠날 때 이에야스의 마음에 가장 걸렸던 히데요리로부터 사자가 왔다…… 그것도 설날 이른 아침에 벌써 니죠 성에 도착했다. 사자를 보낸 히데요리는 어젯밤부터 마음에 두고 있다가 서둘러 출발시켰을 게 확실하다.

"그래…… 우다이진으로부터 하례를 위한 사자가 왔다는 말이지…… 아마 큰방에는 사람들이 꽉 차 있을 터…… 좋아, 곧 상을 치우도록 할 테니 이리 들게 하여라."

이에야스는 얼른 이렇게 말하고 아버지와 함께 상을 받은 나가후쿠마루 요리마사를 돌아보았다.

"나가후쿠, 너도 동석해도 좋아. 단 이 아비의 칼을 드는 시동으로다."

"알겠습니다."

나가후쿠마루는 아버지가 기뻐하는 것이 무엇보다도 반가워 직접 손뼉을 쳐서 근시를 불렀다. 그는 아버지보다 먼저 수저를 놓고 불룩한 배를 쓰다듬고 있었다.

"그럼, 곧 칼을 드는 역할이 되겠습니다."

상을 물리도록 명했을 때 나가후쿠마루는 얼른 일어나 절한 뒤 코쇼의 손에서 장식 달린 장검을 받아들었다. 오늘의 장검은 명절용인 황금으로 장식된 것…… 그보다 의젓하게 칼을 받들고 아버지 뒤로 돌아가는 요리마사의 움직임이 더 당당하고 활기에 넘쳐 있었다.

그때 의관을 갖춰 입은 이토 나가츠구가 안내를 받아 들어왔다. 그는 히데요리의 근시 중에서도 키무라 나가토노카미 시게나리와 함께 미남자로 손꼽히는 늠름한 모습의 젊은이였다.

이토 탄고노카미 나가츠구가 들어오자 자리에 있던 남녀 10여 명이 일제히 좌우로 나뉘어 머리를 조아렸다. 우다이진 히데요리의 사자에 대한 예의를 갖춘 것이다.

"먼 길에 수고가 많았군. 자, 이리 가까이 오게."

이토 나가츠구는 적잖이 긴장하여 이에야스 바로 앞까지는 나오려 하지 않았다.

"우다이진 히데요리의 대리로서 이토 탄고노카미 나가츠구가 삼가 신년인사를 드립니다."

그때 이에야스는 문득 불안에 사로잡혔다.

'혹시 신년하례를 구실로 해자매립에 대해 무언가 호소하기 위해 파견된 것은 아닐까……?'

이런 의문이 생겼기 때문이다.

"오오, 수고했네. 나도 건강하게 일흔넷의 봄을 맞았어. 우다이진에게 안심하시라고 전하게."

하례를 받는 것과 동시에 몸을 앞으로 내밀었다.

"어떤가, 우다이진도 그 후 건강하시겠지? 각별히 경사스런 이번 설날, 생모님은 감기나 안 드셨는가?"

무언가 호소하러 왔다고 해도 오늘은 명절이므로 귀를 기울이지 않겠다는 뜻을 은연중에 풍기면서 말했다.

"예. 주군도 생모님도 무고하시므로 안심하시기 바랍니다."

상대는 여전히 굳은 표정과 굳은 자세를 풀지 않고 긴장한 목소리로 말을 계속했다.

"그런데 주군은 저더러 오고쇼 님에게 특별히 이 말씀만은 반드시 아뢰라는 분부를 받았습니다."

"허어…… 특별한 말? 어서 말해보게, 큰 소리로. 요즘 귀가 좀 멀어서……"

특별히 할 이야기가 있다……는 말을 듣고 이에야스는 실망했다.

5

칼을 들고 있는 시동으로 동석이 허락된 요리마사는 아버지의 기쁨이 우려로 변하는 기미는 깨닫지도 못했다. 그리고는 마치 사자와 굳어진 자세를 경쟁이라도 하려는 듯 눈을 빛내며 두 사람의 응대를 지켜보고 있었다.

이에야스가 오른쪽 귀에 손을 대듯이 하고 몸을 내밀었다. 상대는 갑자기 두 손을 짚었다.

"우다이진 님이 말씀하신 대로 아뢰겠습니다."

"오, 그래. 큰 소리로 말하게."

"예. 오고쇼 님이 이대로 슨푸로 돌아가시면 히데요리는 평생 후회하게 될 것이다……고 하셨습니다."

"뭐, 히데요리 님이 평생 후회를……? 그게 무슨 말인가……?"

"오늘날까지 내가 미숙하여 오고쇼 님의 자비를 미처 깨닫지 못했다…… 불찰이었다……고 하셨습니다."

"아니, 뭐…… 뭐라고! 우다이진이 직접 그런 말을 하던가?"

"예…… 히데요리의 미숙함을 부디 용서해주시기를…… 정월 초에 슨푸로 돌아가신다고 들었는데, 그 전에 이 말씀을 드리지 않으면 양심의 짐을 벗을 길이 없다, 이야기를 꾸미지 말고 내가 말한 그대로 오고쇼께 아뢰어라, 오직 이 한마디만을 전하기 위해 그대를 급히 하례를 겸하여 파견한다…… 눈시울을 붉히시며 말씀하셨습니다."

이에야스는 망연자실했다. 자기가 느꼈던 사소한 의혹을 부끄럽게 여기기보다는 히데요리의 기특한 말에 갑자기 먼 옛날…… 자기 아들 노부야스信康가 오하마大濱에서 자신의 잘못을 사과하러 왔을 때의 모습이 떠올랐기 때문이다.

'젊은이들이란…… 어쩌면 이리도 답답하단 말인가. 반 년 전에만 깨달았다면…… 아무 문제도 일어나지 않았을 텐데……'

"그래, 그런 말을 하셨는가……?"

"또 있습니다. 올 정월에는 센히메와 함께 일찍이 없었던 평안한 봄을 맞이하게 되었으니 마음놓으시라고……"

"으음……"

"이 모든 것은 오로지 오고쇼 님의 은혜. 오고쇼 님의 분부시라면 이 히데요리는 아와, 카즈사는 물론이고 땅끝까지라도 기꺼이 옮기겠다고 말씀하셨습니다."

"뭣이, 그럼 영지이전에 대해서도……?"

말하다 말고 이에야스는 얼른 입을 다물었다.

곁에는 많은 사람의 귀가 있었다.

상대가 순순히 영지이전을 받아들일 마음이 되었다……고 한다면 아직도 늦지는 않다. 자기 아들 노부야스가 자신의 젊음, 무분별을 깨달았을 때는 이미 노부나가의 함정에 빠진 뒤여서 꼼짝달싹도 할 수 없었지만, 히데요리는 아직 그런 지경에까지는…… 아니, 나는 노부나가가 아니다! 나는 우다이진과 센히메의……

이에야스는 갑자기 눈앞이 보이지 않게 되었다. 가슴이 뜨거워지고 쏟아지는 눈물이 시야를 가렸다.

"그런가. 그런 말씀을 하셨는가…… 이에야스는 일흔네 살까지 살아온 기쁨을 올 설에 비로소 맛보았다…… 참으로, 참으로 기쁜 설날……이 좋은 새봄을 누리면서 삼일에는 쿄토를 떠나 슨푸로 돌아가게 되었어. 부디 건강하게, 그리고 내가 살아 있는 동안 아들이 태어났다는 소식을 들을 수 있게 해달라고…… 그렇게 전해주게. 그 소식을 애타게 기다리고 있겠다고 말일세……"

말하다 말고 눈물이 흐른다는 것을 깨닫고 이에야스는 얼른 술상 준비를 명했다.

6

먼저 히데요리의 신년하례를 받고 큰방에 나타난 설날의 이에야스는 모두 눈이 휘둥그레질 만큼 기분이 좋았다.

젊은이들에게는 농담처럼

"내년에도 이 이에야스가 이렇게 그대들의 하례를 받을 수 있다……고는 생각지 않아. 시간은 언제나 쉬지 않고 흐르게 마련이야. 가는 자,

오는 자는 언제나 바뀌는 거야. 그러니 하루하루를 소중하게 여기며 살아가야 해."

이상할 정도로 숙연하게 말하고 관습대로 술잔을 차례차례 내렸다.

이에야스의 말에 귀를 기울이지 않는 젊은이도 있었으나 눈물을 흘리면서 듣는 자도 있었다. 후자는 아마도 이에야스가 이미 자신의 '죽을 때'를 깨닫고 한 이별의 말이라고 받아들였기 때문일 것이다.

이렇듯 100명에 가까운 사람들의 하례를 받은 이에야스는 그 이튿날 뜻밖에도 칙사를 맞이했다. 아니 칙사뿐만 아니라 인시院使°도 동행하고 있었다. 조정에서도 이에야스가 3일 니죠 성을 떠나 동쪽으로 돌아갈 예정을 알고 있었던 모양이다. 3일 오사와 모토이에를 입궐시키려던 순서가 거꾸로 되고 말았다.

이에야스는 황송해하며 두 사자를 맞이했다.

'이번 화의의 중요성을 우다이진뿐만 아니라 조정에서도 잘 이해해 주신 것이다……'

이에야스로서는 다시없는 감격이었으며, 일생을 장식하기에 충분한 만족이기도 했다.

칙사는 다이나곤 히로하시 카네카츠大納言廣橋兼勝와 다이나곤 산죠니시 사네에다大納言三條西實條 두 사람이었고, 인시는 아키시노 다이히츠秋篠大弼였다.

'오오, 역시 신불은 꿰뚫어보신다……'

천하의 평화를 뛸 듯이 기뻐하며 맞이한 것은 교토와 오사카 시민들만은 아니었다. 이에야스가 미처 생각지 못했던 궁정 깊숙한 곳까지 이 기쁨은 스며들었다.

칙사가 돌아간 뒤 이에야스는 아직 무언가 중요한 일을 잊어버리고 있는 듯하여 침착할 수가 없었다. 안중에 삶도 없고 죽음도 없음은 달인의 심경, 죽은 뒤에는 살아 있는 사람의 세계에는 참여할 수 없는 것이 평범한 자들의 현실이다.

내 모습이 사라지기 전에…… 내 모습이 남의 눈에 보이는 동안에 해야 할…… 아직 중요한 일을 잊고 있는 건 아닐까……?

생각지도 않았을 때 칙사를 맞이한 이에야스의 기쁨에 부응하려는 양심의 몸부림이었다.

이에야스가 무릎을 치고 마츠다이라 야스야스松平康安와 미즈노 쿠마나가水野分長, 그리고 슨푸의 오반大番° 책임자로 데려온 마츠다이라 카츠타카松平勝隆 등 세 사람을 부른 것은 2일 저녁 무렵이었다.

"그대들을 부른 것은 다름이 아니다. 내일 나는 오사와 모토이에를 입궐시켜 하례를 드리게 하고, 그 시각에 이곳을 떠나겠다. 내일은 오미의 제제膳所에서 묵게 될 것이다."

이러한 이에야스의 말에 마츠다이라 야스야스는 도중의 경비를 지시받은 줄로 알았다.

"그 점은 안심하십시오. 이미 도중의 경비는 충분히……"

이에야스는 즐거운 듯이 웃었다.

"나는 그런 뜻으로 말한 게 아니야. 내가 쿄토를 출발하기 전에 그대들 세 사람은 야마토 코리야마로 부하들을 데리고 떠나도록 하라."

"아니, 야마토 코리야마로…… 소요의 징조라도 보이십니까?"

이에야스는 다시 나직하게 웃었다.

7

"그대들은 젊은 나이에 비해 제법 생각이 깊어. 그 점을 고려하여 그대들 세 사람을 코리야마로 보내려 하는데…… 어떤가, 무엇 때문에 보내는지 알겠나?"

이에야스는 눈을 가늘게 뜨고 차를 마셨다.

마츠다이라 야스야스는 어깨를 으쓱하고 카츠타카와 쿠마나가를 돌아보았다. 두 사람 모두 고개를 갸웃한 채 아무 말도 없었다.

키슈에서 야마토 일대에 농민들의 소요가 없는 것은 아니었다. 그러나 지금은 가라앉아 소요가 있다는 소문을 듣지 못했다.

"모르는 모양이로군……"

이에야스는 다시 즐거운 듯 말을 계속했다.

"그대들도 알고 있듯이 지금 오사카에서는 해자를 메우거나 성곽을 파괴하고 있어."

"예."

"파괴한다는 점만으로 볼 때, 그 일은 넓은 의미에서 큰 손해가 된다. 파괴는 언제나 그 이상을 건설하기 위한 것……을 전제로 하지 않으면 안 된다. 그 이치를 알겠느냐?"

"예. 그, 그것은…… 알 수 있습니다."

야스야스는 이렇게 대답하기는 했으나 결코 이해한 표정이 아니었다. 현재 오사카 성을 허물고 그 이상의 것을 세운다……는 식으로 해석하려 하기 때문이다.

"나는 언제나 보다 나은 것을 세우기 위해…… 낡은 잘못을 바로잡기 위해…… 고심하고 있어. 그런데 이러한 내 마음이 우다이진에게도 겨우 통한 모양이야. 이번에 우다이진은 일부러 사자를 보냈으면서도 오사카 성에 대해서는 일언반구도 없었어. 그렇다면 나도 좀 생각을 해야겠어."

"예……"

"내가 오사카 성 해자를 메우는 것은 천하를 위해서야…… 그런데 이러한 사실을 잘 안다면, 이번에는 우다이진 자신을 위한 생각도 해주어야만 해."

"그러시면 오고쇼 님께서는 야마토 코리야마로…… 우다이진 님을 옮기시려 하십니까?"

야스야스는 몸을 내밀듯이 하면서 물었다.

"그래. 우다이진은 영지이전을 거부하지 않을 생각이야. 그래서 자네들을 코리야마로 보내는 것이야. 야스야스는 공경으로서의 우다이진이 기거할 수 있는 성에 어울리도록 백성들의 기풍을 선무하고 민심의 융화를 도모하도록."

"예."

"쿠마나가는 불순한 떠돌이무사들의 책동이나 소요가 일어나지 않도록 무력을 과시하여 엄히 경비에 임하도록."

"예."

"그리고 카츠타카는 성의 개축을 위한 부지를 결정하고 어느 정도의 규모가 우다이진에게 어울리는지, 이를 위해서는 얼마나 비용이 드는지 자세히 계산하여 슨푸에 보고하라. 물론 나라의 부교와 잘 상의하여 야마토 한 곳의 수확량이 표면적인 것과 실수입의 차이가 얼마나 나는지도 잘 조사할 것. 어쨌든 현재의 오사카에 해당하는 만큼의 녹봉은 확보해주어야 한다."

"알겠습니다."

세 사람은 새삼스럽게 서로 얼굴을 마주보았다. 이에야스가 무엇을 생각하고 있는지 겨우 알았기 때문이다.

"상대가 성을 부수는 의미를 깨달았다고 한다면 그와 맞먹을 만한 것을 세워주어야 한다. 그대들은 이 기초작업을 하러 가는 거야. 이를 위해서 백성은 온정을 가지고, 무武는 엄하게, 그리고 계산은 치밀하게 하여야 한다."

이에야스는 그 밖에도 중요한 일을 세 사람에게 자세히 지시하고, 그 이튿날 예정대로 니죠 성을 떠나 슨푸로 향했다.

8

슨푸로 돌아가는 이에야스의 측근은 출진할 때와 거의 같은 면모들이었다.

이에야스는 때때로 하야시 도슌을 가마 가까이 불러 『논어論語』에 나오는 구절의 의미를 물으면서 여행을 계속했다.

시야에 들어오는 길 양쪽의 풍경은 싸늘한 바람이 스치는 엄동의 경치였다. 그러나 아무리 보아도 싫증이 나지 않고 이상한 감동으로 이에야스의 마음에 남았다.

'아마 마지막 여행이 될 것이다……'

이러한 감개가 가슴속에 깔려 있기 때문. 문득 다도茶道의 마음가짐인 '생애에서 한 번뿐인 기회'라는 말이 생각나기도 하고, 생모 덴즈인傳通院의 얼굴이 눈앞에 떠오르기도 했다.

'이제야 나도 겨우 당당하게 어머님 앞에 나설 수 있을 것 같다.'

3일 밤은 예정대로 제제에 머물고 4일에는 배를 타고 호수를 건너 야바세矢橋로 향했다.

호수의 추위는 매서웠다. 그러나 바람막이로 친 장막 사이로 히에이比叡의 산들을 바라보며 이에야스는 또다시 눈물이 솟을 것 같은 감회를 느꼈다.

노부나가와 동맹을 맺고 처음 상경했을 때의 일이 어제의 일인 것만 같았다. 그때는 선불리 웃음조차 떠올리지 못할 만큼 험악한 세상……위험한 폭도, 반란자들의 세계였다……

지금은 배가 야바세에 닿았을 때 무릎을 꿇은 농부와 어부들의 가족들이 선착장을 가득 메우고 있었다.

'모두들 평화를 기뻐하고 있다……'

사실 어느 얼굴을 보나 옛날같이 험악한 표정이 아니었다. 한눈에

'양민' 임을 알 수 있는 인상으로 바뀌어 있었다.

'변하지 않은 것은 산천뿐이란 말인가……'

그날은 야바세에서 미나쿠치水口로 나가 하루를 묵었다.

이튿날인 5일은 이세의 카메야마龜山에서 숙박.

6일은 쿠와나.

7일과 8일 이틀 동안에는 황금 샤치鯱°가 찬연하게 위풍을 자랑하는 나고야名古屋에서 묵었다.

나고야에서 이에야스는 쿄토를 떠난 이후 처음 후시미 성에 남아 있는 히데타다의 사자로부터 오사카 성 매립에 대한 보고를 받았다.

사자의 보고에 따르면 매립공사는 예정대로 진행되고 있으며 떠돌이무사들의 소요도 대단치 않다, 쇼군 히데타다도 20일이 지나면 후시미와 니죠 성은 부하에게 맡기고 개선할 예정이라고 했다.

이에야스는 이에 대해서도 만족했다. 그리고 요시나오에게 앞으로 주의사항 등을 일러준 후 9일 출발하여 오카자키에 도착했다.

오카자키에서도 역시 감개는 컸다. 이곳에는 아버지의 모습뿐만 아니라 할머니, 어머니, 고모 등 한없는 추억이 얽혀 있었다. 그러나 이에야스가 이곳에서 고생을 거듭하던 무렵의 육친이나 친척은 현재 한 사람도 남아 있지 않았다.

'세월이란 불가사의한 것이야.'

세월은 인간의 생각도 재능도 모두 고스란히 감싸안고 흘러간다…… 머지않아 자기도 그 '과거' 에 묻혀버린다고 생각하니 도저히 하루 이틀 머물다가 떠날 수가 없었다. 아버지 묘소가 있는 다이쥬 사大樹寺를 찾아가거나, 옛날과 지금의 경작지를 비교해보기도 하고, 현재 이 성의 성주로 있는 혼나 야스노리의 가족과 회고담에 잠기는 동안에 열흘이 지나고 말았다.

'내가 태어난 곳이 내가 죽을 장소는 아니다……'

자기는 조상과 떨어진 곳에서 잠들게 된다……는 생각이 들어 애석하기 짝이 없었다. 그러나 너무 오래 지체하면 히데타다의 철수와 같은 시기가 될 것 같아 19일 용단을 내려 오카자키를 떠났다. 이때 다시 뒤쫓기라도 하듯 히데요리의 사자가 나타났다.

9

만년의 이에야스가 충족감에 젖었던 이른바 행복한 나날은 히데요리의 사자를 맞이한 이해 초하룻날부터 그가 29일 하마마츠濱松에 도착했다가 다시 토토우미의 나카이즈미中泉에 도착할 때까지의 30일 동안이었다. 그 중에서도 오카자키를 떠난 얼마 후 뒤쫓아온 히데요리의 사자를 대면했을 때가 그 '절정'이었다고 해도 좋았다.

히데요리의 사자는 이번에도 이토 탄고노카미 나가츠구였다.

나가츠구가 말을 달려 이에야스의 행렬을 뒤쫓아왔기 때문에 이에야스는 그대로 미카와三河의 키라吉良 숙소로 들어가 대면하고 하루를 묵기로 했다.

이때도 매립공사에 대해 말썽이 일어난 것이 아닌가 하고 문득 생각했다. 하지만 이번에도 사자는 노령에 고생이 되시겠다고 하면서 따뜻한 위로의 문안을 드렸다.

더구나 나가츠구의 뒤를 이어 전해진 옷궤에는 두둑이 솜을 넣은 코소데小袖°가 세 벌이나 들어 있었다. 그 가운데 한 벌은 히데요리의 지시로 센히메가 직접 오동잎을 수놓아 바느질한 코소데였다.

그 옷을 보고 이에야스는 정말 주르르 눈물을 흘렸다.

"고마워…… 고마운 일이야……"

이에야스는 몇 번이나 중얼거렸다.

"이제는 이 에도의 할아범도 마음놓고 죽을 수 있게 되었어. 아무런 미련도 없어…… 우다이진에게 그렇게 말씀 드리게. 아니, 센히메에게도. 내가…… 내가…… 이렇게 울면서 기뻐하더라고 전하게."

그것은 천군만마 사이를 질주해온 맹장도 아니고 새로운 일본의 문을 연 영걸英傑도 아닌, 한낱 평범하고 사람 좋은 한 노인의 천진한 기쁨이었다.

이토 나가츠구도 함께 울었다. 그는 이에야스나 되는 인물이 이처럼…… 마치 아이들처럼 기뻐하리라고는 생각지도 못했다.

그날 밤 이에야스는 나가츠구와 함께 잔을 나누며 노고를 치하했다. 이튿날인 20일이 되어 이에야스는 생각을 바꾸었다. 그곳에서 히데타다를 기다릴까 하고 생각했다.

히데타다에게는 히데요리나 센히메가 이처럼 갸륵한 마음을 가지게 되었다는 사실을 알리지 못하고 있었다.

'역시 말했어야 할 일이었다……'

그러나 23일 이에야스는 키라를 떠나 27일에는 요시다 성에 들어갔다. 키라는 쇼군 히데타다를 기다릴 장소가 되지 못한다……고 생각했기 때문이다.

한편 히데타다는 24일 후시미 성에서 니죠 성으로 들어가, 그곳에서 공경들의 인사를 받고 군열을 정비한 뒤 귀로에 올랐다.

히데타다로서도 이에야스에게 할 이야기가 많았다. 그래서 도이 토시카츠를 한발 앞서 보냈다. 특별히 할 이야기가 있다는 뜻을 이에야스에게 고하도록 하기 위해서였다.

사실 매립공사는 아직 히데타다의 생각처럼 진척되지 않았다…… 그래서 남은 일을 혼다 마사즈미와 안도 시게노부 두 사람에게 단단히 부탁하고 자신은 급히 아버지의 뒤를 따랐다.

이미 제후의 대부분은 자기 군사들을 데리고 영지로 돌아갔다. 그에 따른 수비의 허술함에 오사카 성 떠돌이무사들이 다시 불온한 움직임을 보이기 시작했다…… 이렇게 보고 있는 히데타다의 견해는 이에야스와는 정반대였다.

10

히데타다는 화의가 성립된 후 히데요리의 심경이 크게 달라진 것까지는 알지 못했다. 그 반대로 가장 강경하게 주전론을 제창하여 화의에 반대하고 있는 자들은 히데요리와 그 측근의 젊은이들이라는 보고를 받고 있었다.

떠돌이무사들 중에서도 특히 사나다 유키무라와 고토 마타베에 모토츠구. 따라서 화평 후의 불온한 움직임도 당연히 이 두 선에서 나온 책동이 진원지가 되고 있다고 판단하는 히데타다였다. 이런 판단을 기준으로 하여 볼 때 이에야스의 처사는 한결같이 미온적이었다.

히데타다는 결코 이에야스가 노망했다고는 생각지 않았다. 이 미온적인 처사의 원인 중에는 눈에 넣어도 아프지 않을 만큼 귀여운 센히메에 대한 사랑이 있는 것 같아 견딜 수 없었다.

손자는 아들보다 귀엽다고 한다. 그러나 이러한 사사로운 감정 때문에 천하의 일이 좌우되는 경우가 있어서는 절대로 안 된다. 이는 결코 히데타다만의 생각이 아니었다. 이에야스 자신이 입만 열면 그 말을 했고, 히데타다 또한 이를 엄하게 자제하고 있는 데 불과했다.

'센히메 때문에 아버지의 생애에 마지막 오점을 남겨서는 절대로 안 된다……'

고지식한 효자 히데타다의 거짓 없는 심정이었다.

히데타다의 명으로 한발 먼저 출발한 도이 토시카츠가 이에야스를 뒤따라가 은밀히 면회를 청한 것은, 이에야스가 하마마츠를 떠나려고 한 1월 29일이었다.

이에야스는 하마마츠에서 불과 20여 리 떨어져 있는 나카이즈미의 절에 들어가 그곳에서 도이 토시카츠를 접견했다. 나카이즈미는 미츠케見付 남쪽에 있는데, 그 옛날 토토우미의 중심지였다.

그곳에 이에야스가 전각을 세운 것은 텐쇼 6년(1578)의 일로 하마마츠 성에 있을 무렵에는 종종 이곳에 와서 휴양을 하거나 사냥을 하고는 했다. 그 전각이 지금은 절로 바뀌어 세상에서는 고텐바御殿場라 부르고 있었다.

이에야스는 흐뭇한 기분으로 먼저 절에 들어가서 곧 도이 토시카츠를 불러들이고 사람들을 물리쳤다.

"오이노카미大炊守, 실은 말일세…… 내가 그대에게 부탁하여 쇼군에게 전할 말이 있어."

그 말에 도이 토시카츠는 당황하여 눈을 내리깔았다. 그는 이에야스가 무슨 말을 하려는지 짐작이 가는 모양이었다.

"다름이 아니라, 우다이진이 일부러 내게 사자를 보내 여행을 걱정해주었어. 나는 사자와 키라에서 만났는데, 그때의 선물이 무엇이었는지 알겠나?"

"글쎄요…… 무엇이었습니까?"

"코소데야. 아니, 그것도 예사 코소데가 아니야. 우다이진이 직접 명해서 센히메가 손수 만들었다는 코소데일세. 나중에 그대에게도 보여주겠어."

도이 토시카츠는 점점 더 괴로운 듯—

"그 일에 대해 한 가지 중요한 말씀을 드리려고 합니다."

"뭐, 그 일에 대해서……?"

"예. 쇼군께서는 우다이진의 마님께 자결을 권하고 계십니다. 따라서 그 코소데는 작별을 뜻하는 옷……이 될지도 모릅니다."

용기를 내어 말하고 다시 얼른 시선을 내리깔았다.

11

아무래도 속세란 풍파 없이 잠잠한 것만은 아닌 듯.

이에야스는 저도 모르게 사방침 위로 몸을 내밀었다가 당황해하며 자세를 바로잡았다. 그 한마디가 전혀 뜻하지 않은 중대한 의미를 담고 있었기 때문에 당장에는 말이 나오지 않았다.

"오이노카미……"

"예. 놀라시는 것은 당연합니다마는…… 사실입니다. 쇼군 님은 오쵸보 님을 통해 센히메 님에게 자결을 권하셨습니다. 아직 그 대답은 오지 않았으나 사실은 사실……"

이에야스는 눈앞으로 날아온 나비나 거미를 때려 떨어뜨리는 듯이 크게 허공을 쳤다.

"그것을…… 어째서 그대는…… 그것을 막지 않았는가?"

"간언을 드렸으나 받아들이지 않으셨습니다."

"못난 녀석!"

"예."

"센히메는 말이다…… 이제 비로소 이 세상에서 여자다운 행복을 누리고 있는 거야."

"저도 그렇게 생각합니다."

"우다이진은…… 우다이진은…… 똑똑히 들어라, 오이노카미. 젊을 때는 누구나 혈기에 못 이겨 탈선하게 마련…… 그러나 이것은 나이와 더불어 차차 수그러지는 한낱 혈기. 그럴 때마다 용서를 하지 못한다면 어떻게 되겠느냐? 우다이진의 혈기도 가라앉았어! 그것은 내가 잘 꿰뚫어보고 있다. 이럴 때 나에게 상의도 하지 않고 센히메에게 자결을…… 도대체 쇼군은 정신이 있느냐 없느냐!"

호통을 치며 말을 끝냈다. 그러나 이에야스는 그만 입을 다물고 말았다. 예삿일로는 그런 지시를 내릴 히데타다가 아니라……는 것을 깨달았기 때문이다. 아니, 그보다 센히메는 히데타다에게 늘 측은하고 사랑스러운 딸……이라고 반성도 했다.

'그렇게 사랑스러운 자기 딸에게 어째서 자결을 권하지 않으면 안 되었는가……?'

그 이유도 묻지 않고 그저 꾸짖기만 해서는 안 된다……고 깨달은 이에야스였다.

두 사람 사이에 잠시 어색한 침묵이 흘렀다.

"오이노카미."

"예."

"그렇다면 쇼군은 무슨 일이 있어도 오사카를 공격해야 한다고 생각하는가?"

"예. 오사카에 천하의 치안을 해치는 종기가 집중되어 있다고, 그러므로 그 고름을 짜내지 않으면 평화로운 세상은 지속될 수 없다는 생각을 가지고 계십니다."

"그래…… 그래서 가련한 센히메가 성안에 있는 한 과감한 공격은 불가능하다고 본다는 말인가?"

"황송하오나 그 이상 깊은 생각……을 가지셨다고 생각합니다."

"그 이상이라니…… 무슨 뜻이냐?"

"오고쇼 님은 센히메 님을 사랑하시므로…… 상의를 드려도 허락하지 않으신다, 이 일을 말씀 드리지 않는 편이 참다운 효도라고 생각하신 줄로 알고 있습니다."

"부족해!"

"예……?"

"그것만으로는 생각이 부족해! 그대가 참다운 충신이라면 이럴 때야말로 간언을 해야 하는 거야. 그러나저러나 이 무슨 짓이란 말이냐! 부족해…… 모자라는 생각이야."

이렇게 말하는 이에야스는 눈앞이 캄캄해졌다.

12

거의 한 달 동안 이에야스가 꾼 꿈이 너무나 달콤한 것이어서 받는 타격도 엄청났다.

이에야스는 떠돌이무사 문제에 대해 히데타다처럼 신경질적으로는 생각지 않고 있었다. 그는 영지이전이 모든 문제를 해결하는 실마리가 된다고 보았다.

그곳이 타이코가 천하를 호령하던 오사카 성이기 때문에 떠돌이무사들의 꿈도 부풀어 있다. 그러나 야마토의 코리야마로 옮기면 사정은 완전히 달라진다.

히데요리도 남은 재화는 깨끗이 분배할 터. 이로써 앞으로의 가계에도 목표가 선다. 무공이 있고 의리가 있는 자는 이에야스의 조언에 따라 다시 제후로 받아들인다면, 3분의 1은 등용할 수 있다. 그리고 3분의 1은, 체면상 성을 떠나 사라질 자들, 도요토미 가문에 부담이 되는 자는 3분의 1이다…… 그들은 토사土佐나 사츠마에서처럼 둔전병屯田兵 제도를 채택하여 개간에 종사시키면 새로운 농경대農耕隊를 얻게 되어, 도요토미 가문의 재정은 오히려 여유 있게 될지도 모른다…… 전국인戰國人의 기질 중에는 설득과 지도하는 방법에 따라서는 믿음직스럽게 될 기개가 다분히 남아 있었다.

이러한 이에야스의 계산은 모르고—

"쇼군 님이 저를 이곳에 보내신 것은, 이대로는 오사카가 진정되지 않는다는 전망을 말씀 드리기 위해서입니다."

도이 토시카츠는 말을 계속했다.

"무엇보다 현재 오사카에는 오고쇼 님이 화의를 진행시키신 참뜻을 이해하는 자가 없습니다. 아니, 그 의미는 받아들이더라도 성안 떠돌이무사들에게 철저히 주지시킬 수 있을 만한 인물이 없습니다. 그러므로 소요는 커질 뿐…… 떠돌이무사들은 이미 이 성에서 쿄토에 걸쳐 다시 동지들을 규합하려고 출몰하고 있는 실정입니다."

이에야스는 힘없이 고개를 끄덕이며 탄식했다.

"쇼군은 그렇게 보고 있다는 말이지……?"

"예. 그들 대부분은 해자가 매립되고 성곽이 파괴된 데 대해 분노하는 감정은 있어도, 이 때문에 전쟁을 할 수 없게 되었다……는 사실을 깨달을 만큼 분별 있는 자는 없습니다. 분노에 못 이겨 폭동을 일으킬 기색이 농후……하므로 생모님이나 우다이진, 센히메 님을 인질로 성안 어딘가에 가둘지 모른다…… 그리고 마님을 교섭의 미끼로 삼아 공격군에게 난제를 걸어올 것은 분명한 일……이라 보고 계십니다. 아니…… 실제로 어떤 자는, 사람이 성이고 사람이 해자라고 한 타케다 신겐의 말을 인용하여, 이제부터는 센히메 님이 해자 대신이다, 한낱 해자는 메울 수 있어도 센히메 님은 묻을 수 없다……고 호언하는 자도 있다고 합니다…… 그래서 쇼군께서도 눈물을 머금고 오쵸보 님을 통해 연락하셨다고 생각합니다."

이에야스는 멍한 표정으로 허공을 응시하고 있었다. 너무 엄청난 일이어서 아무 생각도 할 수 없는…… 노인의 표정이었다.

도이 토시카츠는 그 모습이 안타깝다……고 느끼기보다 그동안에 할말은 해야겠다는 심각한 표정이었다.

“쇼군 님만의 생각……은 아닙니다. 오사카 성에 상대할 만한 인물이 없다……는 데는 나루세, 안도, 혼다 부자, 그리고 이타쿠라 부자도 모두 같은 의견…… 참으로 난처하게 되었습니다.”

13

이에야스는 그로부터 얼마 후 도이 토시카츠를 물러가게 했다.

쇼군이 센히메에게 자결을 권한다…… 그 정도로 절박한 상황이 되었으리라고는 생각지도 못했다. 아니, 그렇게 하지 않으면 요도 부인도 히데요리도 센히메와 함께 성안에 유폐된다……고 토시카츠도 판단하고 있는 듯한 어조였다.

아직 해가 높았다. 토토우미의 햇빛은 쿄토의 추위와는 비교가 되지 않아, 남쪽으로 향한 장지문 가득히 포근한 햇살이 비치고 있었다. 장지문을 열면 매화꽃을 구경할 수 있을 것 같았으나 지금은 그럴 심경이 아니었다.

‘어쨌든 센히메를 죽일 수는 없다……’

이에야스는 사방침에 얹은 오른손의 손톱을 의치로 깨물고 있었다. 아마 스스로는 자신이 손톱을 깨물고 있다는 사실을 의식하지 못하는 것 같았다……

“이 어찌된 일인가…… 아직도 시련이 남아 있다니……”

이번에는 중얼중얼 혼잣말을 했다.

“모처럼 우다이진은 내 마음을 알아주었는데, 이번엔 쇼군이……”

그러나 히데타다도 도이 토시카츠도 결코 일을 경솔히 생각하는 사람들은 아니었다. 그 토시카츠가 분명히 나루세도, 안도도, 이타쿠라 부자도 모두 히데타다와 생각이 같다고 단언하고 있다…… 물론 거짓이나 술책이 아닐 터. 그렇다면 이에야스 혼자 자기 생각을 밀어붙인다면 그 일은 '무리……' 가 된다.

이에야스는 히데타다도 토시카츠도 꾸짖고 싶었다. 아니, 나루세도 안도도 이타쿠라도 마찬가지였다. 현재 오사카에 인물이 없다……는 것은 훨씬 전부터 잘 알고 있는 사실. 어째서 오노 하루나가를 불러 알아들을 수 있을 만큼 설득시키려 하지 않는 것일까……?

굳이 그렇게 하지 않는 것은 역시 그들의 가슴에 오사카에 대한 증오가 깊이 뿌리내리고 있기 때문……

"내가 그처럼 간곡하게 설득한 전쟁이었는데……"

그렇다. 다시 한 번 설득해야 한다. 아니, 두 번이고 세 번이고 설득하지 않으면 안 된다. 내가 눈을 감기 전에 이런 시련이 주어지는 것은 역시 신불의 뜻, 이 이에야스에게 어려움과 대결하라는 암시가 아니고 무엇이겠는가.

"나는 여기서 쇼군을 기다리겠다."

쇼군을 따라 야규 마타에몬 무네노리도 올 터이다. 그 마타에몬을 즉시 오사카로 보내 우선 센히메의 자결을 제지하고 나서 떠돌이무사들을 진정시킬 방법을 상의하게 해야 한다……

이런 생각을 겨우 정리한 저녁 무렵, 이번에는 쇼군 히데타다의 행렬을 도중에 앞지른 혼다 코즈케노스케 마사즈미가 말을 달려 나카이즈미에 도착했다. 물론 그 역시 도중에 히데타다와 만나 무엇인가 상의하고 왔을 것이 분명했다.

마사즈미는 목에 흠뻑 땀이 밴 말을 절 앞에 매어놓고 곧장 이에야스가 있는 객전客殿으로 밀려왔나. 노이 토시카츠가 먼저 왔다는 사실을 알았더라면 우선 그를 만났을지도 모르는데, 마사즈미는 이를 몰랐던 모양이다.

"오고쇼 님! 역시 오고쇼 님의 말씀대로 되었습니다."

마사즈미는 이에야스 앞에 나와 숨을 몰아쉬면서 다가앉았다.

14

"뭐, 내가 말한 대로라니……?"

이에야스는 제발 기쁜 소식이기를 가슴 두근거리면서 물었다.

마사즈미는—

"예."

크게 고개를 끄덕이고 우선 이마의 땀을 닦았다.

"오고쇼 님은 오사카 쪽이 은혜를 잊고 불의를 행하면 자멸하는 길을 재촉할 뿐…… 하늘은 절대로 불의한 자의 편을 들지 않는다……고 저희들에게 말씀하셨습니다."

"그런데…… 그런데, 어떻다는 말인가?"

"오사카에서는 은혜도 생각지 않고 드디어 불의를 저지르기 시작했습니다."

이에야스는 실망하여 낯을 찌푸렸다.

"마사즈미, 그대도 이 말을 하려고 뒤쫓아왔다는 말인가?"

"예. 오고쇼 님도 아시는 타케다 가문의 유신 오바타 카게노리小幡景憲를 쿄토에 머무르게 했더니 마침내 그에게도 나흘 전에 유혹의 손길이 뻗쳤습니다."

"뭐, 유혹이…… 누구로부터?"

"오사카 성에서입니다."

마사즈미는 얼른 대답했다.

"떠돌이무사들은 더 많은 동지를 규합하여 드디어 농성을 하면서 또

다시 반기를 들기로 결의한 모양입니다."

"……"

"새로 떠돌이무사들을 모집하기 시작했을 뿐만 아니라, 메워진 해자를 도로 파고 파괴된 망루를 다시 세우기 위해 대불전을 건립하고 남은 목재를 운반하려고 쿄토에 왔습니다. 물론 그렇게 지시한 자는 떠돌이무사들에게 꼼짝없이 조종당하고 있는 오노 슈리…… 결국 그들은 꼬리를 드러냈습니다. 이타쿠라 님과 상의하고 우선 이 사실을 자세히 보고 드리기 위해 급히 말을 달려 왔습니다."

이 또한 얼마나 까다로운 두번째 화살인가. 이에야스는 다시 입을 다물고 할말을 찾지 못했다.

"사방에 풀어놓은 떠돌이무사는 오바타 카게노리만은 아닙니다. 스미요시에 살게 한 쿠마노熊野의 신구 유키토모新宮行朝에게도, 사카이에 있던 요시무라 곤에몬吉村權右衛門에게도 유혹의 손길이 뻗쳤습니다. 목재 등은 강 근처 상인들에게 매매 금지령을 내렸기 때문에 일부러 대불전 건립에 쓰고 남은 목재를 가지러 온 것…… 어쩌면 이미 메워버린 해자를 다시 파기 시작했는지도 모릅니다."

"마사즈미!"

"예."

"그, 그 일을 우다이진도 알고 있나?"

마사즈미는 간단히 고개를 저었다.

"아마 모르고 계실 것입니다."

"그럼, 우다이진의 명령이 아니란 말이지?"

"황송하오나 이미 우다이진 님은 허수아비와도 같은……"

"닥쳐라!"

"예……"

"이 모반…… 오사카의 이번 반기는 무엇 때문이었느냐? 도요토미 가문의 몰락을 그대로 두고 볼 수 없다고 해서 일어난 게 그 참뜻 아니었느냐?"

"황송하오나 마사즈미는 사실 그대로를 말씀 드리고 있습니다. 어쨌든…… 그러한 참뜻은 벌써 오래 전에 사라져버렸습니다. 그래서 자멸하는 불의不義라고 말씀 드렸습니다. 이대로 내버려두면 불은 크게 번집니다. 얼마 후면 이곳에 오실 쇼군 님과 잘 상의하시기를 간곡히 부탁 드립니다."

마사즈미는 얼굴을 붉히고 불 같은 기세로 말했다.

15

긴 이에야스의 생애에서 최후를 장식할 즐거운 여행……이라 했던 생각이 순식간에 소리를 내며 와르르 무너지고 말았다.

"그러면 쇼군도 여기 온다는 말이냐?"

"예. 사태가 이렇게 된 이상은 촌각도 지체할 수 없다. 그렇다고 도중에 제후들에게 군령을 내리는 것도 위신상 좋지 않으니 오고쇼 님과 상의를 드린 후 급히 에도로 돌아가셔서 다시 군사를 동원할 생각이신 듯합니다."

마사즈미의 대답은 확신에 찬 듯 조금도 거리끼는 기색이 없었다. 이는 히데타다를 비롯한 모두의 생각이, 떠돌이무사들의 소요는 토벌해야 한다고 이미 결정된 증거라고 보아도 좋았다.

"마사즈미……"

"예."

"그대는 어디서 쇼군과 만났나?"

"요시다에서입니다. 내일 한낮이 좀 지나면 이곳에 도착하실 것입니다. 쇼군께서는 오고쇼 님을 뵙고 자세히 말씀 드린 후 여기 머무르시지 않고 곧장 에도로 가신다고…… 서두르지 않으면 생모님도 우다이진도 떠돌이무사들에게 유폐될 우려가 있습니다."

"하나 더 묻겠는데, 도대체 그대의 부친 마사노부는 이 일에 대해 무어라 말하던가?"

"예…… 이번만은 오고쇼 님의 안목에 놀랐다…… 분명히 오사카를 멸망시키는 것은 오사카 자신…… 결코 바쿠후도 아니고 제후들의 군사도 아니다…… 오고쇼 님은 도저히 참으실 수 없는 일을 꾹 참아가면서 조용히 때를 기다리신 듯하다, 이 소중한 교훈은 절대로 잊을 수 없다……고."

"이제, 그만!"

이에야스는 얼른 손을 저으며 말을 막았다. 마사노부는 역시 마사노부…… 그는 드물게 볼 수 있는 모사謀士였으나, 이에야스의 마음속까지는 들여다보지 못했다.

"그런가…… 마사노부까지 그렇다면 타카토라도 마찬가지일 테지. 모두들 내가 이렇게 될 거라 예상했고, 또 이렇게 되기를 바라고 있었다는 생각이란 말인가……"

이에야스의 말은 반은 맞았으나 반은 완전히 빗나갔다. 혼다 마사노부나 토도 타카토라 등의 노신은 이에야스의 뱃속을 환히 꿰뚫어보고 있었다. 아니, 또 한 사람 다테 마사무네도 꿰뚫고 있었다.

그들은 이에야스의 처사가 불만스러워, 두말없이 오사카를 치는 방향으로 사태를 끌어가려는 것이 분명했다.

"좋아, 그대는 물러가 쉬도록 해라. 으음, 쇼군은 여기 들렀다가 곧바로 에도에 간다는 말이군…… 참, 별실에서 도이 오이노카미가 휴식하고 있을 터이니 그대도 만나보는 게 좋겠어."

이에야스는 다시 전신에서 힘이 쭉 빠지고 현기증이 났다. 갑자기 등

줄기가 오싹해지는 것은 체력이 쇠약해졌을 때 감기가 엄습했기 때문이라고 생각했다.

이에야스는 부르르 몸을 떨고 자세를 바로 했다. 이런 때 배꼽 밑 단전의 힘을 빼면 그대로 병석에 눕게 된다.

'이에야스…… 힘을 내라. 이것이 인생이다. 그렇다면 나는 절대로 지지 않는다……'

이에야스는 스스로 자신을 격려하고 숨을 크게 들이마셨다.

몽마夢魔

1

벌거숭이와 다름없는 오사카 성에 대불전을 짓고 남은 목재가 쿄토에서 속속 운반되어온 것은 히데타다가 에도로 출발한 직후인 1월 말부터 2월 초 사이였다. 더구나 그 남은 목재는 지금 시민들의 눈에 잘 띄는 안쪽 해자를 메운 일대에 쌓였고, 이윽고 그곳에서 도끼소리가 나기 시작했다.

이러한 상황에서 묘한 소문이 퍼지게 되는 것은 당연한 일—

"쇼군이 에도에 돌아간 것은 전쟁이 끝나서가 아닌 모양이야. 해자를 메워놓고 다시 대군을 거느리고 와서 공격하기 위해 급히 돌아갔다는 말이 있어."

물론 이런 소문을 부정하는 사람도 없지는 않았다. 그러나 일단 퍼지기 시작한 소문의 불길은 금세 쿄토와 오사카 거리를 휩쓸었다.

"들었겠지, 에도에서 또 대군이 쳐들어오리라는 소문을?"

"그러고 보면 이번에는 전과 다를 거야. 오사카도 쿄토도 잿더미로 변한다고 하는 자가 있는데, 사실일까?"

“거짓말은 아닐 것 같아. 저렇게 성에 망루를 쌓고 있지 않는가. 그게 그 증거야.”

일부러 목재를 쌓아놓은 곳까지 와서 나무를 다듬는 목수와 일꾼들에게 물어보는 자도 있었다.

2월 중순, 쿄토에서는 가재도구를 불태우지 않으려고 도시 밖으로 친척들을 찾아서 난을 피하려는 자까지 나타났다.

“더 머뭇거리고 있을 때가 아니야. 벌써 에도의 선봉이 하코네箱根 너머에 집결해 있는 모양이야.”

이러한 소문도 성안에 있는 히데요리나 요도 부인의 귀에는 들어가지 않았다. 들어가지 않도록 오노 형제가 필사적으로 이를 가로막고 있었다. 하루나가나 하루후사도 떠돌이무사들과 강경파의 압력을 이기지 못하고 대불전 공사에 쓰고 남은 목재를 가지러 보내기도 하고 시중의 떠돌이무사들을 불러들이기도 했다. 그러나 에도와 다시 싸울 생각은 전혀 없었다.

“주군은 영지를 옮길 생각을 하고 계신다. 그러나 이 말이 새나가면 생명까지도 위태로워지니 정말 안타까운 일이야.”

안타깝다, 안타까워…… 하면서도 오노 형제는 카타기리 형제 정도의 결단력도 의견도 갖고 있지 못했다.

카타기리 카츠모토는 60여만 석인 현재 신분을 유지한 채 어떻게든 도요토미 가문의 존속을 꾀한다……는 소극적이기는 하나 분명한 목적이 있었다. 그런데 오노 하루나가에게는 그 카츠모토와 권력을 다투는 출세욕만 있을 뿐 원래 포부 같은 것은 가지고 있지 않았다. 이 하루나가가 카츠모토를 몰아내고 말았다.

그리고 현재 분명한 사실은, 요도 부인도 히데요리도 완전히 마음을 열고 이에야스가 하는 대로 맡기려 하고 있다는 점이었다. 이런 사정을 알고 있는 만큼 더 이상 이에야스를 적대시한다는 것은 생각지도 못할 하루나가였다.

현재 오노 형제가 직면한 문제는 오로지 '떠돌이무사들의 처리' 였는데, 인간이란 곤경에 처하면 자기가 무엇 때문에 고민하고 있는가…… 조차 깨닫지 못할 만큼 혼란에 빠지게 마련인 모양.

"큰일이야. 지금 어떻게 하지 않으면 생모님이나 주군이 떠돌이무사들과 정면으로 충돌하게 될지 몰라."

바로 이럴 때 갑자기 터진 것이 오노 형제가 상상조차 못했던 센히메의 자살미수 사건이었다……

2

센히메는 화의가 이루어진 연말경에 다시 요도 부인 곁을 떠나 본성의 자기 거처로 돌아와 있었다. 그때부터 피부에 윤기가 돌기 시작했고 잊어버린 줄 알았던 웃음까지 주위 사람들에게 보이기 시작했다.

이러한 센히메가 2월 18일 한낮이 지난 후 모쿠지키木食 대사의 손으로 이루어진 대일여래상大日如來像이 안치되어 있는 불당에 들어가 자결을 시도했다. 그 불당은 전에 요도 부인이 사용하던 방으로 이곳에 대일여래상을 안치한 것도 요도 부인이었다.

요도 부인은 그날 타이코의 기일忌日 제사를 지낸 후 문득 대일여래상 생각이 떠오른 듯—

"그대가 대신 다녀오도록."

오노 형제의 어머니 오쿠라 부인에게 공양할 것을 주어 보냈다.

오쿠라 부인은 먼저 센히메의 거실로 갔다. 그러나 센히메가 그곳에 없기 때문에 그대로 시녀에게 공양할 물건을 들려 불당에 갔다가 거기서 막 자결하려는 센히메를 발견했다.

오쿠라 부인의 시녀가 구르듯이 대기실로 달려온 것은 그 직후였다. 그날도 오노 형제는 일단 메워진 안쪽 해자를 다시 팔 것인가에 대해 잠꼬대와 같은 협의만 거듭하고 있었다.

"큰일났습니다. 빨리 내전 불당으로 가십시오…… 어머님이…… 오쿠라 부인께서 부르고 계십니다."

덜덜 떨면서 하는 말을 들었을 때, 형제는 어머니인 오쿠라 부인이 졸도한 것으로 생각했다.

말없이 일어나 긴 복도를 건너가면서 —

"그런데 용태는?"

물었으나 만족할 만한 대답을 듣지 못했다.

당연한 일이었다. 시녀 자신도 넋이 나가 무엇이 어떻게 되었는지 알지 못했기 때문이다.

"어머님! 웬일이십니까?"

하루나가를 선두로 거칠게 미닫이 안으로 들어가다가 비로소 형제는 얼어붙은 듯이 멈춰 섰다. 쓰러져 있을 줄 알았던 어머니가 센히메의 오른쪽 손목을 꽉 쥐고 주위를 경계하듯이 긴박한 표정으로 그들을 맞이했다.

"우선 조용히…… 생모님의 귀에 들어가면 안 돼."

센히메는 하얀 코소데를 입고 무릎을 꼭 동여매고 있었다. 불전에 바쳐진 촛불과 코를 찌르는 향내, 그리고 무릎 앞에 내던져진 두 겹의 자줏빛 주머니에서 비어져나온 비수의 하얀 칼집…… 이것만으로도 여기서 무슨 일이 벌어졌는지…… 아니, 벌어지려 하고 있었는지 충분히 추측할 수 있는 광경이었다.

"슈리, 이것은 그 주머니 속에 넣도록."

어머니는 왼손에 쥐고 있던 아홉 치 다섯 푼짜리 칼을 가볍게 하루나가 쪽으로 던졌다.

센히메는 오른쪽 손목을 오쿠라 부인에게 잡힌 채 멍하니 허공을 쳐다보고 있었고, 그 곁에는 어릴 때부터 센히메를 모셔온 오쵸보, 곧 교부쿄 부인이 엎드려 울고 있었다.

"도……도대체 어떻게 된 일입니까, 어머니?"

뻔히 알면서도 하루나가는 이렇게 물을 수밖에 없었다……

3

오쿠라 부인은 하루나가의 물음에는 대답하지 않고 울고 있는 교부쿄 부인 앞의 다다미를 두드렸다.

"울기만 하면 알 수가 없지 않느냐? 마님은 아무 말씀이 없으셨더라도 네가 모를 리가 없어. 무슨 까닭이 있어 이렇게 될 때까지 가만히 있었단 말이냐?"

교부쿄 부인은 어깨를 들먹거리며 울기만 할 따름이었다.

"그대는 보통 시녀가 아니야. 마님이 출가하실 때부터 생사를 같이 하도록 뽑혀 따라온 여자무사…… 이러한 그대가 작은 마님이 자결하시려 한 것을 무슨 이유로 모른 체했는지 그 까닭을 들어보자."

다시 한 번 다그쳐 묻고 하루나가와 하루후사를 돌아보았다.

"이 일에 대해서는 내가 밝혀낼 테니 주군이나 생모님에게는 절대 비밀을 지키도록. 누가 오지나 않나 내가 묻는 동안 감시하도록."

하루나가는 침통하게 고개를 끄덕이고 눈으로 하루후사에게 지시했다. 하루후사는 얼른 시녀에게 복도를 지키도록 하고 자기는 입구 부근에서 대기했다.

"오쵸보, 이건 그냥 넘길 수 없는 일. 그렇지 않아도 세상에는 헛소문이 나돌고 있어…… 에도에서 너에게 무리한 밀령을 내렸다고 하는

데 정말인가?"

"……"

"그대도 알다시피 주군도 생모님도 모두 지금은 마음을 여셨고, 부부 사이도 화목하실 뿐 아니라, 모자간의 정도 다시없이 좋으셔…… 도대체 무엇 때문에 자결을 하시려 했느냐?"

오쿠라 부인은 도저히 이해할 수 없다는 표정으로 달래듯이 어조를 부드럽게 했다.

"오쵸보, 그대의 입장은 참으로 미묘해. 순순히 말하지 않으면 우리 모자는 도리 없이 이 일을 주군과 생모님께 말씀 드려야 해. 그렇게 되면 일은 무사치 못할 것이야…… 그러나 아직은 아무도 몰라."

오쵸보는 소리를 죽이고 울 뿐 입을 열려 하지 않았다.

무리가 아니었다. 센히메보다도 나이가 어린 시녀였다……

오쿠라 부인은 질문의 화살을 센히메에게 돌릴 수밖에 없었다.

"그럼 마님께 여쭙겠습니다. 들으신 바와 같이 마님의 시녀는 입이 무겁습니다. 그러나 우리 모자도 이대로 물러설 수는 없습니다. 이럴 때 제가 들어온 것은 돌아가신 타이코 님의 도우심…… 아니 대일여래 님의 뜻인지도 모릅니다. 그러니 제발 사정을 밝혀주시기를……"

센히메는 희미하게 고개를 흔들면서 —

"묻지 말아요."

나직하게 말했다.

"왠지 모르게 나는 그저 문득 죽고 싶어졌어."

듣고 있는 동안 하루나가는 조급해졌다. 어머니의 질문도 미적지근하지만 오쵸보의 고집에도 화가 났다.

"오쵸보, 그대가 말하지 않으면 내가 말하겠어. 에도에서 도저히 견디지 못할 무리한 명령이 내려졌을 테지. 그만한 일도 모를 우리인 것 같은가, 오쵸보?"

4

하루나가는 오쵸보를 꾸짖은 셈이었는데, 이 말은 오히려 센히메를 크게 반발하게 만들었다.

그 증거로 일단 입을 열기 시작한 센히메의 얼굴이 다시 새파랗게 질렸고 눈은 허공에 못 박혔다.

이제 하루나가도 물러설 수 없다는 마음이 들었다. 다시 말하려는 어머니를 제지하고—

"나는 지금 오쵸보에게 묻고 있습니다."

안타깝다는 듯이 한두 걸음 다가앉았다.

"생각해보아라. 표면상 화의는 이루어졌으나 불신감은 서로 씻지 못하고 있어. 또 세상에서는 다시 전쟁이 벌어질 것이라고 전전긍긍하고 있어…… 이런 마당에 마님이 자결하신다면 어떻게 되겠나? 칸토에서는 물론 자결이라 생각하지 않을 거야. 누군가가 마님을 살해했다……고 오해한다면 오늘날까지 우리가 쌓아온 노력은 수포로 돌아간다. 아무리 어리다고 해도 이런 사리를 깨닫지 못할 그대가 아니야. 혹시 절대로 말해서는 안 된다고 누가 지시라도 했느냐?"

"아니…… 아닙니다……"

오쵸보는 갑자기 숨을 몰아쉬면서 고개를 들었다.

"제가 나빴습니다…… 만류하지 않고 함께 모시고 죽을 생각을 했던…… 제가 잘못이었습니다."

"뭐, 만류하지 않고……?"

"예…… 주인 마님은 요즘 이런 행복이 앞으로도 계속될까…… 하시며 두려워하고 계셨습니다…… 지금의 이 행복을 그대로 간직한 채 죽고 싶다…… 이런 말씀을 하셨는데, 저도 그만 그렇다는 생각이 들어 만류하지 않았습니다. 이제 저의 그런 생각이 다시없는 불충임을 깨달았습니다. 용서해주십시오!"

"닥쳐!"

"예……"

"지금의 행복을 그대로 간직한 채…… 그런 어린아이 속임수 같은 변명을 이 하루나가가 믿을 것 같으냐?"

또다시 날카롭게 추궁했다. 그녀의 안색이 창백해졌다.

"그것 봐! 분명히 깊은 사정이 있다. 숨기지 말고 고백하라."

하루나가는 다그쳤다. 고집 세고 야무지다고는 하나 아직 어린 소녀, 날카롭게 추궁하면 반드시 무슨 말인가를 들을 수 있으리라고 하루나가는 생각했다.

그런데 이 계산도 보기 좋게 빗나가고 말았다.

"못 믿으시겠다는 말씀입니까……?"

오쵸보는 떨면서 중얼거리고는 그대로 고개를 푹 숙이고 흐느껴 울기 시작했다……

'믿지 못하겠는데 무슨 말을 한다는 말인가……'

이런 뜻이었으나, 그 속에는 깊은 그늘이 감추어져 있음을 느끼게 하는 완강한 거부의 대답이었다.

하루나가는 애가 탔다.

오쿠라 부인도 하루나가도 주인에 해당하는 센히메는 추궁할 수 없었다. 그래서 시녀를 다그쳤으나, 실은 센히메보다 그녀가 훨씬 더 고집이 센 것 같았다……

오노 모자는 일단 센히메의 감시를 내전을 지키는 오쿠하라 신쥬로 토요마사에게 부탁하고 물러날 수밖에 없었다.

'이 자살시도에는 무언가가 있다…… 무언가 있기는 하나 그것을 알아낼 수 없다……'

또 한 가지 불쾌한 짐을 짊어지게 되어 하루나가는 안절부절못하면서 대기실로 돌아갔다.

그 얼마 후 요도 부인으로부터 호출이 있었다.

5

때가 때인 만큼 하루나가는 어머니가 센히메의 일을 요도 부인에게 보고한 것이 분명하다고 생각했다.

'이럴 수가 있단 말인가! 그처럼 비밀을 지켜달라고 했는데……'

지금 요도 부인의 질문을 받으면 하루나가로서는 대답할 말이 없었다. 얼마 동안 시간을 벌면서 다시 오쵸보의 입을 열게 한다…… 그런 후가 아니면 요도 부인의 질문을 받아넘길 길이 없지 않은가……

혀를 차면서 하루나가가 요도 부인의 거실로 갔을 때 용건은 그것이 아닌 듯했다.

"슈리, 좀더 가까이……"

요도 부인은 기분이 좋은 듯—

"지금 주군이 다녀가셨어요."

차려놓았던 상을 치우게 하고 있었다.

"주군이 말씀입니까?"

"그래요. 여러 가지로 세상 이야기를 나누었는데, 지금 성안에는 밥을 지을 쌀이 부족하여 곤란한 모양이에요."

요도 부인은 밝은 표정으로 이런 말을 했다. 하루나가는 저도 모르게 미간을 찌푸렸다.

"워낙 입이 많기 때문에 그렇습니다."

"그 문제 말인데…… 어떨까요, 내가 슨푸에 계신 오고쇼에게 부탁을 해보면?"

하루나가는 당황하며 다시 요도 부인을 바라보았다.

'농담인 것 같지도 않다……'

"그것이…… 그것이…… 무슨 말씀입니까?"

"오고쇼는 어려운 일이 있으면 자기에게 상의하라고 주군에게도 내게도 누누이 말했어요. 전쟁이 끝나고 나면 식량이 모자라게 되는 것은 당연한 일. 사정을 말하고 부탁해보려고 하는데, 어떨까요?"

하루나가는 아연했다.

아무런 보고도 하지 않은 자기의 잘못을 반성하기보다—

'어쩌다가 이렇게까지……'

화가 치밀었다.

부탁을 들어주기는커녕, 그가 입수한 정보로는 이에야스도 히데타다도 해자를 메운 후 군대를 동원하여 공격할 예정이라고 한다.

"왜 그러나요? 내가 부탁한다면 만약 거절당한다 해도 별로 체면은 깎이지 않을 거예요. 지금도 오쿠라, 쇼에이니와 상의했는데, 봄이 됐으니 여행이 불편하지도 않을 것이고……"

"생모님!"

하루나가는 왠지 모르게 감정이 북받쳤다.

"생모님은 지금 오고쇼가…… 그런 생모님의 상의에 응하리라 생각하십니까?"

"그러니까 거절당한다 해도……"

"거절 정도가 아니라 섣불리 사자를 파견하면 이번에야말로 무사히 돌아오지 못할 것입니다."

말을 하고 나서 스스로도 깜짝 놀랐다. 이 말은 너무 비약했다. 아직 요도 부인은 이에야스의 손바닥 위에 있는 구슬이다.

아니나 다를까 요도 부인은 그냥 있지 않았다.

"이상한 말을 하는군요. 어째서 내 사자가 무사히 돌아오지 못한다는 말이에요? 그대도 역시 오고쇼의 화의가 우리 모자를 속이려는 수단이었다……는 소문을 믿고 있나요?"

의견이 대립되면 요도 부인의 말에서는 언제나 이상한 독기가 발산되고는 했다.

하루나가는 귀까지 화끈 달아올랐다.

6

"생모님께는 이 말씀은 안 드리려고 했습니다마는……"

말하고 나서 하루나가는 다시 후회했다.

'입밖에 내지 않아야 하는 일이다……'

그러나 이러한 망설임과는 반대로, 역시 일단 말을 꺼내면 절대로 물러서지 않는 고집을 지닌 요도 부인의 기질이 상기되었다.

'그렇다! 어차피 말할 바에는 이 기회에……'

아직 말하지 않은 일을 모두 털어놓고 답답했던 가슴을 시원하게 하고 싶다…… 이런 충동에 사로잡혔다.

"생모님이 생각하시는 것처럼 칸토 쪽의 생각은 그렇게 달콤하지도 부드럽지도 않습니다. 당장 오늘만 해도 작은 마님이 그 일로 자결하려 하셨습니다."

"뭐…… 뭐라고! 센히메가 자결을?"

요도 부인은 소스라치게 놀라 목소리를 낮추었다.

"그, 그것이 정말이오?"

"이 하루나가가 어찌 거짓말을 하겠습니까? 물론 직접 목격한 증인도 있습니다."

일단 말을 꺼낸 하루나가는 자기 감정을 억제할 수 없게 되었다. 먼

훗날을 생각하기보다 당장 요도 부인의 기세를 꺾고 싶은 마음…… 이 역시 작은 아집我執의 노출이었다.

그런 의미에서 하루나가의 이 발언은 그야말로 큰 소용돌이를 불러일으켰다. 요도 부인의 표정이 순식간에 굳어졌다. 그리고 입술에서 핏기가 사라졌다.

무섭게 좌중을 둘러보고—

"모두 잠시 물러가 있거라. 슈리에게 물어볼 일이 있다."

이 말을 했을 때는 이마에 핏줄이 불끈 솟아 있었다.

"아니, 오쿠라와 쇼에이니는 그대로 있도록 해. 다른 사람은…… 어서 물러가거라."

모두 당황하며 자리에서 일어났다.

요도 부인은 입술을 떨면서 모두 물러가기를 기다렸다가—

"슈리."

기분 나쁠 정도로 침착한 소리로 불렀다. 그리고는 하루나가를 향해 앉았다.

"그대는 종종 내가 이해하지 못할 말을 하는군요. 나와 주군이 칸토와 화목하게 지내려는 것이 못마땅한 모양이군요. 자, 말해보세요. 센히메가 어떻게 했다고요?"

"자결하시려 했다……고 분명히 말씀 드렸을 텐데요."

하루나가는 평소 총애를 받던 응석을 드러냈다. 아니 이렇게 되는 것이 잠자리를 같이해온 남녀의 당연한 과정인지도 모른다.

"무엇 때문에, 언제, 어디서…… 그 말을 하지 않은 이상 분명히 말한 것이 아니에요."

"그렇다면 말씀 드리지요. 장소는 대일여래상 앞, 시각은 반 각(1시간)쯤 전에…… 자결 직전에 제지한 것은 바로 어머니인 오쿠라 부인입니다."

"아직 불충분해!"

요도 부인이 버럭 소리쳤다.

"센히메가 왜 자결하려고 했는가, 그 말을 하지 않으면 나는 그대를 의심할 수밖에 없어요. 그대는 내가 칸토와 화목하는 것을 못마땅하게 여기고 있어요."

"당치도 않습니다!"

하루나가는 얼굴을 붉히며 다가앉았다. 이미 그것은 분별 있는 의견 교환이 아니었다. 세상에 흔히 있는 감정이 뒤얽힌 치정싸움으로 변해 가고 있었다.

7

치정싸움에 조리가 맞는 이치 같은 게 있을 리 없다. 감정의 표피를 건드릴 때마다 일일이 반발하여, 이를 통해 애정이나 예속 등을 확인하려고 하는 데에 지나지 않는다.

"근거도 없는 말로 일부러 에도와의 사이를 갈라놓는다……는 말을 들은 이상 저도 그냥 물러날 수 없습니다. 생모님은 왜 대수롭지 않은 일로 작은 마님이 자결하시려고 했는지 아십니까?"

"닥쳐요! 바로 그것을…… 그것을 내가 묻고 있는 거예요. 어째서 센히메가 자결하려 했나요?"

"칸토에서…… 주군이나 생모님…… 아니, 어쩌면 두 분을 모두 살해하라는 밀령을 받았기 때문일 것입니다."

"뭐, 뭣이!"

"그렇지 않다면 무엇 때문에 자결 같은 짓을…… 생모님, 생모님도 아시다시피 요즘 주군과 작은 마님은 남들이 부러워할 만큼 다정한 사이…… 그러나 칸토에서는 모릅니다. 처음부터 속셈이 있어서 들여보낸 첩자와 같은 존재이기 때문에 당장 명령만 내리면 독을 타든, 칼로 찌르든 할 것이다…… 믿고 무리한 명령을 내렸다……"

요도 부인은 하루나가의 상상에 의한 항변이라는 것은 모르고 가슴이 갈기갈기 찢어지는 듯한 심정으로 들었다.

"그러나 작은 마님의 마음은 이미 그렇지 않았다…… 주군은 이 세상에서 유일하게 사랑하는 남편이고 생모님은 다정한 시어머님…… 그래서 고민하다못해 스스로 자기 목숨을 끊는 길을 택했다…… 생각해보면 작은 마님의 입장은 참으로 안타깝고……"

"잠깐!"

요도 부인이 큰 소리로 제지했다.

"그 명령이 진실……이라는 증거라도 있나요? 나는 이해할 수 없어, 오고쇼와 쇼군이……"

"바로 그 이해할 수 없는 일이 벌어지고 말았습니다…… 그러므로 지금은 깊이 생각해야 할 때라고 말씀 드립니다."

"아니…… 믿을 수 없어요. 가령 센히메에게 그런 명령을 전한 자가 있다고 해도 그것은 쇼군이나 오고쇼의 뜻은 절대로 아닐 거예요. 그대와 같은…… 그대와 똑같은 생각을 가진 저쪽 가신이 꾸며낸 간계임이 틀림없어요."

"저와 똑같은……?"

"그래요! 그대는 요즘 주군과 나를 무시하고 몰래 뒤에서 일을 꾸미고 있어요. 그런 버릇을 가진 자는 반드시 칸토에도 있을 거예요. 틀림없어요! 이것은 도이 오이土井大炊가 아니면 혼다 사도의 음흉한 계책임이 분명해요."

하루나가는 입을 다물었다.

'어쩌면 그럴지도 모른다……'

문득 이런 생각이 들면서 싸늘한 반성의 바람이 하루나가의 마음을 휩쓸고 지나갔다.

'그렇다…… 센히메가 한 말도 아니고 오쵸보가 한 말도 아니다. 실은 나의 상상이 아니었던가?'

이런 사실을 깨달은 순간 하루나가는 도저히 그 이상 언쟁을 할 수 없었다.

'이것, 묘하게 되어가는구나……'

하루나가의 이마에서 식은땀이 흐르기 시작했다.

8

'역시 하지 않아야 할 말을 하고 말았다.'

그러나 일단 입밖에 나온 이상 이대로 끝날 것 같지는 않았다. 하루나가는 당황했다.

"생모님!"

힘주어 부르고 요도 부인의 관심을 다른 데로 돌리려고 했다.

"과연 나의 잘못…… 작은 마님을 궁지로 몰아넣은 것은 쇼군이나 오고쇼가 아니라 모신謀臣들인지도 모릅니다."

"그럴 거예요. 틀림없이 그럴 거예요! 자식이 부모의 마음을 알 리 없다는 말도 있어요. 오에요에게도 가끔 그런 말을 듣고 있어요. 양가 가신들이 서로 반목하여…… 일부러 일을 꾸미고 있는 거예요."

"생모님!"

"알았다는 말인가요……? 그리나지러나 센히메가 그런……"

"좋은 생각이 있습니다."

"좋은 생각……?"

"작은 마님에게는 비밀로 해주십시오. 그리고…… 앞서…… 생모님이 말씀하신 사자를 슨푸에 파견해보는 것입니다."

하루나가는 얼른 이마의 땀을 닦으며 앞으로 다가앉아 궁여지책으로 말을 계속했다.

"표면상의 용무는 쌀을 빌린다는 구실이라고 해도 상관없습니다…… 지난해 전투로 백성들의 궁핍이 여간 심하지 않다…… 지금 좀 도와주기 바란다……고 청하면 최소한 오고쇼의 속셈만은 알 수 있습니다. 과연 이것은 묘안! 생모님의 말씀이 옳습니다."

하루나가는 역시 총신이었다. 어떤 경우에 어떻게 하면 요도 부인의 기분을 풀 수 있는가…… 부지불식간에 그 수법이 몸에 배어 있었다. 뿐만 아니라, 그도 역시 사자가 가지고 돌아올 이에야스의 대답을 알고 싶었다……

"그것 봐요."

상대가 자기 주장에 꺾였다는 사실을 알고 요도 부인의 목소리는 금세 부드러워졌다.

"거절당한다 해도 주군의 체면은 깎이지 않아요."

"그렇습니다. 과연 묘안입니다. 생모님의 사자……이므로 그 중에 쿄고쿠 집안의 죠코인 님도 포함시키는 것이 어떻습니까?"

"그렇군, 죠코인도 포함시키는 것이 좋겠어요…… 아니, 포함시킨다기보다 죠코인을 정사로 삼아야겠어요. 그리고 오쿠라 부인과 쇼에이니, 또 안면이 있는 만큼 니이 부인도 동행케 하면 어떨까요? 그래서 오고쇼가 어떻게 대답을 할지 알아보는 거예요…… 나는 절대로 거절하지 않을 것이라 생각하는데, 두고 보면 알게 될 거예요."

"황송합니다."

하루나가는 겨우 안도했다. 자신의 실언이 매듭지어졌다……는 사실보다, 그녀의 말에 동의하여 불온한 움직임을 보이는 떠돌이무사들을 억제할 구실로 삼을 생각이었다.

"생모님이 다시 한 번 오고쇼의 생각을 알아보기 위해 마지막으로 사자를 파견하셨다…… 일단 그 사자가 돌아오기를 기다리자."

이것이 궁지에서 벗어나기 위한 일시적인 방편……임을 줏대 없는 하루나가는 깨닫지 못했다. 물에 빠진 자는 지푸라기라도 잡는다…… 그래서 하루나가는 음성을 낮추고 다짐을 주었다.

"생모님은 작은 마님의 사건을 잠시 모르는 체하시기 바랍니다."

수라修羅의 봄

1

인간의 일상에서 일이란 종종 뜻하지 않은 방향으로 전개되게 마련이었다.

하루나가는 처음에 요도 부인이 사자를 파견하겠다고 했을 때 우습다기보다 딱하기 짝이 없는 응석……일 뿐이라고 생각했다. 그런데 잠시 동안 말다툼을 하는 사이에 상황이 돌변하고 말았다. 다시 한 번 이에야스의 마음을 떠보는 것이 지금으로서는 아주 중요하다는 생각이 들었다.

물론 센히메가 자결하려던 이유를 확실히 파악하지 못한 것이 원인이었지만…… 그렇다 하더라도 오노 하루나가의 바뀐 생각은 이 얼마나 줏대 없는 일이었을까.

오사카에서는 곧 슨푸로 사자를 파견하기로 결정하고 그 인선을 시작했다.

단지 요도 부인의 사자만으로는 마음이 놓이지 않는다, 히데요리의 사자로 누군가 강인한 자를 파견하여 해자를 모두 메운 처사를 힐문케

한다. 그 대답 여하에 따라서는 지난겨울의 화의를 당당히 파기하겠다고 통고하도록 하자는 것이 고토 마타베에 모토츠구와 쵸소카베 모리치카 등의 강경론이었다.

사나다 유키무라와 키무라 시게나리는 별로 의견을 말하지 않았다. 그들은 이미 이때 히데요리가 지난날의 히데요리가 아니라는 것을 잘 알고 있었다.

이 회의에서는 센히메의 자살미수 사건이 철저히 비밀에 부쳐지고 히데요리도 아직 그 사실을 눈치채지 못하고 있었다.

이 사자의 파견에 대해서도 요도 부인의 생각과 하루나가의 생각 사이에는 큰 차이가 있었다.

요도 부인은 이쪽에서 사정을 설명하고 매달리면 이에야스도 냉정하게 뿌리치지는 않을 것이라는 기대가 있었다. 하루나가에게는 그와 같은 생각은 전혀 없었다.

'이것으로 일단 떠돌이무사들을 무마해놓고 그동안에 사태를 호전시킬 방법을 찾아야지……'

이런 초조감이 앞서고 있었다.

히데요리의 사자로는 아오키 카즈시게가 선출되었다. 카즈시게는 이에야스를 문안하기 위해 파견되는 것으로 하여 —

"쿄토, 오사카에는 요즘 칸토 대군이 밀려올 것이라는 풍문으로 들끓고 있습니다. 이러한 민심의 불안을 없애기 위해서는 어떻게 하는 것이 좋겠습니까?"

이렇게 물어 이에야스의 대답을 통해 그 속셈을 알아보라고 하루나가는 누누이 주의를 주었다.

요도 부인의 사자들은 떠돌이무사들의 험악한 분위기를 알지 못했다. 그러므로 모두 요도 부인과 같은 안이한 기대를 가지고 도리어 봄의 여행을 즐기려는 정도의 기분이었다.

지난번 로쥬들이 사자로 갔을 때도 타다테루의 생모 챠아 부인의 극진한 환대를 받았다. 이번에는 요도 부인의 친동생으로 회의에 참석했던 죠코인이 가게 되었다. 따라서 이에야스가 절대로 냉대할 리가 없다고 믿고 있었다.

아오키 카즈시게는 비단 열 필과 매를 앉게 하는 금을 입힌 홰 열 개를 선물로 가지고 3월 5일 배로 오사카를 떠났다.

이어서 6일에는 죠코인을 비롯한 요도 부인의 사자들이 가마를 나란히 하여 육로로 오사카를 출발했다. 선두는 쿄고쿠 집안의 미망인 죠코인, 이어서 니이 부인, 오쿠라 부인, 쇼에이니의 순으로 떠났다. 이들 행렬을 본 오사카 시민들은 고개를 갸웃거렸다.

"전쟁은 벌어지지 않을 모양이다. 여자들이 저렇게 한가하게 여행을 떠나니 말이야."

그 정도로 여자들의 얼굴은 모두 밝기만 했다.

2

이번에도 오사카에서 온 사자들은 마리코鞠子의 토쿠간 사德願寺에 들어갔다. 그리고 거기서 이에야스에게 도착을 알렸다.

아오키 카즈시게는 3월 12일, 죠코인 일행은 14일에 도착했다. 이에야스는 그들을 따로 만나려 하지 않고, 3월 15일에 함께 슨푸 성으로 맞이해서 만나기로 했다.

지난번에는 카타기리 카츠모토와 로쥬 일행을 따로 만났으나, 그런 배려는 아무런 효과도 거두지 못했다. 여자들의 내방은 책임이 없는 것으로 돌리고, 카츠모토에게는 성을 맡은 중신으로서의 책임을 엄하게 추궁했으나, 오히려 양자간의 판단을 그르치게 하여 분규만 일으키는 원인이 되었기 때문이다.

죠코인 일행은 도착한 이튿날 만나기로 되었기 때문에 이번에도 기분이 나쁘거나 하지는 않았다.

그러나 12일에 도착하여 15일까지 기다려야 했던 아오키 카즈시게는 여간 신경이 쓰이지 않았다. 혹시 자기가 온 목적을 쇼시다이가 알아차리고, 슨푸에서 그를 어떻게 다룰 것인지 협의하고 있지나 않을까 하는 의혹을 품지 않을 수 없었다.

아오키 카즈시게의 이 의혹은 전혀 근거 없는 것이 아니었다. 당시 쿄토와 슨푸, 슨푸와 에도 사이에는 여러 가지 정보를 가져오는 사자와 첩자의 왕래가 빈번했다.

사실 아오키 카즈시게와 전후하여 쇼시다이 이타쿠라 카츠시게로부터 이에야스에게 중대한 보고가 들어왔다.

다름이 아니었다. 오사카에서 떠돌이무사들을 모집할 때, 카츠시게가 후시미 성주 대리 마츠다이라 사다카츠松平定勝와 상의하여 정체를 숨기고 응모시킨 옛 타케다 가문의 가신 오바타 카게노리로부터—

"오사카 성의 반란은 이미 어떠한 방법으로도 저지될 수 없는 상태입니다."

이러한 보고가 있었다.

오바타 카게노리는 코슈의 병법자였다. 최근에 별로 전의를 불태우지 않는 사나다 유키무라 이상의 능력을 가졌으리라 기대하고 성에 맞아들였던 모양이다.

그러한 카게노리의 보고가 이타쿠라 카츠시게를 통해 이에야스에게 보고된 것은 아오키 카즈시게의 토쿠간 사 도착과 전후해서였다. 말할 나위도 없이 이타쿠라 카츠시게로부터의 보고서는 이에야스를 더욱더 낙담시키는 내용의 나열이었다.

이타쿠라 카츠시게로부터 이에야스에게 보내온 장문의 밀서 중에서 그 요지를 간추려보면—

1. 오노 하루나가가 대불전의 재건을 위해 상용하고 남은 많은 목재를 오사카 성에 반입했다는 것.

1. 그 목재로 외곽의 담, 방책 등의 건설을 서두르고 있다는 것.

1. 킨키近畿 지방 일대에서 식량을 사들이고 있다는 것.

1. 떠돌이무사를 모집하는 규모가 지난해 이상이어서 일단 성을 떠났던 자들이 속속 다시 입성하고 있다는 것.

…… 등이었다.

더구나 그런 상황으로 미루어 이미 전쟁은 불가피하다고 판단하고 있는 것이 군사軍師 오바타 카게노리……라고 한다면 이에야스가 반대할 여지는 완전히 봉쇄된 것이나 마찬가지였다.

그렇지 않아도 쇼군 히데타다가 센히메를 버릴 각오를 했다는 사실이 무겁게 가슴을 짓누르고 있는 이에야스였다. 따라서 15일에 이에야스가 오사카의 사자를 접견할 때 국면을 타개할 수단은 오직 하나, '영지이전'의 조속한 실행이 가능한지의 여부에 달려 있었다……

3

이에야스는 아오키 카즈시게가 가지고 온 선물에 대해 설명할 때까지 불가사의한 표정으로 앉아 있었다. 무언가를 깊이 생각하고 있는 것 같기도 하고 아무 생각도 하지 않는 것처럼 보이기도 했다.

아주 건강한가, 아니면 앉아 있기조차 괴로운가…… 정확히 분별하기가 힘들었다. 그러나 목록을 다 설명했을 때는 나직한 소리로 그 실물을 보고 싶다고 했다. 금을 입힌 매의 홰를 보고는—

“이것을 가지고 다시 한 번 타나카田中 부근에 나가 매사냥을 하고 싶군.”

여자들을 보며 천진스런 표정으로 말했다.

아오키 카즈시게는 왠지 모르게 전신의 힘이 빠졌다.

‘완전히 늙었구나……’

깨닫고 보니 머리가 많이 빠져 있고, 눈썹도 있는지 없는지 모를 정도였다. 마치 성별조차 분명치 않은, 통통하게 살이 찐 한 어린아이가 하얀 코소데를 입고 편안히 앉아 있는 것처럼 보였다.

“앞으로는 날씨도 따뜻해질 것이니……”

아오키 카즈시게가 말했다.

“여기 오는 도중에 꽃이 볼 만했겠지?”

이에야스는 귀에 손을 대고서 엉뚱한 질문을 했다.

“그렇습니다.”

“우다이진도 센히메도 여전한가?”

“예, 아주 화목하게 지내고 계십니다.”

이에야스는 크게 고개를 끄덕이고 시선을 로죠들에게 돌렸다.

“생모님도 여전하시겠지?”

아오키 카즈시게는 이런 상태라면 이미 이에야스는 출진하지 못할 것이라 생각했다. 언제나 곁에서 눈을 빛내고 있는 혼다 마사즈미도 오늘은 보이지 않고, 로죠들을 맞이한 챠아 부인과 시녀들뿐이었다. 그래서 나이든 이에야스는 완전히 현실 세계에서 떠난 은둔자와 같은 느낌이었다.

이러한 느낌은 아오키 카즈시게보다 쇼코인 등 여자들에게 더 절실하게 다가왔다.

“여전하신 존안을 뵙게 되어……”

죠코인은 판에 박힌 인사를 하고 나서 너무 입에 발린 말 같아 얼른 오쿠라 부인과 얼굴을 마주보았을 정도였다.

"오오, 이렇게 함께 찾아와주었군. 모두 여전한 모습을 보니 반가워. 그런데 생모님으로부터 무슨 특별한 말씀이라도 있어서 찾아왔나?"

"예. 올해는 추위가 대단하여 우선 문안을 드리고…… 그런 뒤 부탁을 드리라고 하셔서……"

"으음…… 생모님의 부탁이라니 그게 무엇일까?"

"실은……"

죠코인은 당연히 긴장해야 했을 텐데도 허전한 생각이 앞섰다.

'이미 실권은 완전히 에도로 옮겨가고, 이에야스에게는 별로 힘이 없는 게 아닐까……?'

이런 생각이 문득 가슴을 스쳤다.

"실은…… 아시다시피 지난해 전란으로 셋츠, 카와치 두 곳의 전답이 황폐하여 공납을 거의 받지 못했습니다. 그래서 성안에서는 군사들의 식량이 부족한 형편…… 그대들이 가서 오고쇼 님에게 사정하여 원조를 청하라는 분부를 받고 왔습니다."

이에야스는 이때도 귀에 손을 대고 듣는 자세를 취했다. 그러나 다 듣고 나서도 표정에는 아무런 변화도 나타나지 않았다. 죠코인은 잘 알아듣지 못한 게 아닐까 하는 마음에 음성을 높여 다시 한 번 똑같은 말을 되풀이하지 않을 수 없었다.

4

이에야스에게는 이 여자들의 청이 불쾌한 잔꾀……로 비쳐졌다. 그녀들이 오기 전에 이타쿠라 카츠시게로부터 장문의 보고가 있었다. 그

보고서에는 오사카 쪽이 킨키 일대에서 열심히 군량미를 사들인다……고 씌어 있지 않았는가?

그 군량미를 이에야스에게 매달려 더욱 늘리겠다……고 한다면 너무나 속이 들여다보이는 술책이라 하지 않을 수 없었다.

죠코인이 다시 한 번 한마디 한마디에 힘을 넣어 —

"전란으로 셋츠, 카와치 두 곳의 전답이 황폐하여……"

이렇게 되풀이했다. 이에야스는 흘끗 아오키 카즈시게 쪽으로 눈길을 돌렸다. 그리고 죠코인의 말이 끝나기를 기다렸다가 이번에는 카즈시게에게 물었다.

"이것은 우다이진의 청인가, 아니면 생모님의 부탁인가?"

갑작스러운 이에야스의 물음에 카즈시게는 당황했다. 그는 이 일에 대해 대답할 마음의 준비가 없었다.

"주군은 별로 그런……"

"그런가…… 그렇단 말이군."

이에야스는 이때도 무표정하게 두어 번 고개를 끄덕였다.

"나는 머지않아 나고야까지 갈 생각일세."

그리고는 여자들을 둘러보았다.

"예…… 뭐라고 하셨습니까?"

"나는 곧 나고야에 가야만 해."

"나고야로…… 말씀입니까?"

"그렇다니까. 움직일 수 있을 때 요시나오에게 짝을 지어주려고. 혼사야, 혼사 때문에 가려고 해."

그런 뒤 이에야스는 곁에 있는 챠아 부인에게 물었다.

"이름이 뭐였더라? 생각이 나지 않는군, 이름이……"

"예, 아사노 집안의 선대인 유키나가 님의 따님으로 하루히메春姬라는 분입니다."

"아, 그렇군. 그래, 오하루였어! 하하하…… 봄이 왔다, 봄이 오면 따뜻해진다…… 이런 식으로 기억해두려고 했는데, 오하나였는지 오우메였는지 잘 생각이 나지 않았어. 그런데 몇 살이더라?"

"예, 열세 살이라고 들었습니다."

"요시나오는 열여섯이 됐어. 그래 세 살 차이였어……"

이렇게 말하고 이에야스는 요시나오의 사부였던 히라이와 치카요시 平岩親吉는 죽을 때 망령이 들었다, 요시나오는 고집이 세기 때문에 아내는 얌전한 성격이라야 한다는 등 완전히 화제를 바꾸고 말았다.

죠코인보다 오쿠라 부인이 초조해하기 시작했다. 그녀는 요도 부인의 명령을 더 깊이 새기고 있었기 때문이다.

"오고쇼 님께 말씀 드립니다."

"음, 무슨 일인가?"

"조금 전에 죠코인이 말씀 드린 청은 어떻게 하시렵니까?"

"오오…… 아직 그 대답을 하지 않았던가?"

"예. 아직 듣지 못했습니다마는."

"원, 이런…… 대답한 줄로 알고 있었는데. 나는 곧 나고야로 갈 것이니 마침 잘됐어. 그대들은 한발 먼저 나고야에 가서 요시나오의 혼례를 도와주었으면 싶어. 칸토의 여자들은 혼사에 대한 예절이 아주 어두워. 그대들이 보살펴준다면 마음이 놓이겠는데……"

로죠들은 무의식중에 서로 얼굴을 마주보았다.

5

이에야스의 말이 너무나 엉뚱한 방향으로 흐르고 있어 아오키 카즈시게는 다시 온몸이 굳어졌다.

'도대체 무슨 생각을 하고 있는 것일까?'

그러나 죠코인은 앞으로 몸을 내밀고—

"오고쇼 님, 그 일에 대해서는 안심하십시오. 저희들이 기꺼이 도와드리겠습니다."

웃는 낯으로 얼른 대답했다.

"나고야는 돌아가는 길에 있고, 더구나 아사노 집안의 처녀라면 생소한 사이도 아닙니다. 그렇지요, 오쿠라 님?"

"예…… 그렇습니다."

"그러므로 그 일에 대해서는 안심하시고, 생모님이 청하신 일을 잘 부탁 드립니다."

이에야스는 비로소 웃는 낯을 보였다.

"그럼, 이야기는 끝났어. 나도 혼례를 치르고 교토에 갔다가 셋츠, 카와치 지방도 시찰하고 지시를 내려서 절대로 사람들을 굶기지는 않겠어. 그럼, 나고야에서 기다리도록 해."

로죠들은 또다시 서로 얼굴을 마주보았다.

로죠들도 예기하고 있었던 일이었다. 이에야스는 절대로 오사카의 청을 거절하는 눈치는 아니었다. 오사카에 대해 적의는커녕 마치 일가 같은 친밀감을 보이면서, 요시나오의 혼례를 도와달라…… 그러면 그 후에 절대로 오사카 사람들을 굶도록 내버려두지는 않겠다……고 말하고 있었다.

"자, 그러면 되겠지?"

이에야스가 말했다.

"잘됐어, 챠아. 이것으로 그대의 손님들과는 이야기가 끝났어. 별실에서 후히 대접하도록. 세설에 맞는 특산품도 준비하고."

"예. 그럼…… 잘 부탁 드립니다."

로죠 네 사람은 서로 고개를 끄덕이고 나서 일제히 이에야스 앞에 두 손을 짚고 인사했다.

아오키 카즈시게도 서둘러 그녀들을 따라 머리를 조아렸다. 그 순간이었다. 이에야스는—

"우다이진의 사자는 좀 기다리게."

가볍게 못을 박고 로쥬들을 배웅했다.

아오키 카즈시게가 등줄기가 오싹 얼어붙는 듯한 느낌이 든 것은 여자들이 나간 실내에서 이에야스와 시선이 딱 마주쳤을 때였다. 이에야스의 눈빛은 지금까지와 같은 어린아이의 천진스러운 눈이 아니었다. 당장이라도 사냥감을 낚아채려고 달려드는 매처럼 날카롭게 빛나는 눈이었다.

"카즈시게."

"예."

"여자들과의 볼일은 끝났어. 자, 이제는 사나이들끼리의 용건을 이야기하세."

"예……"

"걸핏하면 생모와 여자들을 이용하는군. 이것은 오사카의 좋지 못한 버릇이야. 저번에도 이치노카미가 똑같은 수법을 써서 나는 따로따로 만났어. 여자들을 나무란다고 해서 이야기가 될 것 같지 않기 때문에 말이야. 그런데 결과가 좋지 않았어. 그래서 오늘은 남자가 여자들을 어떻게 다루어야 하는지 그대에게 분명하게 보여준 것일세. 그대는 사나이, 더구나 우다이진의 사자가 아닌가. 이 중요한 시기에 단지 신년 인사차 온 것만은 아닐 테지. 우다이진에게서 어떤 밀령이 있었는가? 아니면 중신들끼리 어떤 결정이라도 내렸는가? 칸토의 바람은 거칠어. 단단히 각오하고 대답하게."

이렇게 말하고 이에야스는 사방침을 껴안듯이 하며 입을 한일자로 굳게 다물었다.

6

아오키 카즈시게는 당황하며 자세를 바로 했다.

'이 얼마나 무서운 늙은이인가……'

조금 전까지만 해도 다 늙은 노인, 자기 날개로는 날 수조차 없는 듯이 보이던 이에야스였다. 그런데 갑자기 이쪽을 압도하는 맹금으로 표변했다.

'그렇다면 나도 지지 않겠다!'

"그 말씀, 감사하게 생각합니다."

카즈시게도 투지가 끓어올라 힘있는 어조로 대응했다.

"이번에 주군의 명으로 왔다는 것은 사실이 아닙니다."

"으음, 그렇다면 중신들의 사자로군."

"그렇습니다. 현재 쿄토, 오사카에는 당장이라도 칸토의 대군이 몰려올 것이라는 소문이 퍼져 있습니다."

"그래서……?"

"오노 슈리가 저에게 지시한 것은, 오고쇼 님을 직접 뵙고 이러한 민심의 불안과 동요……를 해소하기 위해서는 어떻게 하면 좋을지 그 방안을 여쭈어보라는 것이었습니다."

"뭣이…… 그렇다면 하루나가에게는 민심의 동요를 수습할 방법이 없다는 말인가?"

"그렇습니다! 오사카에서 아무리 그런 노력을 해도 칸토 쪽에서 약속을 지키지 않고 해자를 모두 메우는 무리를 강행하고 있다, 그래서는 민심의 불안과 동요를 가라앉힐 수 없다, 이 점에 대해 오고쇼 님의 의중을 알아보라고……"

아오키 카즈시게는 분연히 상대를 나무라는 어조로 말했다. 하루나가의 지시는 이처럼 과격한 것이 아니었다.

"불안한 민심을 바로잡으려면 어떻게 해야 되겠습니까? 이에 대한 의견을……"

저자세를 취하면서 이에야스의 마음을 떠보라는 것이었으므로, 이는 분명한 탈선이었다.

이에야스는 갑자기 음성을 낮추었다.

"카즈시게, 잘 말했네."

"예……?"

"이것으로 사정을 잘 알겠어. 그럼, 그대의 질문에 순서대로 대답하겠네. 슈리는 해자를 모두 메운 것은 내 뜻이 아니다……고 잘못 생각하고 있는 모양인데, 그 조치는 모두 이 이에야스가 내린 결정. 우선 이 점을 깊이 명심하게."

"그러면…… 그것이?"

"그래. 나는 어떻게 해서라도 도요토미 가문을 존속시키고 싶다네. 그런데 이에야스의 이런 뜻을 살리는 데는 오사카 성 자체가 큰 방해가 되는 것이야. 야심을 품은 많은 사람들에게 난공불락……이라고 알려진 성이기 때문에."

"……"

"황금에 집착하는 자는 황금 때문에 생명을 잃는다…… 옷에 집착하는 여자는 옷 때문에 불의를 저지른다…… 카즈시게, 도요토미 가문이 영원히 존속되기를 바란다면 더 이상 그 성에 집착해서는 안 돼. 알아듣겠나?"

"……"

"지금 말한 것이 첫번째 대답이고…… 다음으로 민심의 불안과 동요를 해소시킬 방법이 없다고 했는데, 민심의 불안과 동요는 절대로 메워진 해자 때문은 아니야. 그 일을 불만스럽게 여기고 떠들어대는 자는 따로 있어. 그 소란을 보고, 이렇게 되면 칸토 쪽에서 그냥 내버려두지 않을 것이다…… 이렇게 보기 때문에 민심이 불안해지고 동요하는 거야. 알겠나?"

이렇게 말한 이에야스는 지금까지의 날카로운 눈빛을 거두고 조용히 카즈시게의 반응을 살폈다.

7

아오키 카즈시게는 아직도 마음속에 끓어오르는 격한 감정을 누그러뜨리지 않고 있었다. 일단 창백해졌던 얼굴이 뜨겁게 타오르는 것이 그 증거였다.

'참으로 방심할 수 없는 늙은 너구리……'

이번에는 나를 구워삶으려 하고 있다.

이런 생각을 하면서 상대하고 있으려니 이에야스의 말은 방자하고 아전인수격인 논의의 왜곡으로밖에 받아들여지지 않았다. 아니, 그보다 도요토미 가문은 더 이상 난공불락의 오사카 성에 살 자격이 없다고 하는 이에야스의 말이 아오키 카즈시게에게는 참을 수 없는 모욕처럼 느껴졌다.

여자는 옷에 집착하여 불의를 행한다……고 한 것은 요도 부인을 두고 한 말일까? 그러고 보니 요즘의 오사카 성은 요도 부인의 옷……이라는 느낌이 없지도 않았다.

히데요리는 겨울 전투에서 화의한 이후 안타까울 정도로 소극적인 자세가 되었고, 그 반대로 요도 부인은 완전히 기세가 올라 일일이 간섭하고 있었다.

"그러면 오고쇼 님은 처음부터 해자를 모두 메울 생각이었다, 그리고 만일 사람들이 소란을 피우기 시작하면 그렇게 하지 못하도록 숨통을 끊겠다…… 이렇게 된 것이군요."

이에야스는 깜짝 놀랐다. 동시에 화도 나고 실망도 했다.

"카즈시게, 그대는 겁도 없이 함부로 말하는 사나이로군."

"예. 처음부터 목숨을 버릴 각오였습니다."

"목숨의 문제가 아니야. 불안한 민심을 수습하려면 그 방법은 한 가지밖에 없다……고 말하고 있는 거야."

"이번에는 성을 완전히 파괴하겠다는 말씀입니까?"

이에야스는 혀를 찼다.

"성을 파괴한다…… 그것도 하나의 수단이 될 수 있겠지. 해자도 없고 성도 없다……고 하면 싸움을 할 수 없을 테니 백성들이 전전긍긍할 필요는 없겠지."

이렇게 말하고 이에야스는 쓴웃음을 지을 수밖에 없었다.

"그러나 성과 함께 도요토미 가문까지 궤멸시키는 것은 무의미한 일. 나는, 나는 성은 없애되 도요토미 가문은 존속시키겠다는 거야. 어떤가, 그대는 이 점을 생각해본 일이 있는가?"

"없습니다!"

카즈시게는 퉁겨내듯 대답했다.

아오키 카즈시게는 일단 이에야스를 물고늘어진 이상 절대로 미온적인 타협은 하지 않아야 한다고 생각했다.

'우리에게도 고집이 있고 근성이 있다. 생명을 던지고 상대한다면 무엇을 두려워할 것인가……'

이때부터 두 사람 사이에는 아무리 가까워지려고 해도 가까워질 수 없는 거리가 생기고 말았다.

카즈시게는 눈을 부릅떴다.

"오고쇼 님의 말씀을 그대로 슈리 님에게 전하겠습니다. 오고쇼 님은 해자뿐 아니라 처음부터 성까지 없앨 생각이었다고."

깨닫고 보니 이에야스는 전과 같은 노인의 얼굴로 돌아와 이미 카즈시게의 말은 듣고 있지 않았다.

이에야스는 지겹다는 듯 옆에 있는 시녀에게 명했다.

"나가이 나오카츠永井直勝를 불러 오사카에서 온 사자를 대접하여 돌려보내라고 하라."

이상하게도 카즈시게는 이것으로 완전히 승리했다는 기분이 들어 어깨를 잔뜩 치켜올리고 있었다……

8

이에야스는 나가이 나오카츠를 불러 카즈시게를 그에게 맡기면서 칼 한 자루를 주기도 아깝다는 생각이 들었다.

'이제 전쟁은 피할 길이 없다……'

이런 실감이 무겁게 가슴을 짓눌러 말하기조차 귀찮았다. 실제로 이에야스가 다시 출전하기로 결심한 것은 이날 15일부터 2, 3일 사이였던 것 같다.

설상가상으로 아오키 카즈시게가 물러간 뒤 다시 이타쿠라 카츠시게로부터 급보가 들어왔다.

그 보고에 따르면 쿄토에 번지고 있는 소문은 예사롭지 않다고 했다. 지금까지는 칸토에서 대군이 쳐들어오리라는 소문뿐이었으나 갑자기 그 반대로 되었다고…… 당장이라도 오사카 군사가 쿄토에 침입하여 방화할 것이라는 소문이었다. 카츠시게는 이를 강력하게 부인하고 민심을 가라앉히려고 했으나, 일단 퍼지기 시작한 소문은 계속 번지기만 할 뿐이어서, 겁에 질린 사람들은 쿠라마鞍馬, 아타고愛宕 등의 산으로 피하거나 만약의 경우를 생각하여 궁정이나 공경의 집에 재산을 맡기는 자들이 속출하고 있다……고 했다.

이에야스는 약간은 과장된 보고라고 생각했다. 이타쿠라 카츠시게도 이미 쇼군 히데타다와 같은 생각을 가지고 있었다.

'어떻게 해서든지 나를 움직이려 하고 있다……'

그런데 이튿날 이번에는 카츠시게의 아들 이타쿠라 시게마사가 새파랗게 질려 말을 달려 들이닥쳤다.

그때 이미 오사카에서 온 로죠들은 만족한 기분으로 나고야로 출발했고, 아오키 카즈시게도 토쿠간 사를 떠나려 하던 참이었다.

"오고쇼 님, 결단을 내리시지 않으면 돌이킬 수 없는 일이 벌어지게 됩니다."

이타쿠라 시게마사는 이에야스의 얼굴을 보자마자 숨을 돌릴 사이도 없이 이렇게 말했다.

"오사카 공격의 결단은 어떠하든 쿄토를 방어할 태세만은 즉시 갖추어야겠습니다. 그것도 보통 인물로는 안 된다, 혼다 타다마사 님에게 정병을 거느리고 즉시 상경하도록 청을 드리라는 것이 아버지 말씀이었습니다."

이때 이에야스는 엄한 소리로 시게마사를 꾸짖었다.

"허둥대지 마라, 시게마사! 정세는 누구보다도 내가 더 잘 알고 있다. 필요하다면 혼다도 사카이도, 또 토도도 이이도 기회를 놓치지 않고 파견하겠지만, 보고하는 데는 순서가 있는 법이다. 어째서 혼다 군이 필요하다는 말이냐?"

질문을 받고 시게마사는 얼굴이 빨개졌다.

"황송합니다. 오사카 쪽에서는 니죠와 후시미 성을 습격하고 쿄토에 방화를 할 뿐만 아니라, 조정을 끌어들이기 위해 궁전을 포위하여 위협하려는 계획…… 이런 정보를 제공한 자가 있습니다."

"뭣이, 조정까지 전쟁에 끌어들이려 한다는 말이냐?"

이에야스도 그만 숨을 죽였다. 그리고 곧바로 눈앞에 떠올린 것은, 자기 앞에서 분연히 생명을 버릴 각오라고 장담하던 아오키 카즈시게의 얼굴이었다.

'그렇구나, 그런 분위기……가 되었을지도 몰라.'

이에야스는 계속 탄식만 할 뿐 잠시 동안 아무 말도 하지 않았다.

이런 가운데 하루가 지나고, 이번에는 에도에서 도이 토시카츠가 역시 새파랗게 질린 얼굴로 달려왔다……

땀의 악령

1

'전쟁의 무서움을 모르는 자만큼 다루기 힘든 것도 없다……'

이에야스가 어쩔 수 없이 다시 출전할 각오를 굳혔을 때 다시 쿄토에서 급박한 사태를 고하러 온 두 사람이 있었다.

한 사람은 다테 마사무네, 또 한 사람은 오사카 성에서 탈출한 노부나가의 아들 오다 죠신織田常眞(노부오信雄)이었다. 그들은 똑같은 보고를 했다. 처음에는 떠돌이무사들만의 선동이었으나, 그 선동의 불길이 도요토미 가문의 옛 신하들에게까지 옮겨붙었다고 했다.

도요토미 가문의 옛 신하들 중에서 전쟁터를 달리며 전쟁의 무모함을 깨달았던 자들은 차차 줄어들었다. 그래서 지금 남아 있는 자들은 갈 곳 없는 떠돌이무사들과 자기네 입장의 차이를 분별할 수 있는 냉정함을 잃고 있었다.

선두에 나선다는 젊은이들은 저마다—

"만약의 경우에는 성을 베개삼아 전사하겠다."

기세를 올리게 되었다고……

이에 대해 오다 죠신은—

"나는 도요토미 가문의 주인이던 집안의 핏줄, 세상을 떠난 타이코와의 인연을 생각하여 도요토미 가문의 존속을 위해 노력한다면 모르겠소만…… 성을 베개삼아 죽겠다는 자들의 심부름이나 해야 할 의리는 전혀 없소."

이렇게 말했다.

다테 마사무네는 그 이상으로 냉정한 말을 했다.

"오고쇼와 타이코의 인간적인 차이가 분명히 드러났습니다. 무기력한 타이코의 가신들…… 그 성은 무기력한 자들이 들어가 있어도 좋을 성이 아닙니다."

이에야스는 두 사람 모두에게 화가 났다. 불쾌했다. 그러나 이제 와서 그런 말을 한들 무슨 소용이 있다는 말인가.

갈 곳이 없다는 점에서는 오다 죠신도 오사카 성에 들어가 있는 떠돌이무사들과 다를 바 없었다. 그래서 비어 있는 오쿠보 나가야스의 저택을 주어 슨푸에서 살게 했다. 기쁨을 감추지 못하고 고마워하는 죠신의 모습을 보면서 이에야스는 옛날의 이마가와 우지자네今川氏眞를 상기하지 않을 수 없었다.

자기를 무척이나 괴롭히면서 이용한 이마가와 요시모토의 아들도, 그리고 자기 아들 노부야스를 할복토록 했던 오다 노부나가織田信長의 아들도 결국 자기가 보살피게 되다니……

'나는 묘한 적선積善을 하고 있군.'

이러한 적선이 인간으로서 신불에게 보답하는 가장 중요한 조건이 되는 것 같았다.

'타이코는 별로 적선을 하지 않았는데……'

그렇더라도 나는 히데요리를 버리지 않는다.

'우지자네도 죠신도 구해준 내가 어찌 타이코의 아들 히데요리만 버

릴 수 있단 말인가……'

이에야스는 불심과 치세의 틈바구니에 끼여 괴로워하면서 3월 18일, 에도에서 온 도이 토시카츠에게 다시 출진을 허가하고 곧 스루가駿河의 카고가하나加護ヶ鼻에서 대포를 만들도록 명령을 내렸다. 혼다 타다마사에게 쿄토에 대한 경비를 명한 것은 그 전날인 17일—

이에야스가 요시나오의 혼례를 이유로 막내아들 요리후사賴房(미토水戶)를 성에 남긴 채 그의 형 요리마사(키슈 요리노부)를 데리고 슨푸에서 출발한 것은 4월 4일. 이 출발이 재출전의 첫걸음인 것은 말할 나위도 없었다. 이렇게 하여 동서東西 양자의 불행한 전쟁은 마침내 피할 수 없는 것이 되었다.

그렇다면, 오사카 성에서 로쥬들이 돌아오기를 기다리는 요도 부인과 이미 전의를 상실한 히데요리는 무엇을 하고 있을까……?

2

요도 부인에게 로쥬들로부터 연락이 있었던 것은 이에야스가 아직 슨푸를 출발하기 전이었다. 그 서신은, 이에야스가 요시나오의 혼례를 마치고 상경하여 도요토미 가문의 가신과 백성들을 절대로 굶주리지 않게 하겠다……는 반가운 내용이었다.

요도 부인은 우선 센히메에게 그 서신을 보이고 나서 하루나가를 불러 자랑스럽게 보여주었다.

"내가 잘못 보지는 않았어. 오고쇼에게는 우리와 싸울 생각이 추호도 없어요."

요도 부인이 서신을 건넸을 때 오노 하루나가는 심각한 표정으로 고개를 저었다.

"여자들이 또 보기 좋게 속았습니다."

"그게 무슨 소리예요! 그럼, 그대에게는 다른 소식이라도 왔다는 말인가요?"

"아오키 카즈시게가 여자들의 뒤를 이어 나고야에 가서 그곳에 머물고 있습니다."

"아오키 카즈시게가?"

"예. 카즈시게의 서신이 여기 있으니 보십시오…… 그러나 절대로 비밀을 지키셔야 합니다."

요도 부인은 쓴웃음을 지으며 하루나가가 건네는 아오키 카즈시게의 서신을 받아들었다.

"그러니까, 카즈시게에게 나고야에서 사정을 알아보도록 명했다는 말인가요?"

"예. 아니, 카즈시게가 납득할 수 없는 점이 생기면 나고야에 머물겠다고 말해왔습니다. 오고쇼는 틀림없이 혼례에 참가한다는 핑계로 출진할 모양입니다. 벌써 쿠와나, 이세의 군사들이 밀령을 받고 행동하기 시작한 것 같습니다."

요도 부인은 아직도 미소를 지우지 않고 카즈시게가 보내온 서신을 읽기 시작했다. 그러다가 그 표정이 묘하게 굳어진 것은 오사카 성에 배반자가 있다는 구절을 읽었을 때였다. 다름 아니라, 오다 죠신과 오다 우라쿠사이 부자가 그렇다고 아오키 카즈시게는 분명히 기록하고 있었다.

오다 죠신과는 나고야에 오는 도중 스쳐 지났다. 죠신은 어떤 정보를 이에야스에게 제공하고 슨푸에 저택을 제공받았다. 그뿐이라면 카즈시게도 놀라지 않는다. 나고야에 와서 나고야의 중신 타케고시 마사노부竹腰正信와 오다 우라쿠사이가 계속 정보교환을 하고 있다는 사실을 알았다. 우라쿠사이 부자는 전쟁이 일어나면 성을 나와 이에야스의 품

안으로 뛰어들 것이 분명하다.

"그래서 저도 우라쿠 부자와 같은 마음을 품은 것처럼 가장하고 정확한 정보를 얻을 때까지 로죠들과 함께 이곳에 머물려고 하는데 지시 있으시기 바랍니다."

이런 말로 아오키 카즈시게의 서신은 끝났다.

요도 부인은 다 읽고 나서 계속 강하게 혀를 찼다.

"이 카즈시게의 서한을 어떻게 생각하나요, 슈리?"

"어떻게 생각하다니…… 수상한 점이라도 있습니까?"

"수상해요, 수상하고 말고. 이것은 카즈시게가 나고야의 중신들로부터 조종을 받아 그대의 마음을 떠보려고 쓴 거예요…… 그자야말로 배신자라고 보는데, 어떤가요?"

요도 부인의 반론에 오노 하루나가는 더욱 이맛살을 찌푸렸다.

"그럼, 생모님은 우라쿠 님에 한해…… 신뢰하신다는 것입니까?"

3

"우라쿠 님에 국한된 것이 아니에요!"

요도 부인은 언성을 높였다.

"사람이란 마음을 어떻게 먹느냐에 따라 악마도 되고 뱀도 되는 거예요. 그대가 우라쿠 님을 의심하면 우라쿠 님도 그대를 의심하게 되는 거예요…… 나는 이제 의심에 대해서는 아주 질리고 말았어요."

"죄송합니다마는……"

오노 하루나가도 강하게 반발했다.

"이제는 질렸다느니 싫다느니 하는 말로…… 끝날 일이 아닙니다. 문제는 좀더 절박합니다. 지금 저는 로죠들을 슨푸에 보낸 것을 후회하고 있습니다."

"그 이유는? 로죠들은 나의 사자예요. 슈리, 그대는 그게 불만이란 말인가요?"

"생모님! 흥분하지 마시고…… 들어보십시오. 로죠들은 이 서신에 있는 것처럼 오고쇼에게 농락되어 혼례를 돕고 있습니다."

"그것이 나쁘다……는 말인가요?"

"나쁘다 좋다……는 문제가 아닙니다. 나고야 성 혼례는 표면적인 것, 그것이 곧 오고쇼와 아사노 가문이 손을 잡고 출전할 계획이라고…… 더 심하게 말하면 그 혼례는 바로 오사카를 공격하기 위한 준비……라고 보시지 않습니까?"

"뭐라고요! 나고야의 혼례가 바로 오사카를 공격하기 위한 준비란 말인가요?"

"예. 다시 오사카를 공격한다면 키슈의 아사노 가문은 칸토 쪽의 소중한 동지…… 그러므로 선대의 딸을 나고야에 인질로 잡아놓아 그녀의 오빠 나가아키라長晟가 꼼짝 못하도록 묶어둘 계략……이라고 보아도 전혀 허황한 상상이라고는 할 수 없습니다."

요도 부인은 깜짝 놀라 입을 다물었다. 이미 잊혀져가고 있던 '인질'이란 말이 다시 기억 속에서 무섭게 머리를 들기 시작한 모양이다.

"지난번에 말씀 드린 작은 마님의 자살미수 사건…… 그 사건도 여러 가지로 해석할 수 있습니다. 칸토와 주군 사이에 끼여 괴로움을 견디다못해 자결을 각오한 것이라고도…… 또 그렇지 않다고도 해석할 수 있습니다."

"그렇지 않다고도?"

"예. 칸토에서는 화의라고 속여 이쪽을 무력하게 하고 나서 오사카를 멸망시킬 속셈……이라는 사실을 깨달으신 것만으로도 자결의 원인이 될 수 있다고 생각합니다."

여기까지 말하고 하루나가는 가만히 무릎을 쳤다.

"참, 우라쿠사이 님 이야기를 하다가 말이 빗나갔군요. 그런데, 이렇게 하면 어떻겠습니까? 성안 떠돌이무사들은 요즘 쌀도 돈도 없어 몹시 곤란을 겪고 있습니다. 그러므로 생모님의 특별한 지시라고 하면서 금은을 조금씩 나누어주면?"

"모두 그 정도로 곤란을 받고 있나요?"

"예. 그리고 또 하나…… 그 금은을 분배한 결과가 어떻게 나오는지 보고 싶습니다."

하루나가는 부드럽게, 그러나 신랄한 야유조로 말했다.

"저는 그 돈을 군자금으로 해석하고 맨 먼저 오다 우라쿠사이가 성에서 사라질 것……이라고 생각하는데 과연 어떨까요?"

4

요도 부인은 얼마 동안 하루나가가 한 말의 의미를 이해하지 못하는 것 같았다.

떠돌이무사들이 곤궁에 빠져 있으므로 금은을 나누어준다……는 말은 이해할 수 있었다. 그렇게 되면 어째서 우라쿠사이가 성에서 나간다는 말인가?

"이해하지 못하시겠습니까? 우라쿠 부자는 이미 칸토와 내통하고 있다……고 저는 보고 있습니다. 그러므로 군자금이 분배되었다……고 하면 싸울 결심을 했다고 판단하여 성을 버린다…… 그러니까 우라쿠 부자가 성을 버린다는 것은 오고쇼의 화의가 실은 모략이었다는 증거라고 단정해도 좋다고 생각합니다마는."

요도 부인은 그래도 계속 허공만 노려본 채 생각에 잠겨 있었다.

"그러니까 우라쿠 님은 이미 오사카를 버렸다는 것이군요?"
"아니, 오고쇼의 모략에 넘어갔다고 봅니다."
"그럼, 한 가지 묻겠어요. 만약…… 전쟁이 시작되어도 우라쿠 님이 움직이지 않을 때 그대는 무엇으로 사과하겠나요?"
"그때는……"
하루나가는 흰 부채를 배에 세우고 희미하게 웃었다. 사실 하루나가 자신도 요즘에는 심한 불면증으로 시달려 가능하다면 깨끗이 할복하고 싶은 심정이었다.
"아니…… 목숨을 걸겠다는 말인가요?"
"그렇습니다."
"알았어요! 알겠어요. 그럼 오고쇼의 도움을 기다리지 않고 얼마씩 금은을 나누어주기로 하겠어요. 그러나 나의 금은이 아니라 주군의 것. 곧 내가 주군을 만나 부탁하여 주선할 것이니, 슈리 그대도 약속을 잊지 마세요."
"예, 깊이 새기고 있습니다."
이 역시 의논의 영역에서는 벗어나 있다.
잠자리를 같이하는 남녀란 어쩌면 이렇게도 치어痴語와 이성을 쉽사리 혼동하는 것일까?
하루나가가 물러간 뒤 요도 부인은 서둘러 히데요리에게로 갔다. 그리고 금은을 서둘러 지급하기로 하고, 그 자리에서 센히메에게 자결하려던 일에 대해 물었다.
그때는 이미 센히메도 추궁을 받으면 어떻게 대답하겠다는 마음의 준비가 되어 있었던 것 같다. 히데요리가 깜짝 놀랄 정도로 침착하게 대답했다.
"어차피 이 세상은 남자들의 것입니다. 여자에게 주어진 것은 사랑하는 분을 위해 죽는 일뿐…… 그런 생각에서 성급한 짓을 했습니다.

용서를 빌겠습니다."

그 말을 들었을 때 요도 부인은 미친 듯이 울기 시작했다.

"옳은 말이야, 옳은 말이야…… 용서해다오. 센히메야말로 진정한 내 며느리였어."

같은 여자로서의 숙명이 요도 부인의 가슴에 그대로 스며들었음이 분명하다.

그런데 이보다 더 불길한 사건이 잇따라 발생했다.

금은을 분배받은 떠돌이무사들이 드디어 전쟁이 벌어지게 되었다고 들떠 있을 때, 하루나가의 예상대로 오다 우라쿠사이 부자의 모습이 감쪽같이 성에서 사라졌다.

4월 8일, 석가탄신일 오후의 일이었다.

5

우라쿠사이 부자는 이날, 쿄토의 소켄 사總見寺에 가서 불공을 드리는 체하고 성을 나갔다. 하루나가의 동생 하루후사는 그 사실을 알았으나 잠자코 있었다.

중신들 중에도 의아한 눈으로 전송한 자가 몇 사람 있었다. 그 전에 이미 오다 죠신이 떠났기 때문에 수상히 여기는 자가 있었다 해도 이상할 것은 없었다.

요도 부인에게 오다 우라쿠사이의 집이 텅 비었다고 보고를 한 것은 오타마였다.

오타마는 9일 아침, 우라쿠사이가 부탁한 비단 보자기를 만들어 가지고 이를 전하러 갔다. 그런데 문은 닫힌 채였고 집안에서는 전혀 인기척이 없었다. 그래서 옆집 하인에게 물었더니, 우라쿠사이의 하인들은 7일 저녁 때 모두 해고당해 물러갔다고 했다.

오타마에게 보고를 들은 요도 부인의 낯빛이 금세 변했다. 그녀는 이것이 하루나가의 농간이 아닐까 하고 생각했다.

"슈리를 불러라. 슈리가 아직 그 사실을 모를 리 없다."

오노 하루나가는 시녀가 부르러 가기 전에 먼저 파랗게 질린 얼굴로 요도 부인을 찾아왔다.

"말씀 드립니다."

하루나가의 이마에는 비지땀이 흐르고 있었다.

"지금 토카이東海 지방에 내보냈던 첩자가 타나카에서 오고쇼를 만나 엄명이라는 것을 가지고 왔습니다."

"뭣이, 오고쇼의……?"

우라쿠에 대한 이야기가 아니어서 요도 부인은 당황하며 물었다.

"그자는…… 오고쇼를 만났다는 자는 도대체 누구인가요?"

"저쪽의 눈에 띄면 가장하고, 그렇지 않으면 계속 정탐하라고 제가 내보낸 요네무라 곤에몬이란 자입니다."

"곤에몬이 오고쇼를 만나고 왔다는 말인가요?"

"예…… 슨푸를 떠난 오고쇼의 경호원에게 발각된 줄 알고…… 사자라고 하면서 타나카에서 면담을…… 그때 오고쇼는 거친 소리로, 너의 주인 오노 슈리는 무얼 하고 있느냐? 즉각 히데요리 님을 코리야마로 옮겨라, 그렇지 않으면 전쟁이다! 이렇게 질타했다고 합니다."

"뭣이, 즉각 주군을……?"

"생모님! 이미 전쟁은 피할 수 없습니다. 킨키 지방은 물론이고 서쪽 여러 다이묘들에게도 분명히 출진명령이 내려졌습니다. 지금 같아서는 아오키 카즈시게와 로쵸들이 그대로 나고야에 잡히게 될 것입니다. 지난 오일과 육일에 이세, 미노, 오와리, 미카와의 다이묘들이 일제히 토바鳥羽, 후시미를 향해 행동을 개시했다고 합니다…… 요네무라 곤에몬의 보고이므로 틀림없습니다."

요도 부인이 정말로 큰 혼란에 빠진 것은 이때부터였다.

'하루나가는 아직 우라쿠가 성에서 나간 것을 모르고 있다……'

"슈리, 설마…… 그 오고쇼의 말을……"

"절대로 잘못 들었을 리 없습니다. 역시 오고쇼는 처음부터 우리들을 속일 생각이었습니다."

요도 부인은 이때 비로소 우라쿠사이에 대한 말을 꺼냈다.

"그렇다면, 우라쿠도 그런 사정을 잘 알고 마침내는 우리를 버렸단 말인가요?"

6

"아니, 우라쿠 님이?"

하루나가의 놀람은 마치 헤엄치는 듯한 동작으로 나타났다. 순식간에 땀의 양이 많아지고 이어서 세차게 혀를 찼다.

"역시 적으로 돌아서서 배신자가 되었다는 말씀입니까?"

하루나가는 더 이상 자기 말을 음미해보려고 하지 않았다. 그가 냉정한 지휘자라면 카타기리 카츠모토나 오다 우라쿠사이를 가리켜 배신자라는 말은 쓰지 않았을 것이다.

카츠모토나 우라쿠사이는 절대로 적이 아니다. 단지 이번 전쟁의 결과를 확실히 예상할 수 있었기 때문에 주전론자의 주류는 될 수 없는 의견의 대립자에 불과했다.

하루나가와 카츠모토, 우라쿠사이는 어느 쪽이 더 진정한 도요토미 가문의 충신일까……

"전부를 얻느냐, 아니면 전멸이냐?"

자못 용감한 것 같기는 하나 그야말로 생각이 모자라는 어린아이의 호언장담에 지나지 않는 것……

하루나가의 말을 듣고 요도 부인의 얼굴에서도 순식간에 핏기가 가셨다. 그것은—

'배반당했다!'

이렇듯 견디기 힘든 감정에 사로잡힌 모습.

"이거, 큰일났습니다."

하루나가는 요도 부인의 감정에 부채질을 했다.

"우라쿠사이 부자가 나고야 성에 들어가면 이쪽 사정이 낱낱이 알려집니다…… 이제부터는 우리가 선수를 쳐서 전쟁을 해야 합니다."

"잠……잠깐, 슈리."

"이런 형편이 되었는데도 생모님은 여전히 말리겠습니까?"

"잠깐…… 오늘은 구일…… 오고쇼가 곧 나고야에서 로쥬들과 만나게 될 거예요. 사자 중에는 죠코인도 있으니 하루 이틀 더 기다리는 것이 좋아요."

요도 부인에게서는 좀처럼 찾아보기 어려운 냉정한 말이었다. 외숙부 우라쿠사이에게 '배신당했다' 고 느꼈으나 아직 이에야스나 죠코인, 그리고 오에요 부인이 모두 자기를 등졌다……고는 생각하고 싶지 않았기 때문일 것이다.

요도 부인의 이 배려는 받아들여지는 듯했으나 실은 보기 좋게 무시당했다. 하루나가는 요도 부인 앞에서는 입술을 깨물고 고개를 끄덕였으나 물러나온 즉시 군사회의를 열었다.

'생모님도 주군도 상대할 수 없다.'

하루나가의 생각은 겨울 전투가 있기 전부터 바람에 날리는 갈대처럼 계속 흔들리기만 했다. 야심 같은 것이 있을 리 없었다. 우왕좌왕하여 굳게 버티고 선 모습이라고는 조금도 찾아볼 수 없었다. 고작 크게 용기를 내었을 때는 승리에 대한 확신이 아니라 요행에 거는 기대……
그리고 마음이 약해졌을 때는 죽음을 생각하고 있었다.

그런 하루나가가 오늘은 중신인 요네무라 곤에몬의 보고와 오다 우라쿠사이의 도주로 분노가 치밀어 있었다.

오노 하루나가가 좀더 냉정했더라면 개전開戰을 생각하기 전에 누군가에게 명해 우라쿠사이의 뒤를 쫓게 했을 터. 그리고 단칼에 베어 없앴다면 성안의 사정도 새나가지 않았을 테지만, 그럴 만한 결단도 용기도 없었다.

이처럼 바람에 날리는 갈대 오노 하루나가가 마침내 대담무쌍한 생각을 했다. 만일 요도 부인과 히데요리가 전쟁을 주저한다면, 모두 성안 어딘가에 감금해야 한다, 드디어 때가 왔다…… 그야말로 엉뚱한 계산을 하고 말았다.

7

오노 하루나가가 그런 결심을 한 데는 물론 그만한 원인이 있었다. 다름이 아니라, 그는 내심으로는 동요하고 있으면서도 이미 2월 하순부터 다시 벌어질 전쟁에 대비하여 동생 하루후사와 도켄에게 본격적으로 전투준비를 하도록 허락하고 있었다.

우라쿠사이가 이에야스에게로 가면 물론 그러한 사실이 자세히 알려진다. 그렇게 되면 이에야스 부자가 하루나가를 용서할 리 없다……는 자기 그림자에 놀란 판단에서였다.

하루나가는 요도 부인 앞에서 물러나 그길로 곧장 하루후사의 진지로 장수들을 소집했다.

오노 하루나가, 오노 하루후사, 오노 도켄, 키무라 시게나리, 사나다 유키무라, 모리 카츠나가, 고토 모토츠구, 쵸소카베 모리치카, 아카시 모리시게 등 주요 인물 아홉 명이 모인 자리에서 우선 오다 우라쿠사이 부자의 탈출에 대한 일과 토카이 지방의 사정이 절박해졌음을 알릴 생각이었다.

그때는 이미 약간의 금은이 '군자금' 이란 명목으로 각 부대에 배분된 후였다. 그러므로 소집된 장수들이 하루나가보다 더 싸울 때가 되었다는 사실을 잘 깨닫고 있었다.

"오늘은 정말 뜻하지 않은 말을 할 수밖에 없소."

하루나가가 침통한 표정으로 이렇게 입을 열었다. 그 뒤를 이어 하루후사와 도켄이 이구동성으로 말했다.

"우라쿠사이 부자가 배신했소."

그러나 모인 장수들은 별로 놀라는 기색이 없었다. 이미 그 사실을 알고 있는 것 같았다.

"두 분은 그렇게 말씀하시지만, 배신했다……고 단정하는 것은 성급한 일. 사라졌다거나 도주했다는 편이 옳지 않을까요?"

이렇게 말하면서 사나다 유키무라는 부드러운 눈으로 키무라 시게나리를 돌아보았다.

"갈 곳이 있는 분은 떠나도 괴로울 것 없겠지요…… 그러나 우리는 떠나려 해도 갈 곳이 없소. 그렇지 않소, 나가토 님?"

순간 모든 사람의 눈이 빛났다. 특히 고토 마타베에는 그 소리가 몹시 귀에 거슬리는 듯 반문했다.

"섭섭한 말씀을 하시는군요. 오직 의로운 마음만을 가지고 도요토미 가문을 위해 목숨을 바치려는 우리를 갈 곳이 없는 떠돌이무사인 것처럼 비웃으시는 거요?"

사나다는 미소를 띠면서 고개를 저었다.

"결코 그렇지 않소. 현재 일본에선 이 성에서 떠난다면 갈 곳이라고는 도쿠가와 휘하밖에 없소. 그러므로 이 성에 있는 분은 도쿠가와 님과 내통할 마음이 없는 분들……이라는 뜻으로 내 말을 받아들이시기 바랍니다."

"으음, 그렇다면 떠나는 자는 다른 마음이 있는 자란 말이군요."

"그러나 갈 곳이 없는 자……라는 반성도 또한 중요합니다. 이런 반성에서 출발하지 않으면 결속이 이루어지지 않지요. 이 사람이 알기로는 세키가하라 전투 이후 멸족과 감봉이 된 가문은 아흔 남짓, 그 후에 사라진 가문이 서른여 곳, 이를 합하면 일천만 석에 가깝고 떠돌이무사의 수는 이럭저럭 삼십만 명이나 됩니다."

하루나가는 유키무라가 무슨 말을 하려는가 하고 눈이 휘둥그레져 몸을 앞으로 내밀었다.

"그 삼십만 가운데 일부는 농토로 돌아갔으나 다시 제후들에게 포섭된 자가 약 반수라고 볼 때, 그 수는 대략 십오만. 그 십오만 명이 거의 이 오사카 성에 모여 있소. 겨울 전투 때 도쿠가와에게 도전한 자와 그 부하들……이라고 본다면, 그들은 이미 갈 곳을 잃은 자라고 해도 무방하겠지요."

유키무라는 여전히 부드러운 어조와 시선이었다. 그러나 이야기의 내용은 모두의 마음에 깊이 파고드는 힘을 가지고 있었다.

8

오노 형제는 서로 얼굴을 마주보면서 고개를 끄덕였다.

"과연 사나다 님의 말씀이 옳습니다."

사나다 유키무라는 이 말에는 대꾸하려 하지 않고 여전히 같은 어조로 말을 계속했다.

"성안에 남아 있는 분…… 곧 이미 갈 곳을 잃은 분의 수를 이 유키무라가 자세히 계산해보았습니다."

"허어……"

고토 마타베에가 부엉이 같은 소리를 냈다.

"기마무사 일만 삼천, 보병 육만 팔천, 그리고 잡병이 오만 이천, 시녀들이 약 일만…… 합계 십사만 삼천……이 됩니다."

"으음…… 상당한 인원이군요."

"그들이 실은 지난해 겨울 전투 이후 이 성에서 목숨을 이어가고 있는 사람들이오. 이들을 부양하려면 하루에 한 명이 한 되로 식량과 잡비를 충당한다 해도 한 사람의 소비량은 일 년에 석 섬 여섯 말. 이를 십오만 명에게 배급하려면 연간 오십이만 석이 필요하오. 도요토미 가문의 녹봉 육십오만 석 중에서 반은 주군 쪽, 반은 농민이 차지한다고 보면 삼십만 육천 석, 이십만 석 가량이 부족합니다…… 이런 사실은 바로 이 성에 모인 사람들이 이미 갈 곳을 잃었을 뿐만 아니라 살아갈 길조차 없다는 냉혹한 대답을 제시해줍니다."

좌중은 서로 얼굴을 마주보면서 쥐 죽은 듯 조용해졌다.

"이번 일은 지난해 겨울 전투 때 반드시 이겨야만 했던 것인데 그렇지 못한 데서 기인합니다. 승리하지 못한 이상 모든 것이 파멸…… 오다 우라쿠사이 님은 생각하기에 따라서는 도요토미 가문의 충신인지도 모릅니다."

사나다 유키무라는 대담하기 짝이 없는 말을 하고, 하루나가를 힐끗 바라보았다.

하루나가의 안색은 다시 새파랗게 질려 있었다.

"우라쿠 님은……"

유키무라는 내뱉듯이 말했다.

"나는 도요토미 가문을 멸망시키는 인간은 되고 싶지 않다, 어서 물러가서 조금이라도 주군 모자의 짐을 가볍게 해주고 싶다, 모두들 물러난다면 도요토미 가문도 어떻든 무사히 남게 된다……고 계산하셨을 테니 덮어놓고 비난해서는 안 된다고 생각합니다."

"사에몬노스케 님!"

참을 수 없다는 듯이 모리 카츠나가가 입을 열었다.

"그러므로 귀하는 앞으로도 물러가고 싶은 자가 있거든 주저하지 말라…… 이것은 절대로 불충이 아니라는 말씀이오?"

"갈 곳이 있는 자에 한해 그렇다는 말입니다."

유키무라는 거침없이 대답했다.

"도쿠가와의 천하에서 살아갈 재주가 있는 분…… 갈 곳이 있는 분…… 그런 분들이 물러가지 않으면 결속이 이루어지지 않습니다. 갈 곳이 없는 자, 살아갈 길이 없는 자만이 모든 것을 걸고서 일전을 벌인다…… 그럴 때가 왔다는 말을 하고 싶었습니다."

사나다 유키무라가 여기까지 말했을 때였다. 갑자기 키무라 시게나리가 두 손을 짚고 울기 시작했다.

"이 시게나리를 용서해주시오, 사나다 님. 제가…… 잘못 생각했습니다. 저는…… 주군…… 주군께 저희와 함께 목숨을 버리자고 진언하겠습니다."

하루나가의 어깨가 꿈틀 크게 물결쳤다. 그는 히데요리와 시게나리 사이에 무슨 대화가 있었는지 전혀 알지 못했다. 그는 이 자리에서 히데요리 모자의 감금을 여러 사람들에게 납득시키기 위해 말할 기회를 노리고 있었다.

"그렇습니다…… 그 길밖에는 없습니다."

유키무라가 가볍게 말을 받았다.

"주군도 십오만의…… 갈 곳이 없는 자, 살 길이 없는 자들을 이대로 버리시지는 않을 것입니다."

9

그 자리에서 가장 기세를 올렸던 오노 도켄이 유키무라의 진의를 알고 울부짖듯 말했다.

"으음, 그런 각오였군요."

분명 유키무라와 도켄은 인생을 보는 눈에 차이가 있었다.

유키무라는 절망의 밑바닥까지 샅샅이 확인하고 나서 단결해야만, 만에 하나라도 있을지 모르는 가능성의 문이 열릴지 모른다고 말하고 싶었을 터였다.

이를 젊은 도켄은 단순한 비장감悲壯感으로만 받아들였다. 그것이 젊음의 특권이므로 탓할 수는 없는 일이었다.

"그런 결정을 내린다면 저도 주군에게 결단을 촉구할 한 가지 방법이 있습니다."

어깨를 으쓱하고 일동을 둘러보았다.

"다름이 아니오, 즉시 결사대를 조직하고 우선 야마토로 잠입하여 코리야마의 마을과 성을 불지르자는 말입니다! 주군이 요즘 망설이는 원인 중에는 분명 코리야마 성을 염두에 두신 점이 있어요. 코리야마로의 영지이전을 승낙하면 무사히 끝나는 게 아닐까 하는 환상을 갖고 계십니다. 우선 그 환상을 깨는 것이 급선무입니다."

"좋은 생각이오!"

하루후사가 맞장구를 쳤다.

"코리야마로 간다고 해도 사나다 님의 말씀대로 우리에게는 역시 살 길이 없습니다."

하루후사의 이 한마디는 이상한 감동으로 좌중에 있는 사람들의 마음에 스며들었다.

"이제 모두 눈을 뜨게 되었소."

쵸소카베 모리치카가 감탄하듯 맞장구를 쳤다.
“목숨을 아끼지 않겠소, 목숨을!”
고토 마타베에도 호쾌한 웃음으로 응했다.
“사나다 님도 참으로 짓궂은 분이시오. 우라쿠 님도 충신이라고 하셨을 때는 등줄기가 오싹했소.”
“사실이오. 우리 모두 갈 곳이 없는 자라고 하셨을 때는 화가 치밀기까지 했소.”
역시 단순한 사람들이었다. 자기를 움직이는 것은 타산이나 생활 때문이 아니다…… 이렇게 생각하고 싶은 마음에서 매사를 외곬으로 보고 있었다.
사실상 유키무라의 말대로, 이제 와서는 갈 곳이 없는 것이 그들이 여기를 떠나지 않는…… 아니 떠나지 못하는 이유의 대부분이었다. 그러나 의식적으로 그런 생각을 피하고 있었다.
“좋습니다. 이렇게 된 이상…… 코리야마에 불을 지르는 것과 동시에 세타 부근으로 쳐들어가 칸토 군이 쿄토로 진입하지 못하도록 막아냅시다.”
“그렇습니다. 어떻게 도쿠가와에게 항복할 수 있겠소. 세타나 우지宇治에서 칸토 군을 저지하고, 니죠 성과 후시미 성을 함락하여 발판을 없애야 합니다.”
“어쨌든 슈리 님을 중심으로 곧 일곱 장수, 요리아이寄合°들과 군사회의를 열도록 합시다. 선수를 치는 쪽이 유리한 법이오.”
“그것이 좋겠소. 그리고 속히 주군에게 전선을 순시하시게 할 것…… 그러면 사기가 진작되오.”
유키무라는 이러한 대화를 어떤 심정으로 듣고 있을까……? 그는 느긋하게 앉은 채 아직도 눈물자국이 마르지 않은 시게나리의 옆얼굴에 조용히 시선을 보내고 있었다.

어쩌면 이것으로 자신의 목적은 충분히 달성되었다고 사나다 유키무라는 만족하고 있는지도 모른다.

'죽음을 각오한 군사는 강하다……'

이러한 생각으로.

10

회의가 휴식으로 들어갔을 때 키무라 시게나리가 자리에서 일어났다. 그는 일곱 장수와 중신들을 참석시킨 가운데 다시 군사회의를 열기 전에 그동안의 사정을 히데요리에게 보고하러 간 것이 분명했다.

히데요리에게는 아직 '성을 베개로 삼아' 싸우겠다는 결의가 없었다. 히데요리도 겨울 전투 때는 누구보다도 격렬하게 젊은 혈기를 발산시켰다. 그러나 그 마음이 지금은 요도 부인과 죠코인의 '모성' 에 눌리고 말았다.

그리고 일단 화의를 맺은 뒤에 히데요리는 예전의 투지가 사라지고 한없이 넓은 회의懷疑의 바다에서 방황하고 있었다.

'주군을 움직일 수 있는 것은 키무라 나가토……'

사나다 유키무라는 이렇게 보고, 궁지에 몰린 오사카의 막다른 모습을 짐짓 노골적으로 드러내 보였다. 그렇게 하면 키무라 시게나리가 가만히 있지 못하리라는 점도 알고 있었고, 흐트러진 장수들의 마음도 정리된다는 사실까지 내다보고 있었다.

'아무튼 이대로는 있을 수 없다.'

이미 화의를 성립시킨 이상 무조건 칸토에서 하는 대로 따를 수밖에 없었다.

'도요토미 가문은 소중하다!'

이러한 충성만이 목적의 전부라면 털끝만큼도 불평하는 태도를 보여서는 안 된다.

그런데 이런 점까지 깊이 생각하고 맺은 화의가 아니었다. 당장 불리하기 때문에 하찮은 고집과 모략을 뒤섞어 시일을 끌다보면 이에야스가 죽을 것이라 생각하고 맺은 허점투성이인 화의였다. 이러한 적당주의에 의한 화의를 호전적인 무신武神의 악령이 그냥 둘 리 없다.

'여기에 싸움을 붙일 틈이 있구나!'

악령들은 환호성을 지르고 야심과 사리사욕과 공포와 고집에 겁화劫火를 붙이고 다녔다.

유키무라로서는 서글프기도 했으나 우습기도 했다.

'그것 봐라, 전쟁이라는 게 그리 쉽게 없어지나…… 전쟁이란 그런 성질의 것이 아니다.'

그러나 지금은 이러한 해학을 즐길 생각이 없었다.

카타기리 카츠모토가 떠난 후 유일하게 세상에 대한 견식을 가졌던 오다 우라쿠사이…… 그 우라쿠사이도 성을 버렸다.

이렇게 되면 오사카는 밀려오는 칸토 군 앞에 머리가 없는 동체를 드러내고 그대로 유린당하는 결과가 된다. 아니, 그렇게 되는 길을 스스로 택해온 책임자인 오노 하루나가는 지금 무거운 짐에 짓눌려 유키무라 앞에 파랗게 질린 얼굴을 내놓고 있다.

"슈리 님."

하루후사와 도켄이 일곱 장수와 요리아이 무리들을 부르러 자리를 떴을 때 유키무라는 문득 다시 한 가지 하루나가의 각오를 다짐해둘 일이 있음을 깨달았다.

"하루후사 님도 도켄 님도 그렇고, 젊은이들은 부러울 만큼 사기가 왕성하군요."

"그……그렇습니다."

"키무라 나가토노카미 님은 틀림없이 주군을 설득하겠지만, 생모님은 어떨까요?"

"그것은……"

오노 하루나가는 새삼스럽게 요도 부인의 모습을 떠올리는 표정이 되었다.

"그것은 이 하루나가에게 맡기십시오!"

유키무라는 무슨 생각을 했는지 천천히 고개를 끄덕이고 나서 강하게 가로저었다.

"안 됩니다! 생모님을 잃는 일은…… 어떤 경우에도."

11

유키무라의 말에 하루나가가 깜짝 놀라 대들었다.

"당치 않은 말이오! 누……누가 생모님을…… 돌아가시라고…… 그런 무서운 말을 할 수 있겠소?"

유키무라는 다시 고개를 저으면서 씁쓸히 웃었다.

저도 모르게 하루나가는 본심을 내비친 모양이었다.

"아니, 그렇게 하시라는 말은…… 하지 않았소. 승패는 병가상사, 아무리 우리가 불리한 입장에 놓인다 해도 생모님이 자결이나 전사를 하면 안 된다는 말씀을 드리라고 했을 뿐이오."

"그……그렇다면 모르지만……"

"새삼스럽게 말씀 드릴 것도 없지만, 생모님만이 아닙니다. 아무리 용감하게 진두에 서신다 해도 주군 역시 마찬가지입니다. 절대로 전사하시게 해서는 안 됩니다. 안 그렇소, 여러분?"

사나다 유키무라는 말끝에 힘을 주어 말했다. 그리고는 일동을 둘러

보면서 말을 이었다.

"두 분과 작은 마님까지 저승으로 모시고 간다면 무사도에 금이 갑니다. 그렇지 않아도 궁지에 몰려 갈 곳이 없어진 자들의 반항……이라고 보기가 쉬운데 말입니다."

하루나가는 당황하며 유키무라의 시선을 피했다. 유키무라는 그런 하루나가의 눈빛을 확인하고 말을 맺었다. 하루나가를 제외하고는 모두 맹장으로서 천하에 그 이름을 날린 사람들이었다. 그러므로 유키무라의 말에는 아무런 주석도 필요하지 않다.

"당연한 일이오. 우리는 오직 의義를 위해 모인 사람들이오."

"도요토미 가문의 혈통을 소중하게 여긴다…… 이 사실을 잊는다면 어찌 의로운 싸움이라 할 수 있겠소?"

생각하면 이 역시 공허한 말이었다. 그러나 이 자리에서 다짐해두지 않으면 혼란을 틈타 히데요리나 요도 부인의 목을 베어 적에게 도망칠 자가 나타날지도 모른다고 사나다 유키무라는 보고 있었다.

하루나가도 가슴을 떡 펴고 고개를 끄덕였다.

"여러분들의 충성, 나는 결코 잊지 않겠소."

그때 일곱 장수가 긴장한 표정으로 나타나기 시작했다.

마노 요리카네眞野賴包, 이토 나가츠쿠伊東長次, 아오키 노부나리青木信就, 코리 요시츠라郡良列 등에 이어 다시 키무라 나가토노카미 시게나리가 들어왔을 때는 다다미 열여섯 장이 깔린 하루후사의 방은 마루까지 사람들이 꽉 들어찼다.

"여러분들께 말씀 드리겠소."

시게나리는 돌아와 사람들 틈을 비집고 스스로 상좌에 앉았다.

"주군께서는 이번 오다 우라쿠사이 부자의 도주에 격분하시고, 이 역시 칸토가 유혹한 것이 틀림없다, 짜증스러운 것은 칸토…… 이대로 있을 수 없으니 곧 군사회의를 여시겠다고 하셨습니다."

"그럼, 주군이?"

상체를 세우는 하루나가를 손으로 제지했다.

"그러므로 즉각 본성에 모이라고…… 물론 주군도 참석하십니다. 서둘러주십시오."

유키무라는 경건히 두 손을 짚고 시게나리와 시선이 마주쳤다. 두 사람은 가만히 눈짓을 교환했다.

이제 결정되었다. 호전적인 악령들은 이 거대한 성에 꽉 들어차, 아마도 손을 흔들고 발을 구르면서 웃고 또 춤을 추고 있을 것이다. 그러나 과연 저주스러운 악령의 난무를 분명히 자기 눈으로 볼 수 있는 사람이 몇 명이나 있었을까……?

—30권에서 계속

《 주요 등장 인물 》

다테 마사무네伊達政宗

오사카와 칸토의 분열을 기대하지만, 오사카 겨울 전투는 맥없이 끝난다. 이에야스의 미온적인 화의 결정에 반대하는 하타모토들과 가신들에 동조하여, 화의는 시기만 연기할 뿐이라고 말하지만 이에야스는 의義를 앞세우며 모두를 질타한다. 펠리페 3세와 구교도 세력을 이용해 권력을 잡으려 한 자신의 야망이 실현될 수 없을 것 같아 고심한다.

도요토미 히데요리豊臣秀頼

주전론자들에 동조하여 칸토와의 전투를 주장하지만, 칸토의 대포 공격을 받고 두려움을 느낀다. 게다가 어머니와 죠코인 등 주변의 설득으로 차차 전의戰意를 상실하고, 급기야 이에야스가 돌아갈 무렵에는 사신을 보내 신년하례 등을 하고, 센히메에게 명해 오동잎을 수놓은 코소데를 지어 바치기도 한다. 하지만 얼마 안 있어 오사카의 주전론자들과 떠돌이무사들에 의해 다시 주전론으로 돌아서서 칸토와의 재결전을 결심한다.

도쿠가와 이에야스德川家康

칠십 노구를 이끌고 겨울 전투에 참가하지만 이에야스의 목적은 전투를 하지 않고 오사카와 화의를 맺는 것. 오사카의 전의를 떨어뜨리기 위해 텐슈카쿠를 무너뜨릴 대포를 설치하고 성 밑 땅굴을 파는 등의 위협을 가하는 한편, 죠코인 등 여성들을 동원해 요도 부인 및 히데요리를 설득하여 결국 화의를 맺도록 만든다.

도쿠가와 히데타다德川秀忠

오사카를 완전히 멸망시키는 것만이 일본의 평화를 유지하는 길이라 믿지만, 아버지 이에야스가 늑장을 부리고 전투를 허락하지 않아 답답해한다. 일시적인 화의일 뿐 오사카 성의 소요가 진전될 기미가 없자 오사카 성에 있는 딸 센히메에게 자결할 것을 명한다.

사나다 유키무라眞田幸村

마사유키의 차남으로, 마사유키 사후에도 오사카에 대한 의義를 지키기 위해 오사카 성에 들어가 농성할 것을 결의한다. 칸토와 오사카의 전투가 화의를 맺는 것으로 일단락되지만, 오사카 성 내부의 떠돌이무사 및 강경 주전론자들에 의해 곧 전투가 재개될 것이라 내다본다.

센히메千姬

도쿠가와 히데타다의 장녀. 히데요리와 결혼하지만 진정한 결혼의 행복을 느끼지 못하는 비운의 여인이다. 오사카와 칸토의 대결이 화의로 끝나자 남편 히데요리와 함께 할아버지 이에야스에게 옷을 지어 바치는 등 잠시 동안 행복한 생활을 하지만 곧 아버지에게 자결할 것을 명령받고 자결을 시도한다.

야규 무네노리柳生宗矩

통칭 마타에몬. 쇼군의 무술사범으로, 병법의 전수자. 이에야스의 경호원이자 자문 역할을 한다. 센히메와 히데요리, 그리고 요도 부인의 신변 경호를 위해 일족인 오쿠하라 토요마사를 오사카 성에 들여보내 그를 통해 정보를 수집한다. 한편 다테 마사무네의 일거일동을 주시하며 감시의 촉각을 곤두세운다.

오노 하루나가大野治長

능력 없는 오사카의 실무 책임자. 요도 부인의 정부情夫로, 처음에는 강경한 주전론자들에 의해 주전론으로 돌아서지만 차츰 나약한 자신의 모습을 찾는다. 오사카 성의 해자 매립이 약속한 것과 틀린 것을 힐문하러 혼다 마사노부를 찾아가지만 문전박대당하고, 이어서 쇼시다이인 이타쿠라 카츠시게를 찾아가서는 해자 매립에 대해 불평하기 전에 전투를 연기해 준 이에야스에게 감사하는 마음부터 가지라며 힐문당한다.

오다 우라쿠사이織田有樂齋

오다 노부나가의 동생으로 이름은 나가마스. 요도 부인의 외숙부. 혈기 넘치는 칸토의 젊은 장수들의 기습을 받고 바로 오사카 성으로 퇴각해 들어온다. 처음부터 칸토와의 전쟁을 반대했던 만큼 모든 일에 냉소적이다. 오사카 성의 공기가 돌이킬 수 없는 방향으로 치닫자 식솔들을 거느리고 오사카 성을 빠져나간다.

오쿠하라 토요마사奥原豊政

통칭 신쥬로. 야규 무네노리에게 센히메, 요도 부인, 히데요리의 경호를 부탁받고 오사카 성에 위장 잠입한다. 이를 수상하게 여긴 사나다 유키무라가 추궁하자 당당히 사실대로 말하고 그의 신념을 밝힌다.

요도淀 부인

아명은 챠챠히메. 히데요시 사후 오사카 성의 안주인 노릇을 한다. 쵸코인 및 다른 여자들과 함께 아들 히데요리를 설득하는 등 끝까지 칸토와 이에야스에 대한 호의를 버리지 않는다. 하지만 센히메가 자결을 시도하고, 믿고 있던 외숙부 오다 우라쿠사이가 성을 탈출하자, 오노 하루나가의 말에 넘어가 다시 이에야스에 대한 적개심을 품게 된다.

《 에도 용어 사전 》

군센軍扇 | 장수가 전쟁터에서 군대를 지휘하기 위하여 사용한, 쇠로 만든 쥘부채.

나이다이진內大臣 | 다이죠칸太政官의 장관. 료게令外 관직의 하나. 천황天皇을 보좌하는 사다이진과 우다이진 다음의 지위. 헤이안平安 시대부터 원외員外 대신으로서 상치常置.

노能 | 연극 형식으로 일본 고전 예능의 한 가지. =노가쿠.

닌자忍者 | 둔갑술을 쓰며 암살과 정탐을 하는 사람.

다다미疊 | 일본식 주택의 바닥에 까는 것으로, 짚으로 만든 판에 왕골이나 부들로 만든 돗자리를 붙인 것. 일반적으로 크기는 180×90㎝이며, 일본에서는 지금도 방의 크기를 다다미의 장수로 나타내는 경우가 많다.

다이나곤大納言 | 우다이진右大臣 다음의 정부 고관으로, 다이죠칸의 차관.

다이묘大名 | 넓은 영지와 많은 부하를 둔 무사의 우두머리.

도신同心 | 에도 시대에 경찰 업무를 맡던 하급 관리.

로죠老女 | 쇼군이나 영주의 부인을 섬기는 시녀의 우두머리.

마스가타 枡形 | 성의 첫째 문과 둘째 문 사이에 있는 평평한 땅. 여기서 적군을 저지한다.

바쿠후幕府 | 무신 정권 시대에 쇼군이 집무하던 곳, 또는 그 정권.

부교奉行 | 행정, 재판, 사무 등을 담당하는 무사의 직명.

사무라이다이쇼侍大將 | 무사의 신분으로 일군一軍을 지휘하는 사람. 무로마치 말기에는 무사 일조一組를 통솔한 사람.

샤치鯱 | 머리는 호랑이 같고 등에는 가시가 돋친 물고기 모양의 장식물.

세이이타이쇼군征夷大將軍 | 무력과 정권을 장악한 바쿠후의 실권자. 쇼군의 정식 명칭.

쇼군將軍 | 무력과 정권을 장악한 바쿠후의 실권자. 정식 명칭은 세이이타이쇼군.

쇼시다이所司代 | 에도 시대에 쿄토의 경비와 정무를 맡아보던 사람.

쇼토쿠聖德 태자 | 574~622. 593~622년에 스이코推古 천황의 섭정. 황권을 강화하고 집권적 관료국가를 준비하였다.

신카게류新陰流 | 카게류陰流를 바탕으로 한 검술의유파로 야규 무네요시가 창시한 검법.

싯세이執政 | 로쥬老中 또는 카로家老를 이르는 말.

아시가루足輕 | 평시에는 잡일에 종사하다가 전시에는 병졸이 되는 최하급 무사

오고쇼大御所 | 은퇴한 쇼군이나 그의 거처.

오반大番 | 헤이안 시대 이후, 쿄토의 궁성이나 시가를 교대로 경비하던 각 지방의 무사.

오쵸보阿ちょぼ | 쵸보는 작다는 의미. 도요토미 히데요시를 모시던 미녀의 이름. 일반적

으로 귀여운 여자아이를 이른다.

와카和歌 | 일본의 고유 형식인 5음, 7음을 바탕으로 하여 만들어진 정형시. 5 · 7 · 5 · 7 · 7의 5구 31음으로 된 시.

요리아이寄合 | 하타모토 중에서 3,000석 이상의 영지를 소유한 자들의 모임. 또는 자치적인 집회의 구성원.

요리키與力 | 부교 등의 휘하에서 부하를 지휘하던 하급 관리.

우다이진右大臣 | 다이죠칸의 장관. 사다이진 다음의 직위.

우마지루시馬印 · 馬標 | 전쟁터에서 대장의 말 옆에 세워 그 위치를 알리는 표지.

이가伊賀 무리 | 이가 출신의 첩보 담당 무사들.

이리가와入側 | 툇마루와 사랑방 사이를 잇는 통로.

인시院使 | 궁전의 사자.

일시동인一視同仁 | 누구나 차별 없이 똑같이 사랑함을 이른다.

진바오리陣羽織 | 전쟁터에서 갑옷 위에 걸쳐 입는 소매 없는 겉옷.

츠카이반使番 | 전시에는 전령, 순찰 등의 역할을 하고, 평상시에는 다이묘나 관원의 동정을 살펴 쇼군에게 보고하는 직책.

칸파쿠關白 | 천황을 보좌하여 정무를 담당하는 최고위의 대신.

코소데小袖 | 옛날 넓은 소매의 겉옷에 받쳐입던 속옷으로 현재 일본옷의 원형이다.

코쇼小姓 | 주군을 측근에서 모시며 잡무를 맡아보는 무사.

코카甲賀 무리 | 게릴라 전법을 구사하는 코카 지방의 자치 공동체. 코가 무리라고도 한다.

타이코太閤 | 본래 섭정攝政 또는 다죠다이진太政大臣의 경칭敬稱. 나중에는 칸파쿠의 직위를 그 자식에게 물려준 사람에 대한 높임말. 여기서는 히데요시를 가리킨다.

텐슈카쿠天守閣 | 성의 중심부 아성牙城에 3층 또는 5층으로 쌓아올린 망루.

하오리羽織 | 옷 위에 입는 짧은 겉옷.

하카마袴 | 일본옷의 겉에 입는 아래옷. 허리에서 발목까지 덮으며 넉넉하게 주름이 잡혀 있고, 바지처럼 가랑이진 것이 보통이나 스커트 모양의 것도 있다.

하타모토旗本 | (진중에서) 대장이 있는 본영. 또는 그곳을 지키는 무사.

하타지루시旗印 | 전쟁터에서 목표로 삼기 위하여 기에 그렸던 무늬나 글자.

해자垓字 | 성밖으로 둘러서 판 못.

혈판血判 | 서약을 배반하지 않는다는 결의를 보이기 위해 손가락 끝을 베어 그 피를 도장 대신 찍는 것.

호로母衣 | 갑옷 뒤에 장식용으로 걸치거나 때로는 화살을 막기 위해 입는 옷.

효조評定 | = 효조쇼評定所. 에도 바쿠후의 최고 재판소.

후다이譜代 | 대대로 같은 주군, 집안을 섬기는 일이나 또는 그 사람.

훈도시褌 | 남자의 국소를 가리는 데 쓰는 아주 좁고 긴 천.

《 오사카 전투 》

- 도쿠가와 가문이 도요토미 가문을 멸망시킨 전투.

  호코 사方廣寺의 종명鐘銘 문제로 1614년 겨울 전투가 일어나 히데요리는 오사카 성에서 농성하지만 패하여 오사카 성의 바깥 해자를 메우는 조건으로 화의를 맺는다. 그러나 이에야스는 약속을 어기고 안쪽 해자까지 메우고 히데요리의 영지 이전을 요구하여, 이듬해 다시 여름 전투가 발발한다. 히데요리 군은 성밖으로 나와 분전하지만 패하여 도요토미 가문은 결국 멸망한다.

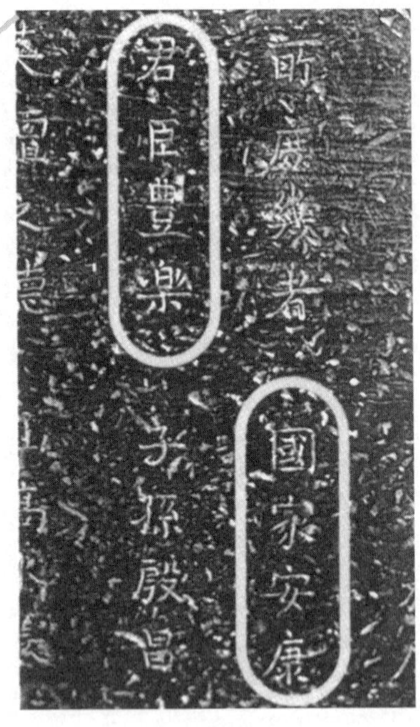

호코 사의 종과 종명

도요토미 가문의 재력을 소진시키기 위해 이에야스는 히데요리에게 호코 사 대불전의 재건을 비롯하여 중요한 것만 해도 약 24회가 넘는 신사와 사찰의 보수를 명했다. 호코 사의 종에는 오사카 전투의 구실이 된 '국가안강國家安康', '군신풍락君臣豊樂'이라는 문구가 새겨져 있다.

◈ 오사카 겨울 전투와 여름 전투의 동서 양군 배치표

동군

도쿠가와 이에야스	도쿠가와 히데타다

총병력
겨울 전투 – 200,000명
여름 전투 – 150,000명

주요 무장

마츠다이라 타다나오
(이에야스의 손자)

마츠다이라 타다테루

혼다 타다마사

이이 나오타카

사카키바라 야스카츠

마에다 토시츠네

다테 마사무네

호소카와 타다오키

우에스기 카게카츠

아사노 나가아키라

사타케 요시노부

토도 타카토라

쿠로다 나가마사

모리 히데나리

서군

요도 부인	도요토미 히데요리

총병력
겨울 전투 – 100,000명
여름 전투 – 50,000명

주요 무장

오노 하루나가

오노 하루후사(하루나가의 동생)

키무라 시게나리

하야미 모리히사

스스키다 카네스케

고토 모토츠구

쵸소카베 모리치카

모리 카츠나가

반 나오유키

아카시 마사노부

아오키 카즈시게

이코마 마사즈미

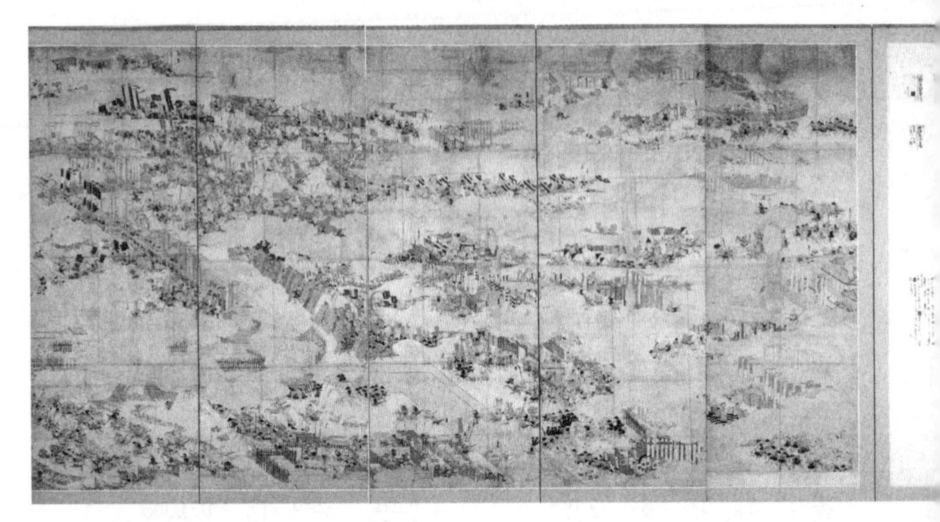

「오사카 겨울 전투 병풍도」(도쿄국립박물관장)

오사카 겨울 전투 강화 후에 메워진 외곽의 해자(점선) (『도설 다시 보는 오사카 성圖說 再見大坂城』)

동서 양군 선발대의 창 전투(「오사카 여름 전투 병풍도」)

「오사카 여름 전투 병풍도」(오사카 성 텐슈카쿠 장)

오사카 여름 전투에 참가하는 이에야스의 모습(『토쇼샤엔기 회권東照社緣起繪卷』)

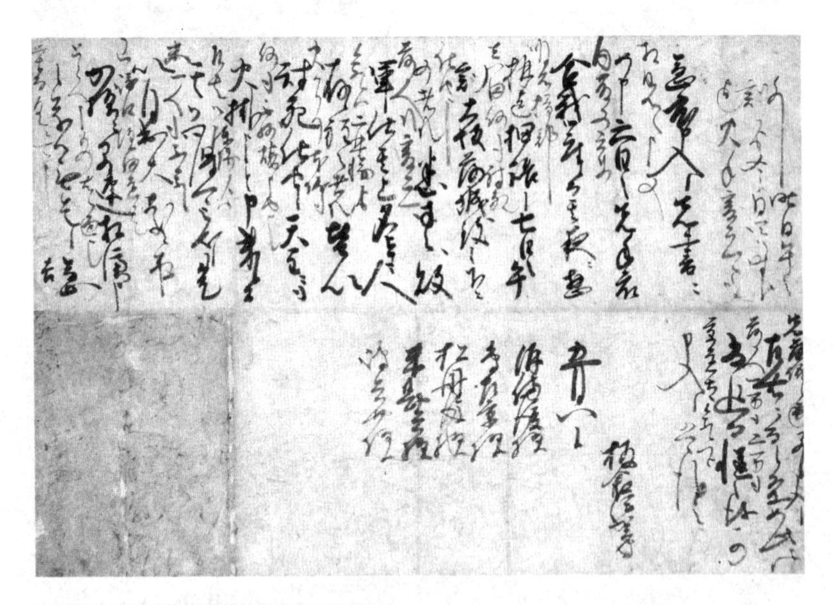

이타쿠라 카츠시게의 편지(도쿠가와 미술관장)

쿄토 쇼시다이인 이타쿠라 카츠시게가 오사카 성이 함락된 다음날 에도 바쿠후 최고 수뇌부 앞으로 보낸 편지. 오사카 성의 함락 모습과 오사카 쪽 장수들의 죽음, 요도 부인과 도요토미 히데요리의 자살에 관한 내용을 보고한 것이다.

《 도쿠가와 이에야스 관련 연보(1614~1615) 》

◈—서력의 나이는 도쿠가와 이에야스의 나이

일본 연호		서력	주요 사건
케이쵸 慶長	19	1614 73세	10월 25일, 이에야스는 토도 타카토라, 카타기리 카츠모토에게 오사카 성 포위의 선봉을 명한다. 타카토라는 카와치 코우로 진격하고, 코야마에 진지를 세운다. 10월 27일, 이에야스는 히데타다에게 사자를 보내, 대군大軍이니 서행할 것을 명한다. 같은 날, 이즈미 사카이의 시민이 이에야스에게 은을 헌상한다. 이달, 바쿠후는 토카이, 토산 두 가도의 주요 지역에 검문소를 두고, 통행인을 검열한다. 이달, 쇼시다이 이타쿠라 카츠시게가 킨키의 여러 신사와 촌락에 금제를 내건다. 11월 4일, 셋츠 이바라키 성주 카타기리 카츠모토가 오사카 부근의 지도를 이에야스에게 제출한다. 11월 5일, 토도 타카토라, 마츠다이라 타다나오, 마에다 토시미츠(토시츠네) 등이 셋츠 아베노와 스미요시 사이에 진지를 구축한다. 11월 7일, 이요 마츠야마 성주 카토 요시아키의 적자 아키나리가 셋츠 칸자키가와를 건넌다. 이것을 기점으로 비젠 오카야마 성주 이케다 타다츠구가 칸자키가와를 건너 나카노시마의 적을 공격하고 오와다를 빼앗는다. 그곳의 다른 장수들도 나카노시마로 진격한다. 11월 8일, 키타인의 난코보 텐카이가 상경하여 이에야스를 배알한다. 11월 9일, 이에야스는 여러 다이묘에게 명하여 군량선 및 상선을 이즈미 사카이로 운항하게 한다. 11월 11일, 히데타다가 쿄토 니죠 성으로 들어간다. 11월 15일, 이에야스가 오사카를 향해 니죠 성을 출발

일본 연호	서력	주요 사건
케이쵸 慶長		하여 나라에 도착한다. 히데타다도 후시미를 출발하여 카와치 히라카타에 도착한다. 11월 17일, 이에야스가 셋츠 스미요시에 진을 친다. 11월 18일, 이에야스와 히데타다가 셋츠 챠우스야마에서 회합하고, 오사카 성 공략 군사회의를 연다. 각지에 성을 구축하라는 명을 내린다. 11월 26일, 사타케 요시노부가 셋츠 이마후쿠에, 우에스기 카게카츠가 시기노에 진을 치고, 전진하여 오사카 성으로 육박한다. 성의 장수 키무라 시게나리, 고토 모토츠구 등이 이마후쿠에서 나와 전투를 벌인다. 시게나리 등은 격파되어 퇴각한다. 같은 날, 오사카 쪽의 배가 셋츠 노다에서 출발한다. 시마 토바 성주 쿠키 모리타카가 이들을 격퇴한다. 11월 30일, 이에야스는 이세 아노츠 성주 토도 타카토라에게 명하여 오사카 성 서남쪽 망루를 포격하게 한다. 이달, 이에야스는 칸사이 여러 다이묘, 가신들의 인질을 야마시로 후시미 성에 수용한다. 12월 1일, 오사카의 군사가 선착장 쪽의 다리들을 불사르고, 코라이 다리로 육박한다. 미노 오가키 성주 이시카와 타다후사가 이것을 격퇴한다. 12월 3일, 이에야스는 오다 우라쿠사이에게 편지를 보내 화의를 도모하게 한다. 이날, 우라쿠사이는 사신을 보내 알선하는 것을 답한다. 12월 4일, 마츠다이라 타다나오, 마에다 토시미츠(토시츠네), 이이 나오타카 등이 오사카 성 성벽으로 육박한다. 성의 병사들과 격전을 벌여 사상자가 많이 발생한다.

일본 연호	서력	주요 사건
케이쵸 慶長		12월 5일, 히데타다가 오사카 성 총공격 날짜를 잡고 이에야스에게 아뢴다. 이에야스가 이를 허락하지 않는다. 12월 8월, 오다 우라쿠사이, 오노 하루나가가 이에야스의 신하 혼다 마사즈미에게 편지를 보내 강화의 조건을 만든다. 12월 10일, 이에야스는 서신을 화살에 묶어 성중에 날려 보내, 항복하는 자는 모두 살려주겠다고 알린다. 12월 11일, 이에야스는 사도의 마미야 나오모토, 카이의 시마다 나오토키에게 진중에서 오사카 성을 향하여 지하도를 팔 것을 명한다. 12월 12일, 야마토 요시노 키타야마, 키이 쿠마노의 토민이 봉기하여 오사카에 호응한다. 이날, 키타야마에서 봉기한 무리들이 키이 신구 성을 습격한다. 12월 15일, 이에야스는 오다 우라쿠사이, 오노 하루나가가 제시한 강화 조건을 받아들이지 않고, 재교섭을 명한다. 12월 16일, 이에야스는 포술砲術에 능숙한 자들을 선발하여 성안을 포격한다. 같은 날, 오사카 쪽의 장수 반 나오유키가 선착장의 진지에 야습을 감행한다. 12월 19일, 이에야스의 측실 아챠 부인과 혼다 마사즈미가 와카사 오바마 성주 쿄고쿠 타다타카의 셋츠 이마자토의 진지로 가서 죠코인과 회견한다. 이에야스가 제안한 강화 조건에 히데요리가 찬동하고, 서약서를 제출하여 강화를 맺는 것으로 약속한다. 12월 20일, 히데요리는 죠코인, 니이 부인, 아에바 부인 등을 셋츠 챠우스야마로 보내 이에야스의 서약서

일본 연호	서력	주요 사건
케이쵸 慶長		를 받게 한다. 12월 21일, 히데요리는 키무라 시게나리를 셋츠 오카야마로 파견하여 히데타다의 서약서를 받게 한다. 같은 날, 이에야스는 오사카 공격군에게 명하여 본진에서 퇴각하도록 한다. 또 큐슈에서 온 여러 군사들도 영지로 돌아가게 한다.(오사카 겨울 전투) 같은 날, 이에야스는 마츠다이라 타다아키, 혼다 타다마사, 혼다 야스노리 등을 오사카 성 외곽 해자 매립 공사 담당 부교로 삼고, 여러 다이묘에게 도울 것을 명한다. 12월 22일, 이에야스는 측실 아챠 부인과 이타쿠라 시게마사를 오사카 성으로 파견하여, 히데요리와 그의 생모 요도 부인의 서약서를 받게 한다. 12월 24일, 오다 우라쿠사이와 오노 하루나가가 셋츠 챠우스야마에서 이에야스를 배알한다. 같은 날, 이에야스는 하치스카 요시시게 등의 전공을 포상한다. 같은 날, 이에야스는 이즈미 사카이 부교 시바야마 마사치카를 파면하고, 히젠 나가사키 부교 하세가와 후지히로에게 이 직책을 겸하게 한다. 12월 26일, 이에야스는 혼다 마사즈미와 나루세 마사나리, 안도 나오츠구를 셋츠 챠우스야마에 머무르게 하고 니죠 성으로 개선한다. 같은 날, 히데타다는 셋츠 오카야마에 머물면서, 오사카 성의 외성 파괴를 감독한다. 12월 28일, 이마가와 우지자네가 에도에서 사망한다. 향년 77세. 12월 29일, 바쿠후는 무츠 센다이 성주 다테 마사무

일본 연호		서력	주요 사건
케이쵸 慶長			네의 아들 히데무네에게 이요 우와지마 십만 석을 수여한다. *이해, 이에야스는 츠시마 후츄 성주 소 요시토모에게 명하여, 조선에 서신을 보내 내방을 재촉한다. 조선은 이를 거부한다.
	20	1615 74세	정월 1일, 이에야스가 조정에 학을 헌상한다. 정월 2일, 이에야스는 혼다 타다마사, 마츠다이라 타다아키 등에게 히데타다의 셋츠 오카야마 진지를 경호하게 하고, 마츠다이라 야스야스, 미즈노 쿠마나가, 마츠다이라 카츠타카 등을 야마토 코리야마로 파견한다. 정월 3일, 이에야스가 니죠 성을 출발하여 슨푸로 향한다. 같은 날, 츠시마 후츄 성주 소 요시토모가 사망한다. 향년 48세. 정월 11일, 카타기리 카츠모토와 아우 사다타카가 셋츠 이바라키 성을 물러나 야마토 호류 사에 은거한다. 정월 19일, 히데타다는 오사카 성 외각 해자 매립 공사가 거의 완성되자 혼다 마사즈미, 안도 시게노부에게 남아서 감독하게 하고 야마시로 후시미 성으로 개선한다. 정월 24일, 히데타다가 후시미에서 니죠 성으로 들어간다. 정월 25일, 오사카 쪽의 상수 오노 아루나가가 교도로 들어간다. 정월 28일, 히데타다가 교토를 출발하여 에도로 향한다.

일본 연호	서력	주요 사건
케이쵸 慶長		정월 30일, 이에야스의 가신 도이 토시카츠가 토토우미 나카이즈미에 도착하여 이에야스에게 오사카 성 해자 매립 공사 상황을 보고한다. 아울러 히데타다가 센히메에게 자결을 명했음을 보고한다. 같은 날, 혼다 마사즈미가 나카이즈미에 도착하여 오사카에 다시 불온한 기운이 있음을 보고한다. 2월 7일, 히데타다는 토토우미 나카이즈미에 도착하여 이에야스와 회견하고 비밀 회의를 한다. 2월 중순, 이에야스와 히데타다가 상경할 것이라는 유언비어가 사이고쿠에 전해진다. 2월 14일, 이에야스는 슨푸로 돌아가고, 히데타다는 에도로 돌아간다.

옮긴이 **이길진**李吉鎭

1934년 황해도 출생. 1958년 서울대학교 사회학과를 졸업하였다.
일본 문학 작품 및 일본 문화에 관련된 많은 책들을 유려한 우리말로 옮겼다.
주요 역서로는 가와바타 야스나리의 『설국』, 이마이 마사아키의 『카이젠』,
오에 겐자부로의 『사육』, 기쿠치 히데유키의 『요마록』,
야마오카 소하치의 『오다 노부나가』, 『사카모토 료마』 등이 있다.

| 부록의 자료 제공 및 감수는 고려대학교 일어일문학과 최관 교수님께서 해주셨습니다.

도쿠가와 이에야스 제29권

1판 1쇄 발행 2001년 7월 10일
2판 3쇄 발행 2023년 5월 1일

지은이 야마오카 소하치
옮긴이 이길진
펴낸이 임양묵
펴낸곳 솔출판사

주소 서울시 마포구 와우산로29가길 80(서교동)
전화 02-332-1526
팩스 02-332-1529
이메일 solbook@solbook.co.kr
홈페이지 www.solbook.co.kr
출판 등록 1990년 9월 15일 제10-420호

ISBN 979-11-86634-54-7 04830
ISBN 979-11-86634-22-6 (세트)

• 잘못된 책은 구입한 곳에서 바꿔드립니다.
• 책값은 뒤표지에 표시되어 있습니다.